강물처럼 흐르는 봄 II

저자 비려 휘 (飛麗 輝)

강물처럼 흐르는 봄 II

초판 1쇄 인쇄 2012년 7월 31일
초판 1쇄 발행 2012년 8월 6일

지은이 | 비려 휘(飛麗 輝)
펴낸이 | 손 형 국
펴낸곳 | (주)에세이퍼블리싱
출판등록 | 2004. 12. 1(제2011-77호)
주소 | 서울시 금천구 가산동 371-28 우림라이온스밸리 C동 101호
홈페이지 | www.book.co.kr
전화번호 | (02)2026-5777
팩스 | (02)2026-5747

ISBN 978-89-6023-930-2　04810
ISBN 978-89-6023-928-9　04810 (SET)

| 에세이 작가총서 428 |

저자 **비려 휘**(飛麗 輝)

비려 휘 장편소설

강물처럼 흐르는 봄

II

차 례

1. 새로운 시작

일이 되려면 이렇게 되는 거였다. 일의 성패가 어찌 고생과 투자에 비례하기만 하겠는가? 노력뿐만 아니라 운 역시 맞아떨어져야 하는 게 세상일이었다. 되지도 않을 걸 가지고 그동안 쓸데없이 돈과 시간만 들였다는 것이 허망하고 원망스러울 뿐이었다.

박똥의 전화를 받고 나서도 마치 꿈속의 일인 양 한동안은 영 실감이 나지 않았다. 그동안 되는 일이 없이 일마다 얼마나 꼬이기만 했던가? 하지만 이것은 확실한 현실이었다. 이번 일을 마지막으로 불운은 이제 제발 다 끝나주기를!

비록 대학병원은 아닐망정 다시 수련에 들어갈 수 있게 되었다는 것은 큰 행운이었고, 그동안 걱정하고 고민했던 것들은 한순간에 한바탕의 기우로서 사라져버렸다.

이제부터는 행운이 다시 찾아올 거야. 수련을 다시 시작하게 됐으니까 말이야. 앞으로 레지던트 4년 동안 딴생각 말구서 진짜 열심히 공부만 해야겠어. 그리구 성실하게 살아야겠어. 실력두 쌓구, 돈두 모으구, 가능하면 결혼두 하구 말이야…….

그동안 어디가 그렇게 아팠나 싶을 정도로 거짓말처럼 갑자기 몸이 가벼워지면서, 날아갈 듯 어깨에서부터 힘이 꽉꽉 실리는 기분이었다.

남은 돈이라고는 고작 30만 원 정도였다. 그러나 이제 그런 건 아무런 상관도 없었다. 수련을 다시 받을 수 있게 되었으니까…….

남은 돈은 이번 일을 성사시켜준 박뚱과 흉부외과 과장 그리고 내과 과장에게 기쁘고 즐겁고 행복하게 모조리 다 써버릴 작정이었다.

월요일인 다음 날은 새벽같이 일어나서 오랜만에 모처럼 축산 바다로 해바라기를 갔다. 마지막이라는 생각에서 H 면을 떠난다는 건 다 좋을 일이었으나, 이 해바라기만큼은 아무래도 섭섭했다.

여느 때처럼 축산리 앞들을 지나서 바다로 통하는 숲길로 들어섰다. 불과 며칠 사이일 것이지만, 그 춥던 바닷바람도 한결 부드럽고 온화해져 있었고, 새 소리 또한 여간 빈번해져 있는 게 아니었다. 이제는 누가 뭐래도 봄이었다. 이른 신새벽부터 바쁘게 하루를 시작하는 새들처럼 그 역시 부지런해져야 할 것이라서 각오가 새로웠다.

벼랑바위에 도착하자, 벌써 동쪽 수평선너머로는 붉은 기운이 힘차게 솟아오르며 여명을 시작하고 있었다. 일출도 어느새 그만큼 빨라진 것이다. 갈매기들도 무리를 지어 소란스럽게 하늘을 날며 새벽을 시작하고 있었다.

새로운 시작인 바로 이 순간부터 배전의 노력이 필요할 것이고, 이왕지사 새로 시작하는 것이니만치, 교과서에 실릴만한 전문 의학자가 될 수 있도록 스스로를 갈고 닦아가야 할 것이었다.

마침내 둥근 해가 수평선 위로 찬연하게 불쑥 솟아올랐다. 보기 드문 모처럼의 장엄한 일출이었고, 해에서부터 붉은빛이 그가 앉아 있는 벼랑바위 앞바다 위까지 곧장 일직선으로 뻗어왔다.

행운의 예징이 분명했다. 훌륭한 내과의사가 될 수 있도록 그를 인도할 곧고 바른 앞길의 예징……

해가 순식간에 하늘로 치솟는 것을 보고서 그 역시 기운차게 자리를 박차고 일어섰다.

출근 시간 직전 정 수녀에게 사정 이야기를 하고, 진료도 보지 않고 곧바로 H 면을 나섰다. 다행히 포항에서 곧바로 출발하는 버스가 있었다.

걱정과 불안에 휩싸이고 온갖 상념에 젖은 채로 H 면을 처음 찾아왔던 때와는 정반대로 이번에는 두 눈을 부릅뜨고 흘러가는 경치에 눈길을 주면서 종합병원에서의 새로운 수련생활에 대한 각오를 다졌다.

아침 일찍 출발했으나, 반포 터미널에는 오후 3시쯤 도착하였다. 바쁜 마음에 즉시 출발하는 인천행 버스를 입석으로 옮겨 탄 후 한달음에 병원으로 내달렸으나, 인천에 도착해보니 어느새 6시였다. 과장들은 벌써 다 퇴근해버린 후였다. 과장들은 천상 다음 날 아침에나 만나야 할 것이었고, 저녁을 해결할 겸 박뚱과 함께 병원 근처 로스 집을 찾아갔다.

"좆도 아닌 새끼가 이제는 그저 호텔 아니면 로스 집이네, 그래. 시발놈! 시골에서 석션(돈을 긁어 모으다.) 좀 했냐?"

"그래 엄청 했다. 시비는 그만 하고 어서 드시기나 해라."

일이 잘되어 다시 만나는 것이라서 둘 다 기분이 좋았다. 하지만 그는 했던 말과 달리 오늘은 자기가 낸다며 로스 대신 간단하게 갈비탕만 두 그릇 시켰고, 그 좋아하는 술도 안 시켰다.

그러면서 내과에 스태프(전문의사)가 두 사람 있는데, 과장은 여자이고 부과장은 남자이며, 보드(전문의 자격)를 갓 딴 사람이라는 것이었고, 과장이 여자라서 좀 뭐하지만, 부과장은 서울 T대 출신이고 신출이라서 실력도 있고 괜찮다는 이야기였다.

그러면서 그는 민우가 전혀 예상하지 못한 말을 한 가지 해주었다. 즉, 병원이야 수련과정 이수로서 만족하고, 자기 일은 자기가 알아서 해결해야지, 누구 하나 보드 따는 데 신경 써주는 사람이 없다는 것이다. 스태프들도 실력 있는 사람들은 대개 대학에 자리가 날 때까지 임시로 몇 달 근무하다가 철새처럼 떠나는 경우가 많고, 오래 붙어 있는 사람은 실력도 없이 재단에 잘 보여서 그렇다는 것이다. 그래서 이야긴데 절대로 스태프들에게 뭘 바라서는 안 된다는 설명이었다.

박뚱은 거기에 한술 더 떠서 논문조차 신경 써주지 않으므로 다른 병원 신세를 져야 하는 경우도 있었다는 설명이었다. 예상도 하지 못했던 뜻밖의 말이라서 듣고 보니 영 난감했다. 그러나 그는 여태껏 하던 말과는 달리 호탕하게 웃으면서 안심부터 시켰다.

"벌써부터 뒈지는 시늉은 안 해도 돼! 시발새끼가 되게 겁도 많네. 형님 말씀만 잘 들으면 얌마! 모든 게 다 잘되게 돼 있어! 그리구 여태껏 모두 잘 마치고 다 보드 따서 나갔어. 새꺄!"

그러면서 박뚱은 자기가 알아서 스스로 공부하게 되므로 오히려 보드에 떨어진 사람이 없었다는 희망적인 이야기도 해주었다. 그렇거나 저렇거나 이제는 하는 수 없는 일이었다. 찬밥 더운밥을 가릴 처지인가? 수련을 다시 시작했다는 것으로 만족하고, 열심히 노력이나 해야 할 일이었다.

과장들에게 다소 감사 표시를 해야 하지 않겠느냐고 묻자, 그는 한마디로 똥 같은 소리는 치우라며 퉁겨버렸다. 뽑아준 거야 고맙지만, 스태프나 수련의 모두 자기 일 자기가 알아서 하는 처지인데, 그렇게 감지덕지할 필요까지 있겠느냐는 식이었다.

식사 후 민우가 당연히 자기와 함께 병원으로 돌아갈 줄 알았으나, 갈 데가 있다면서 손을 내밀자 금세 넘겨짚고 말했다.

"시발놈! 그동안 조갤 못 만나서 어떻게 살았냐?"

"그래, 고맙다. 너 말고 형님 걱정 누가 해주랴? 낼 일찍 오마."

박뚱과 헤어져서 곧바로 다시 서울행 버스를 탔다. 혜진을 만나려면 그녀의 학교로 가면 될 것이고, 혹시라도 만약 못 만나게 되면 주리에게 가서 하룻밤 병실 신세를 질 생각이었다.

혜진의 학교 앞에 도착한 것은 오후 8시 반쯤이었고, 다행히 그녀는 학교 작업실에 마침 있었다. 함께 학교 앞 제과점으로 들어갔다.

"저녁은 했어?"

빵을 얼마나 시켜야 할지 몰라 미리 물었던 것인데, 그녀는 아무 생각도 없다면서 제 입으로 우유만 한 잔 시켰다.

그녀는 만났을 때부터 언짢은 표정을 펴지 않고 있었다. 내과에 되었다는 말을 듣고도 그게 무슨 대수냐는 식이었다. 머쓱해진 기분을 애써 감추며 화제를 바꾸어 '그럼, 졸전(졸업작품전) 준비는 어떻게 잘돼가는 거야?' 하고 그동안의 형편을 물었으나, '그렇지 뭐…….' 하는 식으로 시큰둥한 대답이 왔다. 그래서 '대학원은?' 하고 다시 물었다.

이번에는 대답 대신 딴 데로 눈길을 돌려버렸다. 표시가 날 정도로 언짢은 표정이 역력했고, 예전과는 너무 다른 모습이었다. 지난번 호텔에서의 일 때문일까? 몹시 새침해진 표정이라서 웃음이 다 나올 정도였다.

그러나 아무리 생각해보아도 그녀가 이처럼 뚱해 있는 것은 너무 지나친 일이었다. 사랑하는 성인 남녀가 호텔 방에서 단둘이 지내게 되면 몸도 섞게 되는 거지, 뭐 그게 그렇게 이상한 일도 아니겠고, 그동안 그만큼 만나서 서로 사랑한다는 것을 알게 되었으면 지금쯤은 당연히 그래야 하는 것이 아니겠는가?

그녀는 시켜놓은 우유 한 컵을 절반도 채 비우지 않은 채 컵만 만지작거리고 있었다. 또한 속사포 같은 말 대신에 아예 입을 걸어 잠그고 있었고, 눈길조차 바깥 아니면 탁자에 두면서 좀처럼 얼굴을 마주치려 하지 않았다. 지난번 호텔에서의 일이라기보다 다른 무슨 좋지 않은 일이 있었을 것만 같았다. 적이 당황하여 조심스럽게 물었다.

"왜 그래? 무슨 일 있는 거야?"

그녀는 여전히 아무런 대꾸도 없이 그의 눈길을 피해 딴 데만 바라보고 있었다. 밖으로 나가 기분전환이라도 하면 어떨까 하는 생각에서 함께 나가자고 권유했지만, 그녀는 사람이 달라져 버린 듯 고개만 내저었다.

하지만 학교까지 모처럼 찾아온 성의도 있는데 설마 거절까지야 하겠느냐 싶어 자리에서 일어섰지만, 웬걸, 그녀는 학교로 다시 돌아갈 눈치였다. 머쓱하고 당황스러웠다.

그렇다면 이유나 알자는 생각에서 자세히 물어보려고 했으나, 그것조차 불가능한 일이었다. 일단 자리에서 일어선 것이라서 다시 앉을 기분도 아닌 모양이었다.

"다음에 만나. 오늘은 싫어."

어이가 없었다. 되도록 미소를 떠올리려 애쓰며 그녀가 표정을 풀어주기를 바랐으나, 그녀는 돌처럼 굳어진 얼굴로 외면만 할 뿐이었다.

"왜 안 된다는 거야? 지난번 그 일 때문에 그런 거야? 오늘은 그럼 차나한 잔 더 하구……."

기어코 지난번 호텔에서의 일을 들먹이고 말았다. 그러나 그녀는 따발총 같은 입을 열며 완강하게 거절했다.

"그러구 싶지 않아! 다음에 만나. 그럼, 잘 가!"

그리고서 그녀는 혹시 그가 따라붙을까 봐서 그런 것인지 뒤도 돌아보지 않고 어두운 운동장 안으로 달리다시피 해서 학교로 도망쳐 들어가 버렸다.

섭섭하기도 했지만 불안해서 견딜 수 없었다. 왜 그럴까? 난감한 표정으로 재빠르게 사라져가는 그녀의 뒷모습만 쳐다보다가 돌아서고 말았다.

혜진은 민우를 따돌린 후 하던 일을 계속하려 했으나 도저히 그럴 기분이 아니라서 화구를 내동댕이치고 두 손으로 얼굴을 파묻은 채 소파에 무너지듯 주저앉아버렸다. 아무도 없다면 아마 바닥에 주저앉아 통곡이라도 했을 것이다.

그토록 우유부단하고 파렴치한 사람에게 어떻게 그렇게 감쪽같이 속아지낼 수 있었을까? 생각할수록 지난 일들이 억울하기 짝이 없었다.

얼마 전 호텔에서 그토록 싫다는데도 자기 욕심만 채우려 했던 그가 동물처럼 생각되었고, 미스 정과 어울려 다니면서도 그 사실을 까마득하게 숨긴 채 영혼까지 사랑하고 싶다던 그가 성욕이나 채우려는 치한이거나 구제 불능의 이중인격자처럼 느껴지기만 했다.

그와 함께 지냈던 모든 기억을 송두리째 잊고 싶었다. 이제부터라도 다시는 만나지 말아야지! 그러나 막상 만나고 보자 그게 아니었다. 다소 마음이 누그러졌고, 어쨌든 해명이라도 듣고 싶었다. 그러나 그는 그러기는커녕 시치미를 뗀 채 한마디 해명도 없었다. 아니, 그게 문제가 아니었다. 마치 이제는 자기 소유물이나 된다는 듯이 자기 기분대로 하려고까지 했다. 불같이 화가 치밀어 밉고 더럽다는 생각에서 구토라도 해버리고 싶었다.

자기 주제 파악도 못 하고 바람둥이처럼 사는 이유가 뭘까? 얼마 전 시골로 전화했을 때 "미스 정이라는 여자가 서울에서 와서 함께 나갔다"는 간호사의 대답을 듣고 한동안 기분이 좋지 않았다. 호텔에서 너무 거절 일변도로 나갔기 때문에 자신감을 잃은 나머지 미스 정을 가까이 하고 있는지는 모르겠지만, 아무리 그렇더라도 어디 그게 말이나 될법한 이야기인가?

서로 사랑한다면 안거나 입을 맞추는 정도까지야 어쩔 수 없는 일일 것이다. 그렇지만 결혼할 때까지는 어떻게든 순결을 존중해주어야 할 게 아닌가? 그건 비단 여성인 그녀뿐만 아니라 남자인 그도 마땅히 그래야 할 것이었다.

자신과 미스 정에게 양다리를 걸치고, 시골에까지 미스 정을 몇 번이나 찾아오게 하였으며, 더욱이 인천 호텔에까지 함께 들었다는 그가 설령 아무 일도 없었다고 하더라도 너무 불결하고 비열해서 도저히 용서할 수 없었다.

물론 그녀 자신도 최근 권유에 못 이겨 강철을 몇 번 만났던 적은 있었다. 그러나 그건 어디까지나 그의 호의를 거절하지 못해 차 한 잔 마시는 정도였을 뿐 그 이상은 맹세코 아니었다.

그는 성격, 행동, 가치관 등 모든 면에서 민우와 달랐다. 그리고 무엇보다 중요한 것은 경제적인 차이였다. 민우는 택시 타기조차 꺼렸으나, 그는 자기 차로 어디든 데려다 주고 싶어 했으며, 그녀가 무엇에 조금만 주의를 기울여도 금방 알아채고 곧바로 신경을 써주었다.

"멋있어 뵈죠? 혜진 씨는 역시 보는 눈이 있어요."

그녀의 눈길이 스치는 것은 무엇이든 다 그에게 의미가 있다는 식이었고, 그것도 아주 귀신같이 알아차렸다. 어떤 때에는 참으로 어이없는 제안을 하기도 했다.

"저 옷, 혜진 씨에게 잘 맞겠는데……."

그의 말뜻을 얼른 이해하지 못하고 어리벙벙하게 바라보면, 그는 대뜸 다시 이렇게 말했다.

"우리 내기 한 번 할까? 만약 내 생각대로 혜진 씨에게 잘 맞는다면 혜진 씨가 저 옷을 입기로 하고, 그렇지 않다면 진 벌로 다른 걸로 사기로 하고."

결국 그게 그 말이었다. 그래서 그 이후로는 아무리 멋진 옷이 걸려 있더라도 그와 함께 있을 때는 절대로 눈길을 주지 않았다. 하지만 그것도 소용없었는데, 그럴 때면 오히려 그편에서 먼저 알아보고 말했다.

"옷이 사람을 감추고 가리는 것 같지만, 실제로는 정반대죠. 그 사람의 모든 것을 완전히 다 드러내주는 거거든요. 입은 옷만 보아도 성격이 깔끔한지 어떤지, 무슨 색을 좋아하는지, 마음상태는 어떤지, 가치관은 어떤 것인지, 심지어는 생활능력이나 직업까지도 다 드러나잖아요? 그러니까 옷이 사람을 감춘다고 생각하면 큰 오산이죠. 자! 그건 그렇고……. 추운데 가게로 들어가서 저 옷이나 한번 입어보죠. 옷도 멋지고 사람도 근사하니깐."

그는 그런 식으로 너스레를 떨며 채근했다. 하지만 물론 그에게 옷 선물을 받을 수는 없었다.

한번은 김유미와 함께 그를 만난 적이 있었다. 김유미가 차나 한잔하자며 불러내 나갔던 것인데, 그 자리에는 뜻밖에도 그가 함께 있었다. 아무래도 자리가 불편해서 잠시 그만그만한 이야기를 나누다가 먼저 가겠다며 일어섰다. 그러자 그는 놀랍게도 유미를 의식하지도 않는지 유미 면전에서 이렇게 말했다.

"나이트 좋은데 있는데, 함께 가지 않을래요?"

다방에서 나오자 그는 김유미와 눈인사 한 번으로 그만이었고, 혜진을 자기 차에 태우려고 기다리고 있었다.

"잘해 봐요."

물론 김유미조차 생글거리며 그렇게 한번 퉁기더니, 손만 한 번 까닥하고는 돌아서 버렸다.

"김유미 씨하구 가서야 하는 거 아니에요?"

그러자 그는 오히려 재미있다는 듯 껄껄거리며 웃었다.

"아무려면 사촌형수와 단둘이 나이트 가는 사람이 있을까?"

김유미가 그의 애인이 아니라 사촌형수뻘이 된다는 것을 그때 처음 알았으나, 그렇다고 해서 그를 곧장 따라나설 수도 없었다.

"전…… 가야겠어요."

그가 앞을 가로막았다. 민우와 달리 그는 체구가 크고 어깨가 몹시 넓어서 마치 산이라도 하나 가로막는 것처럼 느껴졌다.

"그럼, 하는 수 없죠. 다음 기회로 미루고 오늘은 그냥 학교로 데려다 줄게요. 자! 타요."

호의를 더 이상 거절할 수도 없었다.

"그땐 혜진 씨를 한번 떠보고 싶었죠. 하지만 이제 생각해보면 다소 유치했던 것도 같고……. 무슨 욕심을 품었던 것은 아니었어요. 어쨌든 혜진 씨가 그때의 일로 그렇다면, 다시 한 번 그때의 상황을 냉정하게 되돌아봐요."

물론 돌이켜보고 싶은 일은 아니었으나, 그렇다고 그때처럼 다급한 감정이 남아 있는 것도 아니었다. 학교에 도착할 때까지 말없이 앉아 있었다. 마침내 고맙다는 말과 함께 내리려는데, 그가 말했다.

"다음 토요일 오후 5시 어때요? 여기서 기다릴게요."

혜진과 헤어진 민우는 곧바로 인천으로 되돌아갔다. 마음이 심란해서 주리고 누구고 안중에도 없었다. 앓던 병이 재발하는지 다시 오한이 나는 것 같고, 조금 어지럽기도 했다.

인천에 도착한 시간은 거의 밤 10시 반쯤이었고, 차에서 내려 눈에 띄는 대로 길가 포장마차를 찾아 들어가 뜨거운 조개국물에 소주 한 잔을 비웠다. 오한이 나는 것도 한결 덜했고, 기분도 다소 가라앉았다. 그러고는 박뚱이 방으로 와보니 환자 때문에 바쁘다는 초저녁 말과는 달리 그는 어디론가 사라지고 없었다. 주인도 없는 빈방에 자기 방이나 되는 듯 길게 드러누웠다.

혜진이 왜 그럴까? 유추해볼 수 있는 사단은 두 가지였다. 지난번 호텔에서 실랑이했던 일과 최근 주리와 긴밀하게 지냈던 일, 바로 그것이다. 그러나 호텔에서 그 일이 있었던 이후로도 자기 부친을 만나게 해주었을 뿐만 아니라 시골로 전화까지 해주지 않았던가? 그렇다면 호텔에서의 일보다는 아무래도 주리 때문일 것 같았다. 주리와의 무슨 일 때문에 그런 것일까?

그러자 당시에는 별생각 없이 그냥 지나쳤으나, 박뚱이 내과 자릴 만들었다고 전해줄 때, "네 조개한테서도 전화가 왔었다"던 말과 미스 황이 "두 분이 식사하러 가신 사이에 서울 혜진 씨에게서 전화가 왔었다"고 전해주었던 말이 생각났다.

그렇다면 오해할만한 소지가 충분했다. 주리가 그랬던 것처럼 혜진 역시 주리와 만나는 것을 몹시 싫어하지 않았던가?

더구나 박뚱이 혜진을 주리와 혼동하고서 뭔가 씨부렁거렸다면 백발백 중 불에 기름 부은 꼴이었다. 또 최근 뻔질나게 H 면을 드나들었던 주리를 단순한 업무관계라고만 생각할 수도 없었을지 몰랐다. 어쨌든 박뚱이 와야 혜진에게 뭐라고 말했는지 물어볼 수 있을 터인데……

그는 어디서 술이라도 처마시고 있는 것인지 도대체 나타날 줄 몰랐다. 제깟놈이 통금 안에는 들어오겠지. 몸과 마음이 모두 피곤했으나, 그를 기다리느라 쉽게 잠들지 못했다.

마침내 12시가 조금 넘은 시간, 그는 술을 한 잔 걸치고 거나해져 돌아왔다.

"어쭈, 이 시발놈 봐라! 벌써 지네 방처럼 퍼질러 누워 있네. 일어나! 새꺄! 형님을 보면 벌떡벌떡 일어나서 인사부터 올려얄 게 아냐?"

그러나 민우가 별 반응이 없이 누운 채로 멀거니 쳐다보기만 하자, 그는 머쓱한지 다시 또 한 차례 시부렁거리며 방을 나갔다.

"그래, 팔자 좋을 때 실컷 자둬라. 시발! 조금 있어 봐라. 좆도 종놈 한 가지니까. 뭐 하러 시발! 의사 돼 갖구 이 고생이냐 그래?"

잠시 후 그는 머리에 물기를 잔뜩 단 채 덜덜 떨면서 들어왔다. 그러고는 전기난로 앞에 쭈그리고 앉아 불을 쬐면서 다시 구시렁거리기 시작했다.

"시발, 덩치는 크구 이딴 걸로는 손바닥도 다 못 쬐겠네."

자리에 누운 채로 그를 건너다보다가 말을 걸었다.

"겨울인데, 더운물 안 주냐?"

"초저녁 때 한 번 주기는 하는데…… 밖에서 하고 오는 기 속 편할 끼다."

그는 아무렇지도 않은 듯이 읊어대고 있었으나, 고생스러운 수련을 재개하게 되었다는 생각에서 문득 마음이 새삼스럽게 무거워졌다.

"근데 난 언제부터 근무를 해야 하는 거냐?"

말이 끝나기도 전에 그는 대갈일성부터 냈다.

"야이, 시발놈아! 이제 지랄방정 그만 떨고 당장 내일부터 근무해. 자리 난 줄 알면 또 어떤 미친놈이 와서 지분댈지 모르니깐."

그는 예전 흉부외과 소개해줄 때도 미리 와서 근무하라고 했다. 그러나 고집 피우고 그렇게 하지 않았던 대가를 얼마나 톡톡하게 치렀던 것인가?

"근데…… 이 시발놈이 조개허구 도대체 몇 탕을 뛰고 온 거냐? 빌빌 싸고 있는 게 꼭 넋 빠진 허수아비 새끼 다름 아니네."

그는 커다란 덩치를 손바닥만 한 전기난로와 맞추느라고 애쓰고 있다가 그를 돌아보고는 실실 웃으며 복장을 질렀다. 민우는 박뚱의 말을 중간에서 싹둑 자르고 정색하며 물었다.

"너, 혹시…… 나 없을 때 서울 한혜진이 전화 받았어?"

"니 그 조개 말하는 거냐? 어이구 시발놈! 자나 깨나 오매불망 그저 돼지면서도 임 생각뿐이로구나. 얼마 전 서울이라면서 전화가 오긴 왔지. 한혜진인지, 두혜진인지 잘 모르지만 말이야……. 어쨌든 잘될 거라고 말해주었지."

"너 혹시…… 그때 설마…… 무슨 쓸데없는 소릴 지껄인 건 아니겠지?"

그는 꼬치꼬치 캐묻는 품이 오히려 재미있다는 듯 실실 웃으며 약을 올리다가, 민우의 힐난조의 말에 갑자기 언성을 높이며 윽박질렀다.

"야이, 쪼다거튼 새꺄! 깔치헌테 벌써부터 벌벌 기어서 뭘 어쩌겠다는 거냐? 어이구…… 동생새끼라구 하나 있는 게…… 정신 차려! 새꺄! 호텔에서 함께 잤으면 다 된 거 아냐? 가시난 자면 다 끝나는 거야……."

"여하간 무슨 말을 했어?"

"무슨 말을 하긴? 너 새끼허구 호텔 방에서 무슨 지랄을 떨었는지 그런 건 묻진 않았으니까 걱정도 하지 마. 아는 척을 좀 하긴 했지만."

그렇다면 거의 확실한 일이었다. 혜진은 박뚱에게 유도신문으로 그와 주리가 함께 머문 호텔 건을 역으로 알아냈을 것이고, 그처럼 그 일에 신경 쓰고 있었다면 그녀는 이미 오래전부터 상당한 오해를 하고 있었음이 틀림없었다. 내일은 만사 다 접어놓고 혜진부터 만나야 할 것이었다.

박뚱은 술기운 때문인지 뒤통수를 베개에 갖다 대면서 곧바로 코를 골았다. 그러나 그는 쉽게 잠을 이룰 수 없었다. 이리저리 뒤척이며 온갖 쓸데없는 생각만 거듭하다가 새벽녘이 다 되어서야 간신히 잠이 들었는데, 소란스러운 소리에 눈을 뜨고 보니 벌써 7시가 넘은 시간이었다.

박뚱은 이미 나가고 없었다. 부산하고 시끄러운 소리를 한 귀로 흘려보내며, 어차피 자기네 회진이 끝나야 내과 과장들을 만나러 내려갈 것이라는 생각에서 늘어지게 퍼질러 누워 있다가 8시가 되는 것을 보고서야 깜짝 놀라 일어났다.

찔끔거리는 차가운 수돗물로 대강 세수를 마치고, 혼자서 식당을 찾아갔다. 식당과 정형외과 병동 간을 오르내리면서 보니 내과병동은 정형외과 바로 아래층인 4층에 있었고, 부산하게 사람들이 드나드는 것으로 보아서 입원환자가 꽤 많은 것 같았다.

계단을 올라오다가 내과병동에서 나오는 우먼닥터와 딱 마주쳤다. 40대 초반 아니면 중반으로 보이는 곱상한 얼굴이었다. 과장일 것이라는 직감이 들었으나, 소개받기 전이라서 아는 체 하기도 그랬다.

예상했던 대로 박뚱은 10시가 넘어서야 나타났다.

"언제부터 올 거냐고 물으면 지금 당장 시작한다고 해! 요상스러운 헛소리 하면, 시발! 이제 진짜 끝이야, 끝!"

먼저 여자 과장에게 안내되었다. '제1내과 과장 내과 전문의 현경애'라는 명패가 대문짝만 하게 붙어 있는 진료실 안으로 박뚱을 따라 조심스럽게 들어섰다. 물론 아까 복도에서 만났던 그 여자였다. 그녀는 기대했던 것보다 훨씬 딱딱하게 굴었다.

앉으라는 말도 없이 초면인데도 세워둔 채 의례적인 질문을 했다. 그러나 당장 근무를 시작하라고는 하지 않았고, 3월 1일이 공휴일이고 3월 2일이 일요일이긴 하지만, 2월 28일부터 출근해서 병실 일을 익혀두라는 것이었다.

그러면서 그녀는 부과장인 김 과장에게 먼저 들렀는지를 알고 싶어 했다. '과장님께 먼저 들렀는데요.' 하는 박뚱의 말에 그녀는 표정을 풀며 '그렇담 지금 가보세요……. 내가 다 이야기를 해두었으니까.' 하고 말했다. 그녀는 허리를 굽혀 인사하고 나가는 민우를 다시 불러 세우고는 딱딱한 표정이 되어 말했다. '아! 참! 그리고 지금 당장 관리과로 가서 필요한 서류를 알아보고 일찍 제출하세요.'

그녀의 방을 나와 김 과장에게 갔다. 그런데 오히려 남자인 그가 더 시원시원했다. 박뚱의 말마따나 민우보다 서너 살 위로나 보일까 매우 젊었다. 그는 별다른 질문도 없이 앞으로 잘해보자며 악수를 청하는 것으로 끝이었다.

박뚱과 함께 관리과를 찾아갔다. 이력서 등은 지난번 흉부외과 시험 때 제출한 그대로 있었고, 그 밖의 것들은 동사무소나 학교로 수수료와 반송우표료만 보내면 해결될 것들이었으나, 이번에도 신원보증서란 괴물딱지가 문제였다. 이걸 또 누구에게 부탁하나? 박뚱을 멀거니 건너다보다가 말했다.

"이건 니가 좀 해라."

"뭔데, 새꺄?"

그는 서류에 커다란 두 눈깔을 들이밀더니만 딱하다는 표정으로 말했다.

"으이구…… 이 시발놈아! 넌 아직도 모르냐? 이런 건 신원보증보험에 몇 푼 내면 다 알아서 해주는 거야. 이런 맹추가 어떻게 의사가 됐을꼬?"

민우는 세상일을 너무도 잘 아는 그가 고맙기도 부럽기도 했다.

인천 일이 끝나자마자 다시 혜진의 학교부터 찾아갔다. 마침 그녀의 학과 건물 안으로 들어가는 여학생이 있었으므로, 그편에 전갈을 보낼 수 있었다. 하지만 웬걸, 혜진은 30분이 지나도록 종무소식이었다. 혹시 전달이 잘 안 되었는지 걱정스럽기도 했고, 너무 오랫동안 기다리다 보니 지루하기도 했다. 슬금슬금 예전 기억을 더듬어 건물 안으로 들어가 보았다. 그러나 방마다 문들이 닫혀 있어서 함부로 열어볼 수도 없었다. 누군가가 문밖으로 나오기를 기다리며 복도에서 한 동안 서성거렸는데, 이윽고 방문이 열리면서 누군가가 나왔다. 뜻밖에도 아까 전갈을 부탁했던 바로 그 여학생이었다. 그녀는 민우를 보자마자 재빨리 방안으로 되돌아 들어가 '혜진 언니 면회요!' 하고 큰 소리로 외쳐주었다.

마침내 혜진이 모습을 드러냈으나, 여전히 뚱하고 화난 표정이었다. 학교 앞 제과점에서 기다리라는 말만 하고서는 다시 방안으로 휑하니 들어가 버렸다.

예전과 달라도 너무 달랐고, 사단이 붙은 게 분명했다. 만나서 오히려 긁어 부스럼만 만들까 봐 근심이 앞섰다. 우울한 걸음걸이로 천천히 학교 건물을 빠져나왔다.

난데없이 별이가 생각났다. "우리 이제 그만 만나요. 대학에 들어가서 만나기로 해요. 우린 공부를 열심히 해야 하는 학생이잖아요? 아시겠죠?" 별이는 그때 그렇게 편지를 써 보내면서 자기 사진 한 장을 곁들였었는데, 그러고는 끝이었다. 혜진과도 그렇게 될까?

그는 두 눈을 감은 채 비장한 마음으로 그녀를 기다렸다. 그러나 그녀는 30분이 아니라 1시간 이상이 지난 후 가까스로 나타났다.

예상했던 대로 그녀는 이제 더 이상 만나고 싶지 않다는 표정이었다. 서로 마주 보고 앉아 있기는 했으나, 마음은 이미 떠나버린 듯 눈길을 창문 쪽에 고정하고 있었고, 이따금 흘끔거리며 쳐다볼 뿐 도대체 말이 없었다. 무슨 말을 어떻게 해야 오해를 풀고 달래줄 수 있단 말인가?

"난 바빠서 가야 해."

마침내 그녀가 먼저 일어섰다. 일어서는 그녀를 올려다보며 그는 거의 울상이 되어 말했다.

"너무하는군. 앉아 봐. 나도 할 말이 있어."

그녀는 다시 자리에 앉긴 했으나, 여전히 외면한 채로 말했다.

"말해 봐요."

겨울의 짧은 해가 어느새 석양을 알리고 있었다. 창 쪽으로 고개를 돌린 채로 앉은 혜진의 차가운 얼굴에는 블라인드 커튼의 그림자가 가로로 걸려 있었다. 마주 보고 앉아 있으나, 둘 사이에는 마치 감옥의 창살이나 두터운 장벽이 가로막고 있는 것처럼.

"잘 들어봐. 난 이제 혜진이 없으면 살 수 없을 거야. 뭔가 오해가 있었던

게 분명해. 하지만 난 혜진이를 믿어……. 그리고…… 혜진이도 날 믿어야 해……. 난 어제 한숨도 못 자고 혜진생각만 했어. 왜 그럴까 하고……."

그는 거두절미하고 그녀 없이는 살 수 없다는 말부터 했고, 그녀는 잠자코 듣고는 있었으나, 여전히 차가운 얼굴 그대로였다.

"난 정말 죽고 싶어. 혜진이! 내 말 잘 들어 봐."

그러나 그녀는 여전히 말없이 창밖만 건너다보거나 자기 손가락만 만지작거렸다.

"아마 주리 씨, 아니 미스 정 때문에 그런 것 같은데……. 만약 그렇다면 사실 그건 큰 오해야. 만약 해명해 달래면 지금이라도 다 말하겠어."

'주리 씨'라고 하기보다 '미스 정'이라는 호칭을 사용해서 그녀를 설득해야 하는 현실이 눈물 나도록 슬펐다.

"미스 정과 인천에 갔던 것도 사실이고, 같이 호텔에 들었던 것도 사실이야. 그렇지만 믿어줘. 난 손끝 하나 건들지 않았어. 혜진이 내 성격 더 잘 알잖아? 서울 가도 통금에 걸릴 수밖에 없을 거라서 그랬던 거야. 사실 난 그때 박 선생과 함께 자려고 했지만, 주리 씨, 아니 미스 정에게 미안해서 다시 갔던 거고. 결국 통금에 걸려 아침까지 그대로 있었던 것뿐이야. 그뿐이야. 그게 다야. 믿어줘. 믿어줘야 해. 물론 안 믿어주어도 할 수 없지만 난 세상에서 혜진 외에는 아무도 없어. 혜진이 잘 알잖아? 지금껏 혜진이라두 내 곁에 있다는 생각으로 살아왔어. 이젠 난 어떻게 해야 한다는 거야?"

애타게 설득해보았으나, 그녀는 결코 그가 하는 말을 이해해보려 하거나, 용서하려 들지 않았다.

"어쨌든 난, 당분간 민우 씰 만나고 싶지 않아. 민우 씨의 말이 다 진실이라 하더라도 난 민우 씨가 불결해서 견딜 수 없어. 이젠 그런 말은 미스 정에게나 가서 해. 잘 가. 의사선생님, 그동안 고마웠어."

그녀는 일어선 채로 따발총처럼 제 말만 내쏘고는 뒤도 안 돌아보고 가버렸다. 그는 그런 그녀를 쫓아가려고 일어서다 말고 얼굴을 감싸 쥐며 의자에 도로 주저앉고 말았다.

바보같이, 바보같이…… 별을 다시 또 하늘로 날려 보냈어. 그는 배고픈 줄도 모르고 얼굴을 감싸 쥔 채로 그 자리에 그대로 앉아 신음하다가 어두워져서야 밖으로 나왔다.

교문 앞에 서서 그녀의 학교를 올려다보았다. 학교는 무슨 거대한 도깨비처럼 거무스름하게 흉측한 모습을 드러내며 몇 군데만 불을 밝히고 있을 뿐이었다. 혜진의 방 쪽을 어림짐작하고 망연자실 서 있다가 한숨을 내쉬며 돌아섰다.

민우와 헤어진 후로 혜진은 거의 침식을 잊을 정도로 그림에만 매달려 지냈다. 지난여름 동안 축산 바다에서 스케치해둔 것도 많았으나, 주로 상상으로 다시 재구성해서 그렸다.

토요일 오후 2시쯤 주말 나들이도 하지 않고 그림에 매달려 있는데, 난데없이 김유미가 찾아왔다. 그녀는 말없이 서서 그림 그리는 것만 지켜보다가 이윽고 혜진의 옆구리를 찌르며 말을 붙였다.

"질투가 나네. 혜진이 너 이러다가 너 혼자서만 너무 대가 되는 거 아니냐?"

혜진은 그림에만 눈을 준 채, 미소만 보였다. 찾아온 이유가 뻔했기 때문이다. 하지만 그녀는 혜진의 어깨를 끌고 교실 구석 쪽으로 데리고 갔다.

"강철 씨가 너 좀 데려다 달래."

"싫어, 난 지금 바빠."

"토요일 오훈데, 상관없잖아?"

"아냐, 어쨌든 난 바빠. 그리고 이젠 다 귀찮아."

이젤로 돌아가려는 혜진을 유미가 다시 가로막았다. 그러자 혜진이 항의하듯 말했다.

"왜 내가 그에게 가야 하지? 그럴 의무라두 있다는 거야, 뭐야?"

"아니, 뭐…… 그게 무슨 의무겠니? 사실은 그가 병이 나 있거든."

"무슨 소리야? 병이 났음 의사를 찾아가야지, 내가 뭐 의사야?"

그러자 유미는 웃음을 터뜨리며 권유 조로 다시 말했다.

"의사래두 대단한 의사가 되나 봐. 너만 찾는 걸 보면 말이야. 얘! 그러지 말구 이번 한 번만 내 체면을 생각해서라두 함께 가주지 않을래? 내 이다음엔 절대루 이딴 부탁 안 할 거니까."

김유미가 워낙 찰거머리처럼 달라붙어 강요하다시피 해서 마침내 견디다 못한 혜진은 한숨을 쉬며 허락하고 말았다.

"정말 이번이 마지막이다. 네 체면 때매 가는 거야. 제발 이제 앞으론 이딴 일로 날 더 이상 귀찮게 하지 마. 신경질 나 죽겠어."

"그래 알았다. 가주는 거지? 여기서 조금 기다릴까? 아님 이따 다시 올까?"

"이따 다시 와. 2시간 후쯤."

샤워와 대충 화장만 하는 데에도 2시간이 후딱 지나갔다. 그녀는 언제고 외출하려면 매우 정성스럽게 화장을 했다. 마음에 들 때까지 몇 번이고 화장을 고치는 것은 거의 습관이나 다름없었고, 루주나 마스카라, 아이섀도의 색도 세심하게 고르고 매만졌으며, 머리 형태도 참신한 이미지가 나도록 수없이 변형을 시도했다.

민우가 지적했듯이, 관능적인 입술 안에서 송곳니가 약간 덧니처럼 튀어나온 것이 매력이라는 것은 그녀 자신이 더 잘 알고 있었다. 그래서 외출

준비가 완료되고 의상까지 다 차려입은 후에는 거울 앞에 약간 측면으로 서서 살짝 입을 벌리고 덧니가 조금 나오도록 웃어보고 나서, 만족스러우면 그 때서야 가방을 챙겨 들었다.

유미는 정확하게 4시에 다시 나타났다. 두 여자는 사관생도처럼 허리를 곧추세우고 씩씩하게 계단을 걸어 내려갔다. 유미와 달리 혜진은 몹시 멋을 낸 차림새였는데, 코트나 스웨터, 짧은 치마, 모자, 모든 것이 다 그녀의 성격 그대로였고, 퍽 육감적인 모습이었다.

"너, 의사 애인 있다며? 하지만 강철 씨는 정말 대단한 사람이야."

그녀는 계단을 내려갈 동안의 짧은 시간이었지만, 시동생 감을 추켜세우느라 침이 말랐다. 돈 많은 집 아들이지만, 건실하고 자기 주관이 뚜렷한 사람이라는 것, 그리고 무엇보다 외모와 달리 집에서는 무척 섬세하며 자상하고 따뜻한 사람이라는 것 등등이었다. 그러나 차 안에 들자, 강철에 관한 이야기는 입도 뻥긋하지 않고, 주로 대학원에 관한 화제를 입에 올렸다. 운전기사 때문이기도 했지만, 두 사람 모두 서양화 전공으로 얼마 전 대학원에 함께 진학했기 때문이다. 하지만 둘은 최근 들어 조금 가까워졌을까, 기실 대학 4년 동안에는 그렇게 친하게 지내던 사이는 아니었다.

강철의 집은 장충단 근처에 있었다. 시내와는 분위기가 완연히 다른 숲길을 따라 잠시 올라가는가 싶더니만, 곧 육중한 철 대문이 나타났다. 차가 서자, 문이 스르르 저절로 열리고, 차를 탄 채 그대로 집안으로 들어갔다.

유미는 무상출입을 하는 모양으로, 거리낌 없이 집안으로 혜진을 안내했다. 현관을 지나자 널찍한 마루가 나타났고, 그 양쪽으로는 방들이, 그리고 건너편 마루 끝에 2층으로 올라가는 나선형 계단이 보였다. 계단실로 들어서자, 반투명의 유리벽돌을 통해 막 들어온 따스한 오후 햇살이 가득 차 있었다. 밖에서 보기보다 안은 무척 넓었고, 계단실은 위층으로 계속 연결되어 있었다. 2층 마루로 올라간 둘은 좌측 중간쯤에 있는 방안으로 들어갔다.

아니게 아니라 그는 팔에다 링거를 꽂은 채 침대에 누워 있었다. 방안이 무척 넓었다. 방 안에 또 하나의 방문이 있었는데, 방안에 옷가지나 장롱 등이 보이지 않는 것으로 보아 아마 그곳은 탈의실인 듯했다.

침대는 마루 쪽 벽을 면해 놓여 있었고, 고급스러운 양탄자가 방바닥에 깔려 있었다. 침대 맞은쪽 벽에 맞대어 네모난 탁자와 두 개의 의자가 놓여 있었으며, 탁자와 탈의실 사이에 책상과 책장이 놓여 있었다.

"어이구! 두 분이 함께 오셨군요. 환영합니다."

방으로 들어서자, 그는 링거를 맞고 있는 채로 침대에서 반쯤 몸을 일으켜서 비스듬히 벽을 기대고 앉으며 인사를 했다. 그에게 미소로 답한 후 곧바로 일어설 요량으로 일부러 모자와 코트는 벗지 않은 채, 권해주는 대로 의자로 가서 앉았다.

재빨리 다시 한 번 방을 휘둘러보았다. 사치스럽다는 생각은 들지 않으면서도 왠지 모르게 다 중후하고 고급스러웠다.

"코트 이리 줘."

"금방 갈 건데 뭐."

"그렇지만 이왕 왔으니까 잠시 앉았다가 가자. 자! 이리 줘!"

더 이상 사양할 수 없어 유미에게 코트와 모자를 건네주었다. 그러자 옷과 모자를 받아든 유미가 말했다.

"남자 냄새 때문에 못 앉아 있겠지? 우리 마루로 나가자."

자세히 보니 넓은 마루는 브라운 계통의 고급 원목이었다. 크고 널찍한 소파가 사방탁자를 중앙에 두고 디근자로 놓여 있었고, 발밑에는 몇 장의 호피가 깔려 있었는데, 마루를 면해 강철의 방 말고도 4개의 방이 더 있었다.

마루의 한쪽 벽면에는 버펄로 뿔이 걸려있고, 장식장에는 도자기 등이 들어있었으며, 다른 쪽 벽면으로는 텔레비전과 음향기기가 놓여 있었다. 그리고 특히 그녀의 눈을 끄는 것은 낮은 장식틀 위에 올려놓은 칼집 속의 장도와 그 곁에 놓인 거문고였는데, 예사로운 집안에서는 결코 볼 수 없는 것들이었다.

잠시 후 중년으로 보이는 여자 둘이 과일 접시와 과자, 차 등을 들고 계단을 올라왔다. 그들은 그녀들에게 다소곳이 목례한 후 한 사람은 강철의 방으로 들어갔는데, 곧 이어 강철이 링거를 단 채 마루 소파로 나왔다.

"이제 좀 나아요?"

유미의 물음에 그는 이마를 한번 쓱 문지르는 시늉을 하며 웃어 보였다. 그러고는 과일을 포크로 찍어 한 입 넣으며 말했다.

"독약도 안 들어 있는데……. 걱정하지 말고 공주님들도 좀 드세요."

"근데 도련님은 언제부터 혜진에게 공주, 공주 하세요?"

유미는 강철과 혜진을 번갈아 쳐다보며 말했다. 둘 다 부자연스러운 미소만 보이자, 유미는 자기 추측을 말하며 웃었다.

"그날 함께 춤을 추고서 못 잊을 사람이 됐나? 호호호!"

겨울의 짧은 해가 떨어지고, 벌써 창밖에는 어스름이 내렸다. 잘 놀다간다며 일어서려 하자 유미가 강철과 눈짓을 교환하며 말했다.

"얘, 저녁 시간인데, 우리 그냥 여기서 저녁 먹고 가자."

"저녁? 난, 괜찮아. 벌써 배부른데, 뭘. 넌 학교로 안 갈 거잖아?"

유미가 저녁을 먹고 가자는 데까지 이르자 적이 당황스러웠다. 황급히 일어서며 옷과 모자를 찾았으나, 이미 유미에게 건네준 후였다.

"저녁이나 허구 가자, 얘! 시간도 다 됐는데, 뭘 그러니? 너, 부담스러워 그런 거지? 여긴 우리 집이나 마찬가지야."

하는 수 없이 아래층으로 내려와 식탁에 앉게 되었는데, 호사스럽기는 마찬가지였다. 식탁이나 의자 모두 서양 영화 속에서나 보았을 고급스러운 것들뿐이었다. 식당이 연회장처럼 넓었고, 식탁도 20명쯤 앉을 수 있게 길었으며, 장미와 양초가 일정한 간격을 두고 네 군데에 놓여 있었다. 그러나 보통 때에는 앞쪽 자리만 이용하는 모양인지 그곳에만 촛불이 켜진 채 음식상이 준비되어 있었는데, 음식들이 너무 깔끔하고 맛있었다.

식사 중에는 중년쯤의 여자 두 사람이 줄곧 서빙을 했고, 식사가 끝나자 곧바로 케이크를 내올 것인지 물었다. 철이 고개를 끄덕이자 상 중앙에 케이크가 놓였다. 불을 붙일 양초까지 꽂혀 있는 것으로 보아 그의 생일일지 모른다는 생각이 불현듯 들었다.

아줌마들이 양초에 불을 붙였다. 초의 숫자를 보니 그 역시 민우와 동갑인 29세였다.

그가 다소 쑥스러운 표정으로 말했다.

"오늘이 내 생일인 줄도 모르고 누워 있었는데, 조금 전 미스 조가 알려주지 뭐예요? 다행히 두 분께서 때맞추어 방문해주어서 망정이지, 하마터면 생일도 지나칠 뻔했어요."

하는 수 없었다. 촛불을 불어 끄는 그에게 박수를 쳐주며 뜻하지 않게 생일 축하까지 해주었다.

셋은 식탁에 둘러앉은 채로 차를 마시며 한동안 더 대화를 계속했다. 이야기 도중에 알게 된 사실로, 그는 이 집의 유일한 외아들이라는 것, Y대 경영학과를 졸업했고 지금은 그 대학원에서 박사 코스를 밟고 있다는 것, 그의 부모는 집에서보다 밖에서 지내는 일이 훨씬 더 많다는 것 등등이었고, 그건 유미와 약혼한 그의 사촌 집 역시 대동소이한 모양이었다. 예전의 졸업파티 때에도 유미의 약혼자가 해외체류 중이었고, 어차피 강철이 참석해야 하는 것이라서, 강철이 유미 파트너까지 대신했다는 것도 알게 되었다.

여자들은 밤 10시쯤 집을 나섰고, 학교 앞에서 혜진이가 먼저 내렸다.

"고마워, 혜진 공주님!"

유미의 인사말에 혜진은 낯을 붉혔다.

2. 한별이

민우는 병원 직원들과 낯도 익히기 전에, 밀려드는 환자들 때문에 아주 생 곤욕을 치르고 있었다. 외래에서는 두 과장으로부터 6~7명의 신환이 입원오더와 함께 매일 병동으로 올라왔고, 응급실에서는 응급실대로 주치의인 그를 기다리는 환자들로 가득했다.

결국 하루에 대략 10여 명 이상의 환자를 입원시키고, 또 그만큼의 환자를 퇴원시키는 셈이었다. 모두가 다 호전되어 퇴원하는 것도 아니고, 죽어나가는 사람도 있었으므로, 처음 한 달간은 환자 파악은커녕, 급한 환자들 응급 상황을 처리해주는 것만으로도 하루가 다 갈 지경이라서, 아주 혼이 빠지고 정신이 다 나가버렸다.

주치의인 1년 차가 민우 혼자뿐인데다가 일을 분담해줄 2년 차는 이미 중도하차해버린 후였다. 결국 1, 2년 차의 일이 고스란히 다 민우의 몫이었다. 3년차에 두 사람, 4년 차에 한 사람의 상급자가 있긴 했지만, 솔직히 말해 그들은 없었으면 더 좋을 사람들이었다. 4년 차는 외래진료나 하면서 자기 공부를 하는 관계로 그를 별로 성가시게 하지 않았으나, 두 3년 차들은 일을 돕기는커녕 선배랍시고 자기들이 해결해도 좋을 일까지 떠맡기며 쉴 새 없이 그를 들볶는 통에 그렇지 않아도 몸뚱이가 둘이라도 감당하지 못할 판인데, 마음 놓고 다리 한번 펴지 못하게 만들고 있었다.

한 병원에서 근무하면서 보니 박뚱 역시 층층시하에서 쉴 새 없이 들볶이며 살고 있었고, 윗사람들이 없는 휴일만 되면 술에 절어서 사는 이유를 알만했다.

너무 바빠서 식당에서조차 박뚱과 서로 얼굴 마주치기가 어려웠고, 하루 2시간도 못 자는 날이 비일비재했다. 예전 H 면 같으면 매일 할 수 있었던 샤워조차 일주일에 두어 번 할 수 있다면 편한 주일로 봐야했다.

그러나 3월 한 달을 그렇게 정신없이 보내고 나서 4월 초순이 되자, 다소 여유가 생겼다. 바쁜 것이야 매한가지이겠지만, 적응이 된 탓이었다. 그러자 그 동안 까마득하게 잊고 지냈던 혜진 생각이 되살아났다. 잘 지내겠지. 여전히 따발총처럼 속사포로 재잘거리며 잘살고 있겠지……

4월 둘째 토요일은 그가 인천 K 병원에 온 후로 맞는 첫 휴일이었다. 토요일 오후부터 일요일 낮 시간 동안 3년 차들이 당직을 서주는 것이다. 그는 모처럼 혜진을 다시 만나보려고 토요일 오후 비번 시간이 되자마자 그녀의 학교로 찾아갔다.

병원 밖 세상은 어느새 초여름이었고, 온통 녹음천지였다. K 병원에 들어갔던 지난 2월 말만 해도 한겨울이었는데, 세월이 그렇게 빨리 흘러간 것이다.

지난번 혜진을 학교로 찾아갔던 것이 2월 말이었다. 그렇다면 기껏 해보아야 한 달 반 정도 지났을 뿐인데, 그녀를 만났던 것이 반년도 더 된 오래 전의 일로만 느껴졌다.

거의 절교를 선언하던 그녀의 모습이 눈앞에 선연하게 떠올랐다. 그와 동시에 그녀와 시간 가는 줄 모르고 행복에 겨워 지내던 때도 함께 생각났다. 가슴이 저렸다. 차가 서울에 가까워질수록 그녀에 대해 자신이 없어졌다. 그래서 이번에는 그녀를 빨리 만나고 싶다는 생각보다 오히려 지금 현재 시간이 영원히 정지했으면 하는 것이 솔직한 심정이었다. 토요일 오후라서 차가 막히는데도 조금도 조바심이 일지 않았다.

혜진의 학교 앞 길에서 택시를 막 내리는데, 빨간 스포츠카가 코앞에서 순식간에 지나갔다. 학교 앞 좁은 길이고 흔한 차가 아니라서 자연스럽게 차 안을 들여다보게 되었는데, 워낙 순간적이라서 자세하게 보지는 못했으나 운전하는 사람은 강철 같았고, 옆 좌석에는 젊은 여자가 함께 타고 있는 것 같았다.

차의 뒷모습에 눈을 두며 무심코 교문을 들어서려하자, 예전과 달리 수위가 막아서며 물었다.

"무슨 일로 오셨습니까?"

"한혜진 씨를 만나러 왔는데요. 대학원 다니는……."

그러자 수위는 민우의 얼굴을 찬찬히 뜯어보더니 되물었다.

"서양화과 대학원생 말이죠?"

그는 혜진을 잘 알고 있는 듯싶었다. 그렇다면 그녀와 의외로 쉽게 연락이 될 수 있을 것이었다.

"잘 아세요? 그럼, 연락 좀 해주실래요?"

"연락이나 마나…… 오늘은 찾아오는 사람도 많군."

그는 민우의 얼굴을 한동안 쳐다보기만 하다가 마침내 입을 열었다.

"금방 빨간 외제 차 못 봤어요? 그 차 타고 나가던데?"

분명한 대답이있는데도 민우는 말귀를 못 알아들은 사람처럼 어리벙벙하게 그를 쳐다보기만 했다. 그러자 그는 다소 화난 목소리로 다시 말했다.

"내 말을 못 믿어서 그런 거요? 뚱뚱하고 체격이 좋은 청년과 조금 전에 빨간 외제 차를 타고 나가는 걸 봤다는 데도 그러네. 약속했던 거요?"

민우 역시 방금 전에 강철의 차를 보지 않았던가? 그렇다면 같이 타고 있던 젊은 여자는 다름 아닌 혜진이었을 것이다.

"그럼…… 언제쯤이나 들어올까요?"

바보 같은 질문도 정도가 있지, 이건 너무 심한 게 아니냐는 듯, 그는 민우를 흰 눈으로 쳐다보다가 사람은 멀쩡한데 어째서 미친 소리를 하는지 모르겠다는 표정으로 눈길을 돌려버렸다.

그랬다! 절교를 선언했던 데에는 다 그만한 이유가 있었다. 결코 주리 때문이거나 호텔에서의 일 때문이 아니고, 다름 아닌 바로 강철 때문이었다.

여자란 다 그런 것인가? 질투와 시기심, 울분으로 가슴과 머리가 터질 것처럼 아프고 두 다리에서 힘이 쭉 빠져버렸다. 어디든 주저앉고 싶기만 했다.

차를 탈 생각도 하지 못한 채 혜진의 학교 앞에서부터 시내 쪽으로 하염없이 걸었다. 마침내 날이 어두워졌다. 여기가 어디쯤인지, 배가 고픈지, 다리가 아픈지조차 모른 채, 슬픔에 차서 인파 사이를 헤집고 무작정 걸었다.

그 혼자만 빼고는 세상 사람들 모두가 다 즐거운 토요일 저녁이었다. 지나치는 사람들마다 '재잘재잘, 하하하, 호호호.' 이었다.

서울역과 남대문을 지나쳤다. 정신을 차리고 보니 어느새 소공동 길이었다. 조금만 걸어가면 명동일 것이다. 문득 예전에 혜진이가 강철과 함께 들어가던 명동의 2층 다방이 생각났다. 하지만 가보았자, 무슨 뾰족한 수가 생길 것도 아니고, 오히려 그들을 만난다면 자기 초라한 꼴이나 보여줄 것이었다. 입맛을 다시며 반대편 골목길로 돌아섰다.

플라자호텔 뒤로 돌아가자, 구수한 장국냄새를 풍기며 밥집이 여럿 문을 열고 있었다. 아무 데나 들어가 뜨거운 국물에 밥을 말아 슬픔과 함께 한 그릇을 싹 비웠다.

배가 부르자 그때야 피곤이 밀려왔다. 온몸이 나른하고 한 발짝도 걷기가 싫어서 서울역이 지척인데도 택시를 탔다. 그러고는 늦은 밤의 인천행 버스에 지친 영혼과 육신을 실었다.

인천에는 10시 반쯤 도착하였다. 병원으로 가봐야 3년 차들 뒤치다꺼리나 하게 될 터인데, 그럴 기분도 아니었고, 더구나 오늘 밤은 술을 진탕 마시든가 여자라도 사야지, 그렇지 않고는 도저히 견딜 수 없을 것만 같았다.

생각나는 곳은 예전 박뚱과 한번 가보았던 싸구려 술집이었다. 멀지 않은 곳인데도 또다시 택시를 탔다. 돈이고 뭐고 만사가 다 귀찮기만 해서였다.

술집에 들어서면서부터 호기를 부리며 제일 예쁜 여자를 청했다. 주인 여자는 예전처럼 그를 밀실로 안내해주었다. 술도 마시기 전에 취한 기분이 되어 박뚱에게 전화를 했다. 박뚱은 마침 병원에 있다가 이게 무슨 떡이냐는 듯이 득달같이 날아왔다.

주인 여자가 방으로 들어오더니 지금 여자들은 다른 고급업소에서 불러왔으므로 각각 다섯 장씩은 줄 수 있어야 한다며, 그럴 수 있겠는지 먼저 물었다. 물론 다섯 장이든 여섯 장이든 오케이였다. 세상이 끝나든 말든 그것조차 상관없는 판이 아닌가? 취해서 모든 것을 잊을 수만 있다면 그것으로 충분할 일이었다.

여자 둘이 들어왔다. 첫눈에도 지난번 여자들과는 판이하게 볼품이 있어 보였다. 스무 살 전후로 보이는 실한 체격에 곱상한 얼굴들이었고, 민우가 더 긴 시선을 준 여자가 먼저 알아보고 그의 곁에 앉았다.

지방세포 개수가 많고 크기가 작을수록 부드럽고 아름답다는 해부학 교수의 말은 역시 만고의 진리였다. 그는 혜진에게 버림받은 보상이라도 받으려는 듯 부드럽고 따스한 파트너의 가슴과 허리, 엉덩이를 미친 사람처럼 주무르며 탐닉하기 시작했다. 술도 연달아 쉬지 않고 마셨다.

그의 파트너가 된 여자는 미스 한이라고 했는데, 혜진과 얼굴만 좀 다를까 키나 몸매나 스타일이 너무나 비슷했다. 혜진의 기억을 더듬으며 잠시도 그 여자를 놓아주지 않고 더듬고 만졌다. 마침내 그의 학대에 가까운 탐닉을 견디지 못한 여자가 비명을 질렀다.

"이 아저씨, 미쳤나 봐! 아휴! 아파라! 놔요! 이거!"

자리에서 발딱 일어서버린 여자는 민우를 쏘아보며 신경질적으로 옷을 한 꺼풀씩 벗어 의자 위에 내동댕이쳤다. 그리고는 마침내 브래지어와 팬티만 걸친 알몸으로 민우 코앞까지 다가와 허리에 두 손을 두른 채 울부짖었다.

"야, 이 드러운 치한 같은 새꺄! 자! 네 눈깔로 실컷 다 보고 다 만져봐라. 이 개 같은 새꺄!"

아닌 게 아니라 여자의 탐스러운 젖가슴에 민우의 손자국이 벌겋게 드러났고, 겨드랑이 아래 허리 쪽 피부도 빨갛게 변해있었다. 끝내 여자는 분을 삭이지 못하고 알몸 그대로 탁자에 엎드리며 엉엉 소리 내어 울기 시작했다.

눈물이라는 것이 99퍼센트의 수분과 약간의 소금기 그리고 정말 미량의 단백질이 녹아 있는 액체로서, 별스럽지도 않고 대수로울 것도 없다는 것은 의학 교과서에서나 통용되는 말이었다.

다른 동료 여자가 애써 달랬으나, 소용이 없었다. 마침내 박뚱이 거친 욕 대신 부드러운 어조로 달래며 말했다.

"이해해라. 저 새끼가 그럴 놈은 아닌데……. 오늘 아마 무슨 일이 있었나 부다. 술도 취했고. 자, 그러지 말고 옷 입어라. 감기 들겠다. 자! 그만 울고."

그러고 나서 그는 민우를 보며 버럭 소리를 내질렀다.

"야이 시발놈아! 병신 같이 울리구 지랄이야. 얌마! 니가 울렸으면 니가 달래얄 거 아냐?"

마침내 여자는 다시 옷을 입었으나, 두 손바닥으로 얼굴을 가린 채 한동안 더 흑흑거렸다. 오늘은 씨팔! 도대체 왜 이렇게 되는 게 없냐.

갑자기 심하게 속이 울렁거리며 구토감이 일었다. 손바닥으로 입을 틀어막고 쏜살같이 화장실로 달려갔다.

한참을 토했는데도 여전히 메슥거리고 어지러웠다. 화장실의 벽에 기댄 채 한 동안 앉아 있다가 겨우 정신을 차리고 일어섰다.

민우는 아무래도 제정신이 아니었던 모양으로 이번에는 다시 또 주인여자에게 시비를 걸었다. 돈을 벌려고 왔으면 어디까지나 손님에게 잘해주어야지 손님을 기분 나쁘게 해서 되겠느냐는 것이 그의 요지였다.

노련한 주인 여자는 돈을 조금만 더 내면 여자와 동침시켜주겠다며 민우를 살살 달랬다. 결국 민우는 생전 처음으로 여자를 사서 파트너끼리 둘씩 짝을 지어 박뚱과 함께 근처 여관으로 들어갔다.

물론 처음에 민우의 파트너가 된 여자는 죽어도 따라가지 않겠다며 버텼다. 그러나 주인 여자가 그녀에게 뭐라고 귓속말을 하자, 어찌 된 셈인지 태도를 싹 바꾸고 슬그머니 그를 따라왔다.

여관방으로 들어선 그는 표독스럽게 쏘아보는 여자를 조심스럽게 끌어안고, 천천히 옷을 벗기기 시작했다. 그의 눅어진 태도에 여자도 조금씩 얼굴을 풀었다.

벌거숭이가 된 둘은 함께 욕실로 들어갔다. 욕조에 드러누운 자세로 배위에 여자를 올려놓고 두 팔로 여자의 가슴을 안았다. 좁은 욕조라서 몸을 조금만 뒤척여도 받아둔 물이 넘쳐흘렀다. 손안에 들어온 여자의 유방을 유두에서부터 조심스럽게 애무해주기 시작했다. 민우의 남성이 여자의 엉덩이 밑에서 힘차게 솟아오르기 시작했다.

마침내 여자의 얼굴에서 홍조가 피어나며 가느다란 신음이 새어나왔다. 여자는 유방을 탐하는 민우의 한 손을 붙잡아 제 엉덩이께로 가져갔다.

미안했던 만큼 여자가 시키는 대로 더운 물속에서 애무해주고 있었으나, 그의 남성이 터질 듯 부풀어 올랐기 때문에 마음이 몹시 조급해졌다.

샤워기의 차가운 물줄기 앞에 서서 여자를 돌아다보았다. 여자는 욕조 속에 그대로 누워 그의 나신을 감상하는 중이었다. 차가운 물줄기에도 아랑곳없이 곧추서서 커다랗게 부풀어 오르는 그의 음경과 여자를 번갈아 바라보았다. 여자는 얼굴을 붉히지도, 시선을 피하지도 않은 채, 그의 나신을 구석구석 살필 뿐이었다.

돈으로 살 수 있는 여자는 불결하고 뭔가 부족하리라고 막연하게 상상했으나, 경솔한 편견에 불과했다. 실팍한 엉덩이나 풍만한 젖가슴 모두 다 혜진에 비해 절대 뒤지지 않았다.

하지만 동정만큼은 돈으로 산 여자에게 바치고 싶은 생각은 추호도 없었다. 그래서 처음에는 다른 일 없이 여자를 그냥 한번 안아보기만 하고서 그날 밤을 지낼 생각이었으나, 물론 그건 그의 오산이었다.

그녀의 여성은 미끈거리는 묘약을 샘물처럼 냈고, 그녀를 안자마자 그의 의지와는 완전 별개로, 남성을 순식간에 자기 몸속으로 삼켜버렸다.

몹시 흥분한 탓인지 처음에는 금방 끝나버렸으므로 그는 달아오른 열기나 사회적으로 중요시하는 것에 비해 너무나 싱거운 일이라고 생각했다. 그러나 여자가 몹시 아쉬운 듯 그를 놓아주지 않고 자기 여성에 자꾸만 근접시키자 그의 것은 금세 다시 풍선처럼 부풀어 올랐고, 여자는 기쁨과 환희에 찬 신음을 몇 번이나 내지르며 몸을 떨다가 마침내 형언할 수 없다는 듯이 커다란 격동을 치르는 것이었다. 그러자 그 역시 힘차게 그녀의 몸속 깊은 곳에 생명의 정수를 또 한 차례 아낌없이 쏟아내고 말았다.

마침내 그는 이 일이 결코 싱겁지도, 싱거울 수도 없는 아주 소중하고 뜻 깊은 일이라는 것을 깨달았다. 두 사람의 육과 영이 합해지며 쏟아져

나온 수억 수천 생명의 정령들이 창조주의 마지막 작업을 이루고저 여자의 몸속 깊은 곳에 있을 육체의 주형을 찾아 피 말리는 경주를 하게 될 것이 아니겠는가? 본능적인 일이지만, 아무와도 할 수 없고, 아무하고나 해서도 안 되는 너무나 소중하고 신성한 일이었다.

이 여자가 혜진이라면 얼마나 좋을까?

"우리 다시 또 만나요. 이름을 가르쳐주실 필요는 없어요. 토요일마다 시간이 나시는 건가요? 너무 좋았어요. 그냥 이대로 잠들고 싶어요. 생각보다 어깨가 넓으시네요."

여자는 계속해서 손가락으로 그의 등에 사랑의 밀어를 썼다.

박뚱의 소리에 깜짝 놀라 눈을 떠보니 어느새 환한 아침이었다. 그는 자기 몸에 매달린 젊고 건강한 여자를 떼버릴 수 없어 여자와 몸이 얽혀 누운 채로 말했다.

"난 늦게 들어갈수록 좋은 몸이야, 얌마! 너나 먼저 들어가라."

"늦게 고기 맛 들인 중놈, 씨발, 미쳐 날뛴다더니……. 시발새끼가 완전히 냄비 속에 푹 빠졌나 보네. 빨랑 안 일어나! 새꺄! 그 짓도 한두 번이지, 몸 버리는 거야."

박뚱은 한참이나 밖에서 구시렁거리더니 결국 혼자 가는 모양이었다. 그러자 그녀가 풋풋거리며 그의 가슴팍에다가 다시 손가락 연서를 썼다.

"당신은 내 생애 최고의 남자였어요. 죽을 때까지 기억할래요. 정말 너무나 좋았어요. 사랑한다는 말을 하고 싶어요. 하지만 왠지 슬퍼지네요."

여자는 그의 팔을 베고 누워 그의 가슴팍에 계속해서 사랑의 편지를 썼다. 그러면서 다음 주 토요일 오후에 다시 만나자면서, 자유공원 입구에서 기다리겠다고 했다.

배고픈 줄도 모르고 11시까지 그렇게 누워 있다가 여자가 잘 안다는 근처 경양식 집으로 가서 아침 겸 점심을 시켰다.

사랑을 한 후의 여자는 더욱 예뻐진다든가? 여자는 복숭아같이 희고 잔털이 많은 앳된 얼굴로 발그레하게 볼을 붉히며 그에게 잔뜩 취해 있었다. 시켜놓은 음식을 먹을 생각도 잊고 그를 눈부신 듯 바라보기만 하는 것이다.

내가 혜진을 원했던 것 이상으로 이 여자 역시 나를 원하고 있는 것일까? 동병상련의 복잡한 심경으로 여자의 화장기 없는 앳된 얼굴을 안쓰럽게 바라보았다.

여자는 평범한 것이 매력이라면 매력이랄까, 흔하고 평범한 얼굴이었다. 그래서 그런 생각이 드는 것일까. 갑자기, 어디서 본 듯, 아주 낯설지는 않다는 생각이 들었다.

"진짜 이름은 뭐야?"

"김한경(金嫻卿)! 우아할 한, 벼슬 경."

"그래서 미스 한이라구 했군. 나이는?"

그녀는 조금 우물거리다가 마침내 그의 눈빛에 쫓겨 재빨리 대답했다.

"스물, 만으루요."

"고향은?"

"어디일 것 같아요? 한번 맞혀보세요."

만약에 공중목욕탕에서 목욕하다가 불이 나면 여자들은 벌거벗고 뛰쳐나오면서 유방과 음부가 아닌 얼굴을 가리고 나온다든가? 여자는 이름도 나이도 밝혔으나, 고향만은 말하려 들지 않았다.

"남쪽일 것 같은데……. 건 관두지 뭐. 그런데 얼마나 됐어?"

"딱 하루."

"진짜야?"

"그럼 진짜로 물은 거예요?"

그녀도 웃고 그도 웃었다. 평범한 얼굴이지만 웃는 모습이 귀여웠다.

"집은 어디야?"

"어제 걔랑 금곡동에서 자취해요."

"연락 전화도 있어?"

"그럼요. 되도록 오후 2시 전에 해주세요. 21국에 2848이에요."

"이판사판? 외우긴 쉽군."

그가 웃자 여자도 따라 웃었다. 웃음 끝에 갑자기 여자가 표정을 바꾸더니 조심스럽게 입을 열었다.

"근데……"

여자는 무슨 말을 하려다가 말고 갑자기 입을 다물어버렸다.

"근데? 근데가 뭐야? 말을 하려면 끝까지 해야지."

여자가 조금 머뭇거리다가 결국 입을 열었다.

"제 위로 언니가 하나 있었거든요. 지금은 죽고 없지만. 아저씬 언니 수첩에 있던 남학생 사진과 너무 닮은 것 같아서……."

그러고는 서둘러 양해를 구했다.

"죄송해요. 아저씨가 너무 좋으신 분 같아서 자꾸만 쓸데없는 소릴 하게 되나 봐요. 용서하세요."

갑자기 그의 머릿속에서 세찬 바람이 일면서 그녀의 얼굴에 또 하나의 얼굴이 겹쳐지고 있었다.

"뭐라고 했어? 언니가 있었다고? 언니 이름이 뭐야?"

그는 대번에 사람이 달라진 듯 순간적으로 돌변해서 그녀에게 바싹 자기 얼굴을 들이대고 따지듯 물었다. 그러자 이번에는 그녀의 안색이 달라졌다. 그녀는 겁먹은 얼굴로 그를 바라보기만 했다.

"김한별! 맞지? 언니 이름이 김한별이지?"

그는 아스라한 기억의 창고 속에서 별이의 얼굴을 찾아내어 여자의 얼굴에 겹쳐보며 외쳤다.

"그래요. 김한별 맞아요. 하지만 언닌 죽었어요."

그녀는 울고 있었다. 민우 역시 어쩔 줄을 몰랐다.

"우리가 서로 만났던 것이나 밤새 함께 지냈던 것이 모두 언니의 도움이었나 봐요. 아까 물으셨죠? 이 생활이 얼마나 됐냐구요? 진짜 처음이에요. 믿어주실지 모르지만……. 진짜 첨이었어요. 회사에 다녔는데……. 어제 첨으로 나와 본 거예요……."

그녀의 말은 어디까지가 진실이고 어디까지가 거짓인지 알 수 없었다. 아니, 그게 아니라 처음부터 몽땅 다 믿을 수 없었다. 한별이 동생이라니?

"여자는 첫 남자가 중요하다면서 주인 여자는 댁 같은 남자를 쉽게 만날수 없다구 했어요. 댁이 처음에 몹시 거칠게 굴긴 했지만 그래서 생각을 바꾸었던 거죠."

"이런 식으로 만났다는 게 견딜 수 없는 슬픔이네요. 하지만 민우 씨! 이젠 이름도 확실히 알고 있으니 민우 씨라구 불러도 되겠죠? 부담 가지실 필욘 없어요. 그럼, 잘 지내세요."

그녀는 인사도 없이 쏜살같이 밖으로 뛰쳐나가 버렸다. 그러자 그는 아직 젓가락질도 해보지 않은 음식 값을 카운터에 내던지고는 그녀를 놓칠세라 곧바로 뒤쫓아 갔다.

"저리로 가서 더 이야기합시다. 그렇게 자기 이야기만 하고 가버리는 사람이 어디 있어."

그는 그녀를 간신히 붙잡고는 다시 도망가지 못하도록 손까지 꼭 쥐었다. 그녀의 손은 몹시 차가웠다. 그는 초라한 여자의 어깨에 자기 웃옷을 걸쳐주며 병원 근처의 자주 들르던 중국식당으로 데려갔다.

"뭘루 할까? 한경 씨?"

그녀는 어색한 미소만 짓고 있었다.

"아무거나 여기서 제일 비싼 걸로 할까? 숫처녀와 숫총각이 하룻밤을 함께 지냈고, 신혼 다음날이 된 셈이니까 말이야."

웃음을 거두고 사뭇 진지하게 말했다. 그녀의 입이 쩍 벌어졌다.

"민우 씨. 그걸 정말 믿으시는 건가요?"

"안 믿으면 어떡해. 자기 입으로 첫 남자였다구 했잖아? 나도 한경이가 첫 여자라곤 할 순 없지만, 동정을 바친 건 사실이거든. 믿어지시는 건가요?"

그녀의 말투를 흉내 내어 말하자, 그녀는 금세 깔깔거리고 웃었다.

탕수육과 맥주가 나왔다. 술을 한 컵 가득 따라서 그녀의 앞에 놓아주고 빈 컵을 집어 들며 그녀에게 눈짓했다. 그녀가 술을 따르려다 말고 걱정스러운 표정으로 물었다.

"괜찮겠어요?"

"괜찮아. 자! 남기지 말고 우리 함께 원샷이야. 알았지?"

둘은 쨍그랑 술잔을 부딪치며 건배했다. 그러나 그녀는 겨우 입만 대고서 산을 내려놓으려 했다.

"한경 씨! 그러면 안 돼. 다 마셔야 해."

그는 술잔을 든 그녀의 손을 잡아서 입에 대주며 억지로 모조리 다 마시도록 했다. 그녀는 울상을 지으며 간신히 다 마시고는 콧바람을 불며 빈 컵을 내려놓았다.

그러고 보니 그녀는 어젯밤에도 거의 술을 입에 대지 않았다. 술집을 나온 것이 어제가 처음이라는 말이 사실일지도 몰랐다.

그게 사실이라면 얼마나 좋을까? 그러나 어젯밤 남자를 밝히는 것으로 보자면 그게 또 아니라서 아무래도 석연치 않았다. 그녀를 다시금 찬찬히 뜯어보며 생각을 거듭해보았다.

숫처녀라도 남자가 좋으면 처음부터 그렇게 오르가슴을 느낄 수 있는 법일까? 그런데…… 이 여자는 진짜 별이 동생이 맞을까? 그네 집 식구가 거리의 여자가 될 정도로 몽땅 망하고 이젠 볼 장 다 봤다는 말일까?

한별이네의 대궐 같은 한옥이 생각났다. 나쁜 쪽의 가능성을 머릿속에서 모조리 다 지워버리려 머리를 흔들며 말했다.

"자! 몸을 섞고 하룻밤을 지냈으니 우린 이제 부부로군. 난 한경 씨에게 할 말이 많아. 물론 듣고 싶은 말도 많고."

술에 취해서 하는 말도, 즉흥적으로 하는 말도 아니었다.

"난 고아야. 세상에 아무도 없어. 아직 모르고 있었지? 옛날에 한별 언니에게 딱지맞았던 것처럼 어제도 난 딱지를 맞고 돌아오던 길이었지. 죽고 싶기만 했어. 그래서 그렇게 술을 많이 퍼마셨던 거야. 세상에는 세 가지 중의 하나는 있어야 살 수 있다더군. 돈이나 배경, 머리, 그리고 운 말이야. 시골 있을 때 그걸 배웠는데, 내가 바랄 수 있는 건 그저 운밖에 없어. 하지만 예전에 별이를 좋아했던 때와는 완전 다르지. 4년간 보장된 확실한 직장도 있고, 의사 자격도 있어. 이젠 다 잘 될 거야. 한경 씨! 우리 함께 살자. 잠도 잤으니 이미 결혼한 것 아닌가? 식만 못 올렸을 뿐이지, 안 그래?"

상에 눈을 떨어뜨리고 그녀는 잠자코 듣고만 있었다. 술을 자작으로 채워 반쯤 마시고는 팔을 뻗어 마주 앉은 한경을 곁으로 끌어당겼다. 그리고서는 그녀를 안아서 입을 맞추어주며 말했다.

"이제 다른 생각하지 마. 우린 이렇게 결혼한 거야, 알겠지? 내일은 방부터 얻어야겠어. 당신을 금곡동에 두고 난 불안해서 살지 못할 거야."

그녀의 입술을 놓아주며 새삼스럽게 별이에 대해 물었다.

"언니는?"

"어떻게 죽었느냐구요? 전혀 모르고 있었어요?"

그때 그는 남도 K시 야간고등학교 1학년에 간신히 재학하고 있었다. 그렇다. '간신히'라는 말을 제발 이해하기 바란다. 사실 그의 처지에 학교란 사치였고, 설령 굶어서 길거리에 쓰러져 죽는다고 하더라도 조금도 이상할 것이 없을 그런 고단하고 힘든 삶이었다.

돈이 생길만한 일이라면 무슨 일이라도 했다. 수업료는 시골에서 할머니가 어떻게든 마련해주었으나, 생활비와 학급비, 책값 등 그 외 나머지는 그의 몫이기 때문이다.

그가 구할 수 있는 일은 힘들기만 하고, 실속은 하나도 없는 일들뿐이었다. 새벽 신문 돌리기나 여름철 아이스케키 팔기, 겨울 찹쌀떡이나 모치 팔기 등이었는데, 닥치는 대로 모조리 해보았으나 좀처럼 여유가 생기지 않았다.

빌붙어서 지내는 친척 집 형편도 똑같았다. 몇 살 위인 두 고모는 방직 공장을 다녔고, 할아버지는 기차역 광장에서 지게 품을 팔며 살고 있었기 때문이다. 하루 벌어서 하루 지내기도 힘든 형편이었고, 식구들은 자연히 끼니를 찾지 못하는 경우가 많았다. 그도 그들처럼 그렇게 살아갔다. 그래서 그의 다리는 늘 휘청거렸고, 기운이 없었다.

수업 때 강의에 신경 쓰기보다 당장 그날 저녁을 때울 궁리를 하는 일이 더 많았는데, 손쉽게 생각해낼 수 있는 것은 학교 뒤 야산에 있는 고구마밭이나 채마밭이었다. 그는 거의 매일같이 침을 삼키며 30분간의 저녁 시간을 기다렸다.

그날도 저녁 시간이 되자 교실을 슬그머니 빠져나갔다. 뒷산 채마밭은 완벽한 야음 속에 묻혀 있었다. 그는 주위를 살필 필요도 없이 어둠 속에서 손짐작으로 고구마 두 뿌리와 무 한 뿌리를 뽑아들고 개울 쪽으로 뛰어갔다. 그리고 흙만 씻고 껍질째 우적우적 깨물어서 배를 채웠다.

그렇게 하면 허기는 채워졌으나, 날로 먹는 거라서 아무리 물을 마셔도 속이 쓰리고 배가 더욱 고파지는 것이 문제였다. 그렇다고 저녁을 쫄쫄 굶게 되면 그 다음 날 새벽에는 신문 돌리기는커녕 식은땀이 나며 어지러워서 일어나기도 어려웠다.

허기를 채우고 다시 교실로 돌아가려고 대충 개울물로 입을 닦고 일어서려는 순간이었다. 갑자기 등 뒤에서 불호령이 나면서 거친 손길이 다가오더니, 한순간에 그의 교복 저고리를 낚아채버렸다.

"너 잘 만났다. 내 여러 날 진을 치고 지켰는데, 드디어 한 마리 잡았구나."

그의 완력은 대단해서 민우는 꼼짝없이 불빛이 있는 학교의 교문 근처까지 목줄 묶인 개처럼 질질 끌려갔다.

아아, 어떡하면 좋을까? 얼굴을 들키지 않고 빨리 도망쳐야 하는데. 모자를 잃어버려서도 안 돼. 모자를 벗어 손에 쥔 후, 두 주먹으로 그의 가슴을 순간적으로 떼밀며 그의 손아귀를 벗어나려 용을 썼다. 하지만 그 순간 그는 옆구리를 발길로 차여 저만큼 내동댕이쳐져 버렸다.

"이 자식, 어딜 도망가? 내가 널 그렇게 쉽게 놓아줄 것 같애?"

나가떨어진 채 꼼짝도 못하고 등을 구부린 채 떨고 있는 민우에게 그가 다시 다가왔다. 그러고는 멱살을 잡아서 일으켜 세운 뒤 배에 강한 혹을 질러 넣었다. 마침내 민우는 그냥 큰 대자로 뻗어버렸다.

그는 민우의 멱살을 잡고 일으켜 세워 다시 주먹세례를 하려 했으나, 길게 뻗어 허우적대는 통에 쓰러져 누운 그대로 코와 입술을 신발바닥으로 밟으며 으름장을 놓았다.

"도둑놈은 죽어도 싼 거야. 알아? 니네 학교로 끌고 가서 혼내주려 했지만 오늘은 여기까지만 한다. 너 운 좋은 줄 알아라!"

그는 흙 범벅이 된 신발바닥으로 피투성이가 된 민우의 얼굴을 서너 번 더 문질렀다. 그러고는 손을 털면서 사방을 두리번거리며 살피더니 재빨리 어둠 속으로 사라져버렸다.

민우는 코와 입에 피를 흘리며 학교 정문 옆에 의식을 잃은 채 쓰러져 있었으나, 다행히 하교하는 학우들이 발견하였고, 학교 근처의 개인 의원으로 옮겨졌다.

학교에서 경찰에 알렸던 모양으로, 경찰 한 사람이 병실로 조사를 나왔다. 그러나 고구마를 훔쳐 먹다가 주인에게 들킨 나머지 그렇게 되었다는 말을 차마 할 수는 없었다.

"무엇하러 학교 밖으로 나갔던 거야?"

"물 마시러요."

그는 거짓말하지 말라며 다시 따져 물었다.

"정말이야? 교실에 물이 없었어? 너 나쁜 짓 하다 들킨 거지?"

민우는 그가 이미 다 알고 묻는 것 같아서 고개를 끄덕이고 말았다.

"무슨 짓을 했던 거야? 다 말해야 해. 적당히 거짓말하면 경찰서로 끌고 갈 거야."

"고구마 딱 두 뿌리 캐 먹었어요. 그뿐이에요. 정말이에요."

그는 적고 있던 서류에서 눈을 떼고 다짐하듯 말했다.

"정말이야? 맹세할 수 있어? 너, 재판정 판사 앞에서도 지금과 똑같이 그렇게 말해야 해."

시골에서는 누구 밭이 되었건 고구마나 무 한두 뿌리쯤 캐어 먹는다고 해도 문제 될 것은 없었다. 그런데 재판정이라니? 눈앞이 캄캄해지고 오금이 저렸다. 이제는 학교고 뭐고 다 끝난 일이고 잘못하면 감옥살이를 할 판이었다.

감옥살이가 비록 힘들긴 하겠지만 어떻게든 하면 되는 것이고, 학교도 안 다니면 그만이었으나, 문제는 할머니의 실망이었다.

할머니는 그가 성공해서 잘사는 것을 본 연후가 아니면 절대로 죽지 않겠다고 공언했고, 비록 가난하게 살지만 민우야말로 세상 누구보다 성실하고 올바른 사람이라는 것이 할머니의 유일한 자랑거리였다.

입원 사흘째 되던 날 어떻게 알았는지 할머니가 병원으로 찾아왔다. 치맛말기에 눈물을 찍어내며 할머니는 얼마나 다쳤는지 그의 몸을 샅샅이 살피고 싶어 했다.

"괜찮아. 진짜야. 쪼깨밖에 다치지 않았대니께……. 안 와도 되는 건디……. 학교에서 억시불로 데래다 논거라니께."

"이 자석아! 다치도 않은 멀쩡헌 아알 누가 빙원꺼정 데려오겄냐? 어디 뒤로 잔(좀) 돌아봐라."

할머니는 다친 경위 따위에는 관심도 없었다. 오직 어디를 얼마나 다쳤는지 그것만이 문제였다. 그러나 심하게 멍든 상처가 있는 등허리와 복부만은 아무래도 보여줄 수 없었다. 몸을 움츠리며 한사코 상처 부위를 숨겼다.

"이날 입때꺼정(지금까지) 니 꼬치고 붕알이고 간에 내 손길이 안 간 디(데)가 있는 지(줄) 아냐. 자! 글지 말고 배허고 등거리 잔 보자. 응?"

할머니는 그의 고집을 꺾지 못해 상처를 다 살피지는 못했으나 '지 애빌 닮았다'는 말까지는 하지 않았다.

링거를 맞고 있으면 왜 그렇게 소변이 마려운지 몰랐다. 주사를 맞으면서도 소변이 마려우면 오금에 힘을 주며 엉금엉금 기어서 화장실을 찾아갔고, 할머니는 팔을 올려 링거 병을 든 채 그런 그를 따라왔다.

대부분의 개인 의원들은 시설들이 조잡해서 화장실이라고 해보았자 남녀가 함께 쓰는 한 칸짜리 작은 공간에 불과했다. 그래서 누군가가 들어 있으면 차례를 기다려야 하는데, 그것은 항상 고문에 가까운 일이었다.

그와 같은 또래로 보이는 교복차림 소녀 하나가 화장실 앞에서 할머니처럼 링거 병을 쳐든 채 서 있었다. 복도로 내비치는 석양의 햇살을 받고 서 있는 소녀의 단정한 자태가 넋을 뺄 만큼 예뻤다.

세일러풍의 교복은 그녀가 S 여고생이라는 것을 말해주었고, 그가 다니는 야간학교와는 비교도 할 수 없는 도내의 소위 수재들만 다니는 초일류 학교였다. 옷깃에는 그와 동급인 1학년 배지가 붙어 있었다.

어렵사리 시골에서 마련해온 돈으로 할머니가 오신 다음 날 퇴원해서 다시 친척의 단칸짜리 판잣집으로 돌아왔다. 할머니는 한사코 그에게 학교도 학교지만 며칠 동안이라도 몸조리를 위해 시골로 함께 가자고 했지만, 그는 그럴 필요 없다고 고집을 부렸다.

할머니는 내려가기 전에 그를 국밥집으로 데리고 가서 80원짜리 고급 국밥을 한 그릇 시키고는, 아무리 함께 먹자고 해도 도리질만 했다.

"간중에(도시에) 오니께 정신도, 머도 없고, 통 소화가 되덜 안 해서 말이다."

할머니는 억지 트림까지 해 보였다. 그의 수저 놀림을 만족스러운 얼굴로 지켜보는 할머니 몫으로 4분지 1 정도 남기고 수저를 놓았다.

"배가 불러서…… 도저히 다 못 묵겄는다……. 할머니 잔 묵어."

"나넌 싫다. 어여 너나 다 묵어라. 장정이 돼 갖구 고까징 것 한 그릇 다 못 묵는단 말이냐?"

그가 배가 불러 이제 도저히 못 먹겠다고 우기자 할머니는 한숨을 쉬며 말했다.

"반절이나 냉겼겠다. 헐 수 있냐? 돈이사 아깝지마넌 그만두고 가자."

이때가 가장 중요했다. 할머니 말이 정말인 줄 알고 다시 수저를 들라치면, 할머니는 회심의 미소를 지으며 이렇게 물었다. '맛있제야?' 그러나 그런 일을 몇 번 당했던 터라, 민우 역시 일급 배우가 다 되어 있었다.

"오늘언 진짜 배불러서 다 못 묵것는다……."

"그라먼 어쩐다냐? 가만 있어봐라."

할머니는 국물 한 방울도 남기지 않고 깨끗이 그릇을 비워내고, 입맛을 다시며, 입술까지 핥았다. 그리고는 끝에 이렇게 토를 달았다.

"음석을 냉기먼 죄댄닥 해서 묵었다마넌, 소화가 잘 될랑가 모리겄다. 자! 어여 가자."

여름방학이 되었다. 얼음 공장에서는 학생증과 책가방만 맡기면 외상으로 아이스케키를 한 통 내주었다. 그는 그것을 받아서 무더운 불볕에 잠긴 골목을 돌며 목이 쉬게 외치고 다녔다. "아이스케키요! 달고 시원한 얼음과자!"

형체도 없이 녹아버리게 되면 반품도 안 되므로 서둘러서 팔아야 하는데, 그러자면 대체로 한나절을 넘겨서는 안 되었다. 그리고 깡패라도 만나면 몇 개씩은 상납해야 별 탈 없이 장사할 수 있었다. 그래서 이익금은커녕 손해만 없어도 다행이라고 생각해야 하는 더럽게 운 없는 날도 더러 있었다.

그날도 통 속에 몇 개나 남았는지, 반품할 수 있는 시간적 여유가 얼마나 있겠는지 확인해보며 한숨을 내쉬고 있었다. 몇 개 남지 않았는데, 영 팔리지 않아서였다.

"아이스크림!" 갑자기 어느 집 담 너머에서 그를 부르는 소프라노 목소리가 났다. 너무나 반가워 한달음으로 뛰어갔더니 마당에 놓인 커다란 평상 위에 그의 나이 또래로 보이는 여학생 넷이서 포마이카 상을 편 채로 빙 둘러앉아 공부하고 있었다. 교복을 보니 모두 일류 S 여고생들이었고, 뜻밖에 얼마 전 병원 복도에서 만났던 바로 그 소녀도 함께 있었다. 소녀를 보자 괜히 부끄러워졌다.

통에 손을 넣어 아이스케키를 꺼내주는 것을 보고 있던 약간 뚱뚱하고 짓궂게 생긴 여학생 하나가 그에게 핀잔을 주며 말했다.

"학생! 참 손은 언제 씻었어요?"

그러자 다른 하나가 맛있게 먹다 말고 반쯤 남은 아이스케키를 유심히 살펴보며 말했다.

"진짜…… 더럽진 않을까?"

가당치도 않은 괜한 생트집을 그냥 참고 있었는데, 그중의 하나가 기어코 결정적인 유도신문을 하는 바람에 가만히 있을 수만은 없게 되었다.

"화장실은 언제 갔다 왔죠?"

"전 화장실을 갈 이유가 없습니다. 워낙 더워서 땀으로 다 나가니깐요. 하지만 미지(未知)가 지청(至淸)이라는 말도 못 들어 보셨습니까?"

가난하고 못난 자신이 창피하고 그녀들의 좋은 학교에 주눅이 들어 있었으나, 쨱소리라도 한번 내고 싶었다. 사실 아닌 게 아니라 날도 더운 판에 무거운 통을 메고 정신없이 돌아다니므로 소변 볼 일도 없었지만, 또 그러려고 해도 마땅한 장소가 없었다. 참고 지내다 보면 어느새 일을 마칠 때가 되는 것이 보통이었다.

그러자 그녀들은 자기네끼리 눈짓을 주고받더니, 화장실 타령을 하던 그중의 하나가 음흉하게 웃으며 말했다.

"유식한 한자어인가 본데……. 어디 한번 글자로 써볼래요? 입으로만 적당히 그러지 말고."

그녀들은 무엇이 그리 우스운지 다시 까르르 웃음을 터뜨렸다.

"그리고 만약 엉터리라면 돈 받지 말고 그냥 가기로 하고요."

다른 하나가 아예 그에게 볼펜과 노트까지 들이밀었다. 모두는 정말 재미있어졌다는 듯이 또다시 까르르거렸다.

그러나 그것은 그녀들이 사정을 잘 몰라 그랬을 것이고, 그는 초등학교 취학 전 이미 할머니 등에 업혀 서당 출입을 했던 사람으로, 《명심보감》을 끝내고 《소학》을 시작 단계에서 그만두었기 때문에 사실 그보다 더 한자에 능한 사람은 드물 것이었다.

그녀들과 노닥거리고 싶은 생각은 없었지만, 그 소녀조차 여간 궁금한 표정이 아니라서 그는 무거운 아이스케키 통을 어깨에서 내려놓고는 말없이 노트에 붓글씨를 쓰듯 횡서로 써 주었다.

'未知而 至淸也'

모르고 먹는 것이 제일 깨끗하다는 뜻이었다. 그는 이왕 말이 나온 김에 언짢은 소리를 한마디 더 보탰다.

"주제에 무얼 알겠습니까마는, 이 댁의 문패에 교회 표시가 붙어 있더군요. 감히 성서의 말씀도 한 줄 보태서 말씀드리겠습니다. '너희 입으로 들어가는 것이 더러운 것은 하나도 없다. 너희 입에서 나오는 것이 다 더럽고 사악한 것이다.'라는 말씀이 신약성서에 있을 것입니다. 그것이 무슨 뜻인지 아시는지요?"

그러나 그녀들은 꼴값 그만 하라는 표정들로 그를 곯려줄 다른 방법을 찾으려고 코를 씩씩 불고 있었으나, 그는 시간과 돈이 급했다.

"드셨으면 돈을 주서야죠."

그는 소녀에게만 목례하고 그곳을 빠져나왔다. 그러고는 또 그만이었다.

그러나 그 후 한 달도 채 못 되어 기어코 그는 소녀를 실로 우연히 다시 만났고, 열병을 치러야 할 운명이 되고 말았다.

그는 여름이 되면서부터 친척 집을 나와 친구들과 자취를 시작했고, 식량과 반찬거리를 가지러 2주에 한 번꼴로 시골집에 갔다. 입학 때의 결심과는 달리 1학년 1학기 성적이 맨 하위권이었으므로 이러다가는 죽도 밥도 아니라는 생각에서 공부할 시간을 얻기 위해서 무리를 해본 것이다.

토요일 수업이 끝나기가 무섭게 고향으로 가는 차를 탔다. 그의 자리는 맨 뒷좌석이었는데, 마침 그의 옆 좌석은 아직 비어 있었다. 그의 고향까지는 2시간 남짓 걸리는 거리였고, 포장도로를 한 시간 정도 탄 후에 다시 비포장도로를 1시간쯤 더 탔다.

첫 번째 정류장에서 세일러 교복에 단정하게 두 갈래로 머리를 묶은 여학생 하나가 혼자서 차 안으로 들어왔다. 뜻밖에도 바로 그 소녀였다. 반가웠다. 못 본 척하면서 창밖에 눈을 주고 있었지만, 사실 그는 가슴을 졸이며 숨 가쁘게 그녀의 결정을 지켜보는 중이었다.

그는 소녀가 제발 빈 옆자리에 앉아주기를 빌고 또 빌며, 아침에 양치했는지 기억을 더듬어보았다. 주머니 속에 든 껌도 떠올렸다. 소녀가 곁자리로 와서 앉아준다면 그걸로 말을 붙여 볼 수 있을 것이었다.

그녀는 주저하지도 않고 곧장 곁의 빈자리로 와서 앉았다. 그렇다면 이제 일이 다 된 거나 마찬가지였다. 갑자기 찾아온 행운에 기뻐서 어쩔 줄 모를 정도였으나, 그는 창밖에 눈을 둔 채 아무렇지도 않은 척하고 있었다.

그는 그녀의 눈썹 움직이는 소리까지 놓치지 않고 듣고 있었으나, 그녀는 가끔 손으로 머리를 매만지며 정면만 주시하고 있을 뿐 그에게 눈길 한 번 돌리지도 않았다.

자꾸만 흘러가는 시간이 아까워 그는 마침내 주머니에서 껌을 꺼내어 그녀에게 권하면서 말을 터보았다.

"절 기억하시겠어요?"

그러자 그녀는 살피듯 잠시 주위를 둘러본 후, 작은 미소와 함께 그의 손에서 껌을 건네받으며 말했다.

"공자님과 예수님의 제자였죠?"

"사실은 둘 다 아닙니다. 그날은 댁이 계셨기 때문에 좀 뻐겨보고 싶었던 거였고요."

"어머, 그래요? 난 댁이 교회를 다니는 줄 알았는데……."

"어디까지 가는 거죠?"

민우가 행선지를 묻자 그녀는 주위를 다시 한 번 살피며 대답했다.

"장흥에요……. 외가에 엄마 심부름을 가는 거예요. 댁은요?"

입이 딱 벌어졌다. 그녀가 그보다 1시간가량 더 가야 하므로 금방 헤어질 일은 없을 것이기 때문이다.

"전 S 면입니다. 참! 엄마가 입원했었죠?"

순간 그녀는 이제야 알겠다는 듯이 웃음기를 머금은 눈을 반짝이며 말했다.

"그렇죠! 어쩐지 어디서 보았다 싶으면서도 통 기억이 나지 않더라고요. 맞아요. 그때 병원 복도에서 화장실이 급해서 쩔쩔매고 있었죠?"

그녀는 손으로 입을 가리고 풋풋거리며 작게 웃었다. 그와 동급생이었고, 이름은 김한별이라고 했다. 집에서나 친구들 모두 그냥 별이라고 부른다고 했다.

"와! 높네. 영어로는 스타가 되는 거네요……. 원 스타예요? 투 스타예요?"

그녀는 잠시 의아해하다가, 곧 웃으며 말했다.

"그런 스타 말고 할리우드 스타가 될지 누가 알아요?"

둘 다 자기 신변 이야기는 하나도 하지 않았고, 대신에 그녀는 주로 소월과 윤동주의 시에 대해서, 그리고 그는 007 영화와 어렸을 때 다녔던 서당 훈장에 대해서 열을 올리며 이야기했다.

'수원을 막급하라, 노봉협처에 난회피니라(讐怨莫扱, 路逢狹處 難回避: 원수를 맺지 말라. 좁은 길에서 서로 만나게 되면 되돌아서기가 어려우니라)'라는 뜻을 가진 《명심보감》에 나오는 한 구절이었는데, 자기들이 잘못한 일로 벌을 서면서도 훈장더러 들으라고 그렇게 큰소리로 외웠다는 것이고, 훈장이 벌컥 화라도 낼라치면 그들은 '책 구절을 공부하며 외우는 건데요.' 하고 변명 아닌 변명을 했고, '야, 이 녀석들아! 왜 하필이면 그 구절만 외우느냐?' 하고 훈장이 다시 물을라치면 '벌을 설 때는 이것밖에 생각이 나질 않는데요.' 하며 낄낄댔다는 일화를 그가 손짓 발짓을 해가며 신이 나서 이야기하자, 그녀는 마침내 친한 동성 친구 앞에서처럼 입을 크게 벌리고 거리낌 없이 웃음을 터뜨렸다. 그녀는 곧 자기 실수를 알아챘던 모양으로, 순간적으로 입을 가렸으나, 고개를 돌려 한참 동안 더 킥킥거렸다.

주위 사람들이 그런 둘을 궁금한 눈초리로 돌아보았는데, 미소를 짓는 사람도 있었지만, 눈살을 찌푸리는 사람들도 있었다.

웃고 있는 소녀의 입안에서 희고 가지런한 치아와 맑고 정갈한 타액이 들여다보였다. 그것은 세상의 무엇보다도 더 향기롭고 달콤할 것이며, 사람의 입안에 보석이 들어 있을 수도 있다는 것을 그는 그때 처음으로 깨달았다.

말을 할 때마다 그녀의 입안에서는 향긋한 내음이 함께 튀어나왔고, 그녀가 쓰는 어휘는 보통 사람들의 언어와 달리 향기를 갖고 있었다. 그는 그 이후로도 소녀를 만날 때마다 한동안 눈과 입안의 치아에 홀랑 빠진 나머지, 정작 소녀가 하는 말을 제대로 알아듣지 못할 때가 많았다.

그가 시공을 잊은 채로 온통 별이에게 푹 빠져 있는 동안, 무정한 버스는 그 흔한 펑크 한 번 나지 않고 그의 동네에 잘도 도착하였다.

소녀와 함께 이대로 더 있다가 다시 거꾸로 되돌아올 수 있다면? 하지만 되돌아올 차편도 알 수 없고, 버스비도 문제였다. 아쉬움을 억누르며 자리에서 일어서다가 번뜩 한 가지 아이디어가 생각났다. 그렇지!······

"참! 내일은 몇 시쯤 올라갈 거죠? 차에서 다시 만날 수 있을 텐데."

"아마 내일은 힘들 거예요. 외가 삼촌과 함께 가야 하니까."

그녀는 난색을 보이며 말끝을 흐려버렸다. 실망이 컸다. 그렇더라도 어떻게든지 그녀의 먼 그림자라도 다시 보았으면 싶어서 거듭 대략적인 시간을 물었으나 그녀는 고개만 내저을 뿐이었다.

일요일 오후마다 시립도서관에 간다는 것을 알아낸 것으로 만족하고 결국 자리에서 일어섰다. 승강구 쪽으로 걸어 나가면서도 눈과 마음은 여전히 소녀에게 가 있었다.

마침내 버스가 섰다. 소녀는 자리에 앉은 채로 하얀 치아를 드러내며 손을 흔들어주었다. 아쉽게 소녀를 뒤돌아보며 황급히 차에서 내렸다. 제발 지금 당장 저만큼에서 펑크가 나든가 고장이라도 났으면! 그러나 버스는 먼지를 일으키며 잘도 달려가 버렸다. 그는 멀어져 가는 버스를 한참이나 바라보다가 아쉬운 발길을 돌렸다.

초가을 오후 4시는 한낮이었고, 집에는 아무도 없었다. 그는 아직도 별이의 아름다운 눈과 보석같이 흰 치아 그리고 향기로웠던 말에 취한 나머지 제정신이 아니었다. 몽유병 환자처럼 발길이 닿는 대로 아무렇게나 걸어갔다. 이윽고 동네 뒷산 자락으로 올라가는 길이 나왔다. 산 초입 밭에서 길쌈을 하던 같은 마을의 노파가 먼저 그를 알아보고 알려주었다.

"느그 할매헌티 가나? 니 핵비 번다고, 심도 안 드는지 맬겉이 과수밭 일 허로 댕긴단다. 어여 과수밭으로 가봐라."

그러나 그에게는 들리는 것도 보이는 것도 없고, 오로지 별이의 환영뿐이었다.

뒷산은 낮은 구릉 같은 곳이었고, 장흥은 그곳에서도 상당히 먼 곳이었다. 그래서 장흥읍까지는 당장 눈앞을 가로막고 있는 산 말고도 몇 개의 산이 더 있을지 모를 일이고, 구릉지를 아무리 올라간다고 하더라도 별이의 외가가 있다는 장흥이 보일 리도 없었다. 그런데도 남쪽 하늘에 떠 있는 구름 아래쯤에는 대략 장흥이 있을 거고, 그곳에는 외가 마을에 도착한 별이가 있을 것이라는 턱없는 짐작을 해보았다.

'If I were a bird, I could fly to you(만약 내가 새라면 당신에게 날아갈 수 있을 터인데)'. 며칠 전 영어 시간에 배운 가정법 현재시제의 예문이었다. 그동안 문장의 의미는 전혀 생각해보지도 않고 영문법 자체에만 신경을 썼으나, 다시 생각해보니 그 말은 영국이 자랑한다는 대문호의 글만큼이나, 당장 민우 자신에게도 해당되는 너무나 절절한 표현이었다. 그는 마치 로미오나 되는 양 계속해서 그 문장을 외웠다. 'If I were a bird, I can fly to you. If I were a bird, I can fly to you……'

별이에게 한껏 취해 있다 보니 어느새 가족 묘지였다. 그는 결심을 굳히며 죽은 가족들에게 말했다.

'김한별이라고, 너무나 착하고 예쁜 여학생이었어요. 엄마! 그런 누이가 있다면 난 소원도 없을 거예요. 그 여학생도 내가 좋았나 봐요. 난 정말 열심히 공부할 거예요. 요새는 낮에 일도 안 하고 있어요. 다시 상도 타고 장학금을 받을 거예요. 그 여학생은 공부를 잘하나 봐요. 좋은 학교를 다니는 멋진 여학생이었어요. 우리 학교에서도 상위권에 들면 좋은 대학에 갈 수 있대요. 대학은 돈이 많이 들겠지만, 장학금을 받아서라도 꼭 대학까지 다 마칠 거예요. 그 여학생과 함께 대학을 다니게 된다면 얼마나 좋을까요?'

산에서 내려오면서도 마음이 왠지 뿌듯하고 즐거웠다. 할머니가 일하고 있다는 과수원집을 향해서 줄달음질을 쳤다. 할머니는 혼자서 배를 따서 커다란 그릇에 옮기는 작업을 하고 있었다.

"워매, 내 새끼 왔고나! 어저께 꿈에 영락없이 뵈이드라니!"

할머니는 언제고 그렇게 그가 올 줄을 미리 알고 있었다. 할머니는 하던 일을 잠시 멈추고 코를 풀어낸 손을 치맛말기에 닦으며 그에게 다가와서 등을 토닥거려 주며 말했다.

"워따메, 시상에…… 내 새끼가 할미 보고자퍼서 이러코롬 왔고나. 배고 프쟈? 집이 가서, 쩨까 지다릴라냐? 내 금방 들어갈 텡께……. 너 줄라고 남감자(고구마) 캐서 쪄두었느니라. 여여 가서 묵음시롱 공부허고 있그라잉."

그러나 그는 겉옷을 벗고 할머니의 일을 거들기 위해서 다가섰다.

"아니다. 너넌 힘들 거시다. 어여 집이나 가그라. 가서 책이나 한 줄 더 봐야 헐 텅께 말여……."

말씀은 그랬으나, 벗어부치고 일을 시작하자 여간 대견스럽지 않은 모양 이었다.

"너도 인자(이제) 다 컸능개비다. 금방 네 애비만큼 되겠다. 그라면 울 손 자 일허는 동안 댐배나 한 대 피울까나."

할머니는 만족스러운 눈길로 그를 바라보며 장죽을 붙여 물었다. 할머니 의 일을 대신하면서 그는 여러 가지로 신바람이 났다.

즐겁고 상기된 목소리로 곧장 묘소를 들렀다 오는 길이라는 것과 어떻게 하던지 공부를 열심히 해서 내년부터는 초등학교 때처럼 상도 받고 장학금도 타서 할머니가 힘이 덜 들도록 하겠다는 각오를 말했다. 그러나 한별이에 관한 말은 아직 해서는 안 될 것 같아서 다음 기회로 미루기로 했다.

공부를 열심히 잘해서 대학가겠다는 말을 죽은 가족들에게 하려고 일부러 묘소를 먼저 다녀왔다고 하자, 할머니는 행복에 겨워서 어쩔 줄을 몰랐다.

"인자 상채긴(상처) 다 나섯냐? 어디 쪼깨 보자."

완전히 다 나은 상처였으므로 웃옷을 올려서 할머니가 마음껏 보도록 했다.

"그래도 이만만허기 천만다행이다. 지 자석 귀한 줄 알면 노무(남의) 자석도 귀한 줄 알 것인디……. 몹쓸 인간덜…… 쯧쯧쯧…… 어여 옷 입어라. 감기 들겄다."

일을 마친 조손(할머니와 손자)은 발걸음도 가볍게 어두워지는 들길을 지나 함께 집으로 돌아왔다.

"참말로 나는 인자(이제는) 오래 살아야씨겄다. 요로코롬(이처럼) 오진(만족스러운) 일만 있는디, 머덜라고(뭐하러) 얼렁(빨리) 죽어야?(죽을 필요가 있겠느냐). 행여나 죽으면 큰일 나겄다. 나, 얼렁 안 죽을란다."

그러나 그토록 좋아서 어쩔 줄을 모르던 할머니는 그로부터 1년을 못 넘긴 다음 해 추석 무렵에 거짓말처럼 세상을 떠나버렸다.

그 후로 둘은 대체로 주말 시립도서관에서 만났다. 처음에는 도서관이 끝난 후 복도 끝이나 건물 밖 외진 길에서 잠시 이야기를 나누다가, 나중에는 미국 공보관에서 함께 공부하며 하루를 지내기도 했다.

하지만 둘은 만날 때마다 늘 조마조마했고, 항상 죄를 짓고 있는 느낌이었다. 처음에는 그것을 스릴로 여겼으나, 시간이 갈수록 만난다는 것 자체가 버거운 일로 변했다. 그건 그녀 편에서 더욱 심했던 모양으로 한동안 그녀는 도서관이고 공보관이고 아예 나타나지 않았다.

마침내 참다못한 어느 일요일 날, 그는 그녀를 혹 다시 만날 수 있을까 싶어 그녀의 집 주위를 배회하기 시작했다. 하지만 그녀는 종무소식이었다.

골목을 돌다 보니 어느 집 대문 앞에 수캐들이 여러 마리 쭈그리고 앉아 있는 것이 눈에 들어왔다. 별이가 문밖으로 제발 나오기를 기다리며 골목을 배회하고 있는 그와 똑같은 심정으로, 수캐들 역시 발정 난 암캐의 집 대문을 지키며 문이 열리기만을 기다리고 있는 것이다.

다리도 쉴 겸, 동병상련의 가여운 마음에서, 수캐들 곁에 쪼그리고 앉았다. 어째서 우리는 이렇게 비참하게 사는 걸까? 도대체 여자가 뭐기에 말이야!

그 후로 그는 밥도 잘 먹지 못하고 잠도 잘 자지 못했다. 가족묘지 앞에서 약속했던 공부조차 등한시하게 되었고, 오로지 오매불망 별이 생각뿐이었다.

별이를 다시 만나볼 수만 있다면……. 설령 절교의 말을 듣는다 하더라도 어떻게든 다시 한 번 만나볼 수만 있다면…….

그러던 중 마침내 그녀로부터 편지 한 통을 받았다. 깨알같이 쓴 두 장의 편지지와 함께 몽매에도 잊지 못할 그녀의 사진까지 들어 있었다. 세일러 교복에 엄숙한 표정을 하고 찍은 정면 증명사진이었다.

'벼르고 벼르다 이 글을 쓰는 거예요. 지난 일요일에도 우리 집 앞 골목에서 기다리고 있었죠? 민우 씨는 아르바이트도 바쁠 거고, 공부하기도 바쁠 텐데 아까운 시간을 그렇게 허비해서 되겠어요? 학업에 충실하고, 부모님의 기대에 어긋나지 않는 행동을 해야 함에도 우리는 그동안 너무 방종

했어요. 이제 냉정함을 되찾고 당분간 만나지 말기로 해요. 민우 씨가 가난하다거나 야간을 다닌다거나 그런 이유 때문만은 절대로 아니에요. 우리는 열심히 공부해서 좋은 대학에 들어가야 해요. 난 그때 말한 대로 교육대학에 들어가는 게 꿈이에요. 그래요! 그래서 난 학교 교사가 될 거예요. 민우 씨도 가급적이면 자기가 원하는 육군사관학교에 진학할 수 있기를 바래요. 우리, 대학생이 되면 미국 공보관에서 다시 만나요. 꼭 대학생이 된 신분으로 다시 만나기로 해요. 좋은 사진이 없어서 이거라도 보내는 거예요. 내 사진을 보면서 나를 만나는 것처럼 생각하고 열심히 공부하기 바래요. 앞으로는 시립 도서관에도 나가지 않을 거예요. 그럼 잘 지내세요. 김한별 드림. 〈추신〉 우리는 이사할지도 몰라요. 하지만 우리가 대학생이 되는 첫 3월 1일 날(삼일절이잖아요) 미국 공보원 도서관에서 다시 만나기로 약속드릴게요. 그럼 서로 건투를 빌기로 해요. 잘 지내세요.'

그는 돈이 전혀 들지 않고 높은 지위에 오를 수도 있는 육군사관학교를 가겠다고 말했고, 그녀는 편지에서와 달리 약학대학을 가고 싶어 했다.

그녀의 편지를 읽고 또 읽었다. 영원한 절교가 아니라 대학 진학할 때까지의 한시적인 것이라서, 완전 절망은 아니었으나, 그렇다고는 해도 가끔 한 번씩 만나는 것조차 거절하는 데에는 도저히 동의할 수 없었다.

그도 간절한 소원을 적어 즉시 그녀에게 보냈다.

'사모하는 한별 양에게! 양은 내가 싫어져서 나를 피하려는 줄로만 알고 있었습니다. 그래서 정말이지 나는 죽을 결심도 했고, 양을 보고 싶은 나머지 마침내 병을 얻어 눕게 되고 말았습니다.'

그는 한껏 부풀려서 마치 곧 죽을 불치의 병에 걸려 누워 있는 것처럼 썼다. 그래서 불쌍히 여긴 나머지 사진이 아닌 실제의 모습으로 다시 찾아 주기를 간절히 바랐다.

'우리는 가끔 만나야 합니다. 그래야 하는 데는 너무도 많은 이유가 있습 니다. (중략) 양에게 보낼만한 멋진 사진을 찾지 못해서 미안합니다만, 함부 로 사진을 찍을 만큼 부자가 아니라서 고등학교 입학원서에 사용하고 남 은 사진을 보내드립니다. 사진에서 양이 보지 못하는 나의 뜨거운 마음과 양을 위해서 존재하는 나의 불쌍한 영혼이 있다는 것을 꼭 기억해주시기 바랍니다.'

어떻게 쓰면 그녀가 다시 나타나 줄까, 그는 생각을 거듭하며 고민했다.

'양은 신라 때 선덕여왕을 짝사랑하다 죽은 지귀라는 청년에 관한 이야 기를 알고 있을 것입니다. 여왕은 자신의 지위를 생각하지 않고, 오로지 자 기를 짝사랑하는 미천한 백성인 지귀의 영혼을 불쌍하게 여긴 나머지 궁전 으로 불러들여서 몸소 자신의 벗은 알몸까지 그에게 죄다 보여주었고, 그 결과 그는 마침내 원한을 풀고 극락왕생할 수 있게 되었다고 하지 않습니 까? 우리는 지성인들로서 그렇게까지 할 필요는 없겠지만, 간혹 만나서 서 로 얼굴이라도 볼 수 있어야 한다고 생각합니다. 한별 양! 양에게 나는 영 혼까지도 뺏겨버린 나머지 마치 그레첸을 그리워하는 늙은 파우스트처럼 되고 말았습니다. 거듭거듭 말씀드립니다만 우린 다시 만나보아야 하고, 우 리가 앞으로 어떻게 해야 할지 의논해야 할 것입니다. 양을 다시 보지 못한 다면 나는 반드시 죽을 것입니다. 죽은 제 무덤에서 눈물을 흘리지 마시고 살아 있을 때 꼭 만나주십시오. 당신의 이민우 드림. 〈추신〉 이번 주 공보관에서 기다리겠습니다. 꼭 나와 주십시오."

있는 실력, 없는 실력 모조리 다 주워 모아 되도록 비장한 느낌이 들도록, 그리고 죽음과 영혼 등 무겁고 장중한 단어들을 열심히 나열해서 그 당시 그가 심취해서 읽었던 괴테의 《젊은 베르테르의 슬픔》이라는 책에 나오는 영탄조의 문체(번역문체일 것이지만 그는 그 점을 생각하지 못했다.)를 흉내 내어 편지를 썼다. 그러나 끝내 그녀를 만나볼 수는 없었다.

그 후로도 그는 계속해서 몇 번 더 편지를 보냈다. 그러나 그녀는 답장조차 없었다. 물론 그가 할 수 있는 것은 공부뿐이라는 것을 너무도 잘 알고 있었으나, 책을 펴면 한동안 별이의 웃는 모습, 정갈한 타액에 젖은 희고 바른 치아, 단정한 단발만 나타날 뿐이었다. 그는 그렇게 방황을 더 계속하다가 1학년을 마쳤다.

병원으로 들어갈 시간이 거의 임박해 있었다. 민우는 중국집에서부터 시계에 눈을 주며 초를 재고 있었지만, 아무래도 한경이가 미덥지 못해 쉽게 헤어질 수 없었다. 그래서 다시 다방으로 데리고 들어갔다.

"우린 이제 결혼한 거나 마찬가지야. 알겠지? 딴 생각하지 마. 집에 들어가면 함께 있는 친구 때문에 안 될 것 같아. 우선 병원 근처에 여관방을 하나 얻어줄 테니까 거기서 자고 낼 아침부터 방을 한번 알아봐. 올해는 당직하는 날이 많아서 집에 자주 못 들어가지만, 내년부터는 맘대로 출퇴근할 수 있어. 무슨 말인지 다 알겠지? 우리는 이제 부부가 된 거야. 죽은 별이 언니도 기뻐할 거야. 결혼식이야 아무 때라도 하면 되겠지."

그녀의 손을 잡으며 거듭거듭 다시 일렀다. 그녀는 그런 그를 수줍게 쳐다보며 배시시 웃었다. 8시 5분 전에 둘은 일어서서 다방을 나왔다.

쓸 만한 여관이 보이는지 열심히 찾아보았으나, 마음만 바빴지 도무지 적당한 데가 쉽게 눈에 띄지 않았다. 영 자신 없게 따라오고 있던 그녀가 마침내 무겁게 입을 열며 말했다.

"오늘은 그냥 들어갈래요. 민우 씨도 시간이 없다면서 뭐 하러 돈 들여 여관에 들어요? 우리 그러지 말고 다음 토요일 자유공원 앞에서 다시 만나요. 민우 씨! 사랑해요. 정말 이젠 어제 같은 곳에 다시는 가지 않을 거예요. 믿어주셔도 돼요. 정말이에요. 그리고 무엇보다도 어제 그 친구를 다시 만나야 하거든요. 만나서 정리할 것도 있고……. 이제 시간이 다 됐네요, 민우 씨, 걱정하지 말고 어서 들어가 보세요."

난감하기 짝이 없었지만 하는 수 없었다. 벌써부터 시간약속을 안 지키고 늦게 들어온다며 짜증 낼 상급자의 얼굴이 눈앞에서 어른거렸다.

"매일 두 번씩 전화해야 돼."

"알았어요. 늦는데 어서 들어가세요."

"언니 이야기두 더 들어야 하니깐 말이야."

"알았어요, 어차피 그날 다시 만날 거잖아요."

옷자락을 팔랑거리며 큰길가 쪽으로 잽싸게 걸어가는 그녀의 뒷모습을 잠시 건너다보다가 떨어지지 않는 발걸음을 옮겨 병원 안으로 뛰어 들어갔다.

그가 병동에 도착해서 상급 선임자를 찾은 시각은 1분도 안 틀린 정각 8시였다. 그러나 상급자는 이미 1시간 전에 병원을 나갔다는 것이고, 응급실에서는 응급실대로, 병동에서는 병동대로 입원수속과 처방을 받으려고 간호사들이 그를 눈 빠지게 기다리고 있는 중이었다.

4월 하순쯤이었는데도 벌써 완연한 초여름 날씨였다. 한경은 약속했던 대로 자유공원 정류장 앞에서 그를 기다리고 있었다. 그녀는 작은 가방만 하나 달랑 팔에 낀 모습으로 서 있다가 버스에서 내리는 그를 알아보고서 반갑게 내달려왔다. 엉덩이가 꼭 끼는 청바지에다가 가슴이 도드라지게 보이는 빨간색 티셔츠를 입은 모습이었다.

그녀 편에서 먼저 그의 팔을 자연스럽게 꼈고, 둘은 시내 쪽을 따라 걸었다. 단 하룻밤에 불과했을망정 몸을 섞고 만리장성을 쌓았기 때문인지 그는 그녀가 전혀 낯설지 않았다.

먼저 눈에 띄는 대로 길가 중국집에 들어가 점심을 해결하고, 신혼 방을 구하기 위해 복덕방을 찾아다니기 시작했다. 그는 오늘이라도 당장 들어갈 수 있는 방을 원했으나 그런 방은 전혀 없었고, 아무리 빨라도 적어도 한 달 정도의 여유가 필요했다.

송현동과 화평동 일대를 휩쓸고 다녔으나 허탕이었고, 금곡동을 거쳐 율목동까지 왔으나, 역시 마찬가지였다. 소득도 없이 지쳤고, 시간도 없어서 그녀의 의견대로 그녀 혼자 다음 월요일부터 되도록 병원 근처를 돌아보기로 일단락을 지었다.

처음 만났던 자유공원 앞까지 되돌아와 저녁 식사를 마치고는 팔짱을 낀 채 중앙동까지 어두워진 거리를 더 걸어와 적당한 여관에 들었다.

혜진과는 주제 파악도 못 하고 항상 호텔만 찾았던 것이라서 그때 일들을 생각하면 쓴웃음이 나왔다. 첫 만남도 아니고 곧 함께 살기로 해서 그런지 그녀는 무척이나 대담하게 굴었고, 그를 쉬지 않고 원했다. 처음 만났던 밤보다 훨씬 더 힘들고 즐거운 하룻밤을 보낸 후, 둘은 예전처럼 다음 날 낮 11시가 다 되어서야 비로소 여관을 나왔다.

생각 같아서는 여관 근처 중앙동에도 혹 쓸 만한 방이 있는지 더 돌아보고 싶었으나, 어제부터 인천 바닥을 휩쓸고 다녔던 데다 간밤의 노고 때문에 몹시 지친 상태였다. 그리고 중앙동은 아무래도 병원이 좀 멀었다.

간단한 점심 후에 극장을 찾아 인천역 앞으로 가서 예전에 경주에서 혜진과 그랬듯이 제목도 모르고 들어갔다. 그렇고 그런 국산 통속적 애정물이었는데, 춘정에서 깨어나지 못한 두 사람은 어젯밤의 일들이 새삼스럽게 다시 생각나는데다, 화면 속의 정사 장면에 마음을 완전히 빼앗긴 나머지, 손만 잡고 있으려니 아주 거의 미칠 지경이었다.

그 후 며칠 지나지 않아 그녀로부터 금곡동에 방을 하나 보아두었다는 전화가 왔다. 70만 원의 보증금에 매달 오천 원씩 월세를 내기로 하고 그 방을 얻었는데, 사실 그 70만 원은 그가 가진 전 재산이었다.

주치의라서 함부로 병원을 비울 수는 없었으나, 잠시만 틈이 생겨도 그는 어떻게든지 쏜살같이 그녀에게 날아가서 그녀의 아랫배에 생명의 정수를 아낌없이 부어주었다. 곧 가족의 묘지를 공유하며 살아갈 또 하나의 분신이 그녀의 몸속에서 잉태되어 나오리라는 것을 믿어 의심치 않으며……

앞으로는 어떤 식으로 세상을 살아가야 할까? 자기 연민이나 외로움에 빠져서는 안 될 것이고, 오히려 그럴 시간이 있으면 긍정적이고 실제적인 생각을 하면서, 가일층 배전의 노력을 경주하며 살아가야 할 것이다. 진료하는 일도, 공부도, 저축도……. 아니 가족을 위해서라면 생활비나 기타 건강목적으로 사용하는 모든 지출까지도 더 많이, 더 자주, 더 열심히…….

지금 한경이에게서는 생명의 움을 틔우느라 우주창조만큼이나 경이로운 기적 속에서 새로운 분신이 생겨나고 있을 것이었다.

다가오는 할머니 제삿날에는 그녀의 손으로 조촐한 제수를 장만시켜 제사도 지낼 작정이었다. 이제는 가족도 생겼고, 아내의 뱃속에 그와 죽은 가족 모두의 분신이 될 생명이 생겨나고 있다는 것을 알려드려야 하지 않겠는가?

자신과 가족들의 대를 이을 분신이 생긴다는 생각에서 전에 없이 이상하고 야릇한 기대감이 일었고, 그러자 별스럽지도 않던 하루하루가 커다란 의미를 갖고 다가왔다. 봉급이란 미래를 위해 되도록 근검절약해야 하는 것이라기보다, 지금 당장 가족을 위해 사용하는데 더 큰 의미가 있다는 것까지도 저절로 깨닫게 되었다.

하지만 드는 돈은 기하급수적으로 느는데도 그녀에게서는 좀처럼 잉태의 기미가 없었다. 마침내 그에 대한 이유를 알게 되었는데, 그것은 그녀가 방 보증금을 챙겨 어디론가 잠적해버린 그 다음이었다.

집주인 여자의 말로는 그동안 여러 남자가 수시로 찾아와 여자와 자고 갔다는 것이었고, 아마도 그렇게 규칙적으로 찾아와 몸을 섞는 남자는 그 말고도 대여섯 명 이상이었을 것이라는 이야기였다.

전 재산이나 다름없는 돈도 돈이었지만, 허랑하게 뺏겨버린 가족에 대한 희망과 그동안 틈만 나면 쫓아가서 쏟아 부었던 노력도 너무 아까웠다. 그녀를 다시 만날 수만 있다면, 자기에게 생명의 정수를 그토록 욕심껏 빨아내었으면서도, 어째서 그처럼 많은 다른 남자가 필요했는지 따져 묻고 싶었다.

섭섭하고 허망한 마음에, 그녀를 처음 만났던 술집 주인 여자를 찾아갔다.

"그런 식으로 떠났심사, 마…… 어떻게 다시 나타날까? 이제 다시는 나타나지도 몬하겄제……. 빨리 잊일시록 좋을 거로구만. 참! 그보다 훨씬 더 이쁜 색시가 새로 왔는데 한번 만나볼랑교?"

그는 술집 여자를 낭패스러운 얼굴로 쳐다보며 고개만 좌우로 내저었다.

3. 진짜 가물치

주리는 민우와 헤어져 상경한 일요일 당일 날 밤은 집에서 푹 쉬고 다음 날 아침 일찍 사무장을 만나러 정형내의원을 찾아갔다. 나이트 근무라서 낮에 시간적 여유가 있었고, 당장 민우의 일이 급했기 때문이다.

주리가 걱정스러운 얼굴로 민우의 취업 자리를 알아봐 달라고 부탁하자, 사무장은 지금 서울 시내에서 일반 의사를 구하는 곳이 공공기관을 포함해서 부지기수일 텐데 무슨 부탁씩이나 필요하겠느냐며 그냥 웃어버렸다. 그러면서 개업할거라면 되도록 도립병원 같은 공공병원에서 일단 근무하다가 그 근처에서 시작하는 것이 가장 좋다면서 그 방법을 강력히 추천했다.

물론 개인에게 초빙되어 가면 돈을 더 받을 수는 있겠으나, 까딱 잘못하면 큰일 날 수 있으니 절대 그렇게 해서는 안 된다는 것이었다. 진료하는 일 외에도 병원 안에서 일어나는 모든 일은 원칙적으로 다 의사 책임인데, 대부분 봉직의사들이 월급만 받고 있다고 방심하기 십상이고, 또 사실 직접 운영하는 것이 아니라서 세세하게 다 관리할 수도 없다는 것이었다.

아주 질 나쁜 운영자들은 더러 의사 면허가 취소될 만한 일을 일부러 벌여두었다가 의사가 관두겠다고 하면 그것으로 협박해서 오랫동안 자기들 수하에 묶어두기도 한다는 것이었고, 여하간 별에 별 일이 다 있을 수 있다는 말에 미스 정은 불현듯 시골 육 선생을 떠올리고 되도록 빨리 민우에게 이런저런 이야기를 세세하게 해주어야겠다고 생각했다.

사무장에게만 살짝 들렸는데, 어떻게 알았는지 원장실에서 호출이 왔다.

"오늘 시간되면 수술 하나 봐주고 갈래?"

곧바로 2층 수술실로 올라갔다. 오퍼레이터는 지난번처럼 닥터 전이었고, 그는 주리를 보자 표정이 달라지며 싱글거렸다.

수술은 10시부터 시작되었지만, 이번에도 길어져서 1시 반이 되어서야 끝났다. 기구정리와 거즈 카운트를 하느라 정신이 없는 그녀에게 그가 수술방을 나가려다 말고 곁으로 다가와 은근한 목소리로 말했다.

"오늘도 수술이 늦게 끝나 어떡허죠? 간단한 점심이나 합시다."

아무리 간단한 점심식사 자리라 할지라도, 병원 일도 아닌 사석에서 둘이서만 호젓하게 마주하는 것이라서 신경이 쓰였다.

"서울이 고향이라구? 서울 어디죠?"

"서대문군데요……."

"그래요? 난 종로구 누상동……. 결국 둘 다 서울깍쟁이인 셈이네……. 난 3남매 중 맏인데, 내 아래로 여동생, 그 아래가 남동생이구……. 둘 다 결혼해서 잘살고들 있죠. 참, 미스 정은 몇 남매이신가요?"

"저희두요 3남맨데요, 선생님 댁과는 반대루 1남 2녀예요. 위로 결혼한 오빠가 하나 있구요, 저와 여동생이 있거든요."

"미스 정은 나이가 25세라고 들었는데, 맞아요?"

"누구에게 들었어요?"

놀라서 긍정도 부정도 하지 않고 되물었다.

"하여간 맞죠? 난 지금 33세이긴 하지만 마음은 아직도 20대에 있고 싶은 거 있죠?"

그가 자꾸만 술을 권했으나, 나이트 근무가 있고 마음의 여유도 없을뿐더러 자리도 불편했다. 불안한 마음으로 눈을 시계에만 두고 있는데, 처음 만난 날짜를 어떻게 그렇게 잘 기억하느냐는 그의 말에 갑자기 혼란스러워졌다. 도사가 예언했던 사람은 민우가 아니고 혹시 닥터 전은 아닐까?

그는 남자로서는 조금 작은 키에 얼굴이 검어서 시골농부가 연상되는 그런 얼굴이긴 했으나, 무엇보다 순진하고 착해 보이는 얼굴이 매력이라면 매력이었다. 그렇다면 한 가지 테스트를 해볼까?

"전, 가물치를 좋아했는데요……. 가물치에 대해 뭐 생각나는 건 없으세요?"

그는 어렸을 때부터 몸이 작고 펑퍼짐하기는 했으나 날쌘 편이었고, 얼굴이 검었다. 그래서 초등학교 때 축구를 썩 잘했는데, 별명이 가물치 또는 까마귀였다. 그녀가 초등학교 때의 별명이었던 가물치를 난데없이 들먹이자, 그는 어렸을 때의 기억이 순식간에 살아났다. 아련한 추억과 함께 그녀와의 막연한 어떤 공감점이 느껴졌고.

"아, 가물치이~ 맞아, 바다회보다 가물치를 더 좋아한다는 말이죠? 그건 노량진 수산시장으로 가야 할걸요. 나도 좋아해요. 내 친구 하나가 그곳 2층에 있는 횟집을 뻔질나게 드나드는 모양이던데, 한번은 가물치 얘기를 하더라구……. 좋아, 우리 거길 한번 가볼까요?"

"?"

둘은 이번 주 토요일 P 호텔 커피숍에서 다시 만나기로 하고 헤어졌다.

금세 약속했던 토요일이 되었다. 주리는 간밤에 나이트에서 돌아온 후 모처럼 성장을 하고 주영을 만나러 P 호텔로 갔다. 밤새 동동거리기는 했으나, 그다지 피곤하지는 않았다.

호텔 식당에서 점심을 마친 둘은 인천행 버스에 올라 오후 4시쯤 연안부두에 도착했다. 주리가 월미도를 거론했기 때문이다.

인천에 도착한 두 사람은 연안여객선을 탔다. 월미도까지는 섬이라 해보아야 겨우 15분 거리였다. 선실에 들어가지 않고 뱃전에 서서 바다구경을 했다. 겨울 바닷바람이라서 상당히 춥고 거셌으며, 갈매기들이 사람을 무서워하지도 않고 얼굴 가까이 날아들었다. 주리가 추위에 잔뜩 몸을 움츠리며 갈매기가 날아들 때마다 겁을 냈기 때문에 그는 곁에 가깝게 붙어선 채로 오버코트를 벗어 그녀의 등에 걸쳐주었다.

배에서 내린 두 사람은 여객터미널에서 여객선 시간을 다시 확인해보았다. 저녁 8시에 육지로 가는 마지막 배편이 있었다.

겨울의 을씨년스러운 풍경이긴 했으나, 둘은 해안 방파제 길을 따라 잠시 걸었다. 하지만 겨울철의 해질녘은 너무 추웠고, 둘은 마침내 바닷가의 낭만을 포기하고 근처 식당을 찾아들었다.

"어서 옵쇼! 추우시죠? 자, 이쪽으로 오셔서 불을 쬐세요."

귀한 손님을 놓칠세라 주인은 호들갑부터 떨었다. 홀에는 커다란 석유난로가 뜨겁게 달아올라 있었다. 주인이 권해주는 대로 둘은 그 앞에 놓인 간이 의자에 앉아 몸을 녹였다. 둘 다 얼굴이 발갛게 얼어 있었다.

그는 아까부터 연신 재채기에 콧물이었다. 재채기를 참으려 애쓰다가 기어코 또 한 번의 커다란 재채기를 고개를 돌린 채로 하던 그는 장난스러운 얼굴로 그녀를 돌아보았다. 그런 그에게 주리도 작게 웃어주었다.

뜨거운 조개 국물과 따뜻하게 데운 정종이 먼저 들어왔다. 그는 술을 한 잔 마시고 난 연후에야 겨우 재채기를 멈추었다.

그는 무척이나 말수가 적은 사람이었다. 술잔만 계속해서 비우고 있을 뿐 별말이 없었다. 그러면서도 전혀 따분하다거나 지루한 얼굴이 아니었다.

너무 추워서 속이 다 얼다시피 했고, 호젓한 분위기 탓에 주리 역시 처음에는 말없이 술만 몇 잔 받아 마셨으나, 마침내 침묵을 깨고 입을 열었다.

"술을 많이 드시나 봐요?"

그는 그녀를 쳐다보며 씩 웃기만 했을 뿐 여전히 말이 없어서 다시 물었다.

"괜찮으시겠어요?"

마침내 그가 모처럼 입을 열었는데, 겨우 하는 말이 이 정도였다.

"난 아직 기별도 없고……. 모처럼 근무도 없다면서 조금만 더하지 그래요?"

그는 계속해서 침묵을 지키며 자작으로 술을 두 병째 바닥내었다. 어느새 7시 40분이었다. 병에 마지막 남은 술로 잔을 반쯤 채운 그는 한입에 털어 넣으며 말했다.

"자! 일어설 시간이 됐죠? 갑시다."

상당량의 술을 마셨는데도 그는 전혀 흐트러짐이 없었다. 카운터에서 계산하면서 그가 뒤돌아 주리의 얼굴을 살피듯 쳐다보았다. 그런 둘에게 주인 여자가 대뜸 근처 온천장이 새로 생겼는데, 인천의 웬만한 호텔보다 좋을 것이라며 소개해주려 했으나 둘은 서로를 쳐다보며 웃고만 말았다.

서울로 돌아오는 차 안에서도 그는 간혹 미소만 지을 뿐 별로 말이 없었다. 그녀 역시 말없이 창밖의 밤경치만 바라보았다. 그럼에도 그가 이상하게도 아주 가깝게 느껴졌다.

서울역에 도착하자 어느새 밤 10시 반이었다. 그녀는 자기가 알아서 들어가겠다고 했지만, 그는 한사코 에스코트를 고집했다. 그는 그녀와 함께 택시로 그녀의 집 근처까지 온 후 그 차를 그대로 타고 돌아갔다. 일부러 집 앞 근처 한길에서 택시를 내린 그녀는 골목으로 들어서며 처음으로 그에 대해 많은 생각을 해보았다.

주리는 2주일째 주간 근무라서 정형내의원에 가지 않았고, 그래서 닥터 전과도 인천을 다녀온 후 다시 볼 기회가 없었다.

민우에게서도 아무런 소식이 없었다. 아마도 당분간 그는 시골 병원에 그대로 눌러 앉을 생각일 게 뻔했다. 너무 오랫동안 아무런 연락도 없는 그가 섭섭하기도, 화가 나기도 했다.

점심이 조금 지난 오후 1시쯤 그녀를 찾는 전화가 왔다. 그녀는 민우를 직감하며 전화를 받았으나, 이상하게도 전화는 받자마자 곧바로 끊기고 말았다.

그런데 그날 데이듀티를 마치고 막 병원 입구를 나서는 중이었는데, 갑자기 청색 포니가 빵빵거리며 뒤따라왔다. 뜻밖에도 닥터 전이었다. 그는 운전석에 앉은 채로 유리문을 열고 소리쳤다.

"자, 타요. 집으로 갈 거죠?"

재빠르게 주위를 돌아보며, 잠시 망설이다가 결국 차에 올랐다.

출고된 지 며칠 안 되는지 시트에 비닐이 그대로 붙어있었고, 새 차에서만 나는 특이한 냄새가 났다.

"오늘 뺐죠. 그리곤 제일 먼저 주리 씨에게 달려온 거요."

그래서 아까 낮에 전화로 근무시간을 확인했다는 것이었다. 아무리 과묵한 성격이라도 그렇지 전화를 바꾸었는데도 그냥 끊어버리는 사람이 어디 있느냐며 그를 쳐다보았으나, 그는 별로 미안한 기색도 없이 말했다.

"맨 먼저 주리씨를 태워드리고 싶었으니까, 퇴근시간 확인이 중요하잖아요? 어때요? 우리 드라이브 겸해서 팔당 쪽 한번 가볼까요? 오늘 별다른 약속 없죠?"

그는 길도 들이지 않은 새 차를 신 나게 몰며 내달렸다. 예전부터 많이 해본 익숙한 운전 솜씨라서 언제부터 시작했는지 물어보자 군대 때라면서 걱정하지 말라는 것이었고, 그러면서 그는 그녀가 민물고기를 좋아한다고 해서 팔당으로 정했다는 것이었다.

그는 가물치 이야기의 의미를 전혀 모르고 있었으므로 웃음을 참지 못하고서 픗픗거리며 웃었는데, 그는 뜻도 모르면서 따라 웃었다. 그가 전에 없이 기분이 좋아 보여 물어보았다.

"그동안 좋은 일이 많으셨나 봐요."

"누구보담 주리 씨에게 자랑하구 싶은 일이 있긴 하죠."

"어머! 그게 뭔데요?"

"며칠 전 정형외과 부과장으로 정식 발령을 받았거든요. 그리고 보시다시피 차도 새로 뺐고."

그는 아이들처럼 자랑스럽게 그녀를 쳐다보며 말했다.

"어머! 그래요? 잘하셨네요. 축하해요."

둘 다 가물치에 대해서는 까마득하게 잊고 있었고, 송어 회가 전문이라고 해서 그걸 시켰다.

"자! 그런 의미에서 한 잔!"

축하한다는 말에 술잔을 부딪치며 그가 하는 말이었다. 말없이 술만 마시던 지난번과는 판이한 태도였다.

식사가 끝나자, 이번에는 커피를 하자며 그녀를 이끌었다. 아무래도 일찍 헤어지기 싫은 눈치였다.

돌아오는 길에 워커힐호텔 커피숍을 갔다. 그는 기분 좋게 연신 싱글거리면서 이번 주 토요일쯤 시외로 또 나갈 수 있는지 물었다. 하지만 무조건 그가 하자는 대로 따를 수만은 없어서 대답 대신 가장 궁금했던 질문부터 해보았다.

"아우분들이 결혼에 더 바빴나 봐요?"

그는 조금 곤혹스러운 표정으로 바뀌며 손목시계에 눈을 준 채 말했다.

"어! 벌써 11시 10분이네. 주리 씨! 설명은 차 안에서 할게요."

그러나 그는 차에 올라서도 선뜻 말을 꺼내지 않고 있다가 마침내 마지못한 듯 작은 한숨과 함께 입을 열었다.

"주리 씨 질문은 너무도 당연한 거고⋯⋯. 사실 지난번 월미도 갔을 때 난 주리 씨가 그걸 묻기를 바랐지만⋯⋯. 아무래도 내 입으로 먼저 말하고 싶지 않아서⋯⋯."

그는 결혼했지만 하지 않은 거나 똑같고, 그래서 지금 미혼 상태라는 것이었는데, 이해하기 너무 어려워서 다시 물어보았다.

"이혼하셨나요?"

그러나 그는 가볍게 고개만 내저었다.

"그럼?"

대답을 회피하는 것 같지는 않았지만, 알쏭달쏭해서 도무지 알아들을 수 없었다. 더 물어보려다 보니 어느새 집 앞 도로였다. 잘못하면 두 번째 결혼에서 만날지 모른다던 미아리 도사의 말이 한사코 떠올랐다.

도사가 말했던 사람은 혹시 민우보다 주영 씨가 아닐까 하는 생각이 들면서 잘못하면 두 번째 결혼에서 만나야 할 지 모른다던 미아리 도사의 말이 자꾸만 떠올랐다. 하지만 운명이라면 어쩌겠는가?

생각에 잠겨 차에서 내리는데, 이번 주 아니라면 다음 주는 어떻겠냐고 재차 물었다. '괜찮을 것 같긴 한데요, 다시 또 연락하죠, 뭐.' 라고 어정쩡하게 대답했으나, 그래도 그는 떨 듯이 기뻐했다.

차에서 내려 골목 안을 들어가며 뒤돌아보니 그는 아직도 차에 앉은 채 뒷모습을 눈으로 배웅해주고 있었다. 그런 그에게 작게 손을 흔들어주었다.

나이트를 끝낸 토요일 아침, 병원 문을 막 나서려는데, 그는 벌써 병원 현관 앞에 차를 대놓고 그녀를 기다리고 있었다.

"다음 주 아니었어요?"

"물론 그랬지만, 혹시 몰라 한번 와봤죠. 오늘 무슨 일 있어요?"

"아뇨, 그런 건 아니지만……."

"그럼, 됐네, 뭐……."

"집에 있었을 수도 있었잖아요?"

"여하간 만났잖아. 참! 집에 들러야죠? 효창동으로 먼저 갈까?"

"아녜요, 괜찮아요."

"늦을지도 모르는데……. 괜찮겠어요?"

벌써 차는 제1한강교를 지나고 있었다.

"지금…… 7시 반이니까 아침은 고속도로 휴게소에서 간단히 하고……. 현충사로 해서 온양이나 갔다 올까? 아니면 겨울철이긴 해도 동해안으로 한번 가볼까요? 날씨 때매 도로사정이 어떨지 모르지만……."

"동해안은 너무 멀고 그 보담 현충사 쪽이 좋겠네요."

고속도로 휴게소에 잠시 들러 간단하게 요기를 한 후, 다시 남쪽으로 계속 달렸다. 넓게 펼쳐진 고속도로를 측면이 아닌 코앞으로 보며 달리다 보니, 그가 길을 따라 운전하는 것이 아니라, 고속도로가 차의 방향에 맞추어 달려오며 차를 이동시키는 것만 같았다.

"누구나 하는 말이지만, 이 고속도로는……."

거의 시속 100킬로미터 이상으로 달리며 줄지어 앞서 가던 고속버스들을 시원스럽게 차례로 추월해버린 후 그가 입을 열었다.

"단군 이래 최대 토목공사라고 하거든. 이제 우리나라도 금방 산업이 일어날 거야. 예전처럼 국도로 오자면 시간이 아마 4배 이상 더 걸릴 걸? 그리고 생각해봐요! 이렇게 신 나게 달리면서 기분 낼 수 있는 곳이 여기 빼면 대한민국 천지에 어디 또 있겠는지? 모두 다 월남전의 대가지만……."

"월남전과 상관있나요?"

"그럼요, 월남전에서 목숨과 달러를 맞바꾸고 그 돈으로 닦은 길이잖아요. 이제 한국도 금세 발전할 거요. 6시간이면 부산을 가는 세상인데, 뭐."

"월남전에 다녀오셨더랬어요?"

"그럼요, 그래서 하는 말이잖아요? 다행히 안 죽고 살아 돌아와서 이렇게 고속도로를 신 나게 달리다 보니 감개무량하네요."

"어머 그래요? 울 오빠두 참전용산데……."

"그래요? 둘 다 운이 좋았군. 무슨 부대에 있었대요?"

"그건 잘 모르구요, 하노이 부근 무슨 해수욕장 이야기만 하드라구요."

"그럴 거요. 정말이지, 전쟁이란 너무 비참해요. 기억하기도 싫고, 입에 담기조차 싫어서 대신 그 휴양소 이야기였겠죠. 미국 애들이 쓰는 곳 근처인데, 진짜 좋더라구요. 거긴 진짜 전쟁 중인지 아닌지조차 헷갈리게 하는 데였어요."

천안 인터체인지로 빠져나온 후 서쪽으로 달리자 온양 시내가 나왔고, 현충사는 거기에서 조금 더 간 곳에 있었다. 봄이 오는 길목이라서 현충사의 양지쪽에는 벌써 봄꽃이 한창이었다. 개나리, 산수유, 진달래 등, 나무꽃 외에도 온갖 풀꽃이 화단을 가득 채우고 있었다.

꽃이 있으면 사진이 있어야 하는가? 그는 준비해온 카메라로 부지런히 사진을 찍더니 마침내 아름으로 핀 꽃밭 앞에 그녀를 불러 세웠다.

"지, 거기 서 봐요. 내 나중에 현상해서 필름까지 고스란히 죄다 돌려줄 테니까 걱정하지 말구."

다행히 함께 찍자고 하는 말은 없었으나, 그녀 혼자서만 찍기도 뭐해서 카메라를 건네받으려 했으나, 그는 괜찮다며 그녀만 이리저리 돌려세우기에 바빴다.

혼자서만 찍기도 뭐해서, 마침내 주변 관광객에게 두 사람의 사진을 부탁하자, 그는 입을 함지박만 하게 벌리며 즉시 곁으로 달려왔다.

둘은 일부러 조금 떨어져 섰으나, 카메라를 건네받은 사람이 자꾸만 가깝게 붙여 세우는 통에 정작 함께 찍자고 했던 장본인이었지만, 주리는 여간 난처한 게 아니었다.

"자, 찍습니다……. 하나 둘 셋엣, 됐습니다."

현충사를 나선 둘은 고속도로와 반대쪽인 서해안 포구로 들어섰다.

바닷가로 오면 역시 횟집이었다. 회와 함께 주리는 맥주를, 그는 정종을 마셨다. 봄기운이 있다 해도 아직은 바깥보다 따뜻한 방안이 더 좋았다. 주리는 맥주를 몇 컵 받아 마시고 나자 졸음이 밀려와서 견딜 수 없었다. 최근 병원에서 강행군한데다가 어젯밤에도 근무하느라고 한숨도 못 잤기 때문이다. 도저히 하품만으로는 안 되고 어떻게든지 눕고만 싶었다.

"고단한가 봐? 사실 나도 좀 졸리긴 하거든. 여기서 잠시 누워 있지, 뭐. 난, 차에 가 있을 테니까……."

초봄의 외딴 바닷가라서 그랬던지 다행히 다른 손님은 없었다. 주리는 아무런 방해도 받지 않고 죽은 듯이 그대로 잠이 들었다. 1시간쯤이나 잤을까? 깨어나 보니 한결 머리가 맑아졌고 기분도 좋았다.

그 역시 피곤했던 모양으로, 홀의 의자에 등을 기댄 채 졸고 있었다. 하지만 그녀가 가까이 다가가 깨우기도 전에 곧바로 눈을 떴다.

둘은 다시 바다로 나갔다. 동해안처럼 맑고 푸른 바다는 아니었으나, 섬들 사이로 넓은 바다가 내다보였다. 바닷가로 연해 이어진 길을 따라 걷다가 멋스럽게 지은 붉은 벽돌의 2층 찻집을 보고는 그리로 이끌리듯 들어갔다.

둘은 넓은 통유리 쪽 자리에 바다를 연해 앉았다. 나른한 오후의 햇살이 바다와 갈매기 떼를 거느리고 창가로 바짝 가깝게 다가와 있었다.

차를 마시면서 마침내 그가 자기 이야기를 꺼냈다.

"이제 내 이야기를 해야 할 시간이 된 것 같은데……."

그는 담배를 피우지 않았다. 대신 곤혹스러울 때마다 술잔이나 커피잔을 손으로 매만지는 버릇이 있었다. 주리는 긴장한 채 번갈아가며 그의 얼굴과 바다 쪽에 눈길을 주었다.

"우선 내가 하고 싶은 말은 딱 두 가지인데……. 하나는 주리 씨가 좋다면 결혼을 전제로 계속 만나고 싶다는 말을 하려는 것이고, 두 번째로는 나는 결혼했던 사람이지만, 그건 사실 결혼하지 않은 거나 마찬가지라서 주리 씨에게 전혀 문제가 없다는 거요……. 먼저 언제부터 주리 씨를 좋아하고 사랑하게 되었는지 말해야겠지만 그건 나도 잘 모르겠고, 그러니까 천천히 말할 수 있도록 시간 여유를 주길 바라요. 다만 지금 확실히 말할 수 있는 건 우린 다소 나이 차이가 있지만…… 괜찮은 커플이 될 거요."

주리는 눈 한 번 깜박이지 않고 그를 지켜보았다.

"두 번째 이야기는 간단히 아주 결론만 말할게요. 내가 레지던트 3년 차일 때 과장을 통해서 중매가 들어왔소. 서로 마음에 들어서 석 달 정도 사귀다가 결혼했지. 아니 정확하게 말하자면…… 결혼식만 올렸소. 결혼식이 끝난 후 곧바로 제주도로 신혼여행을 떠났는데……."

그는 잠시 말을 끊고 찻잔을 두 손바닥으로 매만지다가 한참 만에 다시 말을 이었다.

"호텔 방에서 이제는 아내와 남편이 되었으니 함께 뒹굴어도 된다는 생각을 했지. 솔직히 말해서 길다면 길고 짧다면 짧은 그 3개월 동안 서로 손 이상은 탐한 적이 없었어요. 물론 난 남자니까 그 이상을 바랐지만, 이상하게도 그 여자가 통 그럴 기회를 주지 않는 거야. 어쨌든 한 번 안아보려고 하자, 갑자기 그 여자가 몸을 빼며 이렇게 말했소. '1층 커피숍에서 잠시만 기다리고 있을래요?' 그뿐이야. 나는 한 시간 이상을 좋이 기다리고 있다가 너무 시간이 오래 지체된다 싶어 방으로 다시 올라가 봤지."

그는 잠시 말을 끊고 석양의 서쪽 바다와 난무하는 갈매기들에게 잠시 눈을 주다가 찻잔을 매만지며 다시 말을 이었다.

"방안에는 물론…… 내가 챙겨간 가방 외에는 아무것도 없었소. 간단한 무슨 쪽지 하나도."

그는 다시 찻잔을 매만지다가 바다 쪽으로 눈길을 주며 말했다.

"여자를 기다린다는 것도 우스운 일이었고, 그래서 난 그 길로 곧장 혼자서 서울로 돌아와 버렸지. 우습기도 했지만, 정말이지 창피스러워 한동안 견딜 수 없었어. 이유도 모른 채 여자에게 신혼 첫날부터 걷어차였으니 말이야……. 물론 두 집에선 모두 난리가 났지. 하지만 왜 일이 이렇게 되었는지 알 수 있어야지. 그 후로 난 여자들을 믿지 않기로 했어. 물론 그래서 결혼은 생각지도 않았는데……. 주리 씨를 만나고 난 후로 생각이 바뀌었어. 이유? 아까도 말했지만 그 이유는 정말 모르겠어……. 우린 나이 차이가 다소 있지만 행복하게 잘살 수 있을 거야. 자! 주리 씨! 잘 들어! 이건 내 프러포즈야. 나는 지금 주리 씨와 결혼하고 싶다는 말을 하는 거야. 자, 그럼, 우리 차로 서울 가는 동안 잘 생각해봐. 당신만 허락한다면 서울로 돌아가 우리가 살집을 당장 계약할 거야. 아니라면 서울에 도착해서 아무 데나 원하는 데서 내려주겠어. 물론 결혼이란 이런 식으로 성급하게 결정할 수는 없을지도 몰라. 하지만 난 사람에게 첫인상이라는 게 있다고 생각하거든. 아무리 신중하게 생각한다고 해도 결국 미래란 여전히 미지수야. 주리 씨 생각하느라, 난 사실 요사이 잠까지 설치고 있어……."

석양의 붉은 낙조 때문에 둘 다 얼굴이 붉게 물들었다. 아아, 그랬구나.

그런 말이었구나. 그가 일어서려는 눈치를 보였으나, 주리는 그대로 미동도 하지 않은 채 되물었다.

"그럼, 그 여자는 그 후 어떻게 되었나요?"

"건 나도 모르지. 다만 들려오는 풍문에 의하면 애인과 동거하다가 일 년도 못 되어 헤어졌고……. 그 후로는 공부한다고 어디 해외로 떠나 살고 있다고 들었어. 그뿐이야. 내가 그 여자에 대해서 아는 것은 더 이상 아무 것도 없어. 또 사실 관심도 없고……."

"그럼…… 그 여자를 얼마만큼 사랑하셨나요?"

"무척…… 턱없이 많이. 하지만 지금은 아냐!"

"그럼 그 여자를 이제는 미워하시는 건가요?"

손바닥으로 찻잔을 매만지고 있던 그가 그녀의 눈을 빤히 응시하며 단호하게 말했다.

"그것도 아냐. 사랑해야 미워한다잖아! 다만 그 용기가 부러울 따름이지. 일찍 말해주었더라면 서로에게 얼마나 좋았을까 하는 생각뿐이고. 하지만 돌이켜 생각해보면 그 여자와 그 정도에서 끝났다는 것도 천만다행이었어."

"왜죠?"

"오히려 잘된 거잖아? 무슨 미련 남을 것도 없고."

그토록 순진하고 바보 같은 말을 하고 있는 그가 놓치고 싶지 않을 만큼 훌륭한 남자라는 생각이 들면서 갑자기 좋아지기 시작했다.

"그럼 저는 믿을 수 있다는 말씀이세요?"

"그래."

"왜죠?"

"이유를 모르겠다고 하지 않았어?"

"그럼, 우리 다시 서울로 가요. 집을 계약하는 걸 저도 보고 싶어요."

돌아오는 차 안에서 그녀는 그에게 손을 허락하면서 물었다.

"지난번에 제가 가물치 이야길 했죠? 혹시 태몽에 뭐가 보였다는 말 들었어요?"

"태몽?"

"그래요. 태몽으로 가물치를 보았다든가……."

그는 갑자기 속도를 줄이며 차를 길가에 세웠다. 모처럼 서해안의 바다가 넓게 펼쳐져 먼 수평선이 바라보이는 곳이었는데, 그들 말고도 이미 여러 쌍이 차를 세워놓고 제방을 따라 걷고 있었다.

둘은 도로와 바다를 면한 제방으로 올라갔다. 이제는 석양이라기보다 어스름 저녁이었다. 해진 후의 차가운 늦겨울바람이었지만, 오히려 더 기분 좋고 상쾌했다.

주영은 그녀의 아름다운 얼굴로 다가가 차가운 양쪽 귓바퀴를 따스한 손바닥으로 감싸주며 눈을 맞추었다. 정말로 사랑스러운 얼굴이었고, 모든 것이 다 완벽할 정도로 아름다운 여인이었다. 예전 여자는 혹시 주리와의 인연 때문에 저절로 떠났던 것은 아닐까?

그녀의 이마와 볼에 입을 맞추다가 천천히 입술로 옮아왔다. 제방과 어두운 밤하늘이 이루는 공제선상에 두 사람의 그림같이 아름다운 실루엣이 떴다. 허리를 꼭 껴안은 채로 그녀를 응시하며 말했다.

"태몽으로 가위를 보셨대. 어른들은 쇠붙이를 보고 태어났으니까 대장간을 할지 모른다고 했고, 어머니는 장군이 될 거라고 했지. 어렸을 땐 난 이래 봬도 날쌘돌이였거든. 지금 생각해보면 정형외과 의사가 되려고 그랬던 건데 말이야. 가물치는 초등학교 때 내 별명이었어. 얼굴이 검고 뚱뚱한데다가 날쌔다는 것이 그 이유였나본데……. 축구를 썩 잘했지. 센터포스를 봤는데 모두 가물치만 잘 막으면 된다구 했어. 모두 다 옛날 얘기지만 말이야."

말을 마친 그가 함박웃음을 웃었다.

그 도사는 정말 잘 맞히는구나. 그가 그랬지, 함께 근무하는 의사를 만날 거고 잘못하면 두 번째 결혼에서 만나게 된다고. 그러면서도 그는 이해할 수 없다며 자꾸 이상하다고 했어. 또 가물치를 먹어야 한다고 했고. 그럼, 주영 씨는 100% 완전 일치하는 거네.

그들은 거기에서 차를 돌려 서울이 아닌 유성으로 가서 하룻밤을 보냈고, 그 다음 날인 일요일 서울로 돌아와 신혼의 보금자리로서 한창 개발 중인 잠실에서 32평 아파트를 얻었다.

4. 강은교

봄, 여름, 가을이 순식간에 지나가고 눈이 내리는 연말로 접어들었다. 레지던트 1년 차로서, '주치의' 신분인 민우는 세상이 어떻게 돌아가는지, 자기가 지금 무엇을 하고 있는지조차 알 수 없을 만큼, 조금도 한가한 틈이 없이 병동과 응급실에서 파묻혀 지내고 있었다.

그러나 그것은 달리 생각해보면 더없이 다행스러운 일이기도 했다. 조금만 한가한 틈이 생겨도 혜진 생각에 거의 발광이 나려 했기 때문이다. 행복과 사랑으로 눈이 멀었던 시절에 미소를 지으며 다가오던 모습이거나, 마지막으로 만났을 때의 서리가 내릴 듯 냉랭하던 얼굴이거나 간에, 떠올릴 때마다 괴롭기는 마찬가지였다. 또 가끔씩은 까마득하게 잊고 지냈던 한별이나 한경이도 생각났다. 그는 그럴 때마다 안절부절못했고, 비번인 주말이라면 항상 잘도 챙겨 먹는 끼니도 거른 채 숙소에서 종일 잠만 자거나 아니면 밖으로 나가 몇 시간이고 혼자서 시내를 헤집고 다니기도 했고, 곤죽이 되도록 술을 퍼마시기도 했다. 그러나 그런 그 다음 날이 되면 어김없이 응급실과 병동으로 다시 돌아와 언제 그랬냐 싶게 다시 환자에 매달려서 잠시의 짬도 없이 일에 미쳐 살았다.

그러다 보니 여름이 어떻게 지나갔으며 가을이 언제 지나갔는지 까마득하게 모르고 지냈다. 그래서 벌써 눈 내리는 겨울이 되었고, 거리가 온통 캐럴에 묻혀 있으며, 기억나는 모든 그리운 사람들에게 크리스마스카드와 연하엽서를 보내야 하는 때가 되었다는 것조차 그는 까마득하게 잊은 채

지나고 있었다.

혜진이나 주리 둘 다 아무런 소식도 없었다. 물론 그 역시 그녀들에게 연락할 일도 없었다. 그래서 이제 서로는 서로에게 잊힌 존재일 뿐, 더 이상 아무런 의미도 없는 사람들이 게 되고 말았다.

시니어 레지던트들이 당직을 대신해주지 않는 토요일 오후 시간이었다. 모처럼 시집살이에서 벗어나 대낮부터 병동 의사 대기실에서 다리를 쭉 뻗고 누운 채로 잠시 눈을 붙이려 하고 있었다.

토요일 날은 겨우 3시간 근무하는 것이라서 외래를 통해 입원하는 환자도 별로 없었고, 오히려 입원 중인 환자들조차 휴일의 진료 공백을 피하고자 퇴원하는 경우가 많았다. 하지만 대신에 이런 날은 응급실이 문제였다. 외래가 없기 때문에 환자들이 응급실로 찾아왔고, 그것도 대부분 중한 상태이기 때문이다.

오늘도 응급실에서만 부르지 않는다면 느긋하게 잠을 청해도 좋을 일이고, 더구나 선임자들이 모두 퇴근해버린 후라서 귀찮게 굴 사람도 없었다. 말 그대로 '만고 땡'이었다. 그런데 그게 아니었다. 잠이 막 들려는 찰나인데 요란한 벨 소리가 들려왔다.

"제기! 또 시작이로군."

역시 응급실이었다. 하품을 참으며 규히 응급실로 내려갔다. 그런데 내과 환자가 아니라 뜻밖에도 가슴을 다친 환자였다.

"왜, 날 불렀죠? 흉부외과 장 선생은?"

잠이 막 들려는 판인데 상관도 없는 사람을 호출한 인턴이 얄미웠고, 신경질도 나서 따지듯 물었다.

"지금 흉부외과엔 아무도 안 계신다고 해서······."

인턴은 난처한 표정으로 볼멘소리를 냈다.

"그럼, 지에스(일반외과)나 오에스(정형외과)를 불러야지……. 내가 뭐, 응급실 뒤치다꺼리하는 사람인 줄 아나? 아니!……"

초응급 상황이었다. 20세 초반으로 보이는 여자환자가 식은땀을 흘리며 가쁜 숨을 몰아쉬고 있었는데, 급성 외상성 기흉이라는 생각이 번개같이 들었다. 잘못하다가는 환자가 죽을지도 몰랐다. 무슨 과 환자냐 하는 것이 문제가 아니라 얼마나 빨리 조치하느냐가 문제였다.

간호사에게 급히 오더를 냈다.

"뉴모또락스(기흉)잖아! 체스트튜브 세트! 빨리!"

의사를 잘 만나 살아났고, 의사를 잘못 만나 죽었다는 것은 바로 이런 경우에 해당되는 이야기다. 경험 있는 의사라면 환자의 모습만 보고도 기흉임을 알아차리고 즉시 손을 서서 극적으로 호전시킬 수 있는 반면, 피검사다 엑스선검사다 해서 쓸데없이 검사로만 귀중한 시간을 낭비하는 경험부족 의사라거나, 혹 일이 잘못되면 나중에 귀찮은 일만 생길 것이라는 생각으로 소극적으로 대처하며 방어 진료에 주안점을 두는 경우에는 백이면 백, 결국 환자를 사망으로 내몰기 때문이다.

기흉이란 흉강 내에 바람이 차서 폐가 짜부라지며 호흡곤란이 오는 것을 말하는데, 특별한 원인이 없이 오는 내과적인 경우와 다쳐서 오는 외과적인 경우로 나눌 수 있다. 내과적인 기흉은 대개 서서히 진행되므로 증상도 심하지 않고 응급수술이 필요한 경우도 드물지만, 외과적인 경우에는 바람만 차는 것이 아니라 혈액이 함께 차는 혈기흉이 오는 것이 보통이고, 급속하게 나빠지는 것이라서, 서둘러 손을 쓰지 않으면 호흡곤란으로 받는 고통은 말할 것도 없고 사망률도 그만큼 높은 것이다.

"자, 빨리! 미스 홍, 뭘 해?"

간호사들이 미적대고 있었으므로, 그는 소리를 치며 재촉했다. 그러나 응급실 수간호사의 생각은 그게 아닌 모양이었다. 민우가 해당과 의사도 아니고, 응급실에서 수술실에서 해야 할 일까지 떠맡으며 고생할 필요도 없으려니와, 수술승낙서도 아직 받아두지 못했기 때문이다.

급하게 서두르는 민우와 달리, 냉정한 표정으로 민우를 멀거니 쳐다보고 있기만 하던 응급실 수간호사가 항의하며 제동을 걸었다.

"딱터 리가 할 거예요? 수술승낙서는?"

"건 미스 김이 이따 받아주시고, 우선 상태가 급하잖아요? 자! 빨리. 뭐 해? 미스 홍?"

여러 사람이 따라와 있었으나 가족은 아무도 없었던지 수술승낙서에 사인할 사람이 없었다. 하지만 민우의 재촉도 있었고, 환자의 상태가 너무 위급해 보였으므로 세트를 재빨리 카에 실었으나, 미스 홍 역시 어떻게 해야 할지 자신이 없는 모양이었다.

"어떻게…… 승낙서 받고 할 거 아니에요?"

제동을 거는 직속상관인 수간호사의 비위를 맞추기도, 그렇다고 위급한 상황의 환자를 모른 체 할 수도 없는 상황이라서, 난감한 모양이었다. 민우가 평소답지 않게 어리벙벙하게 서있는 미스 홍에게 빽 소리를 질렀다.

"지금 그따위 동의서가 무슨 상관이요? 나 혼자서 다 책임질 테니까 빨랑 카나 끌고 와요."

급속도로 나빠지고 있는 환자를 수술승낙서 때문에 방치할 수는 없었다. 또한 시골에 있을 때 그런 환자를 여러 번 접했으므로 기흉 수술에 관한 한 전문 의사나 다름없이 자신 있었다.

그런데도 여전히 미스 홍은 수간호사와 민우 사이의 중간쯤 되는 곳에 엉거주춤 서 있었다. 그런 미스 홍에게 다시 한 번 버럭 소리를 질렀다.

"지금 뭐 하는 거요? 미스 홍! 빨리빨리 하지 않고……. 환자가 죽으면 미스 홍이 책임질 거요? 까짓 종이 한 장이 뭐 그리 대단하다고 그래요. 내가 다 책임질 거라고 하잖아요?"

미스 홍은 수간호사의 눈치를 살피다 말고 어쩔 수 없이 카트를 끌고 와서 수술 세트를 풀었다. 수간호사는 그런 미스 홍을 아니꼽게 한번 쳐다보고는 손에 들고 있던 승낙서 용지를 책상 위에 거칠게 내던져버렸다.

환자의 상태가 너무 급했던 나머지 수간호사에게 신경 쓸 겨를도 없었다. 익숙한 솜씨로 가슴에 구멍을 내고 체스트튜브를 꽂아 석션에 연결해서 바람을 빼냈다.

가쁘게 숨을 내쉬던 환자의 호흡이 즉시 정상으로 돌아왔고, 새파랗게 변했던 입술에 붉은 기운이 돌기 시작했다. 이마의 진땀도 그쳤으며, 괴로워서 어쩔 줄 모르며 안절부절못하던 자세에서 편안하게 반듯이 누워 있을 수 있게 되었다. 한순간 죽음의 길에서 생명의 길로 넘어오게 된 것이다.

이때 가장 중요한 수술 합병증으로는 뭐니 뭐니 해도 피하기종이다. 피하기종이란 수술 창과 터진 폐에서 나온 바람이 피하로 퍼지면서 얼굴, 목, 가슴 할 것 없이 온몸이 코끼리처럼 부어오르면서 몹시 가려워하다가 호흡곤란이 오는 것인데, 이것은 아주 큰 문제였다. 피하기종을 예방하려면 무엇보다도 체스트튜브를 고정하는 단계에서 피하로 공기가 새지 않게 철저히 봉합해야 하는데, 물론 그것을 잘 아는 민우로서는 무척이나 꼼꼼하게 신경을 썼다.

수술은 자기 생각으로도 완벽하게 끝난 것 같았다. 환자의 상태가 급속도로 좋아졌고, 출혈이 잘 잡히는지 흡인되어 나오는 내용물에서도 혈액이 사라졌다. 민우는 만족스러운 미소를 지으며 환자에게 말을 걸어보았다.

"어때요? 이젠 괜찮죠? 걱정하지 마세요. 다 끝났거든요……."

수혈 필요성이 있을지 출혈량을 짐작해보려고 환자의 아래 눈꺼풀을 까보았으나 다행히 괜찮았다. 환자도 그를 쳐다보았다. 겁에 질린 표정이긴 했으나, 아주 또렷한 눈매였다. 젊은 여자의 눈매를 의식하지 않으려고 재빨리 시선을 피해 수술 부위로 눈을 돌렸다. 그러자 이번에는 여자의 희고 고운 피부와 부드러운 유방이 한눈에 들어왔다. 조금 전 응급수술을 할 때까지도 전혀 생각지 못했던 여자의 아름다운 육체였다. 불순한 생각을 지우려고 애쓰며 진찰에 정신을 집중했다. 이제는 양측 흉부에서 모두 깨끗한 호흡음이 부드럽게 잘 들렸고 심장 소리도 좋았다.

불현듯 환자 얼굴로 눈길이 갔다. 진찰하는 동안 내내 시선을 고정하다시피 그를 살피고 있었기 때문이다. 왜 그럴까? 고맙다는 뜻일까? 아니면 살아난 것을 실감해보고 있는 것일까? 환자가 너무나 빤히 쳐다보고 있었으므로 민망스럽기고 했고, 마음속으로 여자의 육체를 느껴보았던 것이라서 미안하고 부끄럽기도 했다.

어쨌든 이제 나머지는 당연히 해당 과에서 알아서 할 일이고, 그가 할 수 있는 일은 다 끝냈다는 생각을 하며 병실로 올라가려다 말고 응급실 마당 쪽으로 나와 담배를 피워 물었다.

환자의 곱고 또렷한 눈동자 때문이었을까? 이상하게도 자꾸만 혜진의 얼굴이 눈앞에서 어른거렸다. 그녀와 지내던 일들이 고통스럽게도 아련히 떠오르며, 갑자기 몹시 보고 싶다는 생각이 들었다.

아아! 혜진! 그녀는 잘 있는 것일까? 여전히 속사포처럼 말을 쏟아내면서 매력적인 덧니를 드러내고 까르르 웃어대겠지……. 혼자서 온갖 멋을 다 부리고 말이야.

"딱터 리! 딱터 리요!"

응급실에서 미스 홍이 그를 다급하게 부르고 있었으므로 깜짝 놀라 피우던 담배를 내팽개치고 황급히 응급실 안으로 뛰어 들어갔다. 만족스럽게 모든 게 잘 끝났는데……, 무슨 일이지?

외상환자의 경우에는 여러 곳을 다친 수가 많았다. 그래서 처음 발견된 것 말고도 엉뚱한 곳에서 다시 문제가 터지기도 한다. 더구나 민우는 자기 과도 아닌 남의 과 환자 수술까지 했던 터라서 더욱 겁이 났다. 그러나 다행히 그건 아니었다. 환자는 여전히 말짱하게 누워 있었다.

"무슨 일이야?"

"무슨 일은요? 오더가 없잖아요……. 환자를 내과로 일단 입원시킬까요?"

이런! 깜짝 놀랐잖아. 사실 미스 홍은 지극히 상식적인 말을 했을 따름 인데, 남의 과 환자까지 손을 대다 보니 너무 과민해진 모양이었다. 어쨌거나 그는 자기도 모르게, 호출한 미스 홍보다, 환자에게 먼저 다가가서 새삼스럽게 살펴보았다. 모든 게 다 말짱했다. 환자는 여전히 또렷한 눈매로 그를 살피고 있었다. 인턴은 지금 흉부외과 주치의가 없다는 걸 상기시키면서 다시 볼이 부은 소리를 냈다.

"흉부외과엔 아무도 없는데요……."

경우가 이상하기는 했지만 하는 수 없는 노릇이었다. 흉부외과에 입원시켜야 하는 것이 원칙이었으나, 의사가 있어야 트랜스퍼(환자의 과를 옮겨줌)를 할 게 아닌가?

수술 방에서 해야 할 일을 응급실에 떠맡긴 것에 대한 불만과 신경질로 가득 차 있는 수간호사의 턱 앞 탁자로 다가가서 선 채로 미스 홍에게 오랄 오더(정식 처방을 쓰기 전에 먼저 말로서 내리는 처방)로 수액과 항생제, 진통제 등 주사약을 지시하면서 손으로는 차트에 그걸 기록한 후 흉부외과 상황을 인턴에게 다시 물었다.

"왜? 과장님께도 연락이 안 돼? 립후렉처(늑골골절상)도 있을 것 같은데……."

"네! 아무도 연락이 안 돼요."

"하는 수 없지, 뭐…… 그럼……."

사실 외상환자를 내과병동에 입원시킨다는 것도 말이 안 되는 일이었지만, 그보다도 내과병동 간호사들 입이 10리나 나오고 대단한 항의를 할 게 뻔해서 그게 더 난감했다. 하지만 흉부외과에 아무도 없다는데, 어떻게 하겠는가? 일단은 내과병동으로 입원시키라고 지시하고는 기본 검사를 포함한 완전한 병실 처방을 냈는데, 그러다 보니 워낙 상태가 위급했기 때문에 아직 환자의 엑스레이조차 찍지 않았다는 것이 생각났다.

"아참! 미안하지만, 환자를 방사선과로 보내지 말고 그냥 여기에서 포터블(이동식 엑스선 기계)로 체스트(흉부)와 압도멘(복부)을 찍어 보내주세요. 혹 지에스 푸라부럼(일반외과 문제)도 있을지 모르니까……."

응급으로 찍은 엑스레이 사진을 보니 우측 제6, 7번째 갈비뼈가 부러지면서 혈기흉이 왔던 것이고 다행히 다른 문제는 없었다. 그리고 무엇보다 다행스러운 것은 체스트튜브가 정말 좋은 위치에 잘 들어가 있었고, 혈흉역시 심하지 않아서 더 이상의 출혈이 없다는 점이었다.

뷰 박스(엑스레이 필름을 보는 도구)에 걸린 필름을 만족스러운 눈으로 쳐다보고 있는데, 수간호사가 그 환자와 관계되는 내용을 전화로 말하는 것 같아서 그녀에게 눈길을 돌렸다.

"네, 네! 내과 이민우 딱터가요. 여기 있거든요. 바꿔 드릴게요. 네, 네."

"누구죠?"

"병원장님이세요."

줄곧 못마땅한 눈초리를 보이던 수간호사의 표정이 갑자기 달라지며 전화를 건네주었다.

이런 제기! 또 골치 아픈 VIP 환자였구나! 일껏 고생해놓으면 치사는 높

은 사람들 몫이고, 고생과 욕은 항상 아랫사람 몫이 되는 게 바로 다름 아
닌 유명인사 환자였다. 이런 경우에는 언제고 골치만 아플 뿐 좋을 일이라
고는 하나도 없었다. 그런데 거기에 한술 더 떠서 병원장 전화라니!

"내과 이민웁니다. 네, 네. 잘됐습니다. 다른 문젠 없는 것 같습니다. 네,
네. 다 좋습니다. 제가 다 했습니다. 네, 네."

원장의 말로는 환자가 K 그룹 총수 따님인데 보통 VIP가 아니라는 것이
었고, 경과를 물으며 자기도 곧바로 오겠다는 것이었다.

전화 끊기가 무섭게 또 다시 벨이 울렸고, 이번에는 흉부외과 과장이
었다.

"아! 그래요? 음! 잘했어요. 내, 금방 갈게요."

그는 민우의 수술 실력을 믿는 눈치였다. 환자가 다행히 안정 상태였고,
내과병동 간호사들 눈치 보기도 싫어서 환자를 아예 내과병동 회복실을
거치지 않고 곧바로 특실 층으로 옮기도록 했다. 회복실을 거치지 않는데
다 유명인사라서, 아무래도 흉부외과 과장이 오기 전까지는 킵(의사가 환자
곁에 붙어 앉아서 돌보는 일)을 해주어야 할 것이었다. 환자와 함께 엘리베이터
를 타고 병실로 올라갔다.

환자는 발그레한 얼굴로 눈을 감고 있다가, 가끔씩 눈을 뜨고 그에게 미
소를 지어 보였다. 이제 그만큼의 여유가 생겼다는 뜻이라서, 수술했던 당
사자로서 얼마나 마음이 편한지 몰랐다.

그녀의 눈빛은 매우 또렷했고, 어쩌면 주리보다 더 아름다웠다. 그리고
얼굴에서부터 모든 피부가 너무 희고 고왔다. 백설공주라고나 하면 될까?
얼굴도 잘생긴 편이고, 어쨌든 흔하지 않은 용모였다. 그만한 집안 딸이라
니, 그만하기도 하겠지…….

병실 침대로 옮긴 후 환자를 다시 세심하게 진찰해보았다. 다 좋았다. 석

선과 체스트튜브도 완벽하게 잘 작동되고 있었다. 그리고 무엇보다 다행스러운 것은 더 이상의 출혈이 없다는 점이었다. 허리를 펴고 만족스러운 눈으로 환자의 얼굴을 살펴보았다. 환자 역시 가운에 새겨진 그의 이름표를 유심히 눈여겨보고 있었다.

마침내 흉부외과 과장이 도착했다. 그에게 필름을 보여주며, 응급실에서부터의 상황을 차근차근 설명하기 시작했다.

남의 과 환자를 허락도 없이 함부로 손대어 죄송하다는 의례적인 인사말에, 그는 무슨 말이냐면서 오히려 고맙다는 칭찬이었다. 더러는 환자의 생명보다 자기 권위를 먼저 앞세우려는 의사도 많은 법인데, 흉부외과 과장은 그렇지 않는 사람이었다.

자기 권위를 내세우는 의사치고 환자에게 득이 되는 경우는 거의 없다. 환자의 죽음이나 고통은 상관없이 일껏 잘해놓은 처치나 수술도 다시 해서 환자의 상태를 오히려 악화시켜버리거나 쓸데없는 고통을 가져다주는 것이 다반사이기 때문이다. 그러나 과장은 필름을 훑어보고 나서 수술부위까지 직접 자기 눈으로 확인해보더니, 매우 만족스러운 얼굴이 되어 말했다.

"섭큐엠피세마(피하기종) 안 오도록 타이트하게 잘 묶었지? 그럼, 됐어."

환자는 과장이 수술부위를 뜯어보며 드레싱을 다시 하는 것을 시종 불안한 얼굴로 지켜보고 있다가 과장의 말에 안심되었던지 다시 편안한 얼굴이 되어 눈을 감았다.

"이런 경우에 뭐, 더 해줄 건 없죠?"

"그럼! 다 끝난 거지, 뭐. 블리딩(출혈)도 없고, 프렉처픽싱(골절된 곳을 고정하는 것)도 필요 없을 것 같애. 여하튼 경과를 더 보아야겠지. 이제 우리병원 응급실에 닥터 리 혼자만 있어도 되겠는데? 내과든 외과든 뭐든지 혼자서 다 척척이잖아? 수고했어요."

과장은 미안하다는 말과 훌륭하다는 칭찬을 합쳐서 그렇게 말했다. 과장에게 모처럼 수련 자리에 대한 빚을 다소는 갚았다는 생각에서 기분이 좋았다.

환자 방을 나오자 복도 저만큼 엘리베이터 앞에서 황급히 황새걸음을 하며 걸어오는 원장과 딱 마주쳤다. 절만 꾸벅하고 그대로 지나치려 했으나, 민우가 적절하게 잘 처리했다는 것을 알고 있었던 모양인지 그는 평소와 달리 자기편에서 먼저 악수를 청하며 치하했다.

"수고했어. 대단해."

두어 시간째 비워둔 내과병동의 일이 걱정되어 내려왔는데, 별일 없다는 당직 간호사의 대답이었다. 하지만 혹시나 몰라서 방마다 돌며 암 환자들을 비롯한 모든 입원환자의 동태를 살폈다.

"휴일에도 쉬시지도 못하고……"

장기 입원환자나 보호자들은 내과병동과 응급실은 민우가 담당이라는 것을 잘 알고 있었으므로 고단한 하품과 함께 나타나는 그에게 미안해하면서도 문의와 주문들이 많았다. 병실을 한참 돌고 있는데, 당직 차지너스가 평소와 달리 친절하게도 병실까지 찾아와서 전화가 왔다고 알려주었다.

흉부외과 과장이었고, 고생했다며 저녁이나 함께하자는 것이었는데, 번거롭고 싫어서 당직 핑계를 대며 거절하고 말았다.

자기 과 환자도 아니고, VIP라는 점도 싫었으나, 어떻게 보면 자기 손으로 살려낸 것이나 마찬가지라서, 민우는 날마다 환자에게 들렀다. 환자는 하루가 다르게 좋아지고 있는 중이었다.

환자의 이름은 강은교였다. 그녀를 볼 때마다 백설공주가 생각났다. 또한 그녀가 검은 눈을 반짝이며 말할 때마다 이상하게도 전혀 닮지 않은 혜진의 눈빛이 생각나서 마음이 뒤숭숭해졌다.

병실로 들어서자 그녀는 손가락으로 체스트튜브를 가리키며 몹시 귀찮아 죽겠다는 표정으로 물었다.

"이건 언제쯤 빼게 되나요?"

"글쎄요? 과장님께서 뭐라고 말씀 안 하시던가요? 대개 2~3주 안에 제거하는 건데요."

그녀의 물음에 민우 역시 궁금했던 나머지 가슴을 들추고서 청진기로 호흡음을 들어보았으나, 별 문제는 없었다.

"좋으신데요, 뭐. 곧 빼 드릴 수 있겠는데요. 이따 다시 와서 알려 드릴게요."

말끝에 환자의 눈을 쳐다보았는데, 눈이 조금 노랗다는 생각이 들었다.

"혹시 소변 색이 콜라 색은 아니던가요?"

"네! 그래요. 2~3일 전에 콜라를 조금 마시긴 했는데……. 그 때문에 그런 건 아닐까요?"

급성간염이 온 것 같았으나, 주치의에게 한마디 의논 없이 환자에게 먼저 덜컥 알릴 수도 없는 노릇이었다.

전화로 알리기도 뭐해서 직접 흉부외과 외래로 내려갔다. 흉부외과 과장은 민우의 말을 듣더니, 즉시 내과에 컨설트(다른 과 의사에게 자기 과 환자를 의뢰하는 편지)를 냈다. 원래 병실환자 컨설트가 나오면 내과 주치의인 민우가 먼저 가보는 것이 순서였으나, VIP 환자인데다가 순서가 거꾸로 돼버렸기 때문에 내과 부과장에게 직접 전달되었다. 흉부외과 과장, 내과 김 과장, 흉부외과 주치의 장 선생, 민우 넷이서 은교의 병실로 다시 들어갔다.

응급으로 낸 엘에프티(간기능검사) 수치는 민우가 했던 우려를 훨씬 상회하는 것이었다. 수술 창은 이제 완치 단계이고, 늑골골절상도 안정 상태라서 간염이 긴급한 문제였다.

환자는 즉시 내과로 전과되었다. 특실이라서 병실을 옮길 필요는 없었으나, 달라졌다면 흉부외과에서 내과로 전과 되었으므로 민우가 그녀의 주치의가 되었다는 것만 달라진 셈이었다.

약을 쓰기 시작하자 간도 급속도로 좋아졌고, 환자가 그토록 싫어하던 체스트튜브도 뽑아주었다. 완벽한 결자해지인 셈이었다. 시작부터 끝까지 모든 것을 다 자기 혼자의 손으로 해결한 것이 아니겠는가?

튜브를 뽑아내면서 생각해보았다. 이 환자와는 어떤 인연의 끈이 있었을까? 어떻게 보면 생명을 구한 것이라서 대단하고, 좋은 인연일 것은 분명했으나, 긴 윤회의 길에서 본다면 아마도 민우 자신이 환자에게 졌던 전생의 업을 갚았던 것인지도 모를 일이었다. 속세에서의 인간의 지위나 위치는 인연의 고리가 이어지는 연결점일 뿐, 그 이상도 그 이하도 아닐 것이니까……

김 과장의 오더를 받아서 환자를 보살피는 형식이긴 했으나, 내과에서만큼은 과장들이란 대개 상급 조언자에 불과했고, 검사나 향후 치료계획, 처방 등 치료 전체가 모조리 다 주치의 소관이었다. 민우는 그녀의 주치의로서 하루가 다르게 좋아지는 것을 만족스럽게 지켜보았다.

입원한 지 3주 조금 지난 저녁 시간이었다. 환자의 방에서 의례적인 저녁 진찰 중이었는데, 뜻밖에도 강철이 와있었다. 처음에는 의아하게 생각하며 몹시 놀랐으나, 가만히 다시 생각해보니, 환자와 남매지간일 것이라서 이상할 것도 없고 당연한 일이었다.

혜진을 사이에 둔 연적이라고나 해야 할까? 그가 마지막으로 혜진을 찾아갔던 날, 잽싸게 교문 앞을 빠져나가던 빨간 스포츠카의 기억이 순식간에 생생하게 상기되면서, 가슴속에서는 천둥소리가 났다.

"안녕하십니까? 의사선생님! 여기서 만나 뵐 줄은 정말 뜻밖입니다."

환자는 눈을 빛내며 두 사람을 번갈아 쳐다보았다.

어쩌면 혜진도 곧 문병 올지 모른다는 생각이 들자 갑자기 마음이 종잡을 수 없이 설렜다.

한혜진! 얼마나 황홀하고 가슴 설레던 이름인가? 이제는 한낱 이루어질 수 없는 사랑이 되어버렸지만, 아직도 그녀에 대한 모든 감정은 가슴 한구석에 그리움과 슬픔이라는 이름으로 응축된 채 고스란히 그대로 남아 있었다.

그녀를 생각하면 다른 모든 감정에 앞서 오직 그리움뿐이었다. 단 한 번만이라도 다시 그녀를 만나볼 수만 있다면! 그리고 장미향에 묻혀 속사포처럼 말이 튀어나오는 야슬거리는 입술과 매력적인 덧니의 미소를 단 한 번만이라도 다시 느껴볼 수 있다면!

밤 10시쯤 마지막 회진시간에 강은교의 병실 앞에 서서 잠시 머뭇거리며 생각을 다시 정리해보았다. 강철에게 혜진의 안부를 물어도 될까?

그러나 그는 이미 가버리고 없었다. 아쉬움에 가슴이 떨렸으나, 소용없는 일이었다. 환자 얼굴만 보고 말없이 돌아서려는데, 환자가 그의 얼굴을 빤히 쳐다보며 물었다.

"오빠를 어떻게 아시는 거죠?"

그녀는 새카만 눈을 반짝이며 물었다. 그녀의 눈빛에는 만약 거짓말하면 용납하지 않겠다는 듯 이상한 마력과 같은 힘이 있었다. 물론 그녀에게 혜진 이야기를 해줄 필요는 없었다.

"그냥 조금요……."

그녀는 미심쩍다는 눈빛으로 여전히 빤히 쳐다보며 다시 물었다.

"어떻게 아시는 건데요? 지금 바쁘세요?"

"아뇨……. 하지만 병실들을 더 돌아보아야 하니까요."

그녀는 여전히 집요하게 빛을 발하는 눈빛으로 말했다.

"그럼 이따 회진이 다 끝나면 다시 들러주실 수 있나요?"

"뭣 때문이죠? 지금 말씀하시죠……."

선 채로 평소와는 달리 무척 딱딱하게 말을 받았으므로 그녀는 적이 당황하는 눈치였다. 그러나 곧 침착해진 얼굴이 되어 재차 물었다.

"어떻게 아시죠?"

그녀를 바라보며 말없이 고개만 내저었다.

"반갑게 악수까지 하셨잖아요?"

대답할 필요조차 없는 질문이라서, 무시하고 그대로 방을 나오려는데, 환자는 침대에 누워 있다가 발딱 일어나 앉으며 다시 집요하게 물었다.

"선생님! 죄송해요. 한 가지만 더 물을게요. 우리 오빠를 좋아하세요? 아니면…… 즉, 제 말은 좋은 관계이셨어요? 아님……"

"오빠 분에게 직접 물어보지 그러셨어요? 무슨 관계라기보다 그냥 조금 알 뿐이죠. 이젠 됐습니까?"

그러고 나서 1주일 후쯤 마침내 퇴원하게 되었는데, 환자는 재벌가 외동딸답게 관계자 모두에게 금일봉을 내놓는 것을 잊지 않았다. 병실의 간호사들에게는 물론이고, 관계되었던 모든 사람에게 모조리 다 촌지가 돌아갔으며, 다른 사람의 경우와는 달리 이례적인 전달 방법이었지만, 퇴원하기 전날 밤, 환자는 몸소 민우에게도 봉투를 내밀었다.

"제 마음이에요."

"그럴 필요가……."

당장 돈이 필요한 처지도 아니고, 더욱이 강철 집안 돈이라는 생각 때문인지 이상하게 싫었다.

"다른 사람들에게나…… 전, 돈 쓸 시간도 없고……."

"돈이 아니구요……."

환자는 한사코 사양하는 그를 쳐다보며 얼굴까지 붉히며 어쩔 줄 몰라 했다. 그리고 여간 난처하고 실망스러운 표정이 아니었다. 환자의 자존심도 생각해주어야 할 것이라서, 박절하게 사양할 수만은 없었다.

"그럼, 감사하게 받겠습니다. 고맙습니다."

그러자 그녀는 곧 난처한 얼굴을 풀고 미소를 지으며 말했다.

"돈은 아니구요. 이 선생님…… 언제 집으루 한번 초대하구 싶어요. 그래 두 되는 거죠?"

"아? 네…… 고맙습니다."

그만큼 고마움을 느끼고 있다는 뜻이겠고, 어쨌든 완벽하게 회복되어 퇴원하는 것이라서 그 역시 기뻤다.

그러고는 그만이었다. 그녀가 준 봉투는 뒷주머니에 넣어둔 채로, 생각도 못하고 지냈다. 다음 날 오전 퇴원해나가는 그녀를 복도에서 만나고서도 마찬가지로 봉투를 받았던 것조차 까마득하게 잊고 있었다.

"그동안 너무 고마웠어요."

그녀는 무슨 공주나 되는 것처럼 자기 회사 사람들로 보이는 여러 사람들의 틈에 둘러싸여 복도를 내려갔다. 건강한 모습으로 퇴원해 나가는 모습이 그렇게 좋아 보일 수가 없었다. 서둘러서 재빨리 수술하지 않았더라면 어떻게 되었을까? 그녀가 내미는 손을 잡으며 기쁜 얼굴로 말했다.

"그동안 고생 많으셨죠? 주치의가 되어서 정말 영광이었습니다."

모든 환자가 다 저렇게 좋아져서 퇴원한다면 얼마나 좋을까? 죽을 날만 기다리며 누워 있는 말기 암 환자들과 그녀가 대비되면서, 자연스럽게 느껴지는 의사로서의 소박한 생각이었다.

저녁 식사를 마치고 식당을 나오면서 모처럼 박똥을 만났는데, 만나자마자 그는 대갈일성을 내질렀다.

"야! 이 시발놈아! 너 촌지 얼마 받았어? 절반만 내놔라. 모든 게 다 이 형님 덕택 아니냐?"

옳은 말이었다. 그때서야 그녀가 준 봉투가 생각나서 뒷주머니를 뒤졌다. 그가 애써준 덕택에 수련도 받게 되었고, 재벌 집 딸 주치의 노릇도 해보지 않았던가? 절반이 아니라 죄다 다 주어버려도 될 일이었다. 그가 보는 앞에서 봉투를 꺼내자, 박뚱은 입맛부터 다셨다.

"시발, 조개라구 봉투부터 다르구나."

봉투를 꺼내서 내용물을 확인하는 것을 박뚱도 고개를 빼고 지켜보고 있었다. 어라? 봉투가 비교적 얇았으므로 현금은 아닐 성싶었고, 수표가 큰돈으로 한 장인지 두 장인지를 가늠하며 지켜보고 있던 박뚱과 민우는 수표가 아니고 다만 편지지 한 장만 들어 있는 것에 실망과 놀람이 교차하였다. 그러자 박뚱은 갑자기 무슨 생각이 났는지 짓궂은 웃음을 흘리며 재빨리 그 봉투를 가로채려고 했으나, 민우의 손이 더 빨랐다.

"시발, 수표나 큰 걸로 몇 장 넣어주지. 조개에서 간수 국 흐르는 소리를 썼나 보구나. 야! 시발놈아! 뭐라구 썼는지 어디 나도 한번 읽어보자."

그러나 아무리 친한 박뚱이지만, 내용도 확인하지 않고서 공개해 줄 수는 없었다. 환자의 프라이버시이가 있지 아니한가?

"괜히 헛물 빨지 말고 돈이나 주면 그거나 받아, 새꺄! 시발! 병원 나서면 재벌 집 딸년이 너한테 눈이나 한 번 줄 줄 아냐?"

천번만번 옳은 말이었다. 그런데도 그녀의 쏘는 듯한 눈매와 위엄 서린 미소가 쉽게 잊히지 않았다. 뭔가 매우 중요한 이야기가 그 편지에 쓰여 있으리라고 여겨지면서 기분이 야릇해졌다.

박뚱을 따돌리고 나서 저녁때까지도 응급실 환자 때문에 짬을 내지 못하다가 12시쯤 잠자리에 들 때서야 편지를 읽어보았다. 그러나 예상과는 달리 짤막하게 쓴 단 세 줄의 간단한 문장이 눈에 들어올 뿐이었다.

'너무 감사해요.

오래도록 잊지 않을래요.

강은교 드림.'

이런 제기! 그렇다고 큰 수표라도 들어 있기를 바란 것은 아니었지만, 기대와는 너무 달랐으므로 쓴웃음만 나왔다.

박똥새끼는 그게 무슨 큰일이라고, 밤늦게 다시 방으로까지 찾아와서 또 한 번의 방정을 떨었다.

"시발놈아! 나도 좀 보자. 보물지도라도 그려준 거냐, 뭐냐?"

그에게 봉투째 내밀었다.

"지랄 떨지 마! 보물지도는커녕…… 옜다! 너 이것 다 가져다가 엿이나 바꿔 먹어라."

그는 그 간단한 세 문장을 몇 번이고 읽더니, 껄껄대고 웃다가 민우에게 편지를 되돌려주며 말했다.

"너무 감사해요. 오래도록 잊지 않을래요. 강은교 드림? 시발년! 수표나 큰 걸로 몇 장 넣어줄 일이지, 귀신 씻나락 까묵는 소리만 딱 석 줄 써놨네."

2월도 순식간에 지나가고, 마침내 주치의를 마감하는 날이 되었다. 하루도 편한 날이 없이 힘들기만 했던 주치의 시절이었으나, 대과 없이 잘 마쳤고, 번데기가 한 꺼풀 탈바꿈했다는 생각에서 스스로도 대견스러웠다.

물론 주치의를 벗어났다고 해서 뭐가 달라지는 것도 아니었다. 여전히 2

년 차 일이 또 기다리고 있을 테니까……. 그렇긴 해도 우선 병실과 응급실에 퍼스트라인으로 불려 다니는 일만큼은 없을 것이었다.

그러나 위로 있어야 할 3년 차가 원래부터 없었던 데다가 둘이나 있는 4년 차들은 외래진료나 조금씩 도와줄 뿐, 전문의시험 준비를 한답시고 병원 일에 아주 소홀했다. 결국 시니어 레지던트 일을 거의 민우 혼자서 해야 할 판이었다. 병실과 응급실 업무에서 벗어났다는 것뿐이지, 이래저래 힘들고 바쁘기는 매한가지였다.

하루는 심전도실에서 당일 검사한 심전도를 판독하는 중이었는데, 김과장이 의례적으로 그의 방까지 찾아왔다.

"닥터 리! 강은교 씨가 초청하는 모양이던데?"

"저도요?"

"그래. 모두 다 오래는데. 이번 주 토요일이야. 알았지?"

그는 가고 싶은 생각이 없었다. 재벌 집이라는 것도 그랬지만, 혜진과의 관계도 있었고, 그것 말고도 여하튼 가기가 싫었다. 그리고 솔직히 말해서 이번 주말에는 어디 적당한 월세 방이라도 있는지 복덕방을 찾아다녀야 할 판이었다. 그동안 사용했던 병동 의사 당직실을 새 주치의인 강 선생에게 물려주어야 하기 때문이다.

강은교가 입원했던 것은 크리스마스 이틀 전이었고, 정확하게 45일 동안 입원했다가 2월 중순경 퇴원했다. 인천에 있는 산하의 한 회사에 갔던 길이었는데, 그 회사의 공장에서 갑자기 하이힐을 신은 채로 넘어지면서 하필이면 쇠붙이에 가슴을 다쳐서 인천의 K 병원 신세를 졌던 것이다.

그건 아주 순식간의 일이었고, 왜 그렇게 된 것인지 알 수도 없었다. 가슴이 찢어지는 듯한 통증이 왔고, 그보다 더 고통스러웠던 것은 전혀 숨을 쉴 수 없다는 점이었다. 그 고통은 당해본 사람이나 알까, 도저히 어떻게 설명할 수도 없을 정도였다. '아아, 이렇게 죽어가는구나' 하고 생각하며, 의식을 잃고 말았다.

깨어나 보자 모든 것이 다 백색의 세상으로 변해 있었다. 벽도, 천장도 온통 다 차가운 백색 천지였고, 사람들조차 하얀 옷을 입고 냉랭한 눈초리로 자신의 주위를 맴돌고 있을 뿐이었다. 그래서 처음에는 죽은 사람이 사는 연옥쯤으로나 생각했었다.

하얀 옷을 입은 남자와 여자 모습을 한 여러 명의 저승사자가 그녀의 주위를 맴돌았다. 이윽고 또 하나의 젊은 남자 모습의 저승사자가 다가왔는데, 그는 다른 저승사자와 판이하고, 매우 특이한 눈빛이었다.

그에게 물어보았다.

"여기가 어딘가요? 연옥?"

그러나 그는 엉뚱한 대답만 했다.

"이젠 많이 좋아졌죠? 괜찮을 거예요."

그는 말끝에 미소를 달았는데, 그 미소가 너무나 좋았다. 그 순간 정신이 돌아왔다.

다행히 그곳은 연옥도 저승도 아닌 병원이었고, 그 젊은 남자는 저승사자가 아니라 병원 의사였다. 그는 제 마음대로 가슴을 들추며 청진기를 들이댔다. 그리고서는 또 그만이었다. 그녀는 또다시 깊은 잠 속으로 빠져버렸다.

통증을 견디다 못해 다시 깨어났는데, 입이 마르고 다친 가슴과 머리가 깨지는 것처럼 아팠다. 간호사가 고통스러운 신음을 듣고 달려와 팔에 무슨 주사를 놓았는데, 또다시 순식간에 나락으로 떨어지면서 의식을 잃고 말았다.

그녀는 깨어나면서 본 민우의 얼굴을 결코 잊을 수 없었다. 그것은 그동안 그녀가 한 번도 느껴본 일이 없는 아름답고 처연한 눈빛이었다.

처음에는 그것이 저승사자들의 전형적인 눈빛인 줄로만 생각했다. 저승에서는 사랑하는 일도 없고, 자기 혼자서만 영혼으로서 살기 때문에 저렇듯 눈빛만 강렬하고 처연할까? 그 남자야말로 누군가를 몹시 사랑하다가 갑자기 불행하게 죽어버린 넋이 외로움의 화신으로 변한 것은 아닐까??

어느새 그녀는 자기도 모르게 그를 기다리고 있다는 것을 깨닫게 되었다. 그가 미처 들르지 않으면 보고 싶고 궁금해지기까지 하는 것이다.

그녀가 다 죽게 된 상태로 응급실에 도착하였을 때 응급 수술을 해서 소생시킨 장본인이 바로 그였고, 간염을 재빨리 발견해서 치료해준 사람도 바로 그였다는 것도 나중에야 알게 되었다. 그래서 그런 것인지 시간이 갈수록 그가 좋아지기 시작했다. 부드러운 목소리, 외경스러운 눈빛, 체스트튜브를 더럽다는 생각 없이 손으로 훑어 내리며 막혀 있지 않은지 자상하게 살펴보아 주는 일, 링거 주사약이 잘 들어가고 있는지 살펴주는 배려…… 그의 일거수일투족이 모두 다 고맙고 보기 좋았다. 그래서 서울로 옮기라는 가족들이나 회사 사람들의 권유를 무시하고 인천 병원에 거의 한 달 반이나 그대로 입원해 있었던 것이다.

퇴원하면서 관계자 모두에게 촌지를 돌렸으나, 민우에게만큼은 도저히 그렇게 할 수 없었다. 병원의사로서 당연한 일을 했다고는 하지만, 모든 걸 다 떠나서 어쨌든 생명의 은인이 아닌가? 돈 몇 푼으로 어떻게 그것을 다 표시할 수 있단 말인가?

그렇다면 촌지 대신 무엇을 어떻게 전해야 하나? 우선 감사의 편지부터 써야 할 것이었다.

하지만 그것도 생각뿐으로, 영문학을 전공했던 소위 문학도였음에도 아무리 해도 알맞은 어휘가 생각나지 않았다. 자신의 생각과 마음을 온전히 표현할 수 없다는 것은 평생 처음으로 느껴본 고통이었다.

'숭고한 헌신의 정신 너무 감사했습니다.' 구체적 내용도 없이 이렇게 한마디 달랑 적어 보낼 수도 없고. '사랑보다 더한 것을 아세요?' 아냐, 이건 정말 말도 안 돼. 놀린다고 생각할지도 몰라. '당신은 나의 생명의 은인이에요. 평생 잊지 않겠어요.' 이건 진짜 안 돼. 너무 통속적이고 낡은 표현이야. '왜 그렇게 외로워하시는 건가요? 제가 당신의 외로움을 덜어드릴 수는 없을까요?' 이거야말로 진짜 주간지에서 베낀 문장이라는 생각이 들 거야. 그럼 뭐라구 쓸까? 그러나 아무리 해도 적당한 말이 생각나지 않았다. 하지만 더 이상 고심할 시간도 없었다. 에라! 모르겠다. 마침내 단 두 줄을 간신히 쓰고서 서명을 하고 말았다.

'너무 감사해요.
언제까지 잊지 않을래요.
강은교 드림'

오빠든 그녀든 누구를 사귀든지 부모가 무슨 간섭을 하지는 않았다. 그러나 그건 어디까지나 한계가 있는 것이고, 결혼한다거나 마음을 뺏길 정도로 깊게 사귀는 것은 또 다를 것이었다.

그녀는 그룹 내 직원들에 의해 항상 보호받고 있다는 것을 잘 알고 있었고, 그래서 일거수일투족을 함부로 할 수도 없었다. 얼마 전에 엄마가 철오빠에게 너무 한 여자에게만 빠지지 말라고 했던 말이나, 두 큰오빠가 간섭이 싫다며 미국으로 건너가 버렸던 것도 동일한 맥락에서 이해해야 할 것이었다.

부모는 왕가의 공주나 마찬가지로 그녀야말로 공인의 신분이라는 것을 여러 번 일깨워주었다. 그러면서 부모는 그룹의 성쇠가 오빠보다 오히려 그녀 손에 달려 있을 수도 있다고 했는데, 그것은 그녀 역시 후계자의 한 사람으로서 상당한 책임을 져야 한다는 의미일 것이었다.

퇴원 후에도 민우의 눈빛은 쉽게 잊을 수 없었다. 누구나 한 번씩 겪는 사춘기를 철 지난 스물네 살이 되어서야 겪게 되는 것인지, 그녀는 혼자서 격정에 휩싸인 채로 끙끙 앓기만 했다.

부모들은 대학병원에 데리고 가서 두 차례나 검사를 받게 했다. 그러나 이제는 모든 것이 다 정상이라는 것이었고, 혹시 가슴의 수술 흉터 때문에 생긴 일시적인 우울증일 수도 있는데, 그런 것이라면 나중에 굳은 다음 성형수술을 하면 감쪽같이 없앨 수 있다는 설명이었다.

젊은 처녀들의 경우 육체적인 콤플렉스로 인해 우울증이 잘 생길 수도 있다는 설명이었고, 시간이 지나면 흉터도 작아질 뿐만 아니라 우울증 자체도 자연 소멸할 수 있으므로 너무 걱정하지 말라는 것이었다. 그리고 어디 여행이라도 가라는 충고였는데, 의사의 설명은 정말 합당한 것이라고 모두 수긍하였으며, 그것은 당사자인 은교조차 인정할 수 있었다.

그래서 친구 몇 명과 함께 호주와 뉴질랜드에 갔다. 그러나 경치가 좋고, 음악회가 좋고, 식당의 분위기가 좋을수록 누군가 죽도록 사랑하는 사람과 마주 보고 앉아 있고 싶기만 했고, 우울증은 오히려 더욱 심해지기만 했다.

처음에는 회사 업무도 볼 겸, 1개월 이상 체류하려 했으나, 결국 단 열흘을 넘기지 못하고 금방 귀국해버렸다. 왜 이렇게 일찍 돌아왔느냐는 부모들의 질문에 음식 때문이라는 말도 안 되는 대답(그녀는 평소 한식보다 양식을 더 즐겨 먹었다)으로 얼버무렸지만, 사실은 3월 7일 그녀의 생일을 빌미로 민우를 초대해서 다시 만나보고 싶기 때문이었다.

곧 자기 생각을 부모에게 알렸다. 부모로서도 군이 반대할 이유는 없다면서 알아서 하라는 식이었다. 그녀는 두 가지를 부모에게 원했다. 하나는 반드시 부모가 잠깐만이라도 얼굴을 비쳐달라는 것과 이른 봄이긴 하지만 집에서 가든파티 형식으로 치르겠다는 것이었다.

부모는 잠시 얼굴을 비치는 거야 문제없지만 가든파티 형식은 곤란하다고 못을 박았다. 그래서 서울 W 호텔 홀을 하나 빌리고, 날짜는 아무래도 일요일보다는 여유가 있는 토요일인 3월 6일에 하루 앞당겨 하기로 했다.

인천 병원에서는 흉부외과 과장과 민우 그리고 응급실, 특실 병동 수간호사를 초청하는 것으로 일단락되었고, 주최 측에서는 바쁜 부모 대신에 오빠인 철이와 그녀가 호스트 노릇을 하되 부모는 인사만 하고 가는 걸로 하기로 했다.

그러나 철 오빠 생각은 달랐다. 병원 사람들 공로 잔치가 아니고 어디까지나 은교의 생일잔치인 만큼, 은교 친구들이 주가 되어야 하고, 자기 친구도 몇 더 초대할 테니 병원식구들도 더 많이 초대해서 인원수를 최소한 50명 이상으로 하자는 주장이었다. 그래서 내과 김 과장, 내과와 흉부외과에서 수련의 몇 사람, 각 병동의 간호사들이 더 추가되었고, 철이 오빠의 친구도 몇 사람 데려오는 것으로 수정되었다.

리무진 버스를 인천으로 보냈고, 순서대로 파티가 잘 진행되었으나, 민우가 나타나지 않았으므로, 맥이 빠지고 허탈해져 버렸다.

병원에서는 민우만 빼고 초청된 인원이 거의 100% 참석해주었고, 그녀의 친한 친구와 철 오빠 친구들 해서 총 45명이 넘었는데, 철 오빠의 말대로 숫자가 많은 만큼 파티는 대성황이었다.

식사가 거의 끝나가는 시점이 되자, 갑자기 음악이 나오면서 철 오빠가 어떤 여자와 춤을 추기 시작했다. 그녀는 운동이나 춤에 대해서 별다른 취미도, 재주도 없는 반면, 철 오빠는 남다른 능력과 취미를 갖고 있었다. 그래서 어렸을 때부터 집안에서 무슨 파티라도 하면 어른들은 꼭 철 오빠를 불렀고, 모인 사람들로부터 갈채를 받았었다.

대체 누굴까? 그동안 한 번도 보지 못한 얼굴이었다. 등잔 밑이 어둡다고 곁의 친구가 하는 말을 듣고 그때서야 알게 되었는데, 그녀는 김유미의 친구로서, D 일보 신춘 화단에 입선한 재원이고, S 여대 미술과 대학원생인데, 요사이 철 오빠가 부쩍 공을 들이고 있는 여자라는 것이었다.

모두들 두 사람의 멋진 춤사위를 여흥삼아 즐겁게 감상했다. 부모들도 언제 도착했었는지, 저만큼에서 흥미진진하게 보고 있었다. 마침내 춤이 끝났고, 모두 힘차게 박수를 쳤다. 그때야 부모가 도착한 것을 알게 되었던지 춤을 추던 두 사람은 관객과 부모를 향하여 깊숙이 허리를 숙이며 인사를 했다. 부모는 모인 모두에게 일일이 악수하며 참석해준 것을 치하했다.

5. 동화 속에서

봄이 채 가기도 전에 어느새 여름이 시작되었다. 혜진은 대학원에서 첫 학기를 보내는 중'이었는데, 무엇보다 기쁜 것은 D 일보 신춘화단에 입선했다는 사실이었다. 그것은 대단한 일이었다. 이제 일상적인 수준을 넘어섰다는 것을 공인받은 셈이니까……. 학생들은 학교에 걸려 있는 그녀의 다른 작품들에까지 관심을 보였다. 책임감도 느껴졌으나, 그만큼 자신감도 생겼다.

그리고 또 한 가지 특기할 만한 것은 민우와 멀어진 대신에 강철과 급속하게 가까워졌다는 점이었고, 세상의 이치라는 게 처음 예상대로 되는 것만은 절대로 아니라는 사실이었다.

3월 초 은교의 생일 파티에 초대되어 그와 춤을 추게 되었고, 그날 이후 결국 입술까지 허락하게 되었다. 그 후로 둘은 급속하게 가까워졌고, 김유미가 중간에 나설 일은 이제 더 이상 필요 없게 되어버렸다.

파티 후 함께 갔던 나이트에서 그는 불문곡직하고 끌어안더니 입술을 빼앗아버렸다. 그러나 이상하게도 그런 그가 싫지 않았고, 잘못되었다는 생각도 없었다. 오히려 그런 일은 사실 한참 전에 이미 그랬어야 했다는 생각이 들 정도로 자연스러운 일이었다. 감미로운 혀가 입 안 가득 들어왔고, 그의 우람한 체격과 거친 호흡음에 숨이 다 막힐 지경이었다.

그는 언제고 매너와 품위에 넘치고, 느긋하며, 여유만만해서 좋았다. 차를 직접 운전했으므로 어디든 둘이서만 오붓하게 갈 수 있었으며, 눈여겨보기만 해도 거기에 의미를 부여하고 즉석에서 해결해주고 싶어 했다.

그는 무엇보다 못 추는 춤이 없을 정도였다. 그래서 나이트에 가서도 몇 시간이라도 싫증나지 않게 춤출 수 있었고, 더구나 그는 체격이 좋았으므로 듬직하고 우람한 가슴에 갇힌 채 입술세례라도 받는 때에는 마치 그가 산이나 되는 듯이 든든하고 만족스러웠다.

그는 거의 주말마다 혜진을 자기네 별장으로 데려갔다. 그곳은 말 그대로 그의 왕국이었고, 그를 따라간 그녀는 자연스럽게 왕비가 되었다.

별장은 팔당을 가기 전, 와부면이라는 곳에 있었다. 큰길에서 북쪽 산자락을 향하여 차로 조금 올라가다 보면 고만고만한 집들이 몇 채 모여 있는 동네가 나오고, 그 길을 조금 더 올라가면 길이 거의 끝나는 끝자락쯤에 철 대문이 나타나는데, 그 안이 모두 다 그의 별장이었다.

터도 엄청나게 넓은데다가 건물 또한 흔치 않은 멋진 석조건물이었다. 대문 쪽과 산 쪽에 각각 관리인 가족이 살면서 별장을 관리하고 있었는데, 철은 물론이고, 함께 온 사람들 모두 도련님과 아씨가 되었다.

토요일 아침이나 금요일 오후 별장으로 와서 월요일 아침이 되면 다시 서울 학교로 되돌아가곤 했는데, 별장에 오면 저녁이나 밤 시간에는 주로 그와 함께 근처에서 드라이브나 강 낚시를 즐겼고, 낮에는 쾌속정으로 팔당에서 미사리까지 몇 번이고 오가기도 했다.

철은 만능 스포츠맨이었다. 그가 모르는 운동이나 해보지 않은 운동은 거의 없는 것 같았다. 그는 자기가 직접 뛰는 것도 좋아했으나, 텔레비전으로 경기를 관람하는 것도 무척이나 좋아한다고 했다. 또한 운동을 좋아하는 것만큼 아는 것도 많아서 운동의 규칙에 대해서나, 심판의 오류 등 여하튼 못 해주는 설명이 없었다.

그중에서도 그는 수상스키를 무척 좋아했다. 수상스키는 원래 물만 얼지 않으면 언제라도 즐길 수 있지만, 지금 같은 한 여름이 시즌이라는 설명이었고, 수준도 여간 아니었다. 몸에 쫙 달라붙는 검은색 바탕에 용무늬가 그려진 스키복을 입고서, 갖가지 묘기를 부리면서 쾌속정에 매달려서 미끄러져 가는 그의 모습은 가히 한 마리 제비였다.

강철은 혜진에게도 수상스키를 해보도록 부추겼다. 처음에는 몹시 망설였으나 강철이 스키복까지 선물해가며 열심히 권했으므로 어쩔 수 없이 입문하게 되었다. 강사와 강철의 지속적 지도도 있었지만, 그녀의 타고난 운동신경 때문에 매일같이 실력이 늘었고, 느는 실력만큼 재미도 붙었다.

"거봐! 엄청 재밌지? 이런 천부적인 재능을 그냥 고스란히 썩혀버릴 뻔했잖아? 이건 국가적으로도 손해야."

국가적으로까지 이익 될 일은 없겠지만, 어쨌든 입문한 지 보름도 채 되지 않아, 원 스키로 출발할 수 있게 되었고, 웬만큼의 슬라롬까지도 할 수 있게 되자 그가 경탄스러워하며 했던 말이었다. 물론 그녀 자신도 동감이었다.

혜진을 그가 타는 스키 배에 보팅시켰던 처음과 반대로, 이제는 코치하느라 그가 혜진의 스키 배에 보팅하는 일이 많아졌다. 그리고 더러 둘은 동시에 한 배에 나란히 스키를 타고 덕소에서 팔당 댐 근처나 멀리 천호동까지 왕복하기도 했고, 배 두 척을 평행으로 거의 근접시켜 달리게 하면서 슬라롬을 타기도 했다. 두 사람이 그렇게 근접해서 그처럼 멀리까지 다녀온다는 것은 체력은 물론이고, 순발력이나 균형감각, 속도감 등 기술적인 면에서도 그리 쉬운 일이 아니었다.

그러다가 둘이 함께 근접해서 스키를 타던 중, 빠른 속도를 감당하지 못하고, 서로 부딪치며 물속으로 처박혀버렸는데, 강철은 별다른 일이 없었으나, 그 바람에 혜진은 벗겨진 자기 스키에 허벅지를 맞으면서 다치게 되었다. 하는 수 없이 배에 실려 덕소 바지선으로 돌아왔다.

　탈의실에서 상처부위를 살펴보니, 출혈은 없었으나 좌측 허벅지가 퍼렇게 멍들고 부어올라 있었다. 대개 두 차례 정도 왕복하는 것이 상례였으나, 그날은 어쩔 수 없이 그것으로 끝내고, 괜찮다는 그녀의 항변에도 그는 그녀를 차에 태우고 병원으로 향했다. 둘은 눈에 보이는 대로 교문리 대로변에 있는 작은 병원으로 들어갔다.

　의사는 50대 중반쯤으로 보이는 늙수그레한 남자였는데, 상처부위를 대강 눈으로 살펴본 후 돋보기를 올려 쓰고는 한참이나 차트에 뭘 적어 넣다가 난데없이 생리 날짜를 물었다.

　"그런 걸 왜 물으시는 거죠?"

　그가 곁에 있었으므로 적이 당황스럽기도 했고, 다리를 다친 환자에게 산부인과에서나 해야 할 엉뚱한 질문을 하는 것이라서 기분 나빠 맞받아 쳐버렸다. 그러나 의사는 아랑곳없이 늘어진 목소리로 말했다.

　"혹시 임신인가 하구요. 임신 중에는 엑스레이나 투약에 문제가 있을 수……."

　말끝마다 임신 이야기였으므로 그녀는 신경질이 나서 의사 말꼬리를 자르며 재빠르게 말했다.

　"임신이 어떻게 되겠어요? 결혼두 안 했는데……. 그리구 그건 보름 전쯤 있었는데, 다 정상이었다구요."

　"그래요? 그렇담, 사진을 찍어봅시다."

　말꼬리를 자르고 속사포처럼 쏘아대는데도 늙은 의사는 조금도 화를 내지 않았다. 무심한 표정 그대로 손수 엑스레이실로 안내하더니만, 다리 사진을 찍으면서 푸념처럼 자기 혼자 중얼거리는 것이었다.

　"결혼 안 허구 임신허는 사람들두 많구, 요새 또 젊은 색시들, 하고 다니는 품새만 봐서는 처년지 유부년지 도통 짐작할 수 있어야지."

뼈에는 아무런 이상이 없고 근육만 조금 다쳤을 뿐이라 했다. 그러면서도 의사는 자꾸만 주사를 강요하며 며칠 경과를 보자고 했다. 그녀는 그런 의사의 권유를 싹 무시해버리고 약만 달라고 해서 병원을 나왔다.

밖에는 아직도 오후의 긴 여름 해가 중천에 걸려 있었다. 병원을 나오면서 '어떻게 할까?' 하고 묻던 그는 그녀의 대답도 듣지 않고 차를 다시 팔당 쪽으로 돌리며 말했다.

"그리고 보니 종일 쫄쫄 굶었네. 배고프지? 점심이나 하러 가자."

북쪽 한강변을 따라 양평 쪽으로 달리다가 양수리를 거쳐 청평 유원지까지 왔고, 둘은 호반에 있는 그럴듯한 식당으로 들어가 술을 곁들여 늦은 점심을 먹었다. 철은 술을 마셔도 민우처럼 얼굴이 붉어지는 법이 없었고, 꽤 많이 마시는 편이었다.

"나두 오늘은 디게 피곤하네. 호텔에서 좀 쉬면서 다리에 얼음찜질이나 할까 봐."

그는 그녀가 두고 쓰는 말을 흉내 내고는 남이 할 말을 대신하며 웃었다. 술은 반 잔도 채 못 비웠으나, 늦은 점심 때문인지 몸이 영 늘어지듯 피곤했고, 어쩐지 그의 말이 솔깃하게 들렸다.

그를 따라 근치 호텔로 들어섰다. 그는 3층에 나란히 붙은 방 두 개를 부탁했다. 1층 프런트에서 3층 객실까지 계단을 걸어 올라가는데, 강 쪽에 면한 계단실 전체가 통 유리창이라서 강 전체가 그대로 다 내려다보였다. 몹시 이색적이고 멋진 풍경이었다.

각방을 쓰려면 무엇 때문에 대낮부터 호텔에 들었는지 몹시 이상하다는 눈으로 벨보이가 두 사람의 행색을 살피며 방문을 따주었다. 강철은 나란히 붙은 다음 방으로 가면서 말했다.

"잠시 눈 좀 붙이다가 1층 식당에서 6시 반쯤? 괜찮겠어?"

몹시 피곤해서, 고개만 주억거려주고 방으로 들어섰다. 커다란 더블 침대가 놓인 아담한 방이었다. 커튼을 조금 걷고 창밖을 내려다보았다. 세상에! 늦은 오후의 강심에 커다랗게 걸려 있는 붉은 해가 장관이었다. 마치 꼭 무슨 마술 나라에 온 듯, 여느 세계와는 또 다른 전혀 딴 세상이 펼쳐져 있었다.

수상스키 후에 간단한 샤워만 했기 때문에 뜨거운 욕조에 오래도록 몸을 담근 채로 피로를 풀었다. 다친 허벅지께에는 차가운 물이 쏟아지도록 수도 꼭지를 가져다 대고 열심히 냉찜질을 했다. 상처가 없어 천만 다행이었다.

샤워를 하고 나니 오히려 잠이 달아나고 피곤도 풀렸다. 자리에 누워보았다가 도로 발딱 일어나서 화장을 매만지기 시작했다. 그리고는 조금 일찍 1층 식당으로 내려가 보았다. 그는 벌써 내려와 강이 내려다보이는 창가 자리를 선점하고서 혼자 벌써 맥주를 두 병째 마시고 있었다.

"다린 좀 나아요?"

둘은 아직도 경어 반, 반말 반을 사용했다. 그녀는 대답 대신 고개를 끄덕이며 미소를 지었다. 점심 식사한 지 얼마 되지도 않았는데도 그는 안주가 필요하다며 한사코 회를 시켰다.

창 밖에는 아직도 저녁 해가 강물에 길게 그림자를 드리운 채, 붉게 타오르고 있었다. 강심의 낙조를 배경으로 맞은편 자리에 산처럼 버티고 앉은 그가 너무도 멋져 보였고, 세상이 온통 동화 속 요술 나라 같기만 했다. 그의 팔은 소나무 등치처럼 단단해 보였고, 떡 벌어진 가슴과 두 어깨는 산이라도 옮길 기세였다. 달리는 말이나 남자의 힘찬 근육을 단순한 필치로 그려내는 식으로, 생각 같아서는 지금 당장 힘차게 뻗어 내린 그의 아름다운 육체를 누드화로 그려보고 싶었다.

그의 진솔하고 장난기 많은 대화에 푹 빠져들면서 왠지 술도 잘 들어갔다. 또한 왜 그런지 이상하게도 눈에 보이는 세상 모두가 다 꼭 동화 속 같기만 했다. 그리고 여간해서 술기운이 올라오지도 않았다. 그 역시 기분 좋아하며 그녀가 잔을 비우면 즉시 잔을 채워주었다.

마침내 해가 지고 어둠이 깔리기 시작했다. 그가 등지고 앉아 있는 커다란 유리창 밖으로 강을 내려가는 오솔길이 외등 불빛에 비쳐서 환하게 드러나 보였다. 어쩐지 그 길을 따라 강 쪽으로 내려가 보면 또 다른 요술 나라가 있을 것만 같았다.

그를 재촉해서 건물을 나와 강변을 끼고 난 산책로로 들어섰다. 그러나 아까 식당에서의 생각과 달리, 구토가 날듯 몹시 속이 불편하고 어지러웠다. 권하는 대로 사양하지 않고 술을 너무 급하게 받아 마셨기 때문일 것이었다.

마침내 걸을 수 없이 너무 어지러워 그에게 기대고 눈을 감아버렸다. 그가 허리를 꼭 껴안으며 고개를 받쳐주는 것이 느껴졌다.

감았던 눈을 살포시 뜨고 그의 얼굴을 쳐다보았다. 세상에! 외등 불빛을 등지고 내려다보는 그의 얼굴에 뚜렷한 명암이 드리워져 그가 마치 실기실 아폴론의 조상처럼 보였다. 정말이지 완벽한 균형을 갖춘, 너무나도 단아한 모습이었다. 눈, 코, 입…… 그리고 턱, 이마, 머리칼까지…….

맥을 못 추고 안긴 그대로 다시 눈을 감아버리자, 그가 이마와 눈에 입을 맞추어 주었다. 그리고는 곧 감미롭고 향기로운 혀로 입안을 가득 채워주었다.

밝은 불빛이 비치고 있고, 다른 사람들도 여럿 지나가는 것 같아 포옹을 풀려 했으나, 이상하게도 그러기는커녕 오히려 흥분으로 달아오르며 신음까지 나왔다.

숨이 찼다. 그의 입술을 벗어나며, 두 손바닥으로 그의 가슴을 밀어냈다. 그러고는 아폴론의 조상처럼 보이는 그의 얼굴을 다시 올려다보았다. 하지만 비틀거려지며 도무지 중심을 잡을 수 없고, 어지러워서 아무 데고 주저앉거나 눕고만 싶었다.

그가 몸 전체를 떠받들 듯이 두 팔로 들어 가슴에 올려 안았다. 하늘의 별들이 무더기로 올려다보였다. 죽어도 죽지 않고, 다쳐도 다치지 않는, 진짜로 세상이 동화 속인 것 같기만 했다.

팔에 안긴 그대로 계단을 성큼성큼 올라 호텔 입구로 들어서자, 놀란 벨보이가 황급히 문을 열어주었다. 창피하다는 생각보다 굳건한 그의 팔에 안겨 있는 행복감이 더 컸다.

마침내 방안 침대 위에 눕혀졌다. 메슥거림도 없어지고 아까보다는 훨씬 덜 어지러웠으나, 영 맥을 출 수 없기는 마찬가지였다.

그가 만면에 웃음을 띠며 다가왔다. 입술과 가슴을 탐하다가 마침내 옷들을 하나씩 벗겨 내기 시작했다. 그런데도 이상하게 그를 경계하거나 반항하고 싶은 생각이 전혀 없었다. 오히려 한 꺼풀씩 옷이 벗겨질 때마다 답답한 느낌이 사라지고 편안하고 홀가분해지며 기분조차 좋아졌다.

마침내 실오라기 하나 걸치지 않은 완전한 나신이 되었다. 미소 짓는 그를 올려다보며 똑같이 작은 미소로 답해주었다.

자리에서 벌떡 일어난 그가 순식간에 옷을 다 벗어버렸다. 고개를 돌리지도 않고 그런 그를 실눈으로 쳐다보았다.

남성의 완벽한 누드보다 더 아름다운 모습이 세상에 어디 있을까? 역삼각형으로 딱 바라진 가슴…… 그 역삼각형의 꼭짓점 정중앙에 있는 움푹 팬 배꼽…… 실팍한 허리…… 그리고 그 아래로 힘차게 쭉 뻗어 내린 강인한 두 다리…….

아니 사실 그런 것은 아무것도 아니었다. 힘차게 쫙 벌리고 선 두 다리의 정점에는 숨 막히도록 웅장하고 커다란 남성이 힘차게 벌떡이고 있었다. 힘과 미의 극치랄까, 눈에 들어오는 모든 부분이 완벽하고 조화로우며, 눈부시게 아름다웠다.

그의 남성은 진한 선홍색으로 물든 채, 힘차게 솟아올라 계속해서 벌떡였다. 마침내 그가 몸 위로 올라왔다. 가슴 설레는 기대와 함께 그를 천천히 맞아들였다. 도무지 이치에 닿지도 않고 참으로 이상한 일이었지만, 동화 속으로 들어온 것만은 확실했다. 그의 혀가 입안 가득 들어온다고 느끼는 순간, 동시에 아랫배 쪽에서도 불같이 뜨거운 것이 삽시간에 들어왔다.

아아! 이것! 바로 이것이었다. 자신에게 결여된 것이 무엇이었는지, 항상 반만 채워진 듯했던 부족감이 무엇 때문이었는지 그녀는 순식간에 섬광처럼 깨달았다.

그녀는 몸부림을 쳤다. 지금 무슨 일이 일어나고 있는 것인가? 생각해볼 여유도 없이, 오로지 홀가분한 해방감뿐이었고, 부족했을 부분을 마침내 되찾게 되었다는 안도감과 행복감뿐이었다. 그러나 부족했던 그것은 아무리 애를 써도 손쉽게 얻어지지 않았다. 곧 가질 거라고 느끼는 순간 도망가 버렸고, 그래서 발버둥을 치면 곧바로 다시 또 찾아왔으나 여전히 미진했다. 꼭 무슨 술래잡기만 같았다. 그러다가 결국 끝이 났다. 아쉽기 한이 없었다.

여성 부분은 몹시 아쉬우면서도 뭔지 모를 시원하고 얼얼한 감각으로 남아 있었다. 일을 마치고 몸에서 내려온 그가 자기 남성을 내려다보고 씩 웃더니 여성 쪽도 살펴보았다. 그러고는 매우 만족스러운 표정으로 미소 지으며, 유두를 깨물어주기 시작했다. 그러자 또다시 파도처럼 작고 연속된 흥분의 물결이 그의 입술과 혀에 면한 유두를 타고 손끝 발끝까지 온

전신으로 짜릿짜릿 흘러들어왔다. 마침내 어쩔 줄 모르게 된 나머지, 결국 그의 입술을 찾아가 자진해서 입술을 맡겼다.

"솔직히 확신하지 못했는데, 완전해. 사실 좀 걱정스러웠거든. 너무 일찍 개방해버렸으면 어떡허나 하구 말이야."

깨끗한 처녀였음을 그가 알게 되었다는 것은 기쁘고 다행스러운 일이 었다.

유방을 탐닉하는 동안 그의 남성은 뜨겁고 강력한 힘으로 또다시 솟아 올라 한사코 허벅지를 간질이더니, 순식간에 아랫배 속으로 불같이 뜨거운 기운으로 재차 들어왔다. 그는 그런 식으로 새벽녘까지 계속했는데, 마침 내 종당에는 얼굴과 가슴과 아랫배가 마치 감옥에라도 갇힌 듯 육중한 그 의 몸이 버겁고 답답해 견딜 수 없게 되었고, 여성 부분은 이미 그의 몸으 로 옮아가 버리고 빈 껍데기만 남은 것처럼 느껴졌다. 또한 몸에 커다란 구 멍이라도 뚫려버린 듯 허전하기 짝이 없었다.

그는 갑자기 무슨 생각을 했는지, 엉덩이를 만져주다가 불쑥 일어나 인 터폰으로 보이를 불렀다. 그러고는 벌거벗은 알몸 그대로 보무도 당당하게 방문 앞까지 걸어가서 뭔가를 받아들고 왔다.

아무리 해도 그렇지, 여자의 입장은 전혀 고려하지 않는 처사라서 몹시 기분이 언짢았고, 부당하게 무시당하고 있다는 생각도 들었다. 그가 정면 으로 나신을 보이며 다가오자 그녀는 눈살을 찌푸리며 자신의 벌거벗은 몸을 이불로 감쌌다.

처음에는 무엇 때문인가 하고 몹시 의아해했으나, 그녀를 한구석으로 밀 어내고 흘린 핏자국이 묻은 시트 부분을 가위로 오려내기 시작하자, 그가 지금 무엇을 하는 것인지 단박에 깨달을 수 있었다. 그것은 기분 좋은 것 도, 나쁜 것도 아니었다. 다만 그런 그가 부담스러워질 뿐이었다.

그는 손수건 크기만큼 오려진 피에 젖은 시트를 들여다보며 미소를 짓더니만, 그녀의 코앞으로 가져왔다. 물론 그녀는 얼굴을 찌푸리며 저리 치우라며 손을 내저었다.

단 하룻밤이라도 몸을 섞으면 이렇게 거리낌 없이 되어버리는 것일까? 그는 이제 모조리 당당한 반말이었다. 기분이 언짢아지며, 그가 갑자기 싫어지기 시작했다. 그런데도 항의는커녕 오히려 더욱 조심스러워지기만 하는 것은 참으로 알다가도 모를 일이었다.

몸 전체에서 찬바람이 일고, 상실해버린 아랫도리가 휑하니 뚫려버린 기분이었다. 이제 모든 것이 다 끝나고, 무대장치는 더 이상 필요 없다는 듯, 그가 커튼을 걷고 강으로 난 창문을 활짝 열었다. 그러자 그토록 황홀했던 어제 오후의 낙조는 간 곳이 없고, 새벽녘의 희뿌연 햇살과 함께 차가운 강바람만 거침없이 방안으로 들어올 뿐이었다.

간밤에 벌인 일이 무엇이었는지 순식간에 깨달아졌다. 차가운 바깥 냉기와 희뿌연 햇살을 향해 뒤돌아선 그의 나신이 그녀를 동화 속에서 순식간에 끌어내어 현실 속으로 집어 넣어버렸다.

아침을 먹자고 했으나 생각이 없었다. 왜 이렇게까지 되어버렸을까? 하지만 자신조차 알 수 없었고, 한심한 작태만 생각났다. 그의 재촉에 못 이겨 하는 수 없이 옷을 주섬주섬 주워 입고 힘없이 경대 앞에 주저앉았다.

간밤에 한잠도 못 자고 시달렸기 때문인지 부석부석한 얼굴에 눈에는 핏발까지 서 있었다. 한심한 몰골이었고, 나오느니 한숨뿐이었다. 그러나 인제 와서 어떻게 할 수 있다는 말인가?

침대에 궁둥이를 붙이고 앉은 채로, 그녀의 일거수일투족을 낱낱이 지켜보면서, 그는 배고프다고 계속 채근이었다. 얼굴도 제대로 매만지지 못하고 그냥 일어섰다. 아무리 몸을 내주었기로서니 벌써부터 이렇듯 자기 마음대로만 하려 할까? 갑자기 눈물이 났다. 여자라는 이유로 눈물을 흘려보기는 난생처음이었다.

어제 갔던 1층 식당으로 다시 내려갔다. 그가 아침부터 기름진 음식을 잔뜩 주문하는 것을 지켜보며, 그녀는 토스트 한 쪽과 블랙커피만 시켰다.

"배고프지 않겠어? 어제저녁도 부실했잖아?"

걱정스럽게 그가 물었으나, 입맛은커녕 목과 혀가 타는 듯했다.

"됐어요. 괜찮아요."

그가 두 손을 감싸주며 말했다.

"손이 차겁네. 추워? 걱정하지 마! 너만 사랑할 거야."

이제는 '혜진 씨'는커녕 '혜진'도 아니고 '너'가 되었다. 스스로 자초한 결과였으면서도 허탈감이 엄습하며 눈물이 핑 돌았다. 그러나 그는 고맙게도 손을 감싸 쥐고 이마를 맞대며 천천히 분명하게 말해주었다.

"내 말 잘 들어봐. 바보같이 울지 말고. 이제부터 넌 나만 생각하며 지내야 하는 거야. 알겠지? 결국 우린 이렇게 서로를 갖게 된 거야. 그뿐이야. 알겠어? 이제 자기만의 것은 아무것도 없어. 우린 서로에게 모든 것을 다 내주었고, 또 동시에 다 차지한 거란 말이야. 내 말 알아듣겠어? 울지 마. 무슨 말인지 알아들었지?"

눈물이 흐르는 그녀의 두 눈가를 그가 냅킨으로 토닥여주었다.

블랙커피로 까칠해진 입안을 씻어내며 한강을 내려다보았다. 환한 대낮의 강심뿐, 어디에도 어제저녁처럼 동화 속에서 마음 설레게 하던 붉은 노을의 마술은 없었다.

그는 간밤의 노고를 벌충하려는지 아침부터 기름진 음식을 잘도 먹었다. 그리고는 방으로 돌아온 후 다시 또 욕심을 채웠다.

11시쯤 호텔을 나서서 별장에 도착했는데, 물론 그곳에서도 또 한 차례 그의 요구를 다시 들어주었다. 둘은 오후 3시가 넘어서야 서울로 출발했다.

"전화 잘 받아! 알았지? 바보같이 울지만 말고."

쳐다보기조차 역겨워 눈도 맞추지 않고 말없이 차에서 내리려는데, 그가 제지하며 말했다.

"어? 그냥 갈 거야? 작별 키스가 빠졌잖아?"

그가 두 손바닥으로 양 볼을 자기 쪽으로 끌고 가더니 다짜고짜 입안에 끈끈한 타액과 혀를 밀어 넣었다. 그녀는 혹시 누가 볼세라 눈알을 좌우로 굴리며 불안해했으나, 그는 신경도 쓰지 않았다. 한사코 벗어나려 애쓰는 그녀의 얼굴을 마지못한 듯 슬며시 놓아주며 말했다.

"그게 또 지랄을 피우지만 여기서야 안 되겠지. 그럼 잘 들어가. 그러나 잊지 마! 넌 이제 내 꺼야. 알겠지? 이제는 다른 남자에게 조금이라도 틈을 보이면 안 돼. 그럼 우린 둘 다 함께 파멸하는 거야. 알겠어?"

어제 하룻밤 사이가 마치 몇 년 동안이나 되는 듯 길게 느껴졌다. 천근같이 무거운 몸을 끌고 간신히 기숙사 침대로 돌아와 깊은 잠 속으로 빠져들어 버렸다.

그 후로도 강철은 거의 매일같이 전화를 걸어서 밖으로 나오라고 하거나, 학교 정문 앞에 차를 대 놓았다면서 불러내었다. 그러나 그의 말이 채 끝나기도 전에 번번이 일방적으로 전화를 끊어버렸다.

그에게 그렇게 쉽사리 모든 것을 허락해버린 것은 아무리 생각해보아도 어처구니없고, 도대체 자기 자신조차 이해할 수 없는 일이었다.

사실 처녀성을 잃어버린 것도 대단한 상실감이었지만, 그보다도 자존심조차 잃어버린 것이 더 큰 문제였다. 이것은 꿈속의 일도, 동화 속의 일도 아니었다. 엄연한 현실 속에서 일어난 일이었다. 일시적인 이상한 감정과 술, 그리고 낙조의 마술 때문에 그랬던 것뿐이라고 변명해보았자, 이제 처량한 독백에 불과할 일이었다.

이제는 오직 단 두 가지 선택이 남아 있을 뿐이었다. 하나는 당분간 그의 요구를 들어주며 끈질기게 달라붙어 훗날을 기약하는 길, 또 다른 하나는 더 이상 끌려 다니지 말고, 과감하게 결별해서 새로운 생활을 시작하는 길…….

그러나 둘 다 깊은 함정을 가지고 있었다. 그와의 결혼을 기약하며 계속 만나준다는 것도 그의 집안 사정이나 향후 그의 마음을 알 수 없으므로 혼자만의 희망 사항일 수 있었고, 그렇다고 결별하고 새로운 시작을 도모한다는 것도 솔직히 아직 그렇게 자신 있는 것도 아니었다.

그럼…… 어떻게 처신하는 것이 좋을까? 지나간 일은 하는 수 없고, 지금부터라도 잘 생각해서 신중하게 상대해주어야 할 텐데…….

지도교수인 민 교수가 불러서 갔더니, 전시회가 이제 고작 2주일밖에 남지 않은 터에, 휴일이라고 해서 너무 밖으로만 나돌지 말고 열심히 준비하라는 것, 그리고 국전 입선자라는 자기 포지션이 있으니만치, 완성도가 떨어지는 작품들을 적당히 출품할 생각은 아예 하지 말라는 것이었다.

"잘 알겠지만, 입선 작가는 그만큼 책임도 더 커지는 거야."

이번에 있을 작품전시회는 해마다 한 차례씩 열리는 학교의 정기행사였다. 교수와 대학원 학생들, 일부 학부 학생들의 우수작품을 교내가 아닌 시내 아트홀에서 하는 것이라서 사실 허술하게 출품할 수도 없었다.

모든 걸 다 잊어버리고 당분간 작업에만 몰두하기로 마음먹었다. 그러다 보면 급박한 스트레스에서 벗어날 수도 있고, 좋은 해결방법이 생각날지도 모를 일이며, 전시회 핑계로 당분간 강철의 귀찮은 접근도 막을 수 있다는 생각에서였다.

그러나 아무리 해도 정신 집중이 잘 되지 않았다. 몸 전체에서 휑하니 찬바람이 일고, 몸 안에서 그의 정액이 아직도 계속해서 흘러내리는 것만 같아 불쾌하기 짝이 없었다.

무엇이 그렇게 급했던 것일까? 처녀를 그토록 쉽사리 송두리째 바쳤던 것은? 강심에서 불붙는 듯 타오르던 낙조?, 그의 딱 벌어지고 든든한 남성적 위압감?, 그날따라 턱없이 마셨던 술?

그러다가 전혀 다른 생각을 해보았다. 혹시 자동차와 별장 등 그의 부유함과 아씨라는 호칭 때문은 아니었을까?

미쳤어! 어리석게도 그의 부유함과 바람기에 걸려든 거야. 아아! 내가 왜 이렇게 미련하고 천한 궁상을 떨었을까?

'왜 이렇게 되어버렸을까?'를 골똘히 생각해보다가 마침내 그녀는 모든 것이 다 민우의 탓이라는 얼토당토않은 결론에 도달하고 말았다. 민우가 마음을 정하지 못하고 우유부단하게 미스 정과 양다리를 걸치지만 않았더라도 결코 이런 일은 생길 수 없다는 생각 때문이었다. 1차 책임은 분명히 본인 자신에게 있겠지만, 2차 책임은 행운의 여왕으로 뽑혔던 일이나 김유미에게 있다고 생각했으나, 그것보다도 오히려 민우에게 결정적 책임이 있다는 생각이 들었다. 그러자 소식도 없이 잘살고 있을 그가 한없이 밉기도 하고, 새삼스럽게 그리워지기도 했다.

강철과 잤다는 것을 알면 그는 얼마나 섭섭해 할까? 민우가 그토록 그녀의 모든 것을 원했지만, 눈물로 지켜냈던 지난 일을 생각해내고는 일이 이렇게 되어버릴 줄 알았더라면 차라리 그때 그에게 허락했어야 했다는 생각까지 들면서, 마음만 심란해지고, 생각만 자꾸 오락가락했다.

그는 정말로 나를 잊은 것일까? 그는 그렇게도 마음이 여리고 자신감이 없는 남자일까?

그녀는 민우에게 두 번씩이나 어떻게 대했으며, 달라진 자기 태도 때문에 민우가 얼마나 낙담과 실망을 했었는지 까맣게 잊고 있었다.

예전에 민우에게 선물했던 그림과 같은 배경의 축산 해안 그림에서 민우만 빠진 것을 생각해내고 그녀는 미친 사람처럼 그 그림 위에 민우를 다시 재구성하기 시작했다.

그림 속에서 민우가 실물처럼 눈앞에 선연하게 나타나 보였다. 턱을 무릎에 괸 채 꼼짝도 하지 않고 고뇌에 차서 바다만 응시하던 모습……. 그리고 그렇게도 외로워 보이던 그의 눈동자…….

미쳤어. 내가 그 때 넋이 빠졌던 거야……. 화필을 바닥에 내동댕이치며 바닥에 퍼질러 앉아 서럽게 울었다. 옆방의 다른 조교인 황인영이 영문도 모른 채 울음소리를 듣고 깜짝 놀라서 달려왔다.

"아이구! 어린애같이…… 너, 지금 뭐 허구 있는 거냐? 교수님 듣겠다. 갑자기 웬일이니? 너답지 않게……."

그러나 결국 민 교수까지 그녀의 방문을 열고 들여다보았다. 그러나 그는 고개만 몇 번 갸웃거렸을 뿐, 말없이 곧바로 자기 방으로 돌아가 버렸다.

한동안 더 그렇게 퍼질러 앉아 서럽게 흑흑거리다가 다시 붓을 주워들었다. 그러고는 언제 그랬느냐 싶게 다시 작업에 몰두하기 시작했다.

민우의 모습을 세밀하게 그려나갔다. 눈빛, 코, 입술, 귀…… 그에 관한 한, 망설이거나 부러 생각해낼 필요조차 없었다. 마치 그가 지금 코앞에 앉아 있기나 하는 듯이 선명했고, 귀에서는 아직도 철썩이는 해조음과 함께 시끄럽게 울어대는 갈매기의 소란스러움이 들려오는 듯했다.

거의 식음을 전폐하다시피 그림에만 열중하던 어느 날이었다. 이젤 앞에서 한참 작업 중인데, 누군가가 팔을 갑자기 잡아끌었다. 소스라치게 놀라 뒤돌아보니, 뜻밖에도 강철이었다. 그는 예전 벼랑바위 위에서처럼 징그러운 웃음을 흘리며 서 있었다.

그를 피해 방을 나가려는 그녀의 가슴을 갑자기 뒤쪽에서 껴안더니만, 양 손을 브래지어 속으로 쑥 밀어 넣었다. 두 유방을 주무르며 이로 잘근잘근 귓볼을 애무해주다가, 불쑥 손 하나를 팬티 속으로 집어넣었다. 그러고는 여성 입구를 얼마나 세심히 만지는지, 마치 그의 손에는 눈이 달린 것 같기만 했다.

홍분의 물결이 온몸 가득히 일기 시작했고, 철없는 여성은 자신의 의지나 생각과 상관없이 순식간에 촉촉하게 젖어왔다.

그는 마침내 단번에 스커트 속의 팬티를 벗겨 낸 후, 작업대 모서리에 엉덩이를 걸치게 하고, 상반신을 작업대에 눕히더니만 커다랗게 부풀은 남성을 몸속으로 거침없이 쑥 밀어 넣었다. 이 일련의 행위는 신기하게도 순차적으로 일어나는 도미노게임에서처럼 한 치의 오차도 없이 순식간에 완벽하게 진행되었다.

안간힘을 쓰며 돌진해 들어오는 그의 혀와 음경만으로도 몸은 한 치의 여유 공간도 없게 되었고, 홍분 속에서 정신조차 아득해지는 느낌이었다. 마침내 그는 홍분의 도가니 속에 든 상대는 아랑곳도 하지 않고, 일을 마친 남성을 쏙 빼내며 추슬러 버렸다. 모든 것이 실로 눈 깜빡할 사이의 일이었다.

그는 무엇이 그리 바쁜지, 바지 지퍼를 끝까지 올리지도 않고, 고뇌에 찬 얼굴로 앉아 있는 그림 속의 민우에게 다가서서 이죽거리며 말했다.

"넌 제발 사라져 주어야겠어. 이제 난 이 여자를 완전히 소유해버렸으니까. 조금 전에도 봤지? 난 언제라도 이 여자 스커트 속에 내 음경을 집어넣고 정액을 싸지를 수 있는 거야. 알겠어?"

그는 마치 실물에게 하듯 주먹으로 한 대 갈겨버릴 태세로 말했다. 그리고는 얼떨결에 당한 채 정신을 차리지 못하는 그녀에게 다시 다가와 아까처럼 등 뒤에서 유방을 양 손으로 주무르며 말했다.

"지금 곧바루 교문 앞으로 나와. 알겠지? 번거롭게 화장할 필요두 없어. 어차피 일 치르면 다시 씻으려 할 거잖아. 기다리게 해서 나 화나지 않도록 주의해. 알겠지. 만약 안 나오면 밤새 이 작업대 위에서 대신 할 거니까."

귀로 입을 바짝 가져와 낮은 톤으로 협박한 후 그가 방을 나갔다. 또다시 울고 싶어졌다. 왜 한마디 말도 못하고 그에게 당하기만 하는 걸까? 왜 그렇게 싫으면서도 그의 혀와 타액과 음경을 받아들이면 흥분의 신음부터 먼저 터져 나오는 걸까? 정말이지 이제부터라도 정신 바짝 차리고, 자기 몸은 자기가 관리해야 할 것이었다. 응하지 않으면 그가 틀림없이 다시 올 것이라서 방문부터 잠가버렸다.

아니나 다를까? 잠시 후 잠긴 문을 요란하게 두드리는 소리가 났다. 기다리다가 화가 나서 되돌아온 것이 분명했다. 몸을 움츠리며 고개를 가슴에 처박고 두 손으로 귀를 막아버렸다. 그러나 그럴수록 문을 흔드는 소리는 점점 거세질 뿐이었다. 더구나 남의 속도 모르고 옆방의 황인영까지 거들고 있었다. 방문을 걸어 잠그는 식 따위로는 소용도 없을 일이었다.

문을 따주려고 일어서며 정신을 가다듬고 보니 죄다 꿈이었다. 밤낮을 모를 정도로 그림에만 매달려 지내다가 쓰러져 잠들었던 끝에 그런 성가신 꿈을 꾼 모양이었다. 강철이가 와서 강간하고 나갔던 것도, 차에서 기다릴 테니 화장도 하지 말고 빨리 교문 앞으로 나오라는 것도 다 꿈이었다. 그렇지만 문을 두들기고 있는 것만큼은 꿈이 아니었다.

"혜진아! 전화 받아! 집이래. 자니? 아이! 혜진아! 문 좀 열어봐!"

땀에 흠뻑 젖은 머리칼을 쓸어 올리며 전화를 받으러 복도로 나왔다. 아빠였다. 중대한 의논이 있으니 오늘 밤 안으로 집에 들르라는 것이었다. 세수만 하고서는, 주섬주섬 옷을 갈아입은 후, 택시를 탔다.

아파트에서 이사 나온 지도 어느새 1년이 다 되어가고 오랜만에 만나보는 새엄마의 얼굴이었으나, 예전처럼 여전히 웃음이나 미소를 지을 수는 없었다. 그건 새엄마 역시 똑같은 모양인지 시선을 마주치지 않으려고 애쓰며 형식적인 인사만 받았다. 다만 영선과 영주가 예전에 그녀가 쓰던 방에서 나와 반갑게 인사했다.

"누나 왔구나?"

"언니 왔네에~."

배다른 두 동생까지 미워할 필요는 없었다. 무릎을 구부리고 키를 맞춘 다음 두 동생을 한꺼번에 껴안아주며 말했다.

"아빠, 엄마 말씀 잘 듣고 공부두 잘하고 있는 거지?"

둘은 자기 엄마 눈치를 살피며 고개를 끄덕였다.

아빠 곁에 앉으며 얼굴을 살폈다. 아빠는 1년 사이에 훨씬 더 늙어 보였다.

"잘 지냈니? 조금 수척해진 것 같구나. 몸은 괜찮니? 여러 가지 피치 못할 사정 때문에 그동안 몸담았던 P 무역에서 K 그룹 정진무역으로 옮겼다."

"K 그룹이라구요?"

"그래, 그런데 옮기자마자 그동안의 경력이 참고 되었던지 곧장 LA 지사장으로 발령이 났지 뭐냐."

강철의 남산자락 저택이 생각났다. 그리고 그녀에게 아씨라고 부르던 덕소 별장 사람들도 떠올려졌다.

"첨부터 파격적인 대우가 언급되긴 했지만 정말 좋은 자리야. 그런데 대개 임기가 3년 내지 5년쯤 된다면서 이사를 하라는 구나. 영선, 영주야 아직 어리니까 그쪽 학교에 입학시키면 그만이겠지만, 네가 문제로구나. 너 혼자만 국내에 두구 가기두, 그렇다구 학교를 쉬구 함께 가자고 할 수두 없구……. 아무튼지 그렇게 알구, 이사 때 함께 갔다가 2~3주 동안이라두 미국에서 지내보면 어떻겠니? 아니면 아예 한 1년 휴학해버리고 함께 미국으로 들어가면 안 될까 싶기도 하다만……."

고개를 좌우로 내저었다. 부모와 함께 지낸다는 것도 그렇지만, 더구나 생소한 미국에서 무엇을 하며 살 것인가?

"전 그냥 여기에 있을래요. 이사 때 잠시 가보는 것두 좋겠지만…… 곧 교수님들과 합동 전시회가 있기 때매 것두 힘들 거예요. 참! 이사날짜는 언제죠?"

"28일. 보자, 담담 화요일이니까 딱 보름 남았구나."

전시회 날짜를 꼽아보며, 벽에 걸린 달력을 쳐다보았다.

"그때라면……. 전시회두 거의 끝나니까…… 이사 때 함께 가볼 수는 있겠네요."

쓸데없이 고집부리지 않고 순순하게 응하자, 아빠는 무척이나 기분이 좋은 모양이었다. 새로 들어간 정진무역 이사나 사장은 물론, K 그룹의 회장에게까지도 능력을 높이 사서 곧바로 지사장 자리가 나온 것이라며, 이제 미국에서 몇 년 지나다 보면 노하우가 생길 것이고, 그러면 독자적인 사업도 가능할 것이라며, 분홍빛 희망을 피력했다.

'난 K 그룹 회장 아들과 춤도 추고 잠도 잤어요. 그의 별장과 사는 집에도 가보았고요. 난 그 댁 별장에서 아씨라고 불렸어요. 바보 같은 아빠. 그러니 너무 황공해하진 마세요.'

아빠의 말을 들으면서 자기 신분이 강철과 얼마나 다른 것인지, 그래서 그와 결합하는 것이 얼마나 어려울 것인지 한순간에 깨달아졌다. 그렇지만 또 한편으로는 지사장 자리 하나에도 이토록 감지덕지하는 아빠를 위해 무슨 일을 해서라도 강철과 결혼하고, 더 늦기 전에 아빠를 사장 자리에 앉혀 드리고 싶다는 난데없는 욕심이 생기기도 했다.

그날 밤은 모처럼 집에서 영주와 한방에서 자고 다음 날 아침 일찍 아파트를 나섰다. 그러고는 학교로 돌아와 축산 해안에 민우를 그려 넣는 일에 다시 온 신경을 다 쏟았다. 이것만 완성되면 할당된 작품 석 점은 완전 마무리였다.

침식조차 잊고 전력투구했음에도 마지막 작품은 잘 그려지지 않았다. 또 그렸다 해도 도무지 마음에 들지 않았다. 덧칠한 그림을 긁고 또다시 덧칠하는 동안 그림은 흉측하게 변해 갔다. 결국 처음부터 다시 시작해야 할 판이었다. 꼬박 나흘 이상 매달린 그림이었지만, 절망적인 심정이 되어 빡빡 구겨 쓰레기통에 처넣어버린 후, 얼굴을 감싸 쥐며 고민하다가 문득 달력을 올려다보았다.

며칠 남았지? 아직 5일 정도는 남았네? 그런데 오늘이 토요일이잖아? 갑자기 토요일마다 강철이 왔었다는 생각이 나서 부르르 몸이 떨렸다.

안 돼. 난 이제 그를 모른 척해야 해. 아냐, 그래서도 안 돼. 그에게 복수해야 해. 이제 더 이상 허락하지 말고 그가 안달하는 걸 즐겨보는 것도 좋을 거야. 제아무리 돈을 쓰고, 제아무리 빌어도 그럴수록 난 더 도도하게 굴어야 해.

소파에서 잠시 잠들었던 모양인지 옆방 황인영이 손님이 왔다며 문을 두드리는 소리가 날 때까지 아무것도 모르고 있었다. 예상대로 강철이었다. 그는 문 앞에 떡 버티고 선 채, 턱으로 인사하며 말했다.

"잘 있었어? 금방 나와. 교문 앞에 있을 테니까……."

이제부터라도 여유를 부려야 할 것이었다.

"난 바빠요."

그러자 그의 표정이 단박에 변했다. 예전에 민우를 만나서 절교를 선언했을 때의 표정이 생각났다.

"그래서 못 나오겠단 말이야?"

"그래요. 조금 늦긴 했지만 이제 댁이 어떤 사람이라는 걸 너무나도 확실하게 알게 됐어요. 아시겠어요? 그럼 잘 가세요. 그리구 다시는 오지 마세요."

얼떨떨한 표정으로 쳐다보는 그를 보자, 슬프고도 통쾌한 눈물까지 나려 했다.

"갑자기 그게 무슨 말이야? 왜 그래?"

휙 문을 닫아버리려는데, 그가 소매를 붙잡았다. 누가 들을까 봐 목소리를 낮추긴 했으나, 또렷하고 확실한 어조로 선언했다.

"하룻밤 지냈다구 해서 댁에게 내 인생을 다 맡길 수는 없어요. 아직 내 인생에서는 해야 할 일이 많걸랑요? 현명하신 분이니까 지금 내가 댁에게 무슨 말을 하고 있는지 잘 알 거예요."

말을 마친 후 문을 꽝 닫아버리려 했으나, 그가 발끝으로 문틈을 걸고 있었으므로 닫히지 않았다. 빠끔히 열린 문틈으로 얼굴을 가까이 가져온 그가 침을 한 번 삼키며 나지막하게 말했다.

"지금 무슨 말을 하는 거야! 건 오해야. 혜진을 일시적인 기분으로 대해 준 적 있었어? 잘 생각해봐. 난 혜진 생각보다 훨씬 더 순수한 사람이야. 자! 그러지 말고 빨리 나와."

그의 진심일지도 모르겠지만, 그렇다고 액면 그대로 받아줄 수는 없었다. 복수를 하던 뭘 하던 당분간 만나야 할 것이라서, 대충 이쯤 해서 속

아주는 척하기로 했다.

"그래요? 그렇담 댁의 해명을 들어주어야겠죠? 그렇더라두 오늘은 안 돼요. 내일 명동 그 다방으루 나갈게요. 그때 얘기해요. 시간은 댁이 정하세요."

흥분 때문에 말이 떨려 나오긴 했으나, 하고 싶은 말을 죄다 속사포처럼 차갑게 내쏘아주었다. 문틈에서 발을 뺀 그가 잠시 머뭇거리고 서 있었으나, 기회를 놓치지 않고 코앞에 세워둔 채로 문을 꽝 닫아버리고 자물쇠까지 딸각 소리 나게 잠가버렸다.

그가 잠긴 문을 다시 두드렸으나, 상관하지 않고 이젤 앞으로 다가갔다. 그러나 생각은 물론 온통 강철뿐이었다. 앞으로 어떻게 처신해야 할까? 지사장이 어떤 자리인지 모르지만, 아빠는 그것 하나만으로도 황홀해했다.

다음 날은 느지막하게 일어난 후, 매우 정성스럽게 치장하기 시작했다. 옷, 향수, 머리 매무새, 모든 것에 신경을 썼다. 어쨌거나 제대로 복수를 하자면 그가 몸 달게 해야 할 것이었다. 모든 게 다 끝난 후, 언제나처럼 거울 앞에 측면으로 서서 입을 살짝 벌리고 생끗 웃어보았다. 자기 생각으로도 괜찮고, 다 만족스러웠다.

일부러 30분쯤 늦게 도착했다. 억지로 나간다는 것을 그에게 알려주기 위해서였다. 혹시 그가 가버리고 없다면 어떻게 하나 하는 생각도 했었으나, 100이면 100 그는 기다리고 있을 것이었다. 예상대로 그는 맥 빠진 하품을 하며 앉아 있다가 그녀를 보자 반색하며 말했다.

"야아! 오늘은 더 예쁜데……."

되도록 딱딱한 표정을 지으며 그의 말을 싹 무시해버렸다.

"무슨 말을 하고 싶은 거에요? 난 바빠요. 실없는 농담은 관두시구, 하구 싶은 말이나 빨리 해보세요."

그는 보통 때는 담배를 잘 피우지 않았다. 그러나 담배까지 붙여 물고 연기를 입으로 훅훅 품어내면서 살피듯 쳐다보며 말했다.

"무척 당당해졌군. 그래서 더 예쁘게 보였나? 자! 한혜진 씨! 쓸데없는 앙탈은 그만 부리구 일어나시지."

그의 말을 무시한 채, 여전히 시선을 창밖으로 주고 그대로 앉아 있었다.

"안 갈 테야?"

"미쳤어요? 내가 또 댁을 따라가게. 정말 이런 식으루 나오면 앞으로 다시는 만나지도 않을 거예요."

"그래 좋아! 지금 한혜진 씨가 원하는 게 뭐야?"

다시 자리에 앉은 그가 화난 표정으로 말했다. 그런 그를 힐끗 한 눈으로 쳐다보고는 '흥' 하고 콧방귀를 뀌어주었다. 그러고는 될 수 있으면 싸늘한 표정을 지으며 창밖으로 눈길을 돌려버렸다.

"말해 봐! 도대체 왜 그런 거야?"

"몰라서 묻는 거예요?"

"그럼 몰라서 묻지. 알면 뭐 하러 묻겠어?"

"흥! 그래요? 그럼 말할게요. 잘 들으세요. 대단한 아저씨!"

그녀는 일부러 한 번 더 콧방귀를 뀌었다. 그리고 여전히 그를 외면한 채 창으로 눈을 돌리고 싸늘하게 말했다.

"댁의 인격을 아는 데는 그날 하룻밤으로 충분했어요. 이제 더 이상 댁을 사랑하고 싶은 마음은 없어요. 전에는 바보같이 댁을 사랑할 뻔했지만요. 댁에게 끌려 다니면서 욕심이나 채워줄 필요가 어디 있겠어요. 이제 진짜 그러구 싶진 않아요. 댁이라는 사람은 이제 넌더리가 나요. 아시겠어요?"

자기가 하는 말에 스스로도 도취될 수 있는 것인지, 갑자기 저절로 눈물까지 났다. 말없이 잠시 고개를 숙인 채로 듣고 있던 그가 얼굴을 들어 똑바로 쳐다보며 말했다.

"그럼 이제 누구를 선택하겠다는 거야? 의사야? 나야?"

그를 매서운 눈초리로 노려보며 말했다.

"그게 무슨 말이에요? 난 나 혼자서도 잘살아갈 수 있어요. 아시겠어요? 이민우 씨가 잠시 다른 여자에게 신경을 쓰는 것 같아 거리낌 없이 그를 그 여자에게 보내준 것뿐이에요. 아시겠어요? 내게 지금 남자가 필요한 건 아니에요. 댁들께서 나를 성가시게 한 것뿐이죠. 하지만 이민우 씨는 적어도 댁처럼 그런 파렴치한 짓을 한 적은 한 번도 없었어요. 아시겠어요?"

따발총같이 재빠르게 말할 수 있는 특기를 유감없이 발휘해서 속사포로 내쏘고서는 자리에서 일어서 버렸으나, 그에게 순간적으로 팔을 붙잡혀서 도로 자리에 앉혀져 버렸다.

"그 멍청이 같은 샌님 일이야 내 이미 익히 다 알고 있지. 자, 우리 그러지 말고 다른 데로 옮기지. 말을 다 해줄게. 난 아직 말을 다 끝내지 않았어."

그가 이끄는 대로 근처의 일식집으로 마지못한 듯 따라 들어갔다. 그가 자주 들르는 곳인 모양인지 식당 사람들은 그를 보는 순간, 왕이라도 납신 듯 허리를 조아렸다. 둘은 2층의 작은 별실로 안내되었다.

"뭘 시킬까? 뭘 잘하지?"

처음에는 혜진에게 뭘 하겠느냐고 물었으나, 그녀가 뾰로통하게 외면해 버렸으므로 주문을 받으려는 남자에게 다시 물었다.

"오늘은 싱싱한 광어가 물 좋을 걸입쇼. 조금 전 입하되었습죠."

"그럼 그걸로 가져와."

"술은 어떻게 올릴깝쇼?"

"우선 입가심 용으루 맥주 몇 병 가져오고!"

"네, 네, 알겠습니다. 즉시 대령해 올리겠습니다."

남자가 나가자마자 정말로 순식간에 상이 들어왔다. 그는 술을 따라 그녀 코앞에 놓아주고 자기 몫으로도 손수 한 잔 따랐다.

"자! 한 잔 들어. 그리고 어쨌든 미안해. 나도 처음에는 그럴 생각은 없었어. 그런데 일이 그렇게 된 거야. 왜 그렇게 된 거냐 하면……."

그는 말을 끊고 술을 한 잔 들이켜며 잠시 눈치를 살피는 듯이 쳐다보며 술을 권했다.

"자! 우선 한잔하지."

"말해 봐요."

"화내지 말구 내 말을 끝까지 들어야 해. 먼저 약속을 해."

"그래요. 하지만 날 설득하려거나 길게 말하진 마세요. 어물쩍 넘어가진 않을 거니까."

"알았어! 물론이지. 사실 그렇게 어물쩍거려야 하거나, 긴 이야기두 아냐."

말을 시작하려 하면서 거푸 두 잔째 자작으로 먼저 술을 마셨다.

"난 혜진을 처음 본 순간부터 한마디로 반해 버렸어. 그래서……."

"그런 쓸데없는 서론은 관두세요. 난 본론이 필요해요."

"바보같이 굴지 말구 잘 들어. 한혜진 씨! 그게 가장 중요한 본론이야! 내가 너에게 마음을 둔 이상 넌 아무리 해두 날 못 떠나. 알겠어? 지구 끝까지라도 널 쫓아갈 테니까."

"?"

"그날 일은 이랬어. 그 멍청한 웨이터가 날 위한답시고 혜진이 잔에 제맘대로 흥분제를 넣은 거야. 난 내 명예를 걸구 맹세하지만 결코 그딴 부탁을 한 일은 없어. 다만 그가 나중에 귀띔해주어서야 알게 되었지. 하지만 그때는 이미 우리가 술을 다 끝내고 일어서는 순간이었어. 그래서 강으로 가는 길에서 몹시 비척거린다는 걸 알았지. 그렇더래도 물론 널 곱게 재울 수도 있었을 거야. 그러나 그게 말처럼 쉽지 않았어. 그리구 말이야. 만약에 말이야……."

그는 야릇한 미소를 지으며 뜻 모를 웃음까지 입가에 슬슬 흘리며 말을 잠시 끊었다. 아아! 그랬구나. 그동안 아무리 생각해보아도 어쩐지 너무나 어이없는 일이었다. 남자들은 마음만 먹으면 그렇게 별스런 일도 다 할 수 있다는 것을 처음으로 알게 되었다.

"그 약이 말이야, 내가 널 그냥 둔다 해도 네 편에서 가만히 안 있을 거래. 너 스스로 처녀를 바치려구 발버둥친다고 한 번 생각해봐. 얼마나 끔찍하니? 그렇담, 내가 그렇게 해준 게 얼마나 다행이야?"

어쩐지 그날은 저녁 해만 보고도 무슨 마술에 걸린 듯했고, 어지럽긴 했어도 이상하게 기분이 좋았다. 또한 그가 발가벗기고 처녀를 가지려해도 걱정스럽기는커녕 오히려 후련하기까지 했다.

"그런데 가만히 생각해보니까 그건 그 웨이터 잘못만은 아니야. 예전에 내가 그곳을 다른 여자들과 간 일이 있었거든……. 물론 걔네들은 목적이 있거나, 대가를 바라는 애들이야. 그때 그가 귓속말로 이렇게 묻는 거야. '여자들을 수월하게 요리해버릴 약이 있는 데요, 필요하십니까? 사장님께서는 조용히 계셔두요, 그 약만 몰래 타 먹여놓으면 여자들 편에서 먼저 발광이 난다는 것 아닙니까. 둘 다 먹여 놓으면 아마 대단할 겁니다. 사장님은 밤새 꾀꼬리 놀음 하시느라 잠두 제대루 못 주무실 건데요……. 어떻게, 그렇게 한 번 해 드릴까요?' 내가 말했어. '아냐, 이번은 필요 없구, 다음번에 올 때 그렇게 해주게.' 일이 그렇게 된 거야."

그는 술을 또 한 잔 자작으로 따라 마셨다.

"하지만 이 자리에서 혜진에게 확실하게 말하지만, 사실 난 여자를 그런 식으루 가질 필요는 없어. 솔직히 말해서 슬쩍 신호만 보내두 스스로 그렇게 할 여자는 수없이 많아. 내말 알아듣겠어? 하여간 그건 그렇구……. 이번 일은 아무 문제두 없다구 생각해. 너만 결정해준다면 어떻게든지 부모님을 설득하려구 해. 알겠어? 지금 난 너에게 그때 일을 설명하려는 게 아니야? 정식루 프러포즈를 하고 있는 거지. 난 대단하구 좋은 놈이야."

회가 들어왔다. 그는 그녀의 와사비 접시에 간장을 부어주며 마음을 이미 다 읽고 있다는 듯 몹시 다정한 목소리로 말했다.

"자! 들어 봐. 맛있는 거야. 참! 우리 아직 건배하지 않았지?"

말을 듣고 보니까 그가 그렇게 부당한 짓을 한 것도 아니었다. 하지만 그렇다고 해서 그의 말 한마디에 당장 안길 수도 없었다.

"내 이야기는 다 끝났어. 하구 싶은 말이 한 가지 더 있긴 하지만……."

"그럼, 마저 다 해보세요."

몹시 누그러진 태도로 자기도 모르게 예전처럼 코맹맹이 소리가 나왔다. 그녀는 스스로도 깜짝 놀라 움찔하며 입을 다물었다.

"좋아! 하지만 오해하지 말고 들어. 무슨 말이냐 하면…… 첫째로는 재벌집 며느리가 되는 게 그리 쉬운 일은 아냐. 둘째로는 처녀를 바쳤으면 그것도 운명인 거야. 또 죽자 사자 한다는 말을 다른 남자에게서는 몰라도 나에게 듣는다는 것도 솔직히 그리 쉬운 일은 아니라구 봐. 내 말은 그뿐이야. 이제 혜진이 말을 들어보아야겠지."

그에게서 눈을 떼고 눈을 음식상에 떨어뜨린 채 잠시 생각해보다가 말했다.

"아무리 재벌 집이라 해도 난 팔려 가구 싶지는 않아요. 또 그럴 수두 없을 거구요. 시간을 주세요. 우리는 둘 다 시간이 필요하다구 봐요. 이젠 됐어요. 다 용서할 수는 없지만, 암튼 이해할 수는 있어요. 난 전시회가 끝나면 미국에 가요. 갔다 와서 다시 만나요."

"미국? 왜?"

"모르셔두 돼요."

식사를 마치고 방을 나오려는데, 그가 다짜고짜 끌어안았다. 그가 하는 대로 몸을 내맡겨 주었다. 엷은 여름 바지 속에서 뜨겁고 강하게 솟아오르고 있는 물체가 밀착되어 안겨있는 하복부쯤에서 느껴졌다. 저항 없이 그의 혀를 받아들이자 마침내 그의 손이 정장 투피스 치마 속까지 들어왔다.

그 방은 거의 밀실이라서, 잘못하다가는 지난번 일이 그대로 다시 반복될 수 있었다. 도리질하며 그의 가슴을 두 손으로 밀어내고 그에게서 벗어나서 양 입술을 열심히 비비면서 재빨리 방을 빠져나와 버렸다.

그와 결혼하게 되면 모를까, 그때까지는 절대로 입술 이상은 허락하지 말아야 할 것이었다. 그것은 곧 파멸이 될 거니까……. 그를 몸 달게 하는 것은 상관없지만 완벽하게 만족을 주어서도 안 될 것이고…….

6. 제각각의 인연

민우는 시니어 레지던트였지만 여전히 정신없이 바빴다. 2, 3년 차 일을 그 혼자서 하기 때문이다. 물론 1년 차는 1년 차대로 바쁘다고 아우성이었다.

그 해는 어쩌나 더운지 세상이 온통 찜통이나 다름없었다. 모두 냉방과 선풍기를 찾아다니느라 법석이었고, 몇십 년 만에 가장 더운 여름이라느니 어쩌니 하는 말들이 오갔다.

오래된 한옥 단칸셋방에서 선풍기 하나만으로 지내기에는 한계가 있었다. 욕실이 따로 있는 것도 아니고, 열대야 때문에 도대체 밤에도 잠을 이룰 수 없었다. 생각다 못해 담당 간호사의 양해를 구하고, 여름동안을 아예 심전도실에서 지내고 있었다.

심전도실만 해도 에어컨이 되고, 샤워는 인턴숙소나 비어 있는 특실 아무 데서나 하면 되었으므로 세든 문간방에 비한다면 호텔이었다. 아무튼 그래서 정말 다행스럽고 만족스러운 여름을 나고 있는 중이었다.

세탁소와 집을 잠시 들렀다 심전도실로 돌아와서 책을 보고 있는데, 난데없이 원장에게서 호출전화가 왔다. 그가 심전도실에서 지내는 것을 원장까지 이미 다 알고 있다는 것은 참으로 신기한 일이었다. 또한 밤 9시쯤의 늦은 시간에 영감님께서 무엇 때문에 직접 호출하는지도 자못 궁금했다. 원장은 전화를 바꾸자마자 대뜸 특별 환자가 있으니 지금 즉시 K 화학공장으로 가보라는 것이었다.

"상태를 보구…… 입원이 필요할 거면 환자를 데려와야겠지만……. 가능하면 거기에서 적당히 치료해주는 게 좋겠어."

학교 때 임상교수 중 한 분이 강의 도중 난데없는 기생타령을 했다.

"의사와 기생 간의 공통점과 차이점을 아는 사람? 정답을 내는 사람이 있으면, 내, 이번 학기 시험 면제하고 A 플러스를 주지."

아무도 대답하지 못하자, 교수는 껄껄 웃으며 설명했다.

"귀중한 시간을 절약하는 의미에서 내 그냥 설명해주지. 잘 들어! 의사란 게 뭐 별거 아냐. 기생 노릇을 잘해야 해. 그게 명의야……. 환자나 환자 가족에게 기생 노릇을 잘해야 벼슬두 올라가구 돈두 생기는 거야. 돈도 명예두 생기지 않을 일에 의사 노릇을 하면 천기(賤妓)가 되는 거구, 고관대작이나 부잣집에서 의사 노릇을 잘하면 명기(名妓)가 되는 거야. 그런데 사실은 명기보다는 천기 일이 훨씬 더 어렵지……. 하여간 그건 그렇구 명기든 천기든 실력이 있어야 기생 노릇을 하지……. 안 그래? 원래 기생 중에서도 가무를 하는 기생 외에도 의술을 하는 약기(藥妓)라는 게 있었는데, 약기가 되는 게 제일 어려웠다누만……. 무슨 말인지 다 알아들었어?"

모두 웃음을 터뜨렸는데, 한 학생만 웃지도 않고 진지하게 질문했다.

"그럼, 교수님! 서로 다른 점은요?"

"좋은 질문이야……. 자넨 A플은 아니더래두 B는 줘야겠어. 자네 이름이 뭐야? 수첩에 적어놓아야겠군. 기생과 의사의 차이를 알고 실천하는 의사를 철기(哲妓)라구 하지. 자네들 앞으루 의사 노릇하면서 명기나 천기가 되기보담은 철기가 되도록 노력해야 해. 알기 쉽게 말하자면 철기란 인술(仁術)을 베푸는 의사야."

아무리 의사가 기생이나 다름없다고 해도 그렇지, 그따위 VIP 왕진을, 그것도 일과시간도 아닌 늦은 밤에 간다는 것은 그리 기분 좋은 일은 아니었다. 하지만 원장의 직접 오더가 아닌가? 데려오지 말고 가능하면 거기에서 해결하라는 말에 무얼 챙겨 가야 할 것인지 몰라 조심스럽게 물어보았다.

"무슨 환잔데요?"

원장은 당연한 질문인데도 더럭 성부터 냈다.

"내가 알아? 이 친구야! 그래서 지금 자네더러 가보라는 거 아냐? 병원 입구에 차가 대기하구 있을 거야. 지금 빨리 나가 봐!"

기생이 되어 병원 입구로 나갔다. 응급실 간호사인 미스 홍이 간단한 왕진도구를 준비하고 벌써 차에 타고 있었다.

환자는 병원에서 그리 멀지 않은 곳에 있었다. 무슨 공장 입구에서 안내자가 기다리고 있다가 민우 일행을 건물 4층으로 데리고 올라갔다.

'회의실'이라는 문패가 붙은 방안으로 들어가자 내부에 방이 또 있었고, 거기 침대에 젊은 여자가 한 사람 누워 있었다.

환자는 뜻밖에 강은교였다. 지난 초봄 퇴원한 이후로 아직 그녀를 한 번도 본 일이 없었는데, 그녀는 다소 야위고 침울한 모습으로 누워 있었다.

민우를 보자 그녀는 몹시 반가워했다. 물론 민우 역시 반갑기는 마찬가지였다. 이런 기생 노릇이라면 100번도 괜찮을 일이었다. 자기가 살리다시피 했던 환자라서 더욱 정이 가는지 몰랐다. 그녀는 금방 예전의 매력적인 눈빛으로 변했다.

"안녕하세요? 이 선생님께서 직접 와주셨네요? 죄송해요. 괜찮다구 해도……"

어지럽고 구토가 난다고 했으나, 진찰소견으로 특이한 것은 없었다. 무슨 병이 생겼다기보다 피곤해서 그런 것 같다고 설명하자, 그녀도 요사이 통 잠도 못 자고 무리를 했다면서 동의하는 눈치였다.

안정제를 놓고 영양제를 하나 달아주게 하고는 별문제가 없을 듯해서 곧바로 일어서려 하자, 그녀가 말했다.

"더우시죠? 잠시 앉아 음료수라도 한 잔 들고 가세요."

미리 준비해둔 모양으로 그녀의 말이 끝나기도 전에 아까 안내했던 직원이 곧바로 과일과 주스를 들고 나타났다.

그녀가 응급실에서 사경을 헤맬 때, 수간호사의 브레이크 때문에 수술 세트를 얼른 풀지 못하던 미스 홍의 난처한 얼굴이 생각나서 물었다.

"참! 강은교 씨, 여기 미스 홍 잘 모르세요?"

"글쎄요오?"

"응급실에서 은교 씨 수술을 함께 했었는데?"

"그래요? 고마웠습니다."

은교가 새삼스럽다는 듯 사례 말을 하자, 미스 홍도 작은 미소를 보이며 고개 숙여 답례했다. 수술 후 경과가 궁금하기도 해서 과일을 한 입 베어 물다말고 다시 물었다.

"참! 이제 수술 자리는 괜찮으세요? 상당 기간 아프다구 하는 사람도 있거든요."

"네. 아주 가끔 결리긴 해두 금방 좋아져요."

"그렇담 신경 쓰실 건 없어요. 인천에 주로 계시는 건가요?"

"아뇨, 그런 선 아니지만……. 회장님께서 현장 실습을 강조하시는 편이죠……. 참! 지난번 바쁘셨나 봐요?"

"이아! 네에…… 그날 갑자기 무슨 일이 생겼거든요. 하여간 고맙습니다."

겸연쩍게 웃었다. 그러나 그녀는 못내 아쉬운 표정이 되어서 다시 말했다.

"그날 안 오셔서 얼마나 섭섭했는지 몰라요. 다시 초대해두 되죠?"

"네! 아니, 뭐, 그럴 필요까지…… 있겠어요?"

미스 홍에게 눈짓해서 자리를 차고 일어났다. 주삿바늘을 빼는 거야 아무라도 할 수 있는 일이라서 직원에게 자세히 설명을 해주었기 때문이다.

　병원으로 돌아온 후, 미스 홍과 헤어져 심전도실로 돌아가려고 무심코 복도로 들어서는데, 난데없이 뒤에서 미스 홍이 그를 불러 세웠다.

　"닥터 리! 잠깐만요!"

　"?"

　"재벌집 따님에게 리마인드(다시 기억)시켜주셔서 고마워요."

　당돌하기도 했지만, 새삼스럽게 곱씹는 이유를 알 수 없었다. 그러나 미스 홍은 사람만 어리둥절하게 해놓고 제멋대로 응급실로 들어가 버릴 태세였다. 한참이나 돌아보며 서 있다가 물었다.

　"그게 뭐가 잘못되었나요? 미스 홍?"

　그러나 미스 홍은 대답 대신 아주 엉뚱한 질문을 했다.

　"아뇨, 잘못되긴요? 아주 잘된 거죠. 그렇지만 저두 닥터 리에게 한 가지 물어봐두 될까요?"

　의도를 몰라 그녀를 물끄러미 쳐다보기만 하다가 '어때요? 물어도 돼요?' 하고 다그치는 바람에 고개만 끄덕여주었다.

　"그럼 저두 한 가지 물을게요. 재벌 집 따님은 못 되지만 제가 딱터 리를 초대해두 와주시겠어요?"

　강은교의 말을 빗대어 말하고 있음이 분명했고, 어감으로 보아 야유 반, 시기 반으로 들렸다.

　"언제고…… 대환영이지."

　"그럼, 확실히 약속하신 거에요오. 나중에 기억에 없다는 말은 하지 말기에요오? 알았죠?"

　그녀는 마치 다짐이나 하듯 그렇게 말하더니 쏜살같이 응급실 안으로 들어가 버렸다.

다음 날 점심 후 심전도실에 앉아 잠시 책을 보고 있는데, 담당간호사인 미스 구가 전화를 받으라며 그를 불렀다.

강은교였다. 이제 다 괜찮아졌다면서 저녁대접을 하고 싶다는 이야기였다. 이유도 없을 뿐만 아니라 부담스러워서 한마디로 거절해버렸으나, 이미 흉부외과 과장과도 선약된 상태라며 거듭거듭 시간을 내달라는 것이었다. 차를 보내겠다는 말에 펄쩍 뛰며, 장소를 잘 알고 있으니 직접 가겠다며 전화를 끊었다.

아닌 게 아니라 퇴근 시간이 임박해서 흉부외과 과장한테서 전화가 왔다. 하지만 그는 갑자기 다른 급한 일이 생겨 갈 수 없게 되었으니 제발 혼자서라도 가고, 은교에게 미안하다는 말을 꼭 전해달라는 이야기였다. 쑥스럽긴 했지만, 어쩔 수 없는 일이었다.

그녀는 약속 장소에 이미 나와 있었다. 어젯밤과는 달리 아주 건강해 보이고, 표정도 밝아 보였다. 여자들은 화장만으로도 이렇듯 완전히 달라 보이게 할 수 있는 것인지, 새삼 경탄스러움을 금치 못하며, 불러주어 감사하다는 의례적인 인사를 하고 맞은편 자리에 앉았다. 그녀는 여전히 사람의 마음을 뒤흔드는 자석처럼 마력적인 눈빛을 내고 있었다.

"뭘루 할까요? 여긴 랍스터가 좋다는데. 이 선생님도 좋아하세요?"

"전 뭐, 아무거나 다 좋습니다."

"그럼 랍스터와 비프스테이크가 함께 나오는 걸루 할까요?"

생소한 음식이긴 했지만, 일부러 촌놈 티를 낼 필요까지는 없을 일이라서 그를 쳐다보는 보이에게 고개만 끄덕여주었다. 메뉴에 적힌 가격으로만 따져본다면 그동안 먹어본 음식 중에서 가장 비싸고 훌륭한 것이겠지만, 막상 나온 음식은 그렇게 대단하다거나 맛있는 것 같지는 않았다.

왜 그런지 그녀의 눈빛을 보면 늘 혜진 생각이 났다. 젊은 여자라서 그런지, 아니면 혜진과의 관계를 연상되어 그런지 몰랐지만, 어쨌든 그것은 큰 고통이었다.

그녀는 지난번 입원해 있을 때, 입원실에서 보고 들었던 고만고만한 일들을 화제에 올렸다.

"이제 이선생님은 주치의는 아니겠네요? 그럼, 무얼 하세요?"

"아직 층층시하죠. 일두 많구요. 그만그만한 일이긴 해두요. 심전도, 내시경, 논문…… 여전히 소득두 없이 바쁘기만 허구……. 대충 그래요."

"그럼, 이젠 직접 환자는 안 보시는 건가요?"

"왜 안 보겠어요? 주말 당직두 가끔 있구, 퍼스트가 의뢰하면 가서 봐줘야죠."

"그래두 보람두 있구……. 의사 일두 괜찮겠어요."

그가 웃어 보이자 그녀도 따라 웃었다. 하지만 그녀와의 대화는 건성이고, 그녀를 만난 순간부터 자꾸만 혜진의 얼굴이 눈앞에 떠오를 따름이었다.

"차를 어디서 할까요? 여기에서도 갖다 주긴 하지만……."

식사가 끝나자 그녀가 물었다.

"좋으실 대루요. 더 좋은 데 있으면 옮기구요. 차는 제가 사죠."

"고마워라! 그렇담…… 참! 가보셨어요? 꼭대기 층에 스카이라운지가 있는데, 야경이 근사하거든요."

그녀의 말은 사실이었다. 스카이라운지에서는 인천 시내뿐만 아니라 멀리 월미도와 영종도 앞바다까지 훤히 다 내려다보였다. 처음에는 커피만한 잔 마시고 말 요량이었지만, 야경도 그만이고 분위기도 너무 좋아 결코 커피 한 잔 마시고 일어설 장소는 아니었다. 주위에서도 모두들 커피보다 맥주를 마시고 있었다.

"맥주를 조금 시킬까요? 배가 부르긴 하지만……."

"그렇게 하죠……."

그녀의 말에 그는 지닌 돈을 생각지도 않고 호기롭게 말했다. 그가 손을 들어 웨이터를 부르려 하자 그녀가 웃으며 제지했다.

"이걸 누르는 거예요."

탁자에 놓인 작은 스탠드 등의 몸통에 웨이터를 부르는 벨이 달려 있었다. 즉시 웨이터가 달려왔다.

"맥주 서너 병 하구요, 과일 안주 하나."

민우가 뭐라고 하기도 전에 그녀는 그렇게 시키고 나서, '됐죠?' 하는 듯 웃어 보였다. 그녀의 말을 정정할 수도 없는 문제라서 따라 웃고 말았는데, 웬걸, 주머니 속 돈을 생각해보자 그게 아니었다. 새삼스럽게 메뉴판을 펴서 다시 가격을 따져 보았다. 물론 하나같이 턱없이 비싼 것들뿐이었다. 지닌 돈으로는 어림없을 거고, 2차를 사겠다고 말한 것이 후회되기 시작했다.

하지만 이미 엎질러진 물이었다. 에라! 모르겠다. 재벌 딸과 함께 왔는데, 뭐가 걱정이냐? 계산이 부족하면 그녀 편에서 내겠지 싶어, 얼굴이 붉어지는 것에 상관없이 편한 마음으로 마셨다. 버드와이저라는 외국 맥주였는데, 병이 너무 작아 한 병이 곧 한 컵이었다. 2~3병을 삽시간에 비워냈다.

그녀는 여전히 흑진주 같은 눈을 빛내며 즐겁게 재잘거렸다. 보통 여자가 아닌 재벌 집 따님과 자리를 함께하고 있어서인지 기분이 몹시 야릇했다.

"이 선생님은 가족이 없으시다면서요? 그래서 편하시기도 하겠어요."

어떻게 알았는지 그녀는 벌써 개인적인 사항까지 파악하고 있었다. 그를 흥미로운 눈빛으로 쳐다보며 다시 물었다.

"우리 철 오빠 아시죠?"

혜진 입에서 강철에게 전해지고 다시 은교까지 알게 되었을 거라는 생각에서 마음이 몹시 흔들렸다. 하지만 그녀는 그런 말을 꺼낸 이유를 설명하려는 듯 자기 이야기도 들추어내며 말했다.

"저희두 오빠와 저, 단둘뿐이죠."

그녀의 형제가 몇인지 궁금할 것은 없었으나, 혹시 그녀의 입에서 혜진에 대한 작은 편린이라도 흘러나올까 싶어 귀를 세웠다.

"이 선생님은 좋아하는 사람과 누구라도 맘대로 만날 수 있겠죠? 저희는 그렇지 못해요. 그런 의미에서는 이 선생님이 정말 부러워요. 오빠도 똑같죠. 참, 지난번 제 생일에 못 오셨잖아요? 그때 오빠가 여자친구와 춤을 추었는데…… 오빤 춤을 정말 잘 추거든요. 아마 보시면 놀랄 거예요. 진짜 대단하거든요."

혜진의 졸업파티 때 이미 보았으므로 이미 잘 알고 있는 일이었다. 아마도 혜진은 졸업파티 때 강철과 함께 춤춘 이후로 친해졌을 것이다. 호감이 가지 않는 상대와 함께 춤을 춘다는 것은 사실 어불성설이지 않겠는가?

"그날 오빠가 여자친구와 춤추는 것을 아빠 엄마가 보신 거예요. 그날 밤 부모님께 오빠는 엄청 혼났나 봐요. 며칠간 단식투쟁까지 했으니까요. 제 말이 우습죠?"

그녀는 까르르 웃으며 일부러 유머러스하게 말했으나, 그는 미소는커녕 난감한 표정만 지었다. 결국 몹시 무안해진 그녀가 '우습지 않으세요?' 하고 볼멘소리를 내었다.

그녀는 혜진이가 분명했고, 그때 갔더라면 틀림없이 그녀를 만났을 것이다. 만약 서로 얼굴을 마주쳤더라면 혜진은 어떤 태도를 보였을까? 모르는 사람처럼? 강철도 두 사람 사이를 잘 알고 있을 테니까 그렇게까지 하지는 못했을 것이다. 그럼 어떻게 했을까? 하여간 그날 가지 않은 것은 정말로 잘한 일이었다.

은교가 의아한 눈초리로 민우의 표정을 세심히 살피다가 물었다.

"참, 철 오빠를 잘 아신다고 하셨죠?"

"잘 아는 건 아니고……. 설명하기가 좀 그런데요, 여하간 개인적이라기보다 어떤 모임에서 만났거든요."

그녀는 대화를 더 나누고 싶어 하는 눈치였으나, 그는 감사하다는 말과 함께 자리에서 일어서버렸다.

학교 전시회가 시작되자마자 강철이 전시회장으로 찾아왔다. 혜진은 설령 그와 결혼 약속을 했다 하더라도 입술 이상은 절대로 허락하지 않기로 마음먹고 있었다. 그렇지 않고 어름어름하다가 잘못하면 파멸밖에 없을 것이니까……. 그를 몸 달게 하는 것은 상관없지만 만만하게 보여서는 절대로 안 될 일이었다.

혜진은 황인영과 함께 회장 입구 안내데스크에 앉아 있다가 그를 맞았다. 그는 말없이 전시회장을 한 바퀴 삥 돌아보고 나더니 책상 앞에 떡 버티고 섰다. 그가 입고 있는 백바지가 너무 몸에 꼭 끼는 거라서 앉아 있는 그녀들의 눈높이쯤에 그의 남성이 있을만한 부분이 도두룩하게 불거진 채 시야 가득 들어왔다.

곁에 앉은 인영이 그걸 어떻게 느낄까 몹시 민망스러워 인영의 표정부터 흘끔거리면서 살펴보았다. 그러나 다행히 그녀는 무심한 표정 그대로였다.

모르는 사람처럼 둘 다 아는 척도 하지 않았다. 그러자 두 사람의 사이를 잘 알고 있던 인영이 몹시 의아했던 모양으로, 둘을 번갈아 쳐다보며 눈치를 살폈다. 인영에게 그가 말했다.

"저 끝에 걸린 그림의 가격에서 혹시 끝자리 영이 두 개쯤 빠진 건 아닌가요?"

"네?"

인영이 어리둥절해서 되묻자, 그가 다시 말했다.

"저기 저 그림, 고뇌하는 남자라는 그림 말이에요. 내 생각으로는 너무 싸구려 취급을 하는 듯싶은데. 안 그래요?"

그때야 인영은 까르르 웃음을 달며 대답했다.

"그건 혜진이 그림이잖아요. 맘에 드시면 나중에 그냥 달래지 그러세요. 그래 보았자 그림 값은 모두 학교 자치회로 들어가는 건데요, 뭐……."

"아뇨, 그런 건 나완 상관없구. 내 말은 그림 가격이 턱없이 잘못된 것 같다는 거죠. 그리구 그건…… 지금 당장 포장해주세요. 바루 갖구 가야 하니까. 자, 그림 값은 여기 있어요."

그는 지갑에서 수표 한 장을 꺼내 책상 위에 올려놓았다. 혜진은 그의 행동에 말려들지 않으려고 일부러 무심한 눈길만 주었다. 일이 이상하게 돌아간다고 느꼈던지 인영이가 난처해하며 혜진에게 물었다.

"어떻게 해?"

"포장해 드릴게요. 고맙습니다."

그녀는 철이 전혀 생면부지인 것처럼 지극히 사무적인 어투로 말하고는 그림을 재빨리 포장하기 시작했다. 그림 포장이 끝나자 인영이가 말했다.

"거스름돈이 없는데 어떡허죠?"

그림 값으로 5천 원이 붙어 있었으나, 그가 낸 수표는 5만 원짜리였기 때문이다.

"이건 내가 매긴 가격이니까 거스름돈 따윈 필요 없어요. 작가에게 보상하시든지 좋을 대루 하시오."

철과 혜진이 눈싸움하듯 서로 뚫어지게 응시하고 있는 것이라서 인영은 난처한 표정으로 두 사람을 번갈아 쳐다보았다. 혜진이 먼저 그에게서 눈길을 거두었고, 그러자 그 역시 눈길을 거두고 인영에게서 포장된 그림을 받아들었다. 그러고는 새삼스럽게 혜진을 다시 한 번 쳐다보더니, 진짜로 거스름돈도 받지 않고 그림만 든 채 성큼성큼 걸어 나가버렸다.

전시회도 다 끝났고, 혜진은 마침내 가족들과 함께 LA행 비행기에 올랐다. 그녀는 비행기를 타본 적이 아직 한 번도 없었다. 하늘을 날아가므로 몹시 어지러울 것 같으나 그렇지 않다는 둥, 비가 오는 날이라 해도 하늘 위에서 보면, 구름이 땅을 가리고 있을 뿐, 햇살이 비친다는 둥 남의 말만 들었다. 그러나 역시 백문이 불여일견이었다.

비행기는 300석이 넘는 점보제트기였다. 처음 출발할 때는 마치 기차선로 위를 달리는 듯 육중하게 활주로를 구르면서 가속하더니만, 어느 한순간에 덜컹하고 공중으로 치솟아 하늘로 가파르게 올라가기 시작했다. 처음에는 손바닥에서 땀이 나는 것을 느꼈으나, 엔진에서 나는 시끄러운 기계음이 귀에 거슬릴 뿐, 곧 방에 앉아 있는 것이나 마찬가지로 흔들림조차 느낄 수 없었다.

옆자리의 영선, 영주는 창밖을 열심히 내려다보면서, 신기한 표정으로 탄성과 함께 손가락질을 하고 있었다. 땅 위의 온갖 모습과 바다의 해안선이 고스란히 드러나 보였고, 바다 위에 떠있는 배까지도 훤히 내려다보였다. 동생들과 함께 창밖으로 눈길을 주며 지루한 줄도 모르고 앉아 있었다.

직항로가 아니라서 일본 나리타공항에서 비행기를 갈아탔는데, 두 번째 이륙 때에는 어느새 학습효과가 생겨서 손에 땀도 나지 않았다. 하지만 난생처음 좁은 공간의 고공에서 장시간 체류하기 때문인지, 시간이 갈수록 처음과 달리 자꾸만 비위가 상하고 속이 메슥거리는 것이 문제였다.

그런데 또 무슨 음식이 그렇게 자주 나오는지 몰랐다. 거의 4시간 간격으로 소화도 되기 전에 기내식이 나왔다. 영선과 영주는 음식에 맛을 붙이고 맛있다며 잘도 먹었으나, 그녀는 웬일인지 냄새조차 역겨웠고, 종국에는 음식 냄새만 맡아도 구토가 나려 했다. 그래서 식사가 나오는 시간에는 아예 비행기 맨 뒷부분 화장실 앞으로 가서 쪼그리고 앉은 채 구토를 참으며 한동안 시간을 보냈다.

일본 나리타공항에서부터 거의 13시간 동안 생 곤욕을 치르다가 가까스로 LA에 도착했는데, 물론 공항에 내렸을 때는 이미 제정신이 아니었다. 다행히 한국인 직원이 차를 갖고 미리 공항으로 마중 나와 주었기 때문에 공항에서 시내 아파트까지 쉽게 올 수 있어 그나마 다행이었다.

1개월 전에 미리 선편으로 보냈다는 살림도구는 아직도 도착되지 않은 상황이었다. 그러나 한국과는 달리 아파트에 상당한 기본 시설이 되어 있어서 식품과 급한 생필품 몇 가지만 사는 것만으로도 생활하는 데에는 큰 불편이 없을 정도였다.

아빠는 새로 부임한 관계로 회사업무를 파악하느라 집에 거의 들어오지 않고 날마다 회사에 머물러 있었다. 우선 언어에 자신이 없는데다 낯선 외국 도시를 함부로 다닐 수도 없어서 처음 얼마 동안은 그냥 집안에만 처박혀 지냈으나, 우선 너무 답답하고 새엄마와 얼굴을 맞대고 있기도 그래서 영주와 영선이가 새로 취학한 초등학교의 언어코스를 따라 다녀보았다.

정해진 장소로 시간에 맞추어 나가면 노란색 스쿨버스가 와서 사람들을 학교로 싣고 갔다. 물론 돌아올 때도 그 버스를 이용했는데, 지리를 잘 모르는데다가 언어가 서툴렀으므로 처음 몇 번은 한두 구역을 지나친 후 내리기도 했다.

하지만 무엇보다 고통스러운 것은 음식이었다. 비행기 안에서부터 속이 상해버린 미국의 기름진 음식은 말할 것도 없고, 나중에는 회사 직원이 갖다 준 한국식까지 죄다 토해졌기 때문이다. 고통스러웠던 사춘기 시절, 정신과 병동에서 음식을 먹는 대로 토해내기만 했던, 정말이지 다시는 기억하고 싶지 않은 일들이 새삼스럽게 줄줄이 떠올랐다. 음식을 먹지 못해 지쳐버린 나머지 결국 언어코스도 포기해버리고 말았다.

아무래도 이러다가는 죽을 것만 같았다. 난데없이 민우가 생각나고 그가 다시 그리워지기 시작했다. 죽은 우성오빠와 엄마가 꿈속에서 더러 나타나기도 했으나, 이상하게도 민우가 더 자주 보였다. 민우의 뒷모습을 보고 달려가 보면 어느새 민우가 아닌 강철로 변해 있기도 했다.

회사에서만 지내던 아빠가 모처럼 집으로 돌아와 병원으로 데려가려 했으나 거절하고, 거의 초주검 상태가 되어 한국으로 되돌아왔다. 한국으로 돌아가기만 하면 모든 것이 다 좋아질 것만 같아서였다.

마침내 학교 작업실로 돌아왔다. 그리고는 그대로 쓰러져 근 하루 동안 꼬박 누워 있다가 예전처럼 학교 식당으로 갔으나, 이상하게도 구토가 도무지 그치지 않았다. 한국에 오기만 하면 다 좋아질 줄로 알았으나 그게 아니었으므로 갑자기 겁이 더럭 났다.

아무래도 병원에 가보아야 할 것 같아서 황인영에게 함께 가달라는 부탁을 하면서 불현듯 민우를 떠올렸다. 그가 곁에 있다면 얼마나 좋을 것인가? 한국에 식구들이 살고 있을 때에는 오히려 혼자서 살고만 싶었으나, 막상 앓고 보니 식구들 모두 태평양 건너편에 있다는 생각에 그렇게 외롭고 참담할 수 없었다.

"맹장염 등 복부 수술을 한 적이 있다면 장이 유착되어 그럴 수도 있고, 위염이나 간염 때문에 그럴 수도 있고, 신장염 때문에 그럴 수도 있죠. 참! 아직 결혼은 안 했다구 했죠? 임신 초기에 그럴 수도 있는데……. 하여간 상태가 너무 심해서 입원하는 게 좋겠는데……."

의사는 자기 실력 자랑이라도 하듯 병이라는 병은 모조리 다 주워섬겼다. 그러면서 결론은 입원해서 검사해보아야 한다는 이야기였는데, 그건 의사가 아닌 누구라도 할 만한 이야기였다.

링거를 두 병째 맞고 나자, 언제 그랬느냐는 듯이 메슥거림도 좋아졌고 기운도 났다. 다만 음식 냄새에 속이 상하는 것은 여전했다.

다음 날 오후, 회진 온 의사가 말했다.

"간 기능, 콩팥 기능 모두 정상인데……. 임신반응이 양성으로 나왔거든요……. 아일 낳으실 건가요?"

처음 진찰받을 때 의사가 마지막 생리 날짜를 물었는데, 최근 한 달 정도 걸렸다고 하자 처녀들도 스트레스 때문에 흔히 그럴 수도 있다는 설명을 했었다.

"임신요?"

꿈에도 생각하지 못한 일이었다. 혼란스럽고 난감해서 의사의 눈길을 피해 창밖으로 눈길을 돌렸다.

"지금 현재로서는 안정하면서 링거만 맞으면 되겠고……. 다른 치료나 더 이상의 검사는 필요하지 않아요. 만약 중절수술을 받을 거면 태아가 자랄수록 모체도 위험하고 돈도 많이 듭니다. 시간을 끌어서는 안 되고, 빨리 결정해야 해요."

한혜진! 정말 잘한 짓이군! 세상에!…… 왜 이렇게까지 되어버렸을까? 첫 임신부터 결혼도 하기 전에 최음제로 거의 강간당한 상태에서 빚어졌다는 사실이 눈물 나도록 슬펐다.

하지만 어쨌거나 배 속에서는 최초의 분신으로서 한 생명이 찾아왔고, 작고 가련한 생명은 엄마의 처분을 기다리며 사형 선고의 고통 속에서 지내고 있을 것이라는 생각에 아직 보지도 못한 태아이긴 했으나 불쌍한 마음이 일어 견딜 수 없었다.

어떻게 알았는지 그날 저녁 강철이 찾아왔다. 그를 대면하자, 애증의 갈등과 함께 마음이 걷잡을 수 없이 흔들렸다.

"어떻게 알구 온 거죠?"

그는 대답 대신 입을 맞추려고 했다. 이제부터는 정말 잘해야 해. 임신이 되었다는 이유 하나만으로 끌려 다닌다면 난 이제 끝장이야.

고개를 돌리며 그의 얼굴을 손으로 밀어냈다. 하지만 그가 막무가내로 덮쳐왔으므로 결국 입술을 내어주고 말았다. 그러자 참을 수 없이 눈물이 나기 시작했다. 정말 이러구 싶진 않았는데……. 이제 난 어떡허면 좋아! 두 손으로 얼굴을 가리고 흑흑 느껴 울기 시작했다.

그가 달랬으나, 좀처럼 울음을 그칠 수 없었다. 덕분에 주삿바늘이 꽂혀 있던 팔이 심하게 부어버렸다.

간호사가 달려와서 주삿바늘을 다시 꽂아주며 타이르듯 말했다.

"임신한 사람은 안정이 제일 중요한 거예요."

강철은 깜짝 놀라서 혜진과 간호사를 번갈아 쳐다보며 반문했다.

"임신?"

"남편 되세요? 축하해요."

간호사가 나간 후 그가 다시 물었다.

"임신? 몇 개월째래?"

그런 건 당신이 더 잘 알지 않느냐는 듯 그를 한번 쳐다보고서는 입을 다물어버렸다. 그러자 그는 특기인 너털웃음을 터뜨리면서 뺨을 부드럽게 손바닥으로 쓸어주며 말했다.

"콧대 높은 한혜진 씨도 이제는 별수 없게 되었군. 헛헛헛! 결국 이 강철이 품을 벗어나기 힘들게 되었네? 그 높은 콧대는 이제 어떻게 하지? 하지만 어쨌든 좋은 일이야. 헛헛헛!"

그러다가 그는 웃음을 그치고 정색하며 말했다.

"자! 그럼 이제 1막은 끝났구, 2막이 시작된 셈이군 그래. 이 기회에 우리 아예 결혼해버릴까, 서둘러서 말이야……."

아무리 남자라고 어떻게 저렇게까지 여유를 부릴 수 있을까? 개선장군처럼 의기양양하게 여유를 부리는 그가 견딜 수 없도록 미워지기 시작했다. 그러면서 새삼스럽게 슬픈 생각이 들며 눈물이 다시 솟았다. 몸을 섞고 나면 남자와 여자의 처지는 이토록 달라져 버리는 것일까?

웃음으로 농담처럼 말하던 그가 갑자기 심각한 표정이 되었다. 눈알을 굴리며 뭔가를 한 동안 생각해보던 그는 마침내 다짐하듯 말했다.

"너무 걱정하지 마. 내가 다 알아서 해결할게."

임신 사실을 그가 알게 된 이상, 이제는 낙태든 뭐든 혼자서 결정할 수도 없게 되었다. 하지만 정말로 심사숙고해야 할 것이, 임신했다는 사실 하나만으로 계속 그에게 끌려 다닐 수도 없는 문제였다. 생각해볼수록 머리만 지끈거렸다.

주사가 끝나자마자, 주사침 자리에 반창고를 붙인 채로 욕실로 들어가 샤워 꼭지를 틀었다. 아무리 아파도 샤워를 잊는다거나 화장을 지우고 지낸 일은 없기 때문에 샤워시설이 있는 병실은 여러 가지로 편리했다.

욕실을 나온 그가 아직 거울 앞에 앉아 밤 화장에 여념이 없는 사람을 불끈 들어 병실 침대 위로 데려가 눕히며 말했다.

"아무리 생각해봐도 이번 기회에 밀어붙이는 게 좋겠어. 우리 일은 우리가 결정하는 거야. 내 말 잘 들어. 이제부터는 배 속에 든 아이 생각도 해야 할 거야."

강철이 늦게까지 함께 있다가 통금 시간을 넘겨버렸으므로, 어쩔 수 없이 함께 침대에 들게 되었는데, 그가 얼마나 집요하고 끈질기게 요구하던지 결국 다시 몸을 허락하고 말았다.

곤한 신새벽에 잠에 취한 채, 그를 맞으면서부터는 '에라! 모르겠다. 될 대로 되라!' 하는 심정으로, 자기 원하는 대로 자기 알아서 하라고, 두 눈을 감고 몸을 송두리째 내어주며, 단순하게 생각하자고 마음을 달랬다.

'이젠 할 수 없는 거야. 그리구 강철 씨 사실 괜찮은 남자고 보기 드문 신랑감이야. 아기를 위해서라도 그의 말을 듣는 게 좋을 거야.'

김유미를 부러워했던 일이 생각났다. 자신은 일시적인 행운의 여왕에 불과할 뿐이지만, 유미야말로 평생 여왕일 것이라는 생각에서였다. 어쩌면 이번 임신은 유미처럼 평생 여왕이 될 행운의 신호일지 몰랐다. 일을 마치고 몸 위에서 내려오는 그에게 앙탈을 부려보았다.

"날 보구 이제 어떻게 하라는 거예요? 도대체 어떻게 하라는 거예요? 내가 죽기라두 바라는 건가요, 뭔가요?"

"무슨 소리야?"

"병실까지 쫓아와서 이렇게 하는 이유가 뭔가요? 그러면서두……."

"말해 봐! 끝까지 다."

화가 나는 것 같기도, 아닌 것 같기도 했다. 불안하기도, 아닌 것 같기도 했다. 몹시 좋은 일 같기도, 아닌 것 같기도 했다. 하여간 뭐라 말할 수도, 알 수도 없는 기분이었다. 무엇이 어떻게 된 것인지 전혀 알 수 없으면서도 눈물만 흘렸다.

그가 채근했으나, 대답할 말이 생각나지 않았다. 알 수 없는 기분으로 눈물로 얼룩진 얼굴을 두 손바닥으로 묻고 그에게서 돌아누워 숨을 죽인 채로 서럽게 한참을 더 울었다. 말없이 귓불과 가슴을 교대로 만지작거리기만 하던 그가 마침내 단호하게 말했다.

"내 말 잘 들어. 딴 생각하지 말고……. 물론 집에서 어떻게 나올지는 미지수야. 하지만 다 잘 될 거야. 그리구 지금 내가 혜진에게 확실하게 말해주고 싶은 게 하나 있는데, 그건 절대루 앞으로는 혜진이 눈에서 눈물 나게 하지 않겠다는 거야. 알겠어?"

그는 울고 있는 그녀의 눈과 입술에 입을 맞추어주며 힘껏 껴안아주었다.

민우가 K 그룹 딸인 은교와 보통 사이가 아니라는 소문이 병원 안에 파다하게 돈 건 어제 오늘 일이 아니었다. 그러나 기실 그는 그녀의 손목 한번 잡아본 일도 없었다. 그녀가 환자로서 입원하고 있었을 때야 의사로서 가슴도 들추어보았겠지만 그것은 그때 일이고, 친구로서 그리고 한 사람의 이성으로서 그녀를 만나고 있는 현재로서는 항상 조심스럽게 행동했다.

전과 달리 만날 때마다 그녀는 대담한 화장을 하고 왔다. 그녀도 아름다웠다. 그러나 주리처럼 완벽하게 조화로운 얼굴이라거나, 혜진처럼 오목조목하고 색시하다거나 하지는 않고, 대신에 몹시 흰 피부에 눈매가 곱고 빛나는 또렷한 얼굴이라는 점이었다.

그녀에게서도 장미향이 났다. 그러나 혜진처럼 뇌쇄될 정도로 강렬하고 진하다기보다 은은한 정도였다. 하지만 오히려 그게 더 자연스럽다는 느낌이었다.

그녀를 최근에 자주 만난다는 것을 알고 박뚱이 부러움 반 축하 반으로 시비하며 지랄을 떨었다.

"시발! 너무 감사해서 정말루 오래도록 잊지 않을 모양인가 보구나."

박뚱에게 은교의 편지를 보여주었던 것이 몹시 후회되었으나, 이미 지난 일이었다.

"나중에 채여서 시발, 병신 겉이 '사랑했노라. 그래서 보내주었노라' 허구 샌님 짓 허지 말고, 첨서부터 잘 결정하란 말이야. 경제적 도움이나 왕창 받던가, 아니면 끝까지 밀구 나가던가 말이야. 알았어, 새꺄?"

"새끼, 새끼 하지 마. 듣는 새끼 기분 나쁘니까. 경제적? 경제적 좋아하네! 내가 그 댁에 무슨 사윗감이라두 되는 줄 아니?"

"어쭈구리이! 꿈은 벌써 크게 꾸셨구먼, 그래애! 미스 한인가 뭔가 하는 날라리 계집애에게 속아 살림 차린다던 땐 어제구? 시발놈. 너 나한테 잘 못 보였다만 봐라! 싹 다 불어버릴 테니깐."

"아이구 됐네, 됐어 이 사람아! 지금 당장이래두 그렇게 하쇼. 그러잖아 도 생판 성가시기만 하시거든……."

"뱅신 겉은 새끼 지랄 떨구 있네. 뜸이나 들이구 지져대야지, 너처럼 그 따위루 허니까 깔치마다 다 놓치구 그 모양 그 꼴 아니냐. 제발 이번엔 정신 채리고 제대루 해라."

그러다가 갑자기 정색하더니, 그는 평소답지 않게 귓속말로 턱도 없는 소리를 지껄였다.

"그만한 가시나도 흔치 않아, 당분간 열심히 공을 들여야지 않겠냐, 새꺄? 지내다 보면 결정적인 순간이 올 거니까 그때 그냥 사내 맛을 톡톡히 보여주는 거야. 뱅신 겉이 샌님처럼 숙맥 짓만 허지 말구 말이야, 알았어?"

친구라고는 박뚱밖에 없었다. 걱정을 아끼지 않는 그가 고맙기 그지없었다. 하지만 그의 말은 가능성이 희박한 희망 사항일 뿐이었다.

"아야야! 치워라! 내가 재벌 집 사위 될 팔자라면 이렇게 살았겠냐? 턱도 없는 소린 관둬라."

"시발놈이 고집도 쎄네. 형님께서 가르쳐주시면, 새꺄! 잘 들어……. 뱅신 겉이 아무 데나 싸지르고 다니지 말구, 이제부터라도 처신 잘 허란 말이야! 그만한 가시난 앞으로도 다신 없는 거야. 정신 똑똑히 차리구 잘해! 새꺄!"

퇴근 시간이 임박한 줄도 모르고, 다음 날 발표할 CPC(학술모임)를 심전도실에서 열심히 준비 중인데, 전화가 왔다. 뜻밖에도 미스 홍이었다. 너무도 의외라서 처음에는 응급실 환자 때문인 줄로 착각했을 정도였다. 하지만 강 선생에게 주치의를 물려준 지가 언제인가?

"오늘 비번이라서 시내에 나왔거든요. 아직 저녁 식사 전이죠? 같이 저녁이나 할래요?"

'재벌 집 따님은 아니라도 초청해도 되느냐?'는 말에 그렇다고 했더니 '확실하게 약속한 것이라며, 나중에 기억이 없다는 소리는 하지 말기.'라고 하던 그녀의 말이 생각났다. 하지만 아무래도 다분히 오해의 소지가 있고, 부담스럽기도 해서 떨떠름하게 말했다.

"저녁 식사?"

"네, 지난번에 약속했잖아요. 지금 여기가 어디냐면요오……."

벌써 식당에 도착한 후 하는 전화가 분명했다. 상대방에게 묻지도 않고 혼자서 아예 만날 작정을 다 해둔 모양이었다.

"글쎄에…… 오늘 저녁엔 할 일이 많아서……. 낼 CPC도 있구……. 근데 갑자기 왜?"

"진짜예요? 그렇지만 만약 내가 아니고 재벌 댁 따님이라면 나올 거죠?"

그녀가 강은교까지 걸고넘어지는 것이라서 갑자기 짜증이 났다.

"쓸데없는 소리 또 하면 그땐 진짜 혼날 줄 알어! 정말이야!"

"알았어요. 내, 참! 사람이 농담두 못해요?"

"농담두 농담 나름이지! 그건 그렇구……. 어떻게 하지? 혼자서 식사를 할 수도 없겠구 말이야."

"어떻게 하긴~요? 그렇담 오늘은 그~냥 집에 들어가야~죠. 걱정해주셔~서 고마워~요. 그~럼, 나중에 봐~요."

노래를 부르듯이 그렇게 말을 마친 그녀는 "그~럼, 나중에 봐~요."라고 제 말만 하고서는 달칵 전화를 끊어버렸다. 예고도 없이 "저녁이나 할래요?" 하고 전화를 한 것만큼 돌발적인 행동이었다.

미스 홍의 전화를 받고서야 저녁 시간이 얼마 남지 않은 줄을 깨닫고서 바삐 식당으로 갔다. 식판을 들고 줄을 따라가다가 다시 그녀를 생각해보았다.

홍애경! 예쁘다고도 밉다고도 할 수 없는 평범한 얼굴이었다. 다만 일에 헌신적이고, 말수가 적으며, 성격이 좋다는 정도가 그녀의 특징이랄까? 그러자 비록 예고도 없이 돌발적으로 식사 이야기를 꺼낸 것처럼 보이지만, 사실은 여러 번의 망설임 끝에 대단한 결심을 했을 것이라는 생각이 들었다. 어쩌면 말 한마디 때문에 몹시 자존심도 상하고, 기분도 언짢았을지 몰랐다.

식판을 든 채 줄을 따라가다 순간적으로 생각을 바꾸고는 미스 홍이 말했던 곳으로 급히 택시로 달려갔다.

시내 유명식당이고, 저녁 시간이라서 손님들이 많았다. 2층과 3층에도 방이 있다는 것이었으나, 미스 홍 혼자서 방으로 올라갔을 리는 없었다. 홀을 가득 메우고 있는 사람들을 둘러보며 미스 홍을 열심히 찾아보았다. 하지만 그녀의 모습은 보이지 않았다.

다 끝난 병원식당으로 다시 되돌아갈 수도 없는 문제라서 빈 테이블을 찾아가 제일 간단하고 빠를 것 같은 설렁탕 한 그릇을 시켰다. 음식을 기다리며 주위를 살펴보니 모두들 친구나 가족, 연인관계로 보였고, 외톨이로 앉아 있는 사람은 그 혼자뿐이었다. 병원식당에서 그냥 먹을 걸 괜히 택시까지 주워 타고 왔다는 생각에서 낭패스럽고 후회스럽기만 했다.

식사가 생각같이 빨리 나오지 않았다. 담배 한 대를 꺼내 물었다. 마주 보고 앉은 채로 식사를 하고 있는 남녀들을 보자 혜진과 주리, 한경 등 비록 잠시 동안이긴 했으나 그 동안 그를 스쳐 지나간 여자들이 한꺼번에 떠올랐다. 그러자 혜진은 그렇다 치더라도 주리에게서조차 소식 한 번 없이 세월이 잘도 흘렀다는 생각이 들었다.

그 사이에 좋은 사람이 생겼거나, 아니면 제풀에 지쳐서 포기해버렸을 것이었다. 남녀가 쓸데없이 만나는 것도 한계가 있을 게 아니겠는가?

날이 흐리더니 기어코 장대비가 쏟아졌다. 덥고 짜증나는 판에 아주 반가운 소낙비였다. 식사가 끝났으나, 우산을 가져온 것이 아니라서, 비가 그치기를 기다리며 식당 입구로 나와 담배를 피워 물었다.

워낙 소낙비가 세차게 내리는 통에 우산도 소용없을 정도였고, 비가 오는 해질녘이라서 날이 순식간에 어두워져버렸다. 사람들은 모두들 길가 건물 처마로 들어가 비를 피하고 있었으므로, 비에 젖은 도심이 간판 불빛으로 번들거리고 있을 뿐, 행인은 그림자조차 없었다. 그럼에도 유일하게 길 건너편에서 어떤 젊은 여자가 작은 우산 하나로 비바람에 맞서며 걸어오고 있는 것이 한눈에 들어왔다.

여자는 잠시 후 지나는 택시를 세웠는데, 길 건너편이고 어둡긴 했어도 영락없이 미스 홍이라는 생각이 들었다. 길 건너라서 쫓아갈 수도 없고, 설사 소리쳐 불러본들 억수 같은 빗소리에 들리지도 않을 것이었다. 택시의 뒷모습만 눈으로 좇다가 비가 그치기를 기다려 병원으로 돌아오고 말았다.

그 후 며칠 안 되어 은교로부터 다시 연락이 왔다. 퇴근을 앞둔 토요일 점심때쯤으로, 퇴근 후 밀린 빨래를 세탁소에 맡겨버리고 잠이나 늘어지게 자느냐, 아니면 운동 삼아 빨래를 하느냐를 놓고 진지하게 고심하고 있는 판인데, 전화가 온 것이다.

"이 선생님! 우리 드라이브나 해요."

상쾌하고도 맑은 목소리가 전화선을 통해서 흘러나왔다. 지난번에 만났던 스카이라운지에서 기다릴 테니까 퇴근하는 즉시 그리로 오라는 것이었다.

이제는 주치의 신분이 아니라서, 당직이 아닌 주말이라면 월요일 아침 출근하기 전까지는 '만고 땡'이었다. 약속 장소로 퇴근하는 길에 곧장 달려갔다.

은교는 벌써 와서 바다가 잘 내려다보이는 창가의 좌석을 선점하고 있었다. 바다를 바라보며 모처럼 와인을 곁들인 품위 있고, 격조 높은 식사를 했다.

"스테이크가 제일 낫대서…… 먼저 시켜두었거든요. 괜찮죠?"

"전 뭐든 다 좋아한다구 말씀드리지 않았던가요?"

좋은 경치와 좋은 음식이 어우러진 즐겁고도 한가로운 토요일 오후였다. 은교는 흑진주 같은 눈을 빛내며 재미나게 얘기를 했다. 와인을 조금씩 홀짝이며 그녀의 말에 귀를 기울였다.

"이 선생님은 얼굴이 빨개져서 그렇지 술을 좋아하시는가 봐요?"

"뭐 그런 것보담 해방감이겠죠……. 아니면 은교 씨와 함께 있어서라거나……."

농담처럼 흘렸으나 그건 진실이었다. 분위기, 경치, 음식, 파트너, 모든 것이 다 이보다 더 좋을 수는 없을 것이었다.

식사 후 커피까지 다 마시고 나자, 그녀는 마침내 요술 상자를 열었다.

"이 선생님! 우리 드라이브나 해요. 어디 가보구 싶은데 있으면 말해보세요. 너무 장거리는 말구요……. 직접 운전해야 하니까."

그녀는 진짜 드라이브까지 시켜줄 모양이었다.

"강화도는 어때요? 요사이 가보셨어요?"

"아뇨. 아직."

"하긴 의사선생님들은 시간적 제약이 많겠죠?"

그녀는 운전을 썩 잘했다. 한때는 혜진의 수영실력과 춤 실력에 놀라 수련을 마치고 나서 맨 먼저 배워야 할 것으로 수영과 춤을 꼽았으나, 이번에는 은교의 운전솜씨에 놀라 그것보다 운전면허를 따는 것이 더 급선무라는 생각이 들었다.

모처럼 한가로워서 그랬나, 아니면 술기운에 그랬나, 자꾸만 하품이 나면서 눈이 감겼다. 그러나 모처럼 둘만의 시간을 위해 직접 핸들을 잡은 은교의 입장을 생각해본다면 이건 보통 실례가 아니었다.

주책없이 나오는 하품을 간신히 참으면서 기어를 붙잡고 있는 은교의 오른쪽 손을 보았다. 희고 고운 피부에 매끈하게 생긴, 그야말로 여성적인 손이었다. 그녀 역시 혜진처럼 조금 길게 기른 손톱 위에 꽃자주색 매니큐어를 바르고 있었다.

언젠가 병실에서 주리의 눈빛에 반했던 나머지 그녀를 한번 안아보고 싶었듯이 이번에는 그런 은교의 손을 한번 만져보고 싶었다. 그러나 그건 어디까지나 아름다움에 대한 어쩔 수 없는 끌림 때문이었지 절대로 남성으로서의 욕망 때문은 아니었다.

"졸리세요? 그럼, 의자를 뒤로 젖히고 주무세요."

"아네요. 대낮부터 팔자에 없는 과분한 낮술 때문인지, 원……. 미안해요."

"팔자에 없는 과분한 술이라구요? 호호호!"

재미있다는 듯이 그녀가 그의 말을 반복하며 웃음을 터뜨렸다.

"아뇨, 팔자에 없는 과분한 술이 아니구, 팔자에 없는 과분한 낮술이죠."

"그게 그 말이지, 뭘 그러세요. 호호호."

차는 인천 시가지를 벗어나, 북쪽으로 내처 달리다가 김포를 지나 강화도에 들어섰는데, 섬이라고 해보아야 육지와는 100미터도 안 되는 다리 하나 사이였다.

날씨도 좋았지만 아직 4시도 아직 안 된 시간이라서 해가 중천에 걸려 있었다. 차로 길을 그대로 따라가던 둘은 고려궁지를 잠시 둘러본 뒤, 다시 남쪽으로 달려 전등사까지 왔다.

울창한 수목에 둘러싸인 채 저녁 햇살을 받으며 찬연하게 빛을 발하고 있는 고찰의 경치는 결코 허명이 아니었다. 아름다운 경치에 취해 있던 중에 은교가 가방에서 작고 앙증스러운 물건을 하나 꺼냈는데, 알고 보니 그건 신형 카메라였다.

처음에 그녀는 주로 경치를 찍었으나, 경치는 곧 배경으로 변했고, 둘은 교대로 모델이 되어 카메라 앞에 섰다. 자동카메라라서 돌 위에 얹어두고 둘이 함께 찍기도 했고, 혼자서 찍기도 했다. 그러나 예전에 토함산에서 혜진과 사진을 찍었던 고통스러운 기억 때문에 그는 은교를 주로 찍어주었고, 함께 찍더라도 가능한 한 떨어져서 섰다.

해가 설핏 기울었다. 식사할 요량으로 읍내로 다시 돌아왔으나, 시골이라서 적당한 식당이 없었다. 이리저리 한참 헤매다가 한식당을 하나 찾아내고는 그리로 들어갔다. 그녀는 혜진과 달리 고기를 좋아했으며, 술도 잘 마셨다.

피곤했던지 배를 채운 그녀는 부근 숙박시설을 알아보고 싶어 했다. 호텔은 없고, 대신 장급 여관이 있다는 말을 들은 두 사람은 그곳을 찾아갔다.

"나란히 붙은 방 두 개를 얻으세요."

여자라서 그랬던지 그녀는 민우를 시켰는데, 그는 그런 그녀의 말에 조금도 거부감이 느껴지지 않았다.

"이따 다시 연락하기루 해요."

그녀가 방으로 들어가는 것을 보고 그도 자기 방으로 들어갔다. 더블 침대와 화장대가 간신히 들어설 정도의 비좁은 방이긴 했으나, 오밀조밀하고 생각보다 깨끗했다. 침대에 몸을 길게 눕힌 후 눈을 감고서 은교에 대해 잠시 생각해보았다.

은교는 어째서 나를 자꾸만 불러내는 것일까? 죽을 뻔했다가 회복된 사람들은 누구나 한동안 의사에게 의존성을 보인다는데 그 때문일까? 어쨌든 혜진이 여름 바다라는 특수한 환경에서 잠시 다가왔다가 서울로 돌아가자마자 헤어지고 싶어 했듯이 은교 역시 그럴 것만 같았다.

바보같이 또 다시 마음을 뺏기면 안 될 일이었다. 피부가 희고 고운데다 눈이 보석 같아서 자꾸만 마음이 흔들리는 지도 몰랐다. 하지만 어쨌든 재벌 집 딸이 도대체 어울리기나 할 것인가? 더구나 혜진이 강철과 결혼할 것이라면 그 집안에 자신을 들여놓고 싶어 할 것 같지도 않았다.

샤워를 하면서 팬티와 러닝을 빨아 널었다. 속옷 준비를 못했으므로 마를 동안 하는 수 없이 바지와 셔츠만 맨몸에 걸쳐 입었다. 허전하고 혹시 비쳐 보일까 봐 걱정되기도 했으나, 어두워졌다는 생각에서 시원한 바람을 찾아 마당으로 나와 담배를 피워 물었다.

어떻게든 그녀의 매력적인 눈빛에 혐오감을 씌우려고 무진 애를 쓰고 있는 판인데, 당사자는 속도 모르고 만면에 웃음을 띤 채 나타났다. 결심과는 달리 좀처럼 그녀의 얼굴에 혐오감을 씌울 수 없었다. 오히려 화장기 없이 물기를 달고 있는 청량한 얼굴이 더욱 매력적이었다.

"전화를 받지 않아 무슨 남자가 그렇게 샤워를 오래 하나 싶었죠. 호호호!"

말의 어감이 민망했던지, 그녀는 말끝에 웃음을 달았다.

"민우 씨! 우리 해변으로 가서 시원한 맥주나 마셔요."

얼레? 이제는 이 선생님이 아니고 민우 씨가 되어 있었다. 그뿐이 아니었다. 그녀는 스스럼없이 팔짱까지 꼈다. 둘은 초가을 저녁을 환하게 밝히고 있는 해변의 횟집으로 들어갔다.

"모처럼 드라이브도 하고, 기분이 어떠세요?"

말없이 앉아 있는 그를 보며 그녀가 자꾸만 말을 시켰다.

"아주 좋죠."

"그뿐이세요?"

"은교 씨가 평범한 사람이 아니라서 조금 부담스럽긴 하지만."

갑자기 그녀가 장난기 어린 표정에서 진지한 얼굴로 바뀌며 다시 물었다.

"민우 씨는 만약 좋은 여자가 생긴다면 목숨을 걸구서라두 사랑할 생각이 있으세요? 즉 민우 씨 인생에서 그만큼 사랑이 중요하다구 생각하시나요?"

그녀는 다소 도전적인 표정이었으나, 여자들이 흔히 하는 변덕스러운 질문일 것이라서 피식 웃으며 대답했다.

"그런 게 어디 있겠어요? 사랑은 일방적인 건 아니잖아요?"

"왜, 로미오와 줄리엣두 있잖아요?"

"건 소설이잖아요."

싱겁게 소설 이야길 하는 거냐며 웃어버리자, 이번에는 골치 아픈 가족 문제를 다시 들고 나왔다.

"민우 씨 얘길 듣구 싶어요. 그래두 되죠? 민우 씨는 왜 가족이 없는 거죠?"

"그건 어떻게 아셨죠?"

"병실 간호사들에게 들었어요. 모두들 잘 알고 있나 보던데요. 왜? 싫으세요?"

혜진이나 강철에게서가 아니고 병실 간호사들에게서 들었다면 은교는 아직 그와 혜진과의 사이를 잘 모를 수도 있었다. 그건 그렇고, 병실 간호사들은 별걸 다 말하는 모양이었다.

"사실이 그런 거니까 뭐 싫을 것두 말 것두 없지만……. 그딴 걸 알아서 무얼 하시려구요?"

"그래두 궁금하잖아요? 외롭진 않았어요?"

"글쎄요……."

해부학 실습재료가 되었던 꿈속의 일이 난데없이 떠올랐다. 또한 그녀와 전혀 무관할 혜진과의 경주 호텔에서의 일도 생각났다.

"민우 씨를 처음 보았을 때 무얼 느꼈던 줄 아세요?"

은교는 호기심 어린 눈빛으로 보석같이 눈을 반짝이며 말했다. 그 순간 또다시 첫 키스를 하던 때의 혜진의 눈빛이 또렷하게 떠올랐다.

"설명하기가 조금 어려운데, 음…… 뭐랄까? 처연하면서도 진한 외로움을 보았어요. 본인은 그런 생각을 해보지 않았나요?"

그녀는 예전에 혜진이 했던 말을 앵무새처럼 똑같이 되풀이했다. 사람들은 어떻게 얼굴만 보고도 그렇게 잘도 집어내는 것일까? 사람은 각자 살아온 환경에 따라 성격이나 표정, 나아가서는 관상까지도 변화된다고 하는데, 결코 그 말이 빈말이 아닐 것 같았다.

"난 어땠어요?"

먼저 말해주었으니까 당연히 자기에게도 첫인상을 말해주어야 한다는 듯이 그녀가 그렇게 물었다.

그녀를 처음 보았을 때 그는 혜진의 눈빛이 생각났다. 왜 이 여자의 눈빛만 보면 늘 고통스럽게 혜진이 떠올려지는 것일까?

"아무 생각도 안 났나 부죠? 그죠? 단순히 그냥 환자일 따름이었죠? 그죠?"

그녀가 원하는 답을 생각해내며 그는 글을 읽듯이 말했다.

"눈처럼 희고 고운 백설공주가 고통에 차 있었어요. 죽을지도 모른다는 생각에서 난쟁이는 대장 난쟁이의 허락도 받지 않구 공주님의 눈처럼 흰 가슴을 열고 바람을 빼냈답니다. 그러자 공주님은 곧 고통에서 벗어나 편안하게 숨을 쉬었는데……. 그건 목에 걸린 독 사과가 튀어나왔기 때문이었겠죠? 공주님이 잠시 눈을 뜨고 난쟁이를 쳐다보자, 난쟁이는 공주님의 눈이 너무 예쁘고 사랑스럽다는 생각을 했답니다. 됐나요?"

그녀가 재미있어하며 깔깔거리고 웃었다.

"그럼 난쟁이는 민우 씨였겠네요? 재미있어라. 호호호!"

그녀는 한동안 호들갑스럽게 웃다가, 이번에는 다시 난데없는 출신학교를 물었다.

"학교는요? 인천에는 의과대학이 없죠? 그죠? 서울에서 나오셨어요?"

"웬 걸요. 시골 K시 C대를 나왔는데, 운이 좋아 서울 J대 병원 인턴으로 들어갔죠. 하지만 결국 쫓겨나 시골에서 잠시 지내다가 간신히 여기 K 병원 내과 자리를 찾아 들어온 거죠."

"왜 쫓겨났는데요?"

"쫓아내니깐 쫓겨난 거지 쫓아내지두 않는데 쫓겨날 리 있겠어요?"

그녀는 재미있다는 듯이 다시 호호 웃었다. 그 역시 그녀의 전공을 알고 싶었다.

"은교 씬 전공이 뭐예요?"

"호호호…… 전공이 뭐냐구요? 학교 땐 셰익스피어와 워즈워스 때문에 골치깨나 썩혔죠. 한국문학도 모르면서 영문학을 배웠거든요……. 하지만 요샌 문학이 아닌 현실을 배우느라 애쓰고 있어요."

밤 11시쯤 숙소로 돌아왔는데, 그녀는 다시 카드놀이를 제안했다.

"피곤하지 않겠어요? 운전까지 하구……."

"뭐, 아직 괜찮아요. 민우 씨는 피곤하세요?"

"아뇨, 그런 건 아니지만……."

"그럼, 됐어요. 우리 조금만 더 있다 자기루 해요."

민우가 카드놀이에 눈이 어두운 것을 보고서는 은교가 한 가지 제안을
했다.

"11판을 해서 지면 당장 낼 아침을 사는 거구요, 한 판 더 해서 12판째까
지 지면 다음에 만났을 때 점심까지 사는 거예요? 아셨죠?"

"그러죠, 뭐."

훌라를 했는데 둘이서만 하는 게임이었으므로 족보를 하거나 토이토이
를 해야지 털어서는 점수가 나오지 않았고, 당연히 게임 시간이 길어졌다.
두 사람 모두 하품하기 바쁘다가 새벽 1시가 넘어서야 간신히 그녀의 승리
로 끝났다. 그래서 공주님께 다음 날 아침 식사와 다음번 점심 대접을 하
기로 한 후 그녀의 방을 나왔다.

방에서 나오자마자 담배부터 꺼내 물었다. 그녀를 배려하느라 몇 시간
동안이나 참았던 것이라서 꿀맛이 따로 없었고, 비로소 세상이 제대로 보
이기 시작했다.

담배 연기 속에서조차 그녀의 생생한 눈빛이 자꾸만 어른거렸다. 어떻게
든 그녀의 눈빛을 머릿속에서 지우려 애를 썼으나, 그것은 어렵고도 어려
운 일이었다.

논리대로 따져보며 스스로를 아무리 설득해보아도, 별이나 혜진과의 고
통스러운 기억을 떠올리며 자신을 아무리 윽박질러도, 그저 속수무책이었
다. 그는 자기 머리를 마구 쥐어박으며 내흔들다가 마침내 잠이 들었다.

혜진은 저녁 시간에 맞추어 강철을 따라나섰다. 예전에도 몇 번 와보았으나, 가족들을 만나보았던 일은 아직 한 번도 없었고, 더구나 결혼 허락을 받으러 따라나선 길이라서 이루 말할 수 없이 긴장되었다.

우람한 강철의 덩치를 방패삼아 1층 식당으로 조심스럽게 들어섰다. 방 안에는 부모와 시누이 세 사람뿐이었는데, 얼마나 긴장했었던지, 처음에는 방안에 누가 있고, 몇 사람이 있는지조차 깨닫지 못할 정도였다.

사람은 첫인상이 제일 중요하다는 것을 잘 알고 있었으나, 막상 강철의 어른들을 만나고 보자, 가슴이 두근거리고, 얼굴이 달아오르면서 어지럽기까지 했다. 하지만 언제고 한 번은 거쳐야 할 과정이 아닌가? 더구나 모든 걸 다 떠나서 배 속에 든 아기의 생명이 달린 문제였다. 죽을힘을 다해 마음을 굳게 먹으려 애썼다.

하지만 결심과는 달리 시선을 한 몸에 받는 것이라서, 당장 그 자리에 주저앉아버릴 것만 같았다. 안간 힘을 다 쓰며 아버지에서부터 세 사람 모두에게 깊숙이 고개를 숙이고 얌전하게 인사를 했다.

"입원했다면서……. 오느라고 고생 많았다. 자, 어서 앉거라."

처음에는 엉거주춤 서서 눈을 어디에 둘지 몰라 고개만 숙이고 있다가, 강 회장의 권유에 조심스럽게 강철을 따라 그의 곁에 나란히 앉았다.

세 사람의 눈이 여진히 그녀에게 쏠려 있었으므로 일거수일투족, 순간순간의 표정까지도 신경이 쓰였다. 그러나 다행인 것은 부모나 여동생 모두 매우 호의적인 눈빛이라는 점이었다. 특히 강 회장의 따뜻한 배려가 확실하게 느껴지며, 얼마간 긴장이 풀렸다.

"병원에 입원했다구 해서 몸이 얼마나 약하게 생겼나 하고 걱정했는데 그건 아니로구나."

병색을 보이지 않으려 종일 고심하며 화장하고 옷을 골랐다.

예전에 왔을 때 보았던 두 여인이 주방일과 서빙을 하고 있었다. 혜진은 겨우 맛이나 볼 수 있을 뿐, 입안으로 제대로 음식을 넣을 수 없었다. 강 회장이 그런 혜진을 보고 말했다.

"그렇게 식사를 못해서 어떻게 하니?"

주방 여자들도 흘끔거리며 혜진을 살폈다. 마침내 강 회장이 먼저 일어섰다.

"와주어서 고맙다. 천천히 더 놀다가거라."

강 회장이 나간 후, 어머니가 다소 엄한 눈초리로 물었다.

"식구들이 모두 미국에 계신다구?"

"네."

미소를 만들려고 애쓰며, 모기만 한 소리로 간신히 대답했다.

"그럼, 그동안 어디에서 살았던 거냐? 하숙?"

그러자 강철이 끼어들었다.

"아녜요, 어머니. 이 사람은 대학원 학교 조교실에서 먹구 자구 해요."

"그래애? 그럼 고생 많았겠구나."

짤막한 대화가 주로 어머니의 주도로 이루어졌다. 대화가 오가면서 점차 굳었던 표정도 풀렸다. 처음 걱정했던 것과는 달리 강철이 적절하게 잘 도와주었고, 부모도 그렇게 까다로운 성격들이 아니었다.

식사가 끝나자, 강철을 제외한 여자 셋이서만 1층 안방으로 건너갔다. 다과를 하자는 것이었지만, 사실은 본격적인 테스트가 시작될 것이라서, 새삼스럽게 긴장되었다. 하지만 안방으로까지 다시 데려간다는 것은 그만큼 신임을 얻었기 때문일 것이라서 한고비는 넘겼다는 생각이 들었다.

마음을 가라앉히고 긴장을 풀려고 무진 애를 쓰며, 절대로 실수해서는 안 된다고 자신에게 수없이 설득했다. 하지만 어쨌거나 사람에게는 운명이라는 것도 있는 법, 편한 마음으로 정직하게 대답하는 것이 최선일 것이었다.

예상했던 대로 어머니는 딸이 지켜보는 가운데 상당한 부분까지 질문을 쏟아냈으나, 매우 호의적이었다. 눈치로 보아서는 일단 합격점인 것은 분명했다. 집안 이야기, 학교 이야기, 국전 수상 이야기까지 다 끝내고 난 후 마침내 임신 이야기로 돌아왔다. 다행히 언제 어떻게 해서 임신이 되었느냐는 것은 묻지 않았고, 개월 수와 입덧에 대해서만 물었다. 병원에서 알려준 대로 대략 2개월 정도 되었다고 하자, 뭔가 깊이 생각하는 얼굴이 되더니, 철을 안방으로 다시 불렀다.

철은 세 여자의 표정을 보고서 적이 안심하는 눈치였다. 어머니는 두 사람을 코앞에 앉혀놓고 정색을 하며 일렀다.

"사실 철 네가 누구보다 더 잘 알겠지만 이렇게 너희들 멋대로 만나서 결혼하도록 할 생각은 추호도 없었다. 그래서 그동안 이 문제로 아버지나 나나 여간 고심했던 게 아니다. 하지만 어찌 보면 이것도 다 인연일 터, 장본인인 철, 네가 그토록 원하는데 어찌하겠느냐? 아버지나 나나, 이름이 혜진이라고 했느냐?, 철과 혜진이, 너희 두 사람을 믿기로 했다. 사실 부모로서 섭섭한 것도 솔직히 무척 많다. 하지만 이제 와서 그런 것들을 생각해본들 부모사식 간에 마음의 벽이나 만들까 무슨 좋은 일이 있겠느냐. 이번 일은 그대로 추진하고 더 이상 왈가왈부하지 않기로 했다. 다만 철, 네가 평소 너답지 않게 그토록 고집세운 일이니 앞으로도 탈 없이 그만큼 잘살아야 할 것이고, 아버지가 이룬 가업을 충실히 이어받고 더욱 늘려가야 할 것이다. 이미 임신 2개월이라구 하니 남의 이목도 있어서 그것이 문제로구나. 아이를 지우고 차분하게 혼인 날짜를 다시 결정하는 것도 좋겠지만, 그보다는 결혼식을 서두르는 것이 더 좋을 듯싶다."

꿇어앉은 채 고개만 숙이고 있는 두 사람을 보며 어머니가 다시 말문을 열었다.

"2~3개월 빨리 아기가 태어난다고 해서 남의 입방아 감이 되지는 않을 것이다. 조산도 있지 않으냐. 이왕 이렇게 된 일, 바쁘기는 하겠지만, 서둘러서 한 달 안으로 결혼식을 올리기로 하자. 그리고……, 새아기는 결혼식 때까지 오늘부터 이 집에서 조용히 기거하도록 해라. 의사가 필요하면 우리 주치의를 왕진시켜 주마. 그러면…… 어떻게 하는 것이 좋을까……. 아무리 임신했다 하더라도 결혼식 전부터 한 방을 쓰게 하고 싶지는 않구나. 아버지나 내 체면도 있고, 또 우리 집안이 그런 집안도 아니다. 새 아기는 2층 끝 방을 쓰도록 하고, 철, 너는 당분간 3층으로 올라가거라. 그 사이에 2층 방들을 손보아서 부부용으로 고쳐주마. 갑자기 일이 많아지겠구나. 됐다. 그럼 모두 나가 봐라. 참! 너희 부모님 허락은 받았니?"

"그건…… 저희가 알아서 하겠습니다. 걱정하지 마세요."

얼른 대답하지 못하자, 철이가 대신 그렇게 대답했다. 그러나 어머니는 다시 주의 깊게 일렀다.

"딸 가진 사람 마음은 그게 아닐 것이다. 아무리 우리 회사 사람이라고는 해도 공과 사는 분명해야 한다. 그러니 서둘러 허락을 받도록 하여라. 그리고 친정 쪽이고, 누구고 간에 임신되었다는 말은 극비에 부쳐야 한다. 알겠느냐? 그럼, 모두 올라가 봐라."

도착한 지 4시간도 안 되어 마침내 모든 것이 다 끝났다. 편안하고 홀가분한 마음이 되어, 아니 정확히 말하자면, 그게 아니라 몹시 어리둥절하고 들뜬 기분이 되어 철을 따라 눈에 익은 2층으로 올라왔다.

철과 함께 2층 마루 소파에 잠시 앉아 있자, 주방 아줌마들이 곧바로 뒤따라와서 계단 반대쪽 방을 청소하기 시작했고, 1시간도 채 안 되어 침대와 몇 가지 가구들이 속속 들어왔다. 그리고 더욱 놀라운 것은 작업실에 두었던 물건들과, 입원했던 병실 물건들이 단 두어 시간 만에 송두리째 2층 방으로 옮겨졌다는 사실이었다. 어머니의 성격이나 그 명령의 절대성과 신속함에는 입이 다물어지지 않을 정도였다.

그런 식으로 해서 얼떨결에 시댁에서의 첫 밤을 보내게 되었는데, 물론 철은 병원에서와는 달리 몸을 탐하지 않고 일찍 3층 자기 방으로 올라갔다.

2층 철의 방과 마루에 독립적인 욕실이 2개나 있었다. 늦은 밤이었지만, 늘 하던 대로 마루 욕실에서 샤워를 마친 후, 밤 화장을 하고 있는데, 어머니의 목소리가 들렸다. 어머니는 방안을 살피면서 불편한 건 없느냐고 묻다가 LA로 연락했는지를 물었다. 아직 못했다는 대답에 시간상으로 지금 그곳은 낮일 것이니 당장 전화를 하는 것이 좋겠다는 것이었다. 그러면서 임신 이야기는 절대로 하지 말라고 재삼 당부했다.

전화를 받은 아빠는 몹시 놀라는 눈치였으나, 찬성이나 반대보다, 언제부터 사귀었는가와, 왜 이처럼 급박하게 결혼을 하려는가 하는 것이 주 관심사였다. 대략 2년 정도 되었고, 남자 쪽에서 몹시 서두른다는 말로 얼버무려버렸다. 아빠는 그렇다면 미국에 있을 때 미리 알려주지 그랬느냐는 것이었다.

갑자기 환경도 바뀌고 이런저런 생각으로 새벽녘까지 잠을 이루지 못하고 있는데, 그가 까치걸음으로 고양이처럼 소리 없이 방안으로 들어왔다.

그가 탐하는 대로 예전처럼 똑같이 몸을 맡겨주었으나, 몇 시간 사이로 거짓말처럼 편안한 마음이 되었다. 또한 그가 사랑스럽고 믿음직하며, 예전과 완전히 다른 이미지로 다가왔다. 기쁨이랄까? 흥분이랄까? 그의 동작에 따라 아랫배 쪽에서부터 조금씩 생기기 시작하던 뭔가 모를 좋은 것이 온 전신을 순간적으로 휩싸면서 머리를 텅 비우며 가볍고 시원한 만족감으로 찾아왔다.

"그 동안 힘들었지? 하지만 내가 뭐랬어? 이제 다 끝난 거야. 걱정하지마! 모든 게 다 잘 될 거야. 마음 편안하게 가져."

아침 7시쯤 주방에서 식사하라는 전갈이 왔다. 그러나 평소 아침을 거르는데다가 식구들을 다시 만나볼 일도 난감해서 괜찮다고만 하고 말았는데, 은교가 2층 방까지 올라와 노래 부르듯 말했다.

"부모님들께서~ 보구 싶대요~. 왔다 가시래요~."

화장도 제대로 손보지 못하고 급하게 내려갔다. 철은 벌써 출근해버린 것인지 보이지도 않았다. 두 분께 인사하고 조심스럽게 어젯밤에 앉았던 자리에 가서 앉았다. 좌불안석에 부끄럽고 겸연쩍어서 도무지 얼굴을 들수 없었다.

"물론 결혼식이 끝나고, 시간이 다소 지나야 덜 어색해질 거다마는 하루 빨리 집안 돌아가는 것을 잘 익히도록 해라. 그리구 식사 시간에는 식구들이 모이는 시간이니 반드시 내려와서 식구들 건강도 챙겨야 하고……. 원래 그것이 주부의 가장 큰 책임이 아니더냐?"

시어머니가 어제와 달리 준엄하게 말했다. 그러자 그런 두 사람을 흘끔 쳐다보며 강 회장이 역성을 들어주었다.

"차쯤 하겠지, 집에 온 지 몇 시간이나 되었다구……."

시어머니는 더 이상 말은 없었으나, 여전히 준엄한 표정이었다. 분위기를 바꾸려는 듯 은교가 끼어들었다.

"토스트와 우유면 되죠?"

"네."

작은 토스트 한 조각과 우유를 조금 마셨다. 불편한 자리이고 긴장 때문인지 구토가 나지는 않았다. 식사를 마치고 부모가 일어섰다. 가슴을 쓸어내리며 그녀도 자리에서 일어섰다. 그러자 강 회장이 그녀를 돌아보며 말했다.

"한사코 섭생에 신경을 써야 한다. 혼자 몸두 아니니까."

부모가 나가자 은교가 곁으로 재빠르게 다가앉더니 코치를 해주었다.

"오빠가 말해주지 않던가요? 오빠 일찍 출근했을 거예요, 요사이 새벽같이 나가더라구요. 아빠 엄마는 아침 10시쯤 나가시구, 저녁 8시나 9시쯤 돌아오세요. 아침 식사 때와 저녁 시간에는 반드시 내려오세요. 첨이라 좀 어리둥절하죠? 그죠?"

시누이가 될 은교는 그녀와 거의 동년배로 보였는데, 친절하게 잘 대해주려 애쓰는 것이 눈에 보였다. 흔히들 돈 많은 집에서는 식구들이 몹시 살벌할 것이라는 선입견을 품고 있었으나, 그것은 천만의 말씀이었고, 여느 집안이나 같거나, 오히려 더 결속력이 강한 모습이었다.

혜진은 마침내 그렇게 해서 시댁생활을 시작하게 되었는데, 처음에는 집안의 법도를 잘 몰라 긴장 속에서 살았으나, 두 주일이 되기 전에 아주 익숙해졌고, 잘 적응할 수 있었다.

다행히 그렇게 심했던 입덧도 결혼 날짜가 잡히고, 시댁에 들게 되자 급속도로 좋아졌다. 입덧이 사라지면서 식욕도 돌아왔고, 몸 상태도 원래내로 돌아왔다.

식구들과 함께 지내며 얼마간 두고 보니, 제아무리 재벌 집이라고 해도 사람 사는 매 한가지였다. 모두들 너무 바쁘게 살고 있었고, 자기 혼자서만 하는 일 없이 집안에 틀어박혀 빈둥대는 것 같아 미안할 정도였다. 그것은 철이나 은교 역시 마찬가지였다. 그래서 예전에 철이가 그녀에게 시간을 할애해주었던 것이 어떻게 그렇게 가능했을까 싶었고, 그런 그가 새삼스럽게 고맙기만 했다.

건강이 좋아지면서부터 정원 일에서부터 주방 일까지 일일이 꼼꼼히 살피며 분위기와 허실을 파악해나갔다. 식구들을 기쁘게 하기 위해 무진 애를 쓰기도 했다. 그러던 중에 하루는 김유미가 놀러 와서 농담처럼 놀렸다.

"혜진이 너, 나에게 잘해야 해. 내가 일등공신이니까."

모처럼 이런저런 이야기로 담소하며 시간을 보내다가 혜진은 유미에게 학교 일이 걱정되었던 나머지, 요사이 분위기를 물었다. 그러자 유미는 벌써 강철이 휴학처리까지 다 마쳤다면서 강철의 칭찬을 또다시 늘어놓았다. 하지만 그런 유미의 말이 이제 하나도 과장되었다거나 싫지 않았고, 오히려 당연하게만 들렸다.

"진짜루 철 씨 같은 사람 만나기 어려울 거야. 잘했어. 인연이라는 게 참 희한한 거야, 그치? 한 사람은 이유도 없이 좋아하구, 한 사람은 송충이 보듯이 싫어하더니 말이야……. 그래도 결국 해피엔딩이라 좋다. 그치?"

그러더니 그녀는 다시 정색하면서 말했다.

"너도 이제 강 씨 집안 며느리가 되는 건데 말이야……. 4촌간이지만 우리 식 씨가 철 씨보다 한 살 위라서 내가 큰동서가 되거든. 어른들 앞에서는 말조심해야 할 거다. 그런 걸 굉장히 따지는 집안 분위기니까."

11월 11일로 결혼 날짜가 잡혔다. 그날이 좋다며 시어머니가 날을 받아온 것이다. 시어머니는 궁합도 아주 좋아서 금슬도 좋고, 모든 게 다 잘 풀릴 것이라는 기쁜 소식까지 달고 왔다. 그리고 모르는 사람 생각으로도 '1'자가 네 개나 겹치니 얼마나 좋으냐는 것이었다.

사실 궁합 같은 것은 미신이라고 여기고 있었으나, 실제 자기 일이고, 더구나 다 좋다는 것이라서 확실하게 보증이라도 받은 듯 미덥고 기쁘기만 했다.

고통은 기쁨으로, 불안은 확실한 현실로 안착되면서 마침내 모든 일이 만족스럽게 거짓말처럼 다 잘 풀렸다.

LA 아빠에게도 알렸다. 시댁에서 모든 준비를 하고 있으므로, 일찍 귀국하지 마시고, 그냥 결혼날짜에 맞추어 오시라는 전갈을 하기 위해서였다. 아빠 역시 아주 만족스러워하면서 국내에서 마무리할 일도 있으니까 11월 초에 귀국할 터이니 그때 보자고 했다.

강 회장은 손주가 늦은 편이라 그러는지 그녀의 임신을 무척이나 반기는 눈치였다. 손주를 낳기는커녕 식도 올리기 전에 작명부터 해왔다. 그러면서 매일같이 건강상태를 물었다.

"아들이라는구나. 여간 복이 많을 거란다. 이름은 정연(正淵)이라고 받아왔다. 어떠냐? 강정연! 강정연! 괜찮지?"

그녀는 수줍게 웃었다. 집안 식구들 모두 분에 넘치도록 잘해주는 것을 느끼며, 그녀는 결혼을 앞두고 가정이 무엇인지, 안정된 사랑이나 정서가 무엇을 말하며 얼마나 중요한 것인지에 대해서도 평생 처음 실제 몸으로 체감하며 확실하게 깨닫게 되었다. 가정이라는 안정된 틀이 없이는 그 사랑이 아무리 세상의 모든 것인 것처럼 생각된다 하더라도, 그것은 격정이라는 감정일 뿐, 결코 온전한 생활 속의 진실은 아닐 것이었다.

강철도 여일하게 자기가 했던 말 그대로 조금도 부족하거나 소홀하지 않게 해주었다. 이제 곧 2층은 에덴동산이 되었고, 둘은 아담과 하와가 되었다.

가끔 오빠가 없을 때면 은교가 2층으로 올라왔다. 은교의 방은 1층에 있었고, 혜진은 2층 방을 쓰고 있었으므로 처음에 두 여자는 식사 때 잠시 얼굴을 보는 정도였으나, 얼마 지나지 않아서 다정한 친구처럼 되었다.

"오빠가 좋아요?"

은교는 샘이 나는 듯 그렇게 물었다. 그런 그녀를 보며 웃기만 했다.

"첨 만날 때부터 그렇던가요?"

그래도 웃기만 했다. 은교가 묻지 않더라도 시댁으로 들어온 이후 사랑과 만족으로 채워지는 24시간은 너무도 여유롭고 풍요로운 시간이었다.

"언니를 보면 나두 빨리 결혼하구 싶은데."

그런 은교가 다정한 친구처럼 느껴졌다.

"아가씬 너무 예쁘고 환경도 좋으시잖아요? 서두르지 않으셔두 백마 탄 왕자님들이 줄 서서 기다릴 텐데요."

'근데 난 왕자님보다 난쟁이가 좋아요. 어쩌면 좋죠?' 두 여자는 정원이나 식당에서, 아니면 혜진의 방에서 자주 만났고, 이제는 이미 한 가족이었다.

혜진이 들고 나서 참 희한하게도 집안 분위기가 완전히 달라졌다. 일벌레 같은 식구들도 최근 들어 집에서 식사하는 횟수가 많아졌고, 마치 밀봉되었던 방 창문을 활짝 열고 환기시킨 듯 이제는 집안에 제법 사람냄새가 나기 시작했다. 1층이고 2층이고 지하고 어디고 간에 혜진이 휘젓고 다닌 후로는 곧바로 햇볕이 들고 좋은 냄새로 바뀌는 것은 참으로 신기한 일이었다.

강 회장도 식구들과 함께 집에서 저녁을 함께하는 날이 많아졌고, 나날이 달덩이처럼 뽀얘지는 혜진의 얼굴을 보며 함박웃음을 웃었다. 또한 강철이나 그녀 모두 벌써 깨가 쏟아지는 신혼이었다. 그녀는 주방을 오르내리며 음식 준비하는 것을 살피기 시작했고, 두 사람 모두 다정한 사랑의 언어와 눈빛을 주고받을 둘만의 시간을 가슴 설레며 기다리게 되었다.

식구 모두 이른 저녁 식사를 하고 있었다. 임부를 위해서 평소보다 음식의 종류가 더 다양해졌고, 특히 혜진은 열대과일에 맛을 붙이고 있었다. 그녀는 밥은 별로 먹지 않는 대신에 야자, 망고, 바나나 등 열대과일들을 주식으로 하다시피 살고 있었다.

"이제 딱 보름 남았구나."

강 회장이 벽에 걸린 달력에 눈을 주며 그렇게 혼잣말을 하더니 아내를 돌아보며 다시 물었다.

"참! 도자기공장은 잘돼가는 거요?"

"철이 요새 매일 가보잖아요? 참, 어떻다든? 별다른 말은 없더냐?"

"네."

혜진은 얼굴을 붉힌 채로 겸연쩍게 대답했다. 얼마 전부터 새로 시작한 도자기공장 신축 현장에 가 있는 강철의 근황을 부모가 이제는 거꾸로 그녀에게 묻는 것이다.

"내년 3월 초까지는 기계 설치가 끝날까? 시제품만 나오면 금방 히트 칠 텐데. 새아기가 미술 전공이니 디자인이 기대된다만."

회장 부부는 금실이 좋았다. 강 회장이 젊어서는 한때 바람도 피우며 속도 썩혔으나, 철과 은교의 엄마를 마지막으로 사람이 달라진 듯 가정에 충실했다고 한다.

그건 철과 은교의 엄마가 죽기 전에 했던 유언 때문이라고도 하고, 철과 은교 때문에 강 회장이 그렇게 변했다는 둥 여러 가지 말들이 있었다. 하지만 이유야 어떻든 강 회장이나 모든 식구에게 그것은 완전히 달라진 삶의 방식이었다. 혜진은 아직도 어머니가 철과 은교의 친엄마라고 알고 있었다.

최근 들어 혜진에게 치여서 구석에서 빛을 발하지 못하고 있는 은교에게 미안했던지 강 회장이 농담 삼아 말했다.

"우리 은교도 이제 좋은 사람 찾아주어야겠는걸. 아, 참! 넌 시집 안 갈 거라구 그랬지?"

"왜 안 가요? 저두 갈 거예요."

"샘이 아주 단단히 난 모양이구나? 허허허."

"참……"

부녀의 대화를 잠자코 듣고 있던 어머니가 강 회장의 말끝에 갑자기 정색하면서 뭐라 말하려다가 그만두었다.

"왜 무슨 말인데 그래요? 갑자기 말하려다가 말구…… 싱겁게……. 허허허."

강 회장은 그런 부인과 은교, 혜진을 다시 한 번 사랑스러운 눈길로 쳐다보며 웃음을 터뜨렸다.

7. 죽은 사람, 산 사람

10월 초가 되었다. 민우는 이제 수련 2년 차 말기로서 정신없이 바쁘지도, 그렇다고 한가하지도 않는, 그만그만한 생활을 하고 있었다.

그러던 중 어느 날, H 면 성당병원으로부터 난데없는 편지 한 통이 날아왔다. 발신인도 없이 성당병원의 주소만 달랑 적혀 있는 편지였다. 개봉해 보니 아무런 내용도 없이 그 안에 또 다시 편지가 들어 있었고, 뜻밖에도 고향에서 만난 김이대 씨한테서 온 것이었다. H 면 성당병원의 누군가가 친절하게 H 면으로 온 편지를 인천으로 다시 중개해준 것이다.

그동안 H 면의 성당병원이나 시골의 김이대 씨에게 바쁘다는 핑계로 전화 한 통화, 편지 한 번 없이 무심하게 지냈었다.

편지의 내용이 궁금해서 곧바로 개봉해서 읽어보았는데, 세로로 쓴데다가 필체가 나빴고, 맞춤법도 엉망인 고어체라서 간신히 해독해야 했다. 만나본 지가 오래되었기 때문에 편지가 잘 전해질지 모르겠다는 걱정과 함께 시골의 묘는 그동안 잘 관리하고 있었으나, 최근 서울의 무슨 큰 회사에서 밭과 묘지가 있는 곳에 도자기공장을 짓게 된 통에 부득이 이장하지 않을 수 없게 되었다는 내용이었다. 그래서 연락이 닿는 즉시 내려오라는 것이었는데, 공장 사람들 말로는 허락만 하면 묘지를 잘 이장시켜 주겠고, 밭에 대해서도 응분의 대가를 치르겠다는 것이나, 자기 마음대로 할 수 없는 일이 아니겠느냐는 것이었다.

밭 터와 묘지야말로 할머니의 손길과 가족들의 영혼이 담겨 있고, 마음의 뿌리가 아닌가? 함부로 승낙해버릴 수는 없고, 어쨌든 현장에 가서 자세한 내용을 확인해보아야 할 것이었다.

고향 논밭이나 집터에서는 옛적부터 도자기가 발굴되는 일이 많았고, 고려 시대부터 도자기를 구웠다는 이야기도 전해왔다. 토질과 물이 좋기 때문이라고 했다. 그러나 그 궁핍한 시골 산속 마을에까지 도자기공장이 선다는 것은 사실 꿈에도 상상하지 못한 일이었다.

그런데 어째서 하필이면 우리 밭과 가족 묘지터란 말인가? 연락 전화번호도 적혀 있지 않았으므로 즉시 김이대 씨에게 편지를 써서 속달로 부쳤다.

'제번하옵고……. 여러 가지로 고맙고 심려를 끼쳐서 죄송합니다. 여건이 되는 대로, 즉시 내려가겠습니다. 운운. 건강하시고, 뵈올 때까지 안녕히 계십시오. 이민우 올림.'

과장들에게 사정이야기를 하고 휴가를 청하는데, 물론 두 과장 모두 호의적인 표정들이 아니었다. 현 과장은 토, 일요일 해서 이틀간 일을 모두 마치라며 마지못한 듯 토요일 반나절을 허락해주었다.

금요일 오후 4시쯤 병원을 나섰고, 서울역에서 호남선 야간열차를 탔다.

좌석을 찾아가니 의자를 돌려서 마주 보게 하고 한 가족인 듯싶은 중년 부부와 딸이 앉아 있다가 그에게 자리를 내주었다. 자리에 앉고 보자, 영락없는 한 일행이 되었다.

밤의 풍경들이 차창 밖으로 스쳐 지나갔다. 눈을 차창 밖으로 주면서 기억의 편린들을 들추어보았다. J대 병원 일반외과 레지던트 시험에 떨어지고서 눈물 반, 술 반의 쓰라린 술잔을 들며 혼자 H 면으로 돌아가던 중앙선 열차에서의 일, 혜진과 함께 서울로 올라가던 기차 안에서의 일 등등……

특히 최근 2~3년간은 얼마 안 되는 기간이었지만, 과거 어떤 때보다도 격동의 세월이었다. 혜진을 비롯해서 많은 사람들을 만났고, 꿈에도 생각하지 못했던 인천에 짐을 풀고 생활을 시작했다. 혜진, 주리. 은교, 한경 그리고 김이대 씨, 현경애 과장, 김 과장, 흉부외과 과장, 강철…… 서울 J대 병원, H 면, 인천 K 병원…….

그들과 과연 무슨 인연의 고리에 얽혀있었을까? 문득 비록 몇 시간일망정 이렇듯 서로 마주 보고 앉은 이름 모를 처녀와 그 가족들까지도 분명 알지 못할 어떤 인연의 고리에 얽혀있을 것이었다.

인연! 인연이라는 것은 도대체 무엇일까? 밤 근무를 하던 주리가 한번은 이렇게 물었다.

"닥터 리, 운명이나 인연과 꿈의 관계를 어떻게 생각하세요?"

그녀는 인연이나 꿈, 운명에 대해서 자주 말했다.

아아! 잘 있는 것일까? 시골까지 몇 번이고 찾아와주었고, 개업을 도와주려고 했으며, 병동에서 숱한 밤을 함께 지새웠고, 한번 안아보려고까지 했던 여자! 그녀와의 인연도 상당할 것이었다. 이번 돌아오는 길에 시간을 내어 한 번 들러보면 어떨까? 예전과 달리 주리도 혜진처럼 박대할까?

여자를 다시 건너다보았다. 빠듯한 행색으로 보이긴 했으나, 예쁜 얼굴은 아니라도 둥그스름하고 복스러운 얼굴이었다. 그런데 너무 평범한 얼굴이라 그런지 어디서 많이 본 듯 얼굴이 낯익어 보였다. 어디서 보았을까? 그러나 여자는 그가 전혀 생면부지라는 표정이었다.

마침 차내 판매원이 지나가고 있어서 맥주와 과자를 조금 사서 그들에게 권했다. 술을 몇 잔 받아 마시던 중년의 사내가 마침내 자신들을 소개하기 시작했다. 짐작했던 대로 부모와 딸이었다.

"그런디 머이냐, 거시기, 먹물을 조깨 자신 것 같고, 서울서 머 허시오?"

의사라는 것을 밝히는 순간, 그는 잘 만났다는 듯이 반색하며 열을 올렸다. 자기 딸도 간호사가 있기는 하지만, 병원에서는 단방(전승)요법을 너무 무시한다면서 갖가지 질병과 말도 안 되는 치료법에 대해서 스스로 질문하고 스스로 답변하면서 입에 침을 튀겼다. 술을 좋아해서 간이 나쁘다는 말을 들었으나 최근 누가 지네와 닭이 좋다고 해서 그걸 삶아서 먹었더니 병의 증세가 씻은 듯이 나았다는 등 그의 허무맹랑한 주장은 끝이 없었다.

그의 소신을 계속해서 들어주기도 피곤했고 자리도 불편했다. 슬그머니 일어서서 승강구 쪽으로 나와 담배를 피워 물었다. 이제 겨우 새벽 2시였다. K시까지 가려면 아직도 3시간 이상이 남아있었다.

기차가 불을 환하게 밝히고 있는 간이역을 천천히 지나쳐가는 중이었는데, 플랫폼에 한밤중임에도 역원 한 사람이 깃발을 흔들며 서 있었다. 순간, 중환자 때문에 그 역시 꼬박 밤을 밝혔던 야간 병실 근무 때가 떠올랐다. 그런데 이상하게도 최근 인천 병원에서보다 예전 주리와 함께 일하던 J대 병원 때가 자꾸만 더 생각났다.

주리! 매사에 적극적이고 아는 것도 많았다. 그리고 사리가 분명하고, 지혜로웠으며, 판단력도 그를 몇 배나 앞서가는 무서운 여자이기도 했다.

언젠가 근무 중인 그녀를 병실에서 한번 안아보려 했다. 그러나 그녀는 손가락으로 그의 가슴을 밀어내는 시늉을 하며 돌발적인 행동을 저지시켰다. 그러고는 무안함을 주지 않으려 마치 아내가 남편에게 하듯이 다정하게 넥타이를 매만져주었다.

그런데 2년이 다 되도록 소식도 없이 지내고 있는 걸 보면…… 이제는 잊은 것이 분명했다. 여자 입으로 먼저 결혼해주고 싶다는 말까지 했으나, 되지도 않을 혜진 생각만 하느라 우유부단하게 엉뚱한 소리나 지껄였고……:

주리에 뒤이어 곧장 혜진 생각도 났다. 그녀를 어떻게 해보려다가 딱 한 번 울렸던 일이 있었다. 아름답고 사랑스러웠으며, 욕망에 불을 지르던 황홀한 육체…… 깨물어주고 싶도록 깜찍하고 예쁜 입술…… 매력적인 덧니…… 그리고 장미향…….

담배를 피워 물고서 승강구 사이의 좁은 틈을 통해서 흐르는 밤 풍경을 바라보며 혜진을 생각해보다가 유리문에 이마를 짓찧으면서 그는 신음처럼 중얼거렸다. 아아! 나는 어떻게 혜진을 잊을 수 있단 말인가?

울고 있는 혜진을 달래주던 일이 아직도 눈에 선했다. 혜진은 강철과 결혼하게 될까?

한경 생각도 났다. 틈만 생기면 어떻게든 그녀에게 달려갔다. 아아! 그녀의 몸을 빌려 새로 태어날 최초의 가족을 얼마나 애타게 기다렸던가? 그리고 첫 가족이 된 그녀를 사랑하기 위해 몽매에도 잊지 못하던 혜진을 잊고자 얼마나 애를 썼던가?

이제 와 생각해보면 모두 다 쓸데없는 한때의 허랑한 유희였다. 혜진도, 한경도, 한별도…… 모두 다 잠시 스쳐가는 짧은 인연이었을 뿐이었다.

다시 은교를 생각해보았다. 그러나 그녀 역시 먼 외계에서 날아와 한순간에 스쳐 지나갈 별똥별일 것 같기만 했다.

자리로 돌아와 보니 중년의 남자는 아직도 혼자서 술을 마시고 있었다. 그가 혹시 귀찮게 굴까 봐, 아예 몸을 틀고 앉아 눈을 감아버렸다. 그러나 덜컹거리는 차의 요동이 온갖 상념과 어우러지면서 마음만 더욱 심란하게 침잠시킬 뿐이었다.

K시에 도착한 건 새벽 6시 반쯤으로, 초가을의 게으른 동이 막 트는 시간이었다. 배가 고픈 것은 아니었지만, 끼니가 어떻게 될지 몰라 기차역을

나오자마자 식당부터 들렀는데, 그렇게 하고도 김이대 씨 집에 들어선 것은 8시쯤의 이른 아침이었다. K시에서 고향까지는 40킬로미터 상거라서 아주 가까운 거리는 아니었으나, 옛날과 달리 포장도로로 확장되었기 때문에 이제는 겨우 40여분 거리에 불과했다.

할머니가 새벽마다 일구었던 강변 밭에는 어느새 집이 한 채 더 지어져 있었다. 손발이 닳도록 밭을 일구었던 할머니는 이렇게 변해버린 것을 보면 어떤 생각을 하실까? 당신이 일군 터전에 누군가가 살고 있으니 좋은 일이라고 여기실까? 혹 너무 쉽게 팔아버렸다고 섭섭해 하지는 않으실까?

김이대 씨는 아프다며 자리보전을 하고 누워 있었다. 그 때문인지 그는 2년 사이에 더 늙어 보였고, 심기도 좋지 않아 보였다. 선물로 사들고 간 비누 치약 세트와 술을 그다지 반갑지 않게 쳐다보며 한숨만 내쉬었다.

"어디 불편하세요? 몸살이라도 나셨습니까?"

"늙어가니께라우."

토요일이라서 오후가 되면 혹 도자기공장의 책임자를 만나지 못할 수도 있을 것이라서 곧바로 자리에서 일어났다.

"그럼 누워 계셔요. 잠시 산에 올라가 보고 오겠습니다."

그러자 김이대 씨는 황급히 손을 내저으며 억지로 가래를 목에서 끌어낸 후 갈라진 음성으로 말했다.

"내 말부터 듣고 가시오."

일어서서 문지방을 넘으려다 말고 그의 곁에 다시 주저앉았다.

"이 선생! 지끔 사램덜언 곽, 곽 허제만 시상(세상)일이 어디 다 곽으로만 설명이 되겠소, 잉?"

갑자기 과학이라는 어휘를 허두로 내세우는 그를 의아한 눈으로 주시하며 물었다.

"무슨 말씀이신지요?"

"우리가 간절허니 멋을 바랄 제 백일기도도 하고 천일기도도 하는 거이 아니겠소? 더러는 하눌님헌티 허는 거이 아니고, 지 맴(마음) 위로허는 거이라고 허제만……. 생각을 잔 해보쑈, 어디 꼭 그렇기만 허겠소?"

그는 기침을 몇 번 더 하더니 기어코 가래를 뱉어내었다. 그러자 마침내 목소리가 제대로 나오기 시작했다. 그러나 방안의 탁한 공기와 함께 가래가 만들어내는 퀴퀴하고 기분 나쁜 냄새 때문에 얼른 일어서고 싶기만 했다.

"얼마 전 내 꿈에 이 선생 선친께서 안 나타나셨겠소. 고 이약얼(이야기를) 잔 듣고 가야겠소."

하루는 꿈을 꾸었는데, 어떤 젊은이가 감사하다며 그에게 절을 하더라는 것이었고, 자세히 보니 바로 민우더라는 것이다. 그동안 묘를 잘 돌보아주어서 감사하다는 말과 함께 며칠 안으로 묘 임자를 찾으려는 사람들이 나타날 것이고 묘를 파내려고 하겠지만, 그러면 결국 세 사람이 죽을 것이라고 하더라는 것이다. 처음엔 물론 그 꿈을 무시하고 지냈으나, 아니나 다를까 꿈을 꾼 사흘째 되던 날에 계시를 받았던 그대로 묘를 옮겨야 한다며 공장 사람들이 그를 찾아왔다는 것이고, 그래서 하도 신통방통했으므로 곧바로 공장 사람들에게 그 꿈 이야기를 했는데도 그들은 지금까지도 막무가내라는 것이다. 사실 어제도 밤늦게까지 그 문제로 그들과 다투다가 왔다는 이야기였다.

그러자 민우 역시 재작년 추석 때 묘소 앞에서 꾸었던 꿈 생각이 났고, 어쩌면 가볍고 예사로운 꿈이 아닐 수도 있다는 예감이 들었다. 소위 과학의 사도라는 의사 직업을 가진 그였지만, 세상에는 아직도 과학으로서만 설명할 수 없는 것들이 얼마나 많은지 너무도 잘 알고 있기 때문이다.

동네를 벗어나서 묘소가 있는 산자락을 찾아 올라가면서 그는 깜짝 놀랐다. 재작년 추석 때와는 판이하게 변해 있어서 어디쯤이 자기 밭이고, 묘소인지 도대체 알 수 없기 때문이다.

묘소를 가려면 도깨비산을 지나 산자락으로 난 밭둑길을 타고 한참 더 올라가야 했으나, 이미 산자락까지 넓은 신작로가 뚫려 있는데다, 산자락에 있던 두어 채의 농가나 도깨비산 모두 흔적도 없이 사라져 버린 통에, 도대체 거리감부터 낯설었고, 예전 위치는 짐작조차 할 수 없었다.

산 중턱까지 붉은 황토를 드러내며 거대한 토목공사가 한창 진행 중이었다. 협소한 산자락 사이에 조금씩 널려 있는 논밭이 고작이었던 예전과는 완전 딴판이 되어, 이제는 아주 넓은 평야처럼 보일 정도였다.

쌓아 놓은 황토 더미와 아무렇게나 파놓은 물웅덩이를 조심조심 지나서 작업현장으로 올라갔다. 현장 전체가 온통 파헤쳐진 붉은 황토거나 자갈 바닥일 뿐, 밭 자리는 이제 아예 짐작조차 할 수 없었다.

갑자기 눈앞에 2미터 높이의 위험스러운 흙기둥이 나타났다. 세상에! 그것은 다름 아닌 그의 가족 묘지였다. 밭이고 논이고 간에 모두 높이를 맞추느라 이미 죄다 다 파헤쳐진 상태였고, 유일하게 묘소만 제 위치 그대로 덩그러니 남아 있는 셈이었다.

묘소의 상태를 확인해보려면 천상 흙더미 절벽 위로 올라가야 할 터인데 방법이 없었다. 해도 너무했다는 생각뿐, 어이가 없었다. 부글부글 속이 끓으면서 화가 머리끝까지 치밀어 올랐다.

아무리 공장도 좋지만, 묘 주인에게 허락도 받지 않고, 더구나 아무런 예고도 없이, 이렇게 무참하게 파헤쳐놓을 수 있다는 말인가? 만약 묘 주인이 세력 있는 사람이었다 하더라도 이런 만행을 저지를 수 있었을까? 상대가 힘없는 서민이라고 너무 무시하는 처사 같기만 해서 더 더욱 속이 상했다.

그뿐만이 아니었다. 토사의 위험 때문인지 관리사무소는 비교적 높은 위쪽에 콘센트 막사로 지어져 있었는데, 관리소장을 찾아 그곳으로 올라가면서 발길에 밟히는 곡식을 보고서 그는 또다시 경악을 했다. 단지를 조성하면서 미처 거두지도 않은 밭곡식까지 흙으로 무참히 덮어버린 것이다. 세상에! 이런 천벌 받을 사람들! 밭곡식을 추수한 다음, 일을 시작했어야 할 게 아닌가! 생각할수록 회사의 만행이 괘씸했다.

비슷한 크기로 콘센트 막사 다섯 동이 세워져 있었다. 어느 동에 현장 소장이 있을지 몰라 제일 앞쪽 막사 계단을 올라가서 안을 기웃거렸다. 그러자 4~5명의 남자가 담배 연기를 내뿜으며 책상과 침상으로 가득 찬 비좁은 공간에 들어 있다가 의아한 눈초리로 그를 살폈다.

"소장님을 뵐 수 있을까요?"

"어디서 오셨습니까?"

말끔한 신사복을 차려입은 민우를 보자 시골 농투성이는 아니라는 생각이 들었던지 구석 책상 앞에 앉아서 담배를 피우고 있던 40대의 남자가 자리에서 엉거주춤 일어서며 물었다.

"저 앞 묘의 주인인데요……."

"게 앉으슈."

그는 일어서려던 엉덩이를 의자에 도로 털썩 내려놓고는, 턱으로 앞쪽 빈 의자를 가리키며 잘 만났다는 듯이 반말 조로 명령하듯 말했다.

함께 있던 사람들의 시선이 모두 민우에게 쏠렸다. 옷차림들이 작업복 스타일이라서 그런지 하나같이 인상들이 좋아 보이지 않는데다가 표정들도 호의적이 아니었다.

앉으라고 했던 남자가 민우를 흰 눈으로 뜯어보며 살피고 있는 것이 눈에 들어왔다. 사람들의 태도도 그렇고, 분위기도 그렇고…… 몹시 주눅이 들었지만, 이럴 때일수록 의연해야 할 것이었다. 점잖지만 날카롭게 물었다.

"허락도 없이 남의 분묘를 저렇게 해도 되는 겁니까?"

그러나 그는 시큰둥한 표정으로 책상 위의 신문으로 눈길을 옮기면서 말했다.

"일간신문에 3회 공고하고 기한 안에 연락 없으면 화장해버려도 법으로는 무방한 거요."

좆같은 소리는 관두라는 식이었다.

"법이요?"

"그렇소. 하지만 묘주가 왔으니 이제 잘 해결하시겠지. 잠시 나와 보실까?"

그는 민우를 밖으로 불러내고는 토사로 덮인 현장을 손가락 끝으로 가리키며 말했다.

"보다시피 토목은 이미 3개월 전에 끝났어야 하고, 지금쯤 3층까지 건물 골조가 들어설 시기인데 이 모양 이 꼴이요. 그게 다 저기 흉물스럽게 서 있는 당신네 묘 때문이라는 것은 설명 안 해두 잘 아시겠지? 올해 안에 공장이 완공되어야 내년 3월부터 수출에 차질이 없을 판인데……. 그건 그렇다 치고, 공기(工期)가 늦어지면 우린 앉아서 매일같이 하루에 300만 원씩 날아가는 거요. 모든 게 다 그 잘난 김이댄가 민대가린가 하는 영감 때문이지만……. 도대체 그와는 어떤 관계요?"

일리 있는 말이었다. 대한민국에 묘 없는 곳이 어디에 있겠는가? 묘를 그대로 둔다면 서울의 그 많은 아파트 하며 선진조국을 위해 지어야 하는 그 많은 공장이나 고속도로를 감히 꿈이나 꾸겠는가? 치가 떨리게 억울하고 분했지만 그렇다고 그의 의견이 잘못되었다고 항변할 수도 없었다.

"제일 좋은 농토도 평당 천 원씩에 사들였소. 도대체 얼마를 더 달라는 이야기요?"

잘 만났다는 듯이 적반하장이 되어 오히려 그편에서 억울하다며 큰소리를 쳤다.

"돈보다도."

"돈이 아니면, 그럼 뭐요?"

그는 민우를 완전히 돈독이 오른 사람으로 치부해서 몰고 갔다.

"젊은 사람이니까 잘 아시겠지? 지금 우리나라는 고리타분한 유교적 관습이나 농업 위주에서 한시바삐 벗어나 실용적인 공업 위주의 수출국이 되어야 살 수 있는 게 아니겠소? 지금이 도대체 어느 때요? 대원군 시대요? 아니면 고려 시대요?"

이제 기선을 잡았으니 도저히 고삐를 늦출 수 없다는 듯이 그는 계속 으르렁거렸다.

"공기가 늦어져 회사에서 손해 보는 건 그렇다 치더라도 인부들과 도자(불도저) 기사들을 어떡헐 거요? 저 사람들은 하루 벌어 하루 먹는 사람들이오. 여기서 일 마치고 빨리 또 다른 현장을 가야 처자식을 먹여 살릴 거 아뇨? 일도 못하고 당신 허락만 기다리면서 빈둥거리고 있으면 되겠소?"

죄인은 민우라는 듯이 그는 집중포화를 퍼붓다가 마지막 일격을 가하며 노려보았다.

"어떻게 할 서요?"

"글쎄…… 생각을 해보구요. 의논도 하구."

어이가 없었으나, 그에게 이론적으로 어떻게 대적할 수도 없고, 어떻게 해야 좋을지 알 수 없었다. 김이대 씨와 다시 상의해보려고 슬그머니 뒤로 물러섰다.

그는 피우던 담배를 내뱉고 거기에 가래침까지 보태어 짓궂을 정도로 구둣발로 짓이기며 이죽거렸다.

"의논이구 나발이구, 시팔…… 오늘 중으루 빨리 결정해서 알려주슈. 안 그러면 화장이요. 화장! 알겠소?"

더 이상 그와 이야기해보았자 소용도 없을 것이었다. 김이대 씨가 그동안 묘 문제로 얼마나 곤욕을 치렀는가 하는 것은 설명을 듣지 않아도 훤히 다 알 수 있었고, 앓아누워버린 것이 너무나 당연했다.

그를 멀거니 쳐다보다가 인사도 없이 돌아섰다. 그는 민우에게 다시 악다구니를 썼다.

"평당 2천 원이면 따불이요 따불, 씨팔! 그것도 안 되면 우린 법대로 밀어 버리고 화장해버리겠소. 이제 당신들 알아서 하쇼."

그는 끔찍한 소리를 내어 다시 가래를 돋우어내고는 막사로 올라가 버렸다.

심란했다. 흙기둥 모습으로 불안하게 서 있는 가족의 묘를 바라보면서 마을 쪽으로 걸어 내려갔다. 갑자기 협심증에 걸린 사람처럼 가슴이 뻐근해졌다.

흙기둥 앞에서 묘지를 올려다보며 난감한 심정으로 담배를 피워 물었다. 하지만 상황이 상황이었다. 어떻게 해야 하나? 한숨을 토해내며 머리를 싸매고 마을 쪽으로 새로 난 황톳길로 들어섰다.

도깨비산이 있었을 것으로 어림짐작되는 곳에 이른 그는 다시 한 번 묘지 쪽을 뒤돌아보았다. 묘지는 공사 현장에 둘러싸여 갇힌 채 벌건 황토 기둥으로 위태롭게 얹혀 있는 형국이었다. 옮기기는 해야겠지만, 난감하고 억울했다. 자기 땅이라 해도 죽어 묻혀 있으니, 가족들이 무슨 권리행사를 할 수 있다는 말인가?

물론 김이대 씨의 바람이 꿈으로 나타났겠지만, 살아 있는 유일한 가족인 자신이 얼마나 어쭙잖으면 죽은 가족들이 직접 나서서 김이대 씨의 꿈속에 나타났을까 싶은 생각도 들었으므로, 자괴심만 들 뿐이었다.

생각 끝에 구장을 찾아갔다. 마을에 오래 살았던 사람이라서 그의 의견을 들어보는 것도 좋을 것이라는 생각이었으나, 그건 그의 순진한 생각이었다. 구장이 어떤 사람이던가? 그 역시 현장소장과 똑같은 말을 앵무새처럼 할 따름이었다.

묘지를 끼고 있던 밭 값도 있고 하니까 그 돈을 받으면 근처 야산으로 이장할 정도의 비용은 되는 것 아니냐면서, 화장보다야 백번 낫지 않겠느냐는 식으로 그를 구슬렸다. 그러면서 그는 변변한 공장 하나 없이 가난하게만 사는 깡촌에 그 공장 하나 유치하려고 면이나 군에서 서울 요소요소를 찾아다니며 그동안 얼마나 애쓴 줄 아느냐면서, 자기 고향에 협조는 못할망정 최소한 배반하지 않으려면 한시 바삐 묘를 옮겨주어야 한다는 것이었다.

그럼 이장하려면 돈이 구체적으로 얼마나 들겠느냐고 그에게 물어보았다.

"요새 공장이 들어서고 길이 나니께 외지 사람들조차 땅을 사려고 안달들이라서 말이여. 산 중턱 이상을 사더라도 평당 4~5천 원은 주어야 헐 틴디……"

하여간 밭이 300평은 될 것이므로 평당 2천 원씩 받는다면 60만 원이 되는 셈이니 묘시로 쓸 땅값, 이장비 다 쳐도 따로 더 보탤 돈은 필요하지 않을 것 같다는 이야기였다.

그들의 말을 전하며 김이대 씨에게 의견을 물었다. 그러나 그는 성가신 가래 기침을 하면서 화부터 냈다.

"아! 고놈의 소리가 으디 말이나 되는 소리다요? 지덜 맘대로 화장해버리다니? 아니 그라면 시방 이 선생은 고려도록 보고만 있을 챔(참)이요?"

설령 법이 그렇다 하더라도 법을 떠나서 자손 되는 사람에게 어떻게 그

따위 막말을 할 수 있는 것이냐면서, 아직 나이가 어리므로 사람을 우습게 보고 그런 것이라는 설명이었다. 그리고 구장이라는 사람도 앞으로 얼마나 더 오래 살지 모르겠으나, 그런 식으로 살다가는 제 명 다 못 살고 죽을 거라는 말을 덧붙였다.

구장이란 어디까지나 마을의 일꾼으로서 당연히 마을 사람들을 위해 일해야 할 처지인데도 회사와 짜고서 논밭을 시세의 10분의 1도 안 되는 헐값에 팔아넘기도록 마을 주민들에게 온갖 술수를 다 썼다는 것이고, 그 대가로 회사의 사외이사인가 뭔가에 취임했다는 것이었다.

"아, 생각얼 잔 해보씨요, 잉. 간중살이허시는 이 선생까지도 젊다고 깔보는 거이 아니겠소? 산 몰랭이(산꼭대기)도 지 말로는 팽당 4~5천 원이람시로, 아, 공장 터로 편입될 평지밭이 으째서 2천 원이라는 말이다요? 고거이 말이나 되넌 소리겠소? 글 안 허요? 그라고 또 어디 밭 300평뿐이것소? 묘지 면적도 당연히 계상해야제. 구장이란 사람이 고로코롬 영악허게 해서 마을 사람들 땅을 죄 뺏어 묵은 거이 아니겠소?"

다시 생각해보니 그도 그랬다. 공장이 들어서고 길이 나서 이젠 산꼭대기조차 평당 4~5천 원이라는 말을 하지 말든지, 평지 밭 값을 평당 2천 원씩 쳐주겠다고 하지를 말든지……. 그리고 묘지 터는 싹 빼버리고 밭의 면적만 말하질 않나……. 아까는 깊은 생각을 하지 못했는데, 김이대 씨의 설명을 듣고 보니 도무지 이치에 닿지도 않고, 턱없이 아전인수 격인 이야기였다.

돈이 문제가 아니라고 현장소장에게 했던 말을 취소해야 할 판이었다. 김이대 씨는 민우의 가족묘를 다시 들먹였다.

"묘에 묻힌 분덜이 고런 놈덜얼 절대로 그냥 놔두지넌 않겠다고 했씨니게 지달려 볼 일이고……. 허는 행토(행투)로 봐서는 죽어도 쌀 놈덜이긴 허제

만······. 사램이 밉다고 죽으라고 축수럴 헐 수는 없는 일이겄고오······. 하
여튼 간에 생사램이 싯(셋)은 죽을 것이라는디······."

그는 정말로 생사람 셋의 예견된 죽음을 고민하는 모양이었다. 하지만 그
건 희망 사항일 뿐, 밀어붙이려는 강자들 앞에 무슨 소용이 있을 것인가?

아침을 늦게 먹어서 괜찮다며 사양했으나, 김이대 씨는 한사코 점심을 권
했다. 소찬이긴 하지만, 자기를 찾아온 사람을 굶길 수는 없다는 것이었다.
상을 보아온 그의 아내조차 누가 먹더라도 상은 차리지 않겠느냐면서 소찬
이라 오히려 미안하다며 좌불안석이 된 민우에게 식사하기를 재촉했다.

하는 수 없이 밥상을 받았다. 그런데 그 순간 갑자기 은교 생각이 났다.
K 요업이 결국 K 그룹 회사라면 그녀가 큰 영향력을 발휘해줄 수 있을 것
만 같아서였다.

"참! 어디 시외전화를 할 만한 데가 있을까요?"

"마을회관에도 있고······."

식사보다 전화가 더 급했다.

"식사나 마치고 가시지······."

연락이 될까? 제발 연락이 되어야 할 터인데······. 세상일의 90퍼센트는
운이라고 했던가? 상을 차려온 성의를 생각해야 했지만, 아무래도 마음이
더 급했다. 식사를 하는 둥 미는 둥 잽싸게 일어섰다. 다행히 은교는 집에
있었다.

"인천 K 병원 내과에 이민운데요. 뭘 좀 알아보려구요······. 네! K 요업 공
장 터에 저희 묘가 있거든요. 네, 네. 그런데 그게 문제라서요. 아! 네에. 그
럼 1시간 후에 다시 전활 할게요."

한 가닥 희망은 있었다. 어떻게든 옮기지 않고 지킬 수만 있다면······. 아
니 그것보다도 화장한다거나 시간이 촉박한 나머지 아무 데나 옮겨 묻는

일만이라도 면할 수 있었으면…….

두 사람은 마을회관에서 술과 안주를 사서 다시 묘소가 있는 현장으로 올라갔다. 도깨비산쯤 어름 되는 곳에 이르자 김이대 씨가 걸음을 멈추고 민우에게 물었다.

"여그가 어디쯤인지 알겄소?"

"도깨비산쯤 되겠는데요?"

"잘 아시구만. 여그가 바로 거 도깨비산 자리 아니요. 그란디 쩌그럴 잔 보실라요?"

그가 가리키는 대로 공장부지 너머 멀리 있는 큰 산자락에 눈을 주었다.

"이 선생도 구장헌티 들었으니께 잘 알 것이제만, 시상에! 쩌그 멀리 있넌 큰 산 꼭대기도 시방 팽당 2천 원이라요. 그란디 여그 평지밭을 구장이라는 사람이 을마 전 마을 사람들헌티 을마썩에 산 줄 아쑈? 단돈 200원썩에 사서 회사하고 나났(나누었)답디다. 단돈 200원썩에 말이요. 시상에! 지끔언 만 원썩을 줘도 못 살 것인다……. 땅 폰(판) 사람덜언 방 한 칸 얻을까 말까 허는 행팬 없넌 돈만 쥐고 다 대처로 떠났제만 지끔쯤언 속은 생각에 모다덜 밤잠을 설치고 있일 것이요."

그가 나서서 한사코 마을 사람들에게 제발 땅을 팔지 말고 내년 봄까지 기다려보자고 그토록 권유했건마는, 관청 사람들과 회사의 압력 그리고 구장의 회유에 못 이기고서 모두 다 조상 대대로 내려오던 삶의 터전을 평당 단돈 200원썩의 헐값에 넘기고 떠났다며 개탄하는 말이었다.

그렇게 해서 사람이 어떻게 잘될 수 있겠느냐는 것이 그의 결론이었지만, 그보다는 회사 사람들에게 굴복당하고 그들 잇속이나 차려주면 절대로 안 될 것이라고 민우에게 미리 당부하려는 의도가 분명했다. 그리고 그는 콘센트 막사를 올라가면서 발에 밟히는 흙 속 곡식알을 가리키며 말했다.

"추수허게 한 달만 좀 지달려주라고 고렇코롬 사정을 안 했소? 그란디 고 쎄빠닥얼 빼 쥑일 인간덜이 땅을 사먼 지상권도 윙게진(옮겨진) 것이람시 롱, 시상에! 인자 회사 땅이 됐으니께 추수를 허든 갈아엎든 상관허지 말 라는 거시오, 그래. 그럼시롱 우쭈꾸롬 헌 줄 아쑈? 이러코롬 막무가내로 도자질(불도저 일)을 안 했소. 천벌 받아도 쌀 인간덜이제……."

물론 회사는 회사대로, 농민은 농민대로, 제각각 입장이 달랐을 것이다. 하지만 아무리 그렇다 쳐도, 세상에, 단 한 달을 못 기다렸다는 말일까?

콘센트 막사로 소장을 만나러 올라가던 두 사람은 갑작스러운 굉음에 놀라 소리가 나는 쪽을 돌아보았다. 지금 막 불도저 한 대가 흙덩이 하나 만 꺼내더라도 와르르 무너져 내려버릴 묘지 흙기둥 앞으로 다가서는 중이 었다.

골골 숨이 차서 힘들어하는 김이대 씨가 먼저 알아보고 그리로 달려갔 고, 민우 역시 단거리 선수처럼 촌각을 다투며 재빠르게 달려갔다.

"관두지 못해!"

불과 2~30미터 거리에 불과했으나, 몸은 멀고 마음은 급했다. 조금 전까 지만 해도 소장에게 신사적으로 양보하려 했던 민우의 두 눈에서는 푸른 불꽃이 일었다.

저 불도저를 맨손으로라도 막아야 한다. 감히, 감히 어디에다 손을 대려 고 하는가? 내 소중한 가족들의 쉼터를 이 지경으로 만들어놓고, 그것도 부족해서 너희 마음대로 허물어 내리려 하는가! 살아서도 고달팠던 내 가 족들인데, 죽어서까지 이런 수모를 당하게 할 수는 없다. 어디다 감히 불도 저를 들이대는가? 죽어도 너희에게 결코 이따위 야만적인 일을 하도록 놔 두지는 않겠다.

"여긴 엄연히 내 땅이다. 이 개 같은 자식들아!"

민우가 묘를 받치고 있는 흙기둥과 불도저 사이로 재빨리 끼어든 후 두 팔을 벌리고 막아서며 외쳤다. 그러자 흙더미를 파내려고 기계손을 들이밀던 불도저 기사는 갑자기 민우가 뛰어들자, 순식간에 기계를 세우고 차에서 내리며 불호령을 놓았다.

"야이, 개새끼야! 미쳤어? 뒈지고 싶어? 빨리 나오지 못해?"

멱살을 잡아서 끌어내리려는지, 불도저 기사가 민우에게 험악한 얼굴로 다가왔다.

"어느 놈이든지 가까이만 와 봐라. 씨팔! 함께 죽는 거다."

어느새 웃옷까지 벗어 던진 민우는 큼직한 돌을 양손에 쥐고 살기등등하게 기사를 노려보며 말했다.

"여긴 내 땅이야! 이 개 같은 자식들아! 내가 허물도록 할 것 같으냐? 어느 놈이 되었건 뒈지고 싶으면 이리 와라."

푸른 불꽃을 튀기며 민우가 두 손에 돌을 쥔 채로 버티고 서자, 불도저 기사는 겁이 났던지 조금 뒤로 물러섰다. 민우는 그를 노려보며 계속 악을 썼다.

"소장새끼 빨랑 나오라구 해. 같이 죽을 거니까."

불도저 기사가 그런 민우와 김이대 씨를 번갈아 쳐다보더니만, 쏜살같이 불도저 위로 다시 올라가 민우에게 기계손을 갖다 붙였다.

"씨팔놈아! 뒈지면 너만 손해야. 난 개 값 물어주는 대신 1~2년 들어갔다 나오면 되는 거니까 말이야."

"그래? 네놈이 개 값을 물어주나 내가 물어주나, 어디 한번 해보자."

웃통을 모조리 다 벗어 던지고 반라의 알몸으로 맞섰다. 기사가 순식간에 기계손을 민우 근처에까지 갖다 붙이자, 그는 한 손의 돌을 집어던질 듯 쳐들면서 외쳤다.

"이판사판이다. 이 씨팔놈아! 네 장난감이 빠른지 내가 더 빠른지 어디 한번 두고 보자."

허리를 굽혀 기계손과 그 사이에 쥔 돌로 재빨리 금을 긋고는 뒤로 조금 물러나 이를 앙다물며 말했다. 입에서 하얀 거품이 일고, 눈에서는 살기가 돌았다.

"잘 봐둬라. 만약 이 선 안으루 기계를 들이대면 넌 오늘 뒈진다. 난 개 값 따월 물어주거나 콩밥 먹을 일두 없다. 너와 소장새낄 죽이면 끝이니까 말이다. 자! 뒈지고 싶으면 어서 와라. 이 선만 넘으면 된다."

불도저 기사가 기계손을 선 안으로 집어넣었다. 순간 민우의 주먹에 들려 있던 돌이 날아가서 기사의 얼굴을 아슬아슬하게 스치고 지나가 뒤쪽 유리를 박살내고 반대편으로 떨어졌다. 민우가 곧바로 다시 또 하나의 돌을 찾아 쥐며 외쳤다.

"잘 들어라! 금방은 경고였다. 내 돌팔매 실력을 보여준 것일 뿐. 조금만 더 가까이 오면 그대루 골로 보내주마. 원래 미련허구 멍청한 놈일수록 말귀를 못 알아듣구 일찍 뒈지는 법이다."

불도저 기사가 차에서 내리더니 가래침을 땅에다 칵 뱉으며 잠시 민우를 노려보다가 콘센트 막사로 올라가 버렸다. 김이대 씨조차 민우의 행동에 적이 놀라는 기색이었나. 벗어 던진 옷을 주워들며 말했다.

"잘했쏘. 고로코롬 해야 씽거시오. 자! 인자 옷이나 입으씨요. 감기 들겄소."

"아닙니다. 곧 몇 놈 더 데리고 다시 나타날 것입니다. 미안하지만 내가 다치거나 죽으면 재판정에서 증언이나 잘해주십시오. 난 여기서 결코 물러설 수 없습니다."

옳은 판단이었다. 불도저 기사는 삽시간에 서너 명의 장정을 데리고 다시 나타났다. 이번에는 기계손이 아닌 사람들이 한꺼번에 그에게 달려들었다.

민우를 잡아서 끌어내려는 것이 그들의 전략이었겠지만 민우 역시 만만하지 않았다.

"혼자서 안 되니깐 몇 마리 더 데려오면 될 성싶으냐? 어느 놈이든 이 금만 넘었단 봐라. 순서대로 대갈통을 박살 내줄 테니까."

한 사람이 민우를 노려보며 다가가자 민우는 돌을 던질 자세로 오른손을 쳐들었다. 죽기 아니면 살기라는 식으로 살기가 등등했다. 결국 그는 민우의 기세에 눌린 나머지 도로 뒤로 물러서 버렸다.

"시팔! 산 거나 뒈진 거나 항꾼에(함께) 다 묻어버려. 회사에서 다 알아서 책임을 진다니께, 콩밥 몇 달 먹으면 꺼내주겠제."

그들 중 하나가 그렇게 말하자, 아까 그 기사가 다시 불도저 운전석으로 올라갔다.

부릉, 부릉, 부르릉…… 일부러 겁을 주려는지, 기사는 엑셀을 한껏 밟으며 엔진 회전수를 올렸다. 하지만 민우는 큼지막한 돌을 거머쥔 채 살기등등하게 기계손 앞에 버티고 섰다. 기계손이 들리며 그어둔 금 쪽으로 조금 전진하려 하자, 민우는 돌을 든 손을 어깨 위로 쳐들며 던질 태세를 취했다. 그 순간이었다. 갑자기 불도저 기사가 기계손을 땅으로 내리며 시동을 껐다.

"어윽! 어지러워."

조금 전까지 기세등등했던 것과 완전히 딴판으로, 기사는 핼쑥한 얼굴이 되어 운전석에서 간신히 내려왔다. 함께 왔던 사람들은 민우보다 기사에게 신경을 쓰며 다가갔다.

"자! 어떤 놈부터 먼저 뒈질 거냐?"

아직도 민우는 경계의 태세를 멈추지 않은 채 그런 그들을 노려보았다.

"갑자기 어지러워서…… 아침 먹은 게 체했나. 욱!"

불도저 기사가 땅바닥에 쭈그리고 앉아 난데없이 토했다. 그들은 자기네 일이 더 급했던 모양인지 민우를 더 이상 거들떠보지 않고 기사를 부축해서 막사 쪽으로 올라갔다. 그러나 그 와중에서도 그들 중 하나는 뒤돌아서 가래침을 뱉으며 민우에게 으름장을 놓았다.

"이따 보자. 시팔새끼! 뺍따구(뼈다귀)도 못 추리게 해줄 텡께!"

민우는 돌을 내던지고 옷을 주워 입었다. 그러고는 불도저 운전석으로 올라가 잠시 묘지를 살펴본 후 김이대 씨에게 말했다.

"작은 사다리만 있어두 묘로 올라갈 수 있겠는데요."

그러자 김이대 씨가 눈빛을 빛내며 말했다.

"잘 생각했쏘……. 내 어깨럴 타고 한번 올라가 볼라요?"

하지만 말이 쉽지, 골골대는 김이대 씨의 어깨를 타고 흙기둥을 올라갈 엄두가 나지 않았다.

"자! 얼렁 올라서락 해도……."

김이대 씨가 자기 몸을 흙기둥에 갖다 대며 다시 재촉했다.

"걱정하지 말고 한번 올라서 보기나 해보쑈잉."

농사일에 익은 몸매라서 결코 허술한 모습이 아니었고, 의외로 현실성이 있어 보였다. 그리고 어떻게든지 오늘 저녁은 묘지에 올라가 버텨야 할 것이라서 망설이고 있을 수도 없었다.

"자! 그럼."

그의 어깨 위에 발을 올려놓음과 동시에 흙기둥 위의 풀뿌리를 거머쥐고는 순식간에 묘지로 올라섰다. 김이대 씨가 아까 마을회관에서 샀던 술과 안주를 묘지 위로 던져주며 말했다.

"자! 그라면 내 가서 주먹밥을 잔 해올 텡께, 쪼깨 지달리시요."

묘지는 다행히 아직 훼손되지 않은 상태로 50여 평 남짓 풀밭으로 남아 있었다. 몇 사람을 상대로 죽기 살기로 덤볐으므로 심한 갈증도 났다. 우선 묘지마다 술을 조금씩 붓고 나서 나머지는 모두 자기 목에 털어 넣었다. 그러나 독한 소주라서 그런지 술이 들어가자 오히려 목이 더 심하게 탔다.

시원한 냉수를 한 컵 얻어 마실 수 있다면 소원도 없을 것 같았다. 바짝 마른 목안에서 힘껏 가래를 돋우어 뱉어냈더니, 피가 섞인 채 거무스름한 가래가 조금 떨어져 나왔다.

이제 앞으로 어떻게 해야 좋단 말인가? 난감하기 짝이 없지만, 머릿속은 텅 비어 있는 듯 아무런 방도도 생각나는 게 없었다. 좋게 해결된다면 다행이겠지만……. 만약 잘못되어 죽게 된다 해도, 다른 데가 아닌 가족들 묘지에서 죽는 것이라서 그리 나쁠 것도 없을 일이었다.

마음을 편하게 먹으려 애쓰자 목도 덜 말랐다. 곧 죽을 놈이 물이 무슨 상관이란 말인가? 그렇게 간단하게 생각해버리고 묘지의 풀밭에 누워 눈을 감아버렸다.

악마가 가래 끓는 소리를 내며 덤비는 듯 다시 묘지 아래쪽에서 불도저의 굉음이 들려오기 시작했다.

또 시작했구나!

초가을의 따가운 석양빛을 손바닥으로 가리고 묘지에서 갈증을 견디며 누워 있다가 다시 들려오기 시작하는 불도저의 엔진 소리에 놀라 벌떡 일어났다. 묘지로 올라오기 잘 했다는 생각을 하며 재빨리 불도저가 쳐들어오는 곳으로 다가가 버티고 섰다. 불도저에는 아까 그 기사가 다시 타고 있었다. 불도저 기사를 내려다보며 말했다.

"자! 이제 니들 맘대로 해봐라. 나두 살구 싶은 생각이 싹 없어졌다."

기사는 그런 민우를 무시해버리고 흙기둥을 한 입 찍어내리려고 기계손을 번쩍 쳐들어 올렸다. 들린 기계손으로 이제 흙기둥을 한두 번 찍어 내리기만 하면 와르르 무너져 내리고 모든 게 다 끝날 판이었다.

불도저 건너편 먼 산꼭대기에 붉은 석양이 걸려 있었다. 너무나 억울하고 서러운 일이었지만 이제 하는 수 없는 일이었다. 선진조국 건설이라는 슬로건과 막강한 재력을 앞세운 재벌 회사는 아집에서 깨어나지 못하는 서민 한 사람에 불과한 민우 따위는 국가와 민족을 위해 아무렇게나 밟고 지나가며 그냥 묻어버릴 모양이었다.

"그래! 니들 맘대루 다 해라. 잘 먹구 잘살다가 잘 죽거라. 먼 영원에서 본다면 지금 죽는 나나 조금 더 살다 죽는 니네들이나 별 차이도 없을 것이다. 가족 하나 없이 그동안 혼자서 고생만 하며 근근히 살아왔으나 이제는 어쩔 수 없구나. 제발 큰 고통 없이 한순간에 가버렸으면……"

결연하게 자신의 죽음을 생각하기 때문일까? 부처가 계신다는 서쪽의 열반 정토로 넘어가는 석양이 이 세상 것이 아닌 것처럼 곱기만 했다.

축산 해안의 벼랑바위에서 바라보던 일출이 머리와 가슴으로 느끼는 장엄함이라고 한다면 지금 바라보는 일몰은 몸 전체로 자연스럽게 느껴지는 신성함과 화려함의 극치라고나 할 수 있을까?

또한 일출이 부산하고 동적인 것으로서 매우 불안정한 것이라면 일몰이야말로 정적이고 평화로우며, 영원한 안식을 가져다줄 것 같은 안정감이랄까 자유스러운 해방감 같은 것이었고, 그동안 무심코 지나쳤던 단순한 석양의 해가 아닌 찬란한 아름다움 그 자체였다.

서산에 반쯤 걸린 해에 눈길을 주다가 문득 그는 한 가지 사실을 순간적으로 깨달았다. 그것은 이 세상에서 생겼다 사라져간 모든 영혼이 죄다 해안에 들어 있기 때문에 저토록 찬란할 수 있다는 영감이었다.

엄마, 할머니, 조부, 부친, 삼촌, 고모의 영혼은 물론이고, 하다못해 도축

되어 그동안 사람들의 혀를 즐겁게 해준 소와 돼지와 닭의 영혼들까지 죄다 함께 들어 있을 것이었다.

이 세상에 생겨났다 죽은 모든 생명들의 영혼이 다 들어있을 저 찬란한 태양! 불교에서 말하는 비로자나불이란 쉽게 말하면 바로 저 해가 아닐까? 이제 나도 죽으면 내 영혼 역시 저 해를 향해서 달려가게 될까? 그래서 먼저 죽은 세상의 다른 모든 영혼들과 합쳐져서 불타오르며 새로 태어날 생명들의 생육에 반드시 필요할 열과 빛을 비추어주게 될까?

아아! 세상 모든 생명체에게 햇볕이란 얼마나 소중한 것인가? 살아 있을 때에는 세상을 위해서 아무런 이바지도 하지 못하고 살았겠지만, 이제 죽어서 영혼이 되면 세상을 살릴 태양의 작은 불꽃 하나는 될 수 있을 것이었다.

갑자기 불도저의 기계음 소리가 약해졌다 싶었는데, 발 아래쪽에서 사람들이 웅성거리는 소리가 들려왔다. 불도저는 금방이라도 찍어 내릴 듯이 기계손을 번쩍 쳐들고 있었으나, 웬일인지 흙기둥 앞에서 꼼짝 않고 있었고, 핸들에 가슴과 얼굴을 묻은 채로 기사가 엎드려 있었다.

무슨 일이지? 왜 저렇게 하구들 있을까? 누군가가 황급히 불도저의 운전석으로 올라가서 핸들 위에 엎드린 기사를 끌어내리면서 큰 소리로 콘센트 막사를 향해 외쳤다.

"사람이 쓰러졌소! 빨리 와요오~, 사람이 쓰러졌다니께요!"

사람들 몇이 막사에서 줄달음쳐 달려왔다. 민우도 갑자기 급변해버린 상황에 깜짝 놀라 황급히 무덤에서 내려왔다.

김이대 씨가 걱정했던 일이 현실이 되고 있음이 분명했다. 불도저의 기사는 얼굴이 백지장처럼 하얗게 질려 땅바닥에 눕혀져 있었다.

"내가 몇 번이나 말했소? 생사람이 셋이나 죽는다고 허질 않았소?"

언제 다시 왔는지 김이대 씨가 사람들 틈에 서 있다가 가래 돋우는 목소리로 그것 보라며 힐난하고 있었다.

민우는 의사의 본능으로 쓰러진 사람에게 달려가서 가슴에 귀를 대보았다. 심장이 무척 여리고 느린 불규칙한 리듬으로 간신히 뛰고 있었고, 아무래도 회복되기 어려울 것 같았다.

조금 전까지는 죽이네 살리네 했으나, 의사로서 쓰러진 사람을 방치할 수도 없었다. 어떻든 귀중한 생명이 아니겠는가? 최선을 다해주어야 할 것이었다. 환자의 혁대를 풀고 다리를 쳐들면서 외쳤다.

"빨리 구급차를 부르시오. 빨리요. 난 내과 의사요."

누군가가 지프를 운전해왔다.

혈압이 문제일 것이므로 다리를 높이 쳐들고 있을 것 그리고 고개를 옆으로 해서 혹시 토하면서 질식해 죽는 일이 없도록 할 것, 환자를 안고 지프에 오른 사람들에게 설명해주고 차를 출발시켰다.

살 수 있을까? 그런데 참, 기가 막히게 시간이 맞아떨어졌구나……. 아마도 급성 심근경색이겠지. 아니면 혈전이 혈관을 돌아다니다가 심장에 관여하는 뇌동맥을 막아버렸다거나…….

담배를 피워 문 채로 묘지를 다시 올려다보았다. 이대로 둘 수는 없고, 당장은 아니라 해도 언젠가는 옮기기는 해야 할 것 같았다.

그때였다. 갑자기 다시 불도저의 엔진 소리가 들리기 시작했다. 아니? 언제 나타난 것인지 뜻밖에도 이번에는 강철이 불도저의 운전석에 앉아 있었다.

"미신이야! 개떡 같은 소리하지 말구, 내가 하는 걸 똑똑히 보란 말이야!"

웅성거리는 인부들을 향해 소리치며 그는 흙기둥에 기계손을 가져가려 했다.

안 돼! 흙기둥과 불도저 사이로 끼어들어 강철을 저지하려는 바로 그 순간, 그의 생각보다 더 빨리 죽은 가족들의 손이 먼저 강철을 쓰러뜨려 버렸다.

강철이 흙더미에 기계손을 갖다 붙이려고 하는 순간, 그 역시 순식간에 핸들에 가슴을 묻으며 앞으로 꼬꾸라져 버린 것이다.

사람들은 한 번도 아니고 두 번씩이나 연속으로 그런 기적 같은 일을 보게 되자, 놀라서 제대로 숨도 쉬지 못하고 묘지만 올려다보았다.

쓰러진 강철의 몸 너머로 울고 있는 혜진의 모습이 허공에서 허상처럼 떠 있었다. 그가 죽으면 안 돼…….

놀라 웅성거리며 묘지와 불도저만 올려다보고 있는 사람들을 향해 민우가 소리를 질렀다.

"뭣들 하는 거요? 빨리 환자를 내려요!"

강철을 차에서 내리게 하고 맨땅에다 그대로 눕혔다. 아무리 태산 같은 체격이라 해도 심장에 문제가 생기면 한낱 늘어진 고깃덩어리일 뿐이었다. 그 역시 심장이 매우 여리고 느리게 불규칙한 리듬으로 뛰고 있었다. 강철 역시 살 수 있을 것 같지 않았다.

지프는 불도저 기사를 싣고 이미 떠난 후라서 이제는 덤프트럭밖에 없었다. 강철을 트럭의 짐칸으로 옮겨 싣게 하고 곁에 주저앉은 채 소리쳤다.

"전속력으로!"

공사현장에서 20분쯤 달리자, 낯익은 녹십자 표시가 그려진 보건지소가 눈에 들어왔다. 차를 잠시 세우게 하고, 안으로 뛰어 들어가 부탁했다.

"난 내과 의사요. 응급환자가 생겼소. 빨리 아무 프뤄드(수액: 링겔)라도 하나 주시고, 아트로핀(혈압 올리는 강심제) 주사를 몇 개만 재주시오."

보건지소의 의사는 무척 나이가 많아 보였다. 그는 민우가 얼마나 바쁜 것인지 전혀 모르는 듯했고, 무슨 말을 하고 있는지조차 모르는 모양이었다.

"돈은 이따 드리겠소."

마음이 바쁜 나머지 민우는 허락도 받지 않고 약장을 뒤져 수액과 아트로핀 주사액을 찾아냈다. 재빨리 수액 준비를 해서 차로 뛰어올라, 함께 탄 소장에게 링거 병을 높이 들게 하고 주삿바늘을 꽂았다.

급한 나머지 아트로핀 주사 한 앰풀을 즉시 혈관으로 투여하고, 나머지 세 앰풀은 한꺼번에 링거에 탔다. 그리고서 강철의 가슴에 귀를 대보았다. 한결 힘차게 심장이 뛰었고, 이제는 거의 분당 60회까지 맥박수가 올라가 있었다.

환자의 체온이 걱정되어 자기 웃옷을 벗어 강철에게 감싸주며 소리쳤다.

"한결 좋아졌소. 자! 빨리 갑시다."

비록 두 번 다시 만나고 싶지 않은 연적일 따름이었으나, 사랑하는 혜진의 행복을 위해서는 제발 그가 다시 살아나야 할 것이었다.

K시의 대학병원에 도착하였다. 환자를 인계하고 나자 새삼스럽게 오한이 들며 목이 몹시 말랐다. 개방된 덤프 짐칸에서 찬바람을 맞고 달린데다 겉옷을 벗어 강철을 감싸주었기 때문일 것이었다.

환자는 응급실을 서쳐서 곧바로 중환자 실로 옮겨졌다. 그러나 소생이 어려울 거라는 의료진의 한결같은 대답이었다.

민우 는 내과 의사라는 신분을 밝히고서 그 병원 주치의에게 환자 상황을 물었다. 그러자 그는 검사결과와 바이탈(혈압, 맥박, 호흡수)이 적힌 차트를 보여주는 것으로 대답을 대신했다. 병명조차 확인이 안 된 상황이었다.

"인팍(심근경색)으루 보시는 건가요?"

"글쎄요, 스태프들 생각이 모두 제각각이라서…… 여하튼 카디오제닉쇽

(심장의 원인으로 온 쇼크)이 아니겠어요?"

소위 대학병원에서조차 병명을 모른다는 말에 허탈해졌다. 갑자기 혜진이 아닌 은교가 생각났다. 철 오빠를 누구보다도 사랑한다던 여자! 만나고 싶을 때 전화하라며 연락처까지 알려준 여자! 새카맣고 보석 같은 눈을 반짝이며 백설공주 이야기를 재미있게 듣던 여자!

은교에게 전화를 걸었다. 그러나 이상하게도 전화기의 버튼에 이상이 생겼는지 꼭 한두 개씩의 버튼이 작동되지 않았다. 성가시고 안타까운 나머지 열심히 버튼을 눌러보았으나, 소용없는 일이었다.

마침내 스무 번도 더 노력한 끝에 간신히 통화가 되었지만, 은교는 집에 없다는 대답이었다.

그 순간 갑자기 퍼뜩 생각나는 게 있었다. 과학으로 설명할 수 없는 일을 어찌 과학으로 해결할 수 있겠는가? 김이대 씨의 말이 불현듯 떠올랐다. 모든 것이 다 자기네 가족묘를 옮기려 했던 데서 생긴 사단인 만큼 해결책 또한 가족의 묘에서 찾아야 할 것이라는 생각이 섬광처럼 들었다.

되도록 빨리 묘소로 가서 죽은 가족들에게 빌어야겠다. 못난 자식의 힘겨운 마음을 생각해서라도 제발 화를 푸시고 생각을 돌리소서.

묘지로 급히 가려고 택시를 잡으려 했으나, 이번에는 택시 잡기가 문제였다. 이상하게도 대학병원 앞 큰길임에도 택시가 안 보였고, 그나마 가끔 한 대씩 나타나는 택시도 사람을 태운 채 휙휙 스쳐 지나가 버릴 뿐이었다.

난감하기 그지없었다. 빨리 묘소로 가서 기도를 드려야 할 터인데……. 갑자기 낯익은 목소리로 누군가가 뒤쪽에서 아까부터 계속해서 그를 부르고 있다는 것이 느껴졌다.

"이 선생님! 이 선새앵니임!"

누구지? 시골 H 면 미스 황 목소리 같기도 하고, 아닌 것 같기도 했다.

누구지? 한사코 그를 부르는 소리에 깜짝 놀라 깨어 일어났는데, 모든 것이 다 꿈이었던 모양으로 이미 사위는 완전한 어둠 속에 묻혀 있었고, 언제 왔는지 은교가 묘지의 흙기둥 아래쪽에서 그렇게 계속해서 그를 부르고 있었다.

"후유!"

꿈인데도 너무나도 현실처럼 느껴졌으므로 여간 입맛이 쓴 게 아니었다.

8. 빚을 갚는다는 것

　주말인 토요일이었고, 특별히 볼일이 있는 것도 아니라서 은교는 느지막하게 일어나서 2층 혜진에게 올라갔다. 혜진은 마루에서 강 회장의 사진을 모사해서 커다란 그림으로 옮기는 중이었다.

　은교는 자기가 전공했던 영문학도 일종의 언어적 예술이라고 생각했으나, 역시 미술이나 음악 같은 기예야말로 진짜 예술일 것이라는 생각이 들었다. 여러 가지 색을 섞어서 새로운 색상을 만드는 것도 기술이었지만, 하얀 천 위로 붓을 몇 번 놀리기만 하면 대번에 갖가지 형체가 만들어져 살아서 움직이는 것이다. 신기하기도 하고, 대단한 재능 같기도 했다.

　"그림을 언제부터 시작한 거예요? 유치원 때부터?"

　혜진은 은교를 보며 살풋 웃으며 대답했다.

　"전 늦게 시작했어요. 고2 때였으니까요."

　"그럼 꽤 늦게……"

　갑자기 벨 소리가 났으므로 자연히 대화가 중단되었다. 당연히 방 주인인 혜진이 전화를 받았으나, 자기 전화가 아니었던 모양인지 혜진은 다시 은교에게 전화를 바꾸어주었다.

　"아가씨세요? 이민우 씨라는 친구분이라는데요……"

　주방에서 전화를 먼저 받아 은교에게 그렇게 상대방을 전하자, "이민우 씨라구요?" 하고 의외라는 듯 깜짝 소리를 지르며 전화를 받는 통에 은교보다 혜진이 더 놀란 얼굴이 되었다.

"시골 도자기공장이라구요? 네, 네, 무슨 말인지? 묘가 공장부지에 들어 있다구요? 가만있어 봐요. 지금 이 선생님께서 무슨 말을 하는 건지 잘 모르겠네……. 그게 무슨 말이죠?"

자세한 것은 알 수 없었으나, 그의 묘지가 공장부지 안에 들어 있는데, 옮길만한 시간적 여유를 만들어달라는 이야기 같았다. 어떻게 된 사연인지 몰라 곧바로 현장사무실로 알아보았으나, 철 오빠는 K시로 나갔다는 전언이었고, 서울 사무소 역시 휴일 오후라서 연락이 되지 않았다.

그러나 마냥 기다릴 수도 없었다. 상당히 급하다는 말을 민우가 했기 때문이다. 이번에는 다시 현장사무실로 전화해서 소장을 찾았다. 그러나 그 역시 철 오빠와 함께 K시에 나갔다는 것이었다. 그렇담 아무라도 누구 다른 책임자를 바꾸어 달래서 혹시 이민우 씨라는 사람이 왔던 일이 있었느냐고 물었으나, 잘 모르겠다는 대답뿐이었다.

어쩔 수 없이 민우에게서 다시 연락 오기를 기다렸지만, 급하다며 1시간쯤 후에 다시 전화하겠다던 사람이 3시간이 넘도록 연락이 없었다. 괜히 불안해졌다. 그래서 다시 현장사무실로 전화를 해보았다. 그러나 똑같은 대답뿐이었다. 생각다 못해 민우가 마을회관이라고 말했던 것을 기억해내고 전화를 마을회관으로 돌려 달래서 민우를 찾았으나, 그곳 사람들 역시 그런 사람은 잘 모르겠다는 대답뿐이었다. 어떻게 하면 좋을까? 공장도 둘러볼 겸 한번 내려가 볼까? 잠시 망설이다가 기사를 불렀다.

"도자기공장엘 가봐야겠어요. K시루 가는 비행기 편을 알아봐 주세요."

"그냥 지금 나가서도 되는데요. 4시에 있거든요."

"표가 있을까요?"

"그럼요. 공장 일로 여행사와 계약된 게 있거든요. 걱정하지 마세요."

4시 비행기를 탔다. K시 공항에는 4시 40분쯤 도착할 예정이었다. 푹신

한 의자에 뒤통수를 붙이고 두 눈을 감은채로 지금 자기가 무슨 일을 하고 있는 것인지 애써 생각해보았으나, 알 수 없기는 자기 자신도 마찬가지였다.

묘지 아래에서 그를 열심히 부르고 있는 은교를 보며 처음에 그는 어안이 벙벙해서 그녀를 쳐다보고만 있었다. 희한도 하지? 어떻게 알고 왔을까?

점심때 그녀에게 전화했던 것이 가까스로 생각났다. 지독한 꿈을 꾸었던데다 죽을 둥 살 둥 싸움까지 벌인 뒤끝이었으므로 어느 쪽이 현실이고, 어느 쪽이 꿈속의 일이었는지조차 구별할 수 없을 만큼 헷갈렸다.

하지만 어쨌든 코앞에 그녀가 와 있었고, 그녀가 와준 이상 이제는 일이 잘 풀릴 것이라는 안도감이 들어 가벼운 한숨까지 나왔다.

"뭐하세요? 빨리 내려오지 않구?"

그녀의 말이 떨어지기가 무섭게 그녀를 따라온 남자들이 곧바로 그가 내려오는 것을 도와주었다. 그래서 힘들이지 않고 아주 쉽게 묘지에서 내려올 수 있었다. 현장에서 은교의 위치는 막강해서 그녀는 마치 여왕과도 같았고, 그녀를 둘러싸고 있는 사람들은 모두 그녀의 신하처럼 보였다.

"우선 K시루 가죠."

함께 서 있던 남자 하나가 재빨리 차로 달려갔다. 그러고는 뒷문을 열고 선채로 아주 정중하게 은교가 타기를 기다렸다. 민우가 머뭇거리자, 은교는 마치 자기 회사 사람들에게 하듯 명령조로 말했다.

"타세요."

차 안에서는 은교도 그도 전혀 말이 없었다. K 관광호텔에 도착한 둘은 먼저 호텔 식당으로 들어갔다. 주문한 저녁 식사를 기다리고 있는데, 아까 그 기사가 방 키 두 개를 갖고 와서 은교에게 물었다.

"키 여기 있습니다. 내일 아침 몇 시쯤 다시 올까요?"

은교는 뭔가를 잠시 생각하는 듯하더니, 기사에게 말했다.

"내일 아침 10시쯤 다시 오시구요. 내일 오후 비행기로 비즈니스석 두 장을 예약해두세요."

술을 할 거냐는 은교의 말에 그는 입이 딱 벌어졌다. 낮에 묘지에서 실랑이를 벌인 탓에 목이 마르고 술이 몹시 그리웠기 때문이다. 와인을 들먹이는 그녀에게 맥주를 마시자고 말했다.

민우가 거의 단숨에 한 잔을 비워내자, 그녀가 주의를 주었다.

"천천히 드세요. 식사와 함께 천천히 들어야 취하지 않는 법이래요. 그런 건 나보다 의사인 민우 씨가 더 잘 아시겠지만."

민우는 어쩐지 취해서 일찍 잠이라도 자고 싶었고, 세상일이 모두 다 시들하고 귀찮기만 했다. 그런데도 음식과 술은 이상하게 잘도 들어갔다. 혼자서 맥주 두 병을 다 마신데다가 늦은 저녁까지 싹싹 쓸어 먹었다. 그러자 이번에는 하품이 나서 견딜 수 없었다.

"몹시 피곤하신가 봐요? 그럼, 방에서 일찍 쉬세요. 내일 아침 7시쯤 다시 연락드릴게요."

방은 인접해 있었다. 둘은 아침에 다시 만나기로 하고서 각자 자기 방으로 들어갔다. 방에 들어선 그는 우선 땀에 찌든 몸부터 씻어내고, 여세를 몰아 속옷도 빨아 널었다. 그러자 어느새 술도 다 깨고, 잠도 멀리 달아나버린 뒤였다. 생각처럼 잠이 들지 않아 묘소 일을 생각하며 고심하고 있는데, 은교에게서 전화가 왔다. 생각이 있으면 1층 로비 커피숍으로 내려오라는 것이었다.

"문제가 뭔가요? 묘지를 옮길 장소가 마땅치 않다는 건가요?"

"이야기를 하자면 긴데……. 어쨌든 만약 묘소 위치에 당장 건물이 들어서지 않을 거라면 당분간 주위를 보강해서 현 위치 그대로 두고 싶다는 것이고……. 정 옮겨야 한다면 시간을 좀 달라는 거죠."

"지금 적당한 위치로 옮기면 안 되는 무슨 특별한 이유가 있나요?"

"아뇨, 그런 건 아니지만……. 다만 내 잔뼈가 굵어진 곳이구……. 한 많은 추억이 서려 있는 곳이죠. 은교 씬 아마 이해하시기 어려운 부분도 있을 겁니다."

"하지만 이왕 옮겨야 할 거면 일찍 옮기는 게 좋지 않을까요?"

"그렇긴 하겠죠. 하지만…… 어쨌든 곧 전에 말씀 드린 대로 내 어렸을 때부터 잔뼈가 굵어진 마음의 고향이구……. 나로선 성역과도 같은 곳이죠. 그래서 묘지를 옮기거나 없앨 생각을 전혀 하지 않았어요. 묘지 주위는 원래 밭이었거든요. 그 밭에서 할머니는 일하시며 하루를 보내셨구, 난 할머니를 따라와 어머니 묘지 위를 뒹굴며 놀았소. 물론 나도 처음에는 가족이 있었죠. 그러나 전쟁 통에 모든 식구가 한꺼번에 몰살당했구, 간신히 할머니와 어린 손주만 살아남은 거요. 그 할머닌 고생 끝에 죽었구……. 그 손주가 바루 나요. 이상한 말처럼 들릴지 모르겠지만, 죽은 가족이긴 해두 내 가슴 속에는 아직도 살아 있는 사람과 동일한 개념으로 존재하고 있어요. 그런데 은교 씨의 회사에서는…… 물론 이건 은교 씨와 개인적으로는 하등 관계없는 일이겠지만…… 공장 터로 수용한다면서 아직 팔지두 않은 나의 밭을 다 훼손해버리고 묘지까지 허물어버리려 했소. 은교 씨가 다행히 와주서서 그렇지…… 난, 사실 오늘, 아니 벌써 어제로군. 죽을 각오를 했었소."

"죽을 각오요?"

"그렇소. 차마 이 자리에서 내 입으로 은교 씨 회사 사람들의 횡포를 다 말할 수는 없소. 다만…… 힘없는 서민의 한 사람인 나는, 내가 가장 소중하게 생각하고, 팔지두 않았고, 팔 수두 없는 가족의 쉼터를 법을 앞세우며 허물어버리려는 회사에 맞서서 죽은 가족들 앞에서 불도저에 깔려 죽으려구 했었소. 어제 내가 할 수 있는 일은 오로지 가족들 묘지를 위하여, 순교하듯 그렇게 조용히 죽어주는 것뿐이었소. 순교라구까지 설명해야 하는 내 말이 우스울 거요."

잠자코 민우의 말만 듣고 있던 은교가 다시 물었다.

"하지만 공장이 들어서는데, 성지라는 이미지가 그대루 지속될까요? 예전에야 민우 씨 말마따나 목가적인 분위기였겠죠. 어렸을 때의 그 밭과 묘지와 주변 환경들 말예요. 하지만 이제는 큰 길두 나고, 공장이 들어서잖아요? 사람들이 많아지면 시끄러워질 거구, 그렇담 더 이상 목가적일 수는 없지 않을까요? 오히려 묘지를 예전과 비슷한 환경의 다른 장소로 옮기는 게 훨씬 더 합리적이지 않겠어요?"

"?"

"그렇죠. 생각해보세요. 경주 시내 왕묘조차 이제 한낱 사람들의 관광거리잖아요? 즉, 내 말은 시대에 따른 변화를 혼자서만 고집한다구 해서 될 일은 아니라는 거죠. 세상은 부단히 변화하는 거구, 인간은 그 변화에 순응해가야 한다구 생각해요. 저두 대강 회사 사람들에게 민우 씨 이야기를 들었거든요. 물론 민우 씨의 생각이 잘못되었다는 것은 절대루 아니지만, 변화를 수용하지 않으려는 고집 같은 걸 느꼈던 것은 사실이거든요."

변화를 두려워하고, 변화를 수용하려 하지 않는 것이 자신의 가장 큰 단점이라는 말이 사실일지도 몰랐다. 어쩌면 그래서 가족의 성지라는 평계를 마음속에 만들어두고 변화를 부정하려 하는지도 모를 일이고.

"그렇지만…… 묘소를 옮기거나 만약 화장을 강행한다면 뭔가 좋지 않은 일이 일어날 것 같거든요."

"마을 노인 이야기를 하고 싶은 거죠? 그게 말이 된다구 생각하세요?"

"물론 미신일 수도 있겠죠. 하지만 김이대 씨 말고도 나 역시 불도저 기사와 은교 씨 오빠가 파묘하려다가 죽는 꿈을 꾸었소. 물론 극단적인 감정의 이입으로 인해서 그런 꿈이 꾸어졌을 수 있겠지만, 어쨌든 지금 이 순간에도 너무나 생생해서 꿈속의 일이 꼭 사실 같기만 해요."

다음 날 아침, 두 사람은 다시 공장현장으로 왔다. 은교는 황토 속에 묻혀 있는 곡식 알갱이가 발에 밟히는 것을 처음 발견했던 모양인지 말도 안 되는 소리를 했다.

"여긴 농사두 잘 안 되는 땅인가 봐요? 곡식을 거두지두 않은 걸 보면……"

너무나 한심스러운 말이었으나, 그렇다고 무슨 설명을 해줄 수도 없었다.

현장소장도 민우를 어제 처음 만났을 때와는 180도 달라진 태도를 취하며 아주 정중하게 대해주었다.

"이사님(강철)께서도 늦어지는 공기 때문에 여간 걱정이 많으신 게 아닙니다."

"그런데 여긴 건물에서 좀 떨어졌지 않나요?"

"그렇긴 합니다만……. 나중의 일도 있구……. 하지만 현재도 가장 큰 문제는 사실 조경입니다."

"그렇다면 주위에 흙을 쌓고 작은 동산처럼 만들어버릴 순 없을까요? 제 생각으로는 묘소 주위를 보강해서 현재보다 높이를 올리고 상대적으로 묘를 낮게 보이도록 하면 그다지 신경 쓰이지 않을 수도 있을 것 같은데요……"

민우는 어떻게든 자기 생각대로 했으면 싶어 소장과 은교에게 의견을 조심스럽게 개진해보았다.

"묘지를 제자리에 그대로 두고 싶단 말씀이시잖아요? 그럼, 이사님과 더 상의해보시죠. 하지만 제 생각으로는 아무래도…… 그리구 공장이 확장될 게 뻔해서, 금방 다시 옮겨야 할 텐데요……. 그럴 바에야 지금 옮기는 게 좋지 않을까요?"

소장의 말에 은교도 동감이라는 듯이 민우를 쳐다보았다. 일단 공장부지 안에 들어버린 이상 옮기긴 해야 할 것이었다.

"그럼 이 근처에 말이죠, 공장부지에 포함이 안 된 회사 땅은 없나요?"

옮기는 것을 기정사실로 생각하는지 은교가 소장에게 그렇게 물었다.

"왜요? 많이 있습니다."

"그럼, 이 선생님! 이렇게 해 드리면 어떨까요? 회사 땅 중에서 이 선생님께서 원하는 곳을 맞바꾸어 드리고 묘지를 옮기게 해 드린다면?"

사실 은교의 제안이 퍽 현실적이고 합리적으로 들렸지만, 그는 당분간만이라도 묘소를 어떻게든 그대로 두고 싶기만 했다.

"그럼…… 회사 땅 위치를 알려 드릴까요?"

"그렇게 해주세요."

소장은 어제와 달리 매우 정중한데다가 민우의 입장을 충분히 이해하고 있다는 태도였다. 그래서 죽을 둥 살 둥 했던 어제 일과 비교가 되어 쓴웃음이 났다. 하지만 헐값에 주민에게 팔게 하였다는 김이대 씨의 분노가 새삼스럽게 상기 머릿속을 맴돌고 있었다.

예전에는 생활반경인 동네에서 가까운 지척에 밭과 묘소가 함께 있어서 비록 죽은 가족들일망정 가깝게 있다고 느끼며 살았던 것인데, 소장이 보여주는 땅들은 하나같이 동네에서 멀고 생활반경이 될 수 없는 먼 산자락이라서 너무 멀게만 보였다. 하지만 이제 은교의 말마따나 변화를 수용해야 할 것이었다. 아무튼 김이대 씨와 상의해서 결정하는 것이 좋을 것 같았다.

하지만 무엇보다 다행스러운 점은 현재의 묘지 터가 건물이 들어설 곳은 아니고, 어차피 주변 조경지역이라는 점, 그리고 은교가 버티고 있는 이상 어느 정도 시간적 여유가 생겼다는 점이었다.

"여하튼 고맙습니다. 그럼, 저는 잠시 마을에 다녀와야겠군요."

소장과 은교에게 고맙다는 치하를 한 후, 김이대 씨를 찾아 마을로 내려왔다.

"묘지를 옮길 땅을 보자구요?"

김이대 씨는 마지못한 듯 따라나섰다. 둘이서 소장이 가르쳐준 회사 땅들을 둘러보고 있는데, 은교와 소장이 가까이 왔다. 어쨌든 태도를 누그러뜨리고 협조를 아끼지 않는 소장에게 김이대 씨도 새삼스럽게 지난 일을 탓할 생각은 없는 모양이었다. 어제의 일은 죄다 잊어버린 사람들처럼 모두 화기애애한 분위기 속에서 이야기를 나누었다.

여기저기 소장이 가르쳐주는 대로 다 돌아보고 난 김이대 씨가 잘 아는 지관이 있으므로 다시 물어서 결정했으면 좋겠다는 의견을 피력했고, 소장도 그렇게 하자고 해서 일단 타협은 끝났다.

마침내 은교가 모든 것을 다 정리하는 듯 소장에게 일렀다.

"그럼 우선 먼저 묘소 주위 보강공사를 곧바로 해주세요. 동산처럼 만들거나…… 여하튼 보기 좋게 말이죠. 그 후 일은 서울에서 의논되는 대로 알려 드릴게요. 수고했어요."

"아닙니다. 전화만 해주셔도 되는데, 일부러 내려오시게 해서 죄송합니다. 제가 알아서 잘 처리하겠습니다. 걱정하시지 말고 올라가세요."

소장과 헤어져서 K시로 돌아온 두 사람은 간단한 점심 후에 함께 서울행 비행기에 올랐다.

"정말로 고맙군요. 고맙다는 말 외엔 달리 드릴 말씀이 없네요."

"정말 그렇게 생각하세요? 그럼 한 가지 빚은 갚아 드린 셈이네요?"

"한 가지 빚이라뇨?"

"잘 생각해보세요. 하기야 갚을 사람은 잊지 않지만, 빚을 준 사람은 더러 잊을 수두 있다면서요?"

빚이라면 응급실에서 기흉 처리했던 게 고작일 것이나, 지극히 당연한 일이라서 그건 아닐 것이고, 뭔가 다른 것일 터인데 짐작이 가지 않아 다시 물었다. 그러자 은교는 갑자기 깔깔거리며 말했다.

"숙제예요. 다음번 만날 때까지 알아오세요."

비행기로 순식간에 날아왔기 때문에 서울에 도착해서도 겨우 5시가 갓 넘은 시간이었다.

"어때요? 오늘 저녁 사고 들어갈래요? 아님 다음에 다시 만날까요?"

일부러 시골까지 날아와서 묘지 일을 해결해주었고, 어제 호텔에서부터 모든 경비를 그녀 편에서 다 댔으므로 그렇지 않아도 너무 고마워서 뭐라도 해주고 싶었는데, 먼저 말이 나와 정말 다행이었다. 또 이상하게도 그냥 헤어지고 싶지 않았고, 아쉽기만 했었다. 기뻐서 입이 벌어졌다.

"은교 씨 바쁘시잖아요? 시간 괜찮겠어요?"

"민우 씨 시간이 없겠지……. 닌 시간이야 많죠. 오늘 저녁 사실래요?"

"그러죠."

"그럼…… 날 따라와 봐요."

그녀가 이끄는 대로 무교동 낙지골목이라는 곳을 갔다.

"이런 덴 첨이시죠?"

"네, 전혀……."

그동안 서울 생활이라고 해보아야 일 년여가 고작이었고, 그나마 병원의 울타리 안에서만 지냈던 것이 아니겠는가? 겨우 안다는 곳이 혜진이나 주리와 들렀던 서울역 그릴이나 터미널 근처의 식당이 전부였다.

"민우 씨는 연애두 안 해보셨나 봐. 호호호! 하기야 시간이 워낙 없는 분이니까."

"여길 와야 연애가 되는 겁니까? 그렇담 매일이래두 와야죠."

"그래요? 호호! 그런 뜻은 아니고 연인들 식사 장소로 유명한 곳이잖아요?"

아닌 게 아니라 젊은 남녀들이 넓은 홀을 가득 메우고 있었다. 고추장에 낙지를 볶은 매콤한 요리와 함께 소주를 마셨다. 피곤해서였던지 재빨리 얼굴이 붉어진 그에 비해서 같은 양의 술에도 은교는 얼굴색 하나 변하지 않았다.

"여하튼 결정 나는 대루 일찍 알려 드릴게요. 너무 걱정하지 마세요. 하지만…… 이번 기회에 그냥 옮기는 것이 좋지 않을까 싶어요. 잘 생각해보시구요."

"그렇긴 하겠지만……."

"참, 아까 내드린 숙제가 있었죠? 이 다음번에 꼭 알아 오셔야 해요."

가만…… 숙제가 뭐였지? 맞아, 빚을 갚는 거라구 했지.

"빚을 물었죠? 난 진짜 잘 생각이 나지 않는데……. 아는 사람이 먼저 말해주면 안 되겠어요?"

그러자 은교는 정색하면서 말했다.

"빚이야 많죠. 세상 살면서 모두 알게 모르게 빚을 주고받으며 사는 게 아니겠어요?"

"그렇긴 하겠지만."

그가 얼굴을 숙이고 고개만 끄덕이자, 그녀가 눈빛을 빛내며 말했다.

"아니라는 말인가요?"

"아뇨. 옳은 말일 거요."

그가 혜진에게 미쳐 있을 때, 수련 자리를 만들어주려고 자기 일만큼이나 애써준 박똥이나 이번 시골 묘소 일만 보더라도 김이대 씨나 은교에게 말할 수 없는 신세를 진 게 아닌가? 그녀는 더 이상 언급할 게 없다는 듯이 말없이 웃기만 했다. 그러면서도 이상하게도 무언가를 매우 골똘하게 생각하는 눈치였다.

"쓸데없는 걱정거리 맡아 왔다구 집에서 야단맞지 않겠어요?"

그녀는 심각했던 얼굴을 풀며 다시 깔깔대고 웃었다. 초롱초롱 빛을 내는 강렬한 눈빛과 함께 깔깔대고 웃는 것이 그녀의 특기라면 특기였다.

"설마요. 민우 씨 생각에 그럴 것 같아요?"

"하지만 갑자기 뭘 생각하며 걱정스런 얼굴이 되는 듯해서……."

"어머! 그랬어요? 난 아무 생각도 안 했는데……. 참, 이제 일어서야죠?"

인천으로 가는 마지막 버스가 10시 반까지 있었으나, 너무 늦게 가면 통금이 문제였다. 그런데도 오늘 밤엔 이상하게도 헤어지기가 싫었고, 세상일을 다 잊어버리고 밤을 지새우면서라도 그녀와 함께 더 있고 싶었다.

"그럼 다른 데로 옮겨서 커피나 한 잔 더 할까요?"

"민우 씨는 오늘 밤 인천 가야 하는 건 아니에요?"

"내일 아침 9시까지만 가면 되는데……. 이 근처에 어디 찻집 없을까?"

하지만 은교가 커피는 다음으로 미루자며 난색을 표했기 때문에 하는 수 없이 일어서서 그냥 그대로 헤어졌는데, 거의 막차를 탔었고, 인천에는 밤 11시가 넘어 도착되었다.

만약 차를 마시며 시간을 더 지체했더라면 차편이 끊겨 서울에서 1박이 필요했을 터였다. 기분 내키는 대로 시간 개념도 없이 살아가는 것이 은교의 눈에 어떻게 비쳤을까 은근히 걱정되었다. 헤어지기 싫어서 그랬다는 것을 아마 은교도 잘 알 것이라는 생각에서 다소 마음이 놓이기는 했지만, 그보다는 어째서 이렇듯 은교에게까지 턱없는 감정을 가지는가 하는 것 때문에 마음이 편치 못하고, 불안하며 걱정스럽기까지 했다.

무엇 때문에 그 남자 일에 주말까지 할애했던 것인지, 연애라도 해보겠다는 것인지, 그리고 오빠와 분명히 무슨 사연이 있을 것 같아 보이는데 그것이 무엇인지, 짙은 안개 속처럼 불투명하기만 했다.

그동안 몇 차례 만나면서 느꼈던 것은, 그와는 어떤 점에서도 서로 쉽게 어울릴 수 없다는 점이었다. 자라온 환경도, 가치관이나 성격도, 하다못해 신분에서나 직업적인 면까지도……

그런데도 이상하게 그를 보면 따뜻하게 감싸주고 싶고, 어떻게든지 도와주고 싶었다. 연민과 사랑은 확실히 다른 것이겠지만, 결국 사랑도 연민으로 시작한다는데, 혹시 그를 사랑하고 있는 건 아닐까 하는 의구심까지 들 정도였다.

퇴원 후 그를 만나보려 했던 것은 일시적인 우울증이라 치더라도, 그 후로도 그를 쉽사리 잊어버리지 못하는 것은 무슨 이유 때문일까?

다음 날 그녀는 자기 아빠를 만나서 민우네 묘소 이야기를 꺼냈다. 물론 아빠는 그런 거야 적당히 알아서 처리하라고 했지만, 그녀와 같은 생각이었다.

"하지만 내 생각으로는 옮기는 게 좋겠다. 정 팔지 않으려 하면 근처 우리 땅과 교환해주던지 말이야. 지금은 건물과 떨어진 곳이라 해도 결국 공장이 확장되면 문제가 될 게 뻔하잖니?"

시골에 체류하고 있는 오빠와도 연락해보았는데, 오빠의 의견 역시 똑같았다. 오빠는 소장의 보고를 들었던지 이미 전후사정을 다 잘 알고 있었다. 오빠는 그 문제보다는 오히려 민우와의 관계를 더 알고 싶어 했다.

"설마 그 친구와 썸씽이 아이엔지 되는 건 아니겠지?"

"왜?"

"왜는 왜냐? 네가 나설 일두 아닌데 야단법석을 떨구 다니니까 하는 말이지. 난 부모님께 실망을 드렸지만, 넌 그래서는 안 될 거라서 미리 말해두는 거야. 잘 생각해. 그 친구 꽤 끈질긴 데가 있는 것 같더라구."

"참! 오빠 닥터 리를 어떻게 알아?"

"조금은 알지……. 그건 그렇구, 그 문젠 현재 이렇다."

말이 나온 김에 민우에 대해서 어떻게든 더 물어보고 싶었으나, 오빠는 말꼬리를 민우네 묘소 일로 돌려버렸다. 아무튼 묘지가 공장부지 안에 있다는 것은 말도 안 되므로 지금 김이대라는 사람과 의논 중이라는 것이었다.

그날 저녁에는 철만 빼고 모처럼 네 식구가 함께 모여 식사를 했는데, 식사 도중 갑자기 아빠가 은교에게 물었다.

"어제 네가 말하던 공장의 묘 말이다. 오빠와 의논해보았니?"

"네, 옮기는 게 좋겠대요. 그래서 그쪽 사람과 의논 중이래요."

"그래? 그건 그렇게 해얄 거고……. 그런데 왜 네가 그런 일에 나서게 됐니?"

"그럴 만한 사연이 있었어요. 그게 다름 아닌 지난번 인천 병원 주치의네 묘지더라구요."

"음, 그랬니? 다른 사연은 없구?"

"네."

"확실해?"

"네, 확실해요."

"그럼 됐다. 난 혹시 너까지 또 난데없이 결혼하겠다고 할까 봐 걱정했었거든. 하하하!"

"당신은 하시는 말씀이 그저…… 애들한테……"

어머니는 난처해하는 혜진의 눈치를 살피며 아빠의 말씀을 제지했다.

그날 밤 여느 때처럼 2층으로 혜진을 찾아갔는데, 뜻밖에도 혜진의 입에서 민우 이야기가 나왔다.

"아까 식사 때 혹시 이민우 씨 이야기 아니었나요?"

"이민우 씨요? 언니도 이민우 씨를 아세요?"

"그가…… 아무 말도 안 하던가요?"

"무슨 말요? 오빠, 아니, 언니에 대해서요? 아뇨, 아무 말도 없었어요. 언니는 그를 어떻게 아시는 거죠?"

"정말로 그가 아무런 말도 안 해주던가요?"

"그럴만한 기회도, 이유도 없었죠. 혹시…… 혹시 언니와 예전에?"

"그렇담 아가씨에게 아무래도 미리 알려 드려야 할 것 같네요. 오빠는 이미 다 알고 있는 내용이지만."

"?"

"몇 개월 동안 비교적 가깝게 지낸 적이 있었어요. 아뇨, 그런 건 다음에 다시 자세히 말해 드릴게요. 별 특별한 것도 아니고, 누구에게 도움이 될 만한 이야기도 아니니까요. 여하튼 그런 일이 있었어요. 그리고 조금 더 덧붙이자면 사실 그는 퍽 성실하고 착한 사람이었어요. 하지만…… 그것보다…… 아니에요. 어쩐지…… 그것두 나중에 다시 말씀드리죠."

그러고는 혜진은 입을 다물어버렸다. 하지만 더 자세히 캐물을 수도 없었다. 혜진이가 아기를 가졌다는 생각 때문이었다. 다만 그 말 한마디만으로도 민우와 혜진이나 오빠와의 관계를 어느 정도 유추해볼 수는 있었다.

다음 날 오후였다. 항상 은교 편에서 먼저 혜진을 찾아갔던 것과 반대로, 이번에는 반대로 혜진이 편에서 그녀를 찾아왔다.

"아가씨에게 어제 했던 이민우 씨 이야길 마저 다 해 드릴려구요."

은교는 혜진과 함께 일부러 조용한 지하식당으로 내려갔다.

"74년 여름방학 때 동해안 Y읍 근처 외가에 갔다가, 오빠도 거기에서 처음 만났던 거지만, 그를 거기에서 먼저 만났어요. 그는 그 근처 병원에서 근무 중이었는데, 그때 그에게 신세를 많이 졌어요. 그에게 충수염 수술을 받았거든요. 그때 가깝게 지낼 뻔 했어요. 주리라는 간호사만 아니었다면 말이에요. 그는 주리라는 간호사와 상당히 가깝게 지내는 눈치더라구요. 저는 그 후 서울로 다시 와버렸고……. 물론 오빠도 잘 알고 있는 사실이지만, 맹세컨대 그와 무슨 일이 있었던 것도 아니에요……. 다만 아가씨가 가깝게 대하시는 것 같아 자세히 말씀드리려는 것 뿐이죠……. 그는 전혀 자기주장도 없고 우유부단하게 보이지만, 사실, 그렇게 보일 뿐이고, 오히려 정반대로 확실하게 자기 관리를 하는 사람이었어요. 착하고 진지했었구."

"그럼, 언니는 그 간호사 때문에 그와 헤어진 거네요?"

"아마 그게 가장 크고 결정적인 이유였을 거예요……. 하지만 헤어지고 뭐하고 할 만큼 아주 가까웠던 사이는 아니었다고 생각해요."

"그럼... 오빠와는요? 그와 어떻게 다른 거죠?"

혜진은 다그쳐 묻는 은교에게 빙긋 웃음을 지으며 말했다.

"글쎄요. 오빠가 날 임신시킨 것이 사실 가장 큰 이유였을 거예요. 그 외에도……. 글쎄, 여러 가지 있었겠죠. 하지만 무엇보다 어쨌든 오빠가 너무 적극적이었어요. 저도 모르게 점차 오빠를 좋아하게 되었어요. 왠지 몰라요. 아가씨 앞이라 해서 이렇게 말하는 건 아니지만……."

"그와 주리라는 간호사와는 정확하게 어떤 관계였나요?"

"전 잘 모르죠. 그가 시골병원에 있을 때 셋이서 한 번 함께 만났던 적이 있긴 해요……. 내가 있어서 그랬는지 모르지만…… 여하튼 확실한 관계까지는 아닌 것 같기두 했지만…… 어쨌든 그러면서도 한동안 둘은 자주 함께 어울려 다녔어요. 주리 씨는 J대 병원 내과병동에서 근무한다고 했어요."

수요일 퇴근 무렵, 은교에게서 연락이 왔다. 저녁이나 하게 바쁘지 않으면 서울로 오라는 것이었다. 묘지 일에 대한 추이도 알아볼 겸 저녁 시간에 늦지 않도록 1시간 전에 퇴근하고 그녀를 만나러갔다.

역시 그녀는 만나자마자 시골 묘지 일부터 물었다.

"시골에서 민우 씨에게 직접 연락 온 건 아직 없죠? 지금도 묘소를 옮기지 않았으면 좋겠다고 생각하세요? 모두 이구동성으로 하는 이야기가 결국 옮기게 될 텐데 뭐 하러 그렇게 하느냐는 거죠."

"내년쯤에 옮기면 안 될까요? 왠지…… 시골 김이대 씨의 꿈두 그렇구……. 내 꿈두 그렇구……. 과학으로 설명할 수 없는 초자연적인 일도 있잖아요?"

"그럼, 민우 씨는 그걸 믿으세요?"

"꼭 믿는다기보다…… 기분이 언짢은 정도라 해도…… 왜, 옛 속담에 '돌다리도 두드리며 가'라'지 않았소. 만약…… 묘소를 파헤침으로써 무슨 일이 일어난다면…… 아니, 그보다 무슨 일이 일어났는데, 그것을 묘소 일과 연관시키게 된다면…… 그땐 후회해도 늦지 않을까요? 현재 묘소 때문에 공장 건설을 못하는 것도 아니잖아요? 그런데 무리하게 강행할 필요가 있겠어요? 은교 씨가 제발 좀 말려주면……."

민우는 몹시 더듬거리며 말하다가 담배를 피워 물었다.

"정 그러시다면 다시 한 번 논의해볼게요. 아! 참, 그리구 뭐 하나 물어봐두 돼요?"

하지만 했던 말과 달리 그녀는 머뭇거리기만 했다. 결국 그가 더 궁금해서 되물었다.

"뭔데…… 뭔데 그래요?"

"혹시? 아뇨, 됐어요. 나중에 얘기해요."

그녀가 묻고 싶었던 것이 무엇인지 궁금했다. 하지만 그거야 필요하면 언제라도 다시 물을 것이고……. 모든 것을 다 떠나서 그녀와 함께 있다는 것 자체가 즐겁고 행복한 일이었다. 묘소 일로 만난 것이라서 죽은 가족들 생각에 감정이 격해진 나머지 술도 잘 들어갔다.

이상하게도 오늘은 은교를 바라볼수록 자꾸만 예전 별이 생각났다. 무슨 공통점이 있을 것도 아닌데……. 술이 들어가서 그러나??

한별을 우연히 버스에서 만나 함께 보냈던 꿈같은 시간과 그날 집에 도착해서 들뜬 마음으로 할머니 일을 거들었던 일도 생생하게 되살아났다. 그때 할머니도 무척 기분이 좋으셔서 "이젠 정말 오래 살아야겠다. 앞으로는 무진 좋은 일만 있을 터인데 왜 죽을까보냐"고 했다.

은교가 앞에 있다는 것도 잊고, 실컷 고생만 하다가 죽은 불쌍한 할머니 생각에 자꾸만 눈물이 났다. 생각을 바꾸려고 예전에 별이에게 해주었던 벌주는 훈장님과 《명심보감》 구절을 소재로 한 우스갯소리를 은교에게 해보았다. 그러나 은교는 별이처럼 깔깔거리며 웃지도 않았고, 그런 게 무슨 농담이냐는 표정으로 민우를 빤히 쳐다보기만 했다.

하지만 술이 들어가면 마음도 그만큼 헤퍼지는지 몰랐다. 결국 별이 이야기를 은교에게 하고 말았다.

"그땐 몹시 힘들었지만…… 유일한 가족으로 할머니가 살아 계셨어요.

세상일이 다 노력해서 사닥다리를 한 발 한 발 올라가면 되는 걸루 알고 있었구요. 같은 또래 여학생도 사귀었죠. 세상이 온통 기쁨과 희망으로만 가득 차 있었을 때였죠."

"민우 씨는 어렸을 때부터 상당히 감성적인 분이셨나 봐요. 그 여학생을 그 후론 못 만났나요?"

"그런 셈이죠."

"누군지, 내가 한 번 찾아봐 드릴까요?"

"어떻게요?"

"그런 것만 전문으로 해주는 사람들이 있거든요."

은교의 말에 불현듯 한경 생각도 났다. 지금 생각하면 수득수실한 일이라기보다 참으로 한심한 일이었지만, 그래도 그때는 한경의 몸을 빌려 새 가족으로 태어날 생명을 얼마나 기다렸던가? 술잔을 단숨에 비우고는 한숨을 토해내며 말했다.

"사양하겠습니다. 파랑새는 파랑새대로, 현실은 현실대로 존재하는 게 좋을 것 같군요."

"이름이 뭐라구 그랬죠?"

"김한별! 모두들 그냥 별이라고 불렀어요. 나에게도 역시 별이었구요. 하지만 이젠 다 지난 얘기죠. 그런데 어떻게 해서 그런 이야기가 나오게 됐죠? 아, 참! 《명심보감》이야기를 하던 중이었죠? 처음으로 별이랑 버스를 함께 타고서 시간이 이대로 영원히 멈추어버리면 얼마나 좋을까 했다는 이야기도 했던 가요?"

마침내 소나기술을 마시던 민우가 취해서 횡설수설하기 시작했다.

"그 여학생 일을 할머니에게 말해드리고 싶었던 걸 억지로 참았죠. 그런데…… 할머니는 지금 생각해보아도 죽었더라면 더 좋았을 인생을 억지로 살았어요. 꺽! 아마도 그건 순전히 이 잘난 이민우 때문이었겠죠……. 제가 술이 좀 취했나 봅니다. 꺼억! 여태껏 누구에게도 하지 않은 혼자만의 부끄러운 넋두리를 은교 씨 앞에서 잘도 하구 있네요. 허지만 이건 사실, 솔직히 말씀드리자면, 다소 의도적이기도 한 거죠. 그게 무슨 뜻이냐 하면…… 꺽! 바로…… 바로 그 묘지 때문이죠. 꺽!"

"이젠 술은 그만 하구……. 다른 데로 옮겨 차를 하는 게 어때요?"

민우가 술을 많이 마신데다가 평소 때의 모습과는 완전히 달리 감정이 격해진 상태에서 횡설수설하자, 난감해진 은교가 자리에서 일어서려 했다. 그러나 술이 잔뜩 취한 그는 고개만 살래살래 흔들 뿐이었다.

"먼저 가세요. 꺽! 난 여기 더 있다가 갈 테니까요."

"인천까지 가려면…… 늦지 않겠어요?"

"인천이야, 뭐, 가도 되고, 안 가도 되는 거니까. 꺼억! 이민우의 인생에서 인천이 뭐, 꺼억! 그렇게 중요한 것만도 아니고…… 어! 취한다. 미안합니다. 먼저 가세요……. 계산은 내가 나중에 할 테니까…… 꺽! 먼저……."

그동안 민우가 이렇게까지 취해서 주정 부렸던 일은 한 번도 없었다.

"그럼…… 먼저 갈게요……. 묘지 문제는 더 이야기 해보구요……. 여하튼 옮기더라도 되도록 민우 씨 마음에 들도록 좋은 곳을 알아보도록 해 드릴게요. 정말 혼자 갈 수 있겠어요?"

몹시 취한 민우를 혼자 놓아두고 가기가 난감해서 은교는 몇 번이나 주저하다가 결국 일어섰다.

"꺽! 미안해요……. 고마워요, 고마웠어요……. 꺽! 먼저 가세요. 술이 깨면 꺽, 금방 일어설 수 있을 테니까. 꺽!"

소나기술로 마셨기 때문에 더 엉망으로 취한 모양이었다. 몸과 마음이 다 같이 걷잡을 수 없을 만큼 울적해지고 뒤틀렸다. 세상을 향해 포효라도 한 번 하고서 그 자리에 꽉 고꾸라져 버리고 싶었다. 아니, 그것보다 마음속의 울화가 다 풀릴 때까지 밤새 꺼이꺼이 울어보던지…….

은교가 가고 난 후에도 소주 한 병을 더 시켜서 자작으로 거의 반 이상을 비우고는 밤 10시쯤 가게 문이 닫히는 바람에 하는 수 없이 떠밀려서 일어섰다.

앉아 있을 때에는 잘 몰랐으나, 자리에서 일어서자 세상이 팽글팽글 돌면서 구토가 났다. 화장실을 찾아 들어가 모조리 다 게워냈더니 다행히 정신이 좀 돌아오며 어지러운 감이 사라졌다.

시간상으로도 그렇고, 몸도 그렇고, 인천으로 갈 수는 없는 문제라서 눈에 보이는 대로 아무 여관에나 들어가려고 비척거리면서 걸었으나, 개똥도 약에 쓸려면 없더라고 도대체 여관이고 여인숙이고 눈에 들어오는 데가 없었다.

다시 어지럽고 구토가 나려 해서 길가 아무 데나 주저앉았다. 어느새 12월 초순이고, 자기 집도 없는 서울이라서 그런지 으스스 오한이 났다. 추위에 몸을 떨며 한참 동안 앉아 있다가 다시 간신히 일어났다.

J대 병원 내과병동으로 주리를 한번 찾아가보고 싶다는 생각이 불현듯 들었다. 아아! 정주리! 참, 대단한 여자였지! 그녀는 잘 있는 것일까? 그러나 술 취한 생각으로도 이런 몰골로 찾아갈 수는 없을 것이었다.

골목을 벗어나 큰길 쪽으로 나왔다. 더러 택시를 잡느라 이리 뛰고 저리 뛰며 귀가전쟁 중인 사람들의 모습들이 보이긴 했으나, 이미 11시가 넘은 시간이라서 인적이 드물었다. 코트 깃을 세우고 여관 간판이 눈에 보이는지 신경을 곤두세우며 걸었다.

마침내 어느 골목에서 여관 간판 하나를 발견하고 그리로 발길을 돌렸다. 그러자 등 뒤쪽에서 그를 부르는 여자 목소리가 들렸다.

"민우 씨! 민우 씨!"

뜻밖에도 은교였다.

"여태껏 집에 들어가지 않은 거요? 오늘은 그냥 들어가고…… 꺼억! 나중에 다시 봐요."

은교에게 팔을 흔들고 새삼스럽게 작별인사를 해 보이며 여관이 있는 골목으로 다시 들어가려는데, 숨 가쁘게 은교가 뒤쫓아 와 팔을 붙들었다.

"밤이 늦었습니다. 꺼억! 어서 가세요. 난 상관 말구요."

"어머! 민우 씨! 진짜 취하셨나 봐. 제발 정신 좀 차려요."

"아뇨, 그냥 가요. 꺽! 난 여기 적당한 곳에서 자면 되니까요."

"정말 쓸데없이 고집부릴 거예요? 그럼, 난 갈 거예요. 그리구 다시는 안 만나줄 거예요. 시골 묘소 일이구 뭐구 난 다 몰라요."

"어? 그러면 안 되는데?"

민우가 제정신이 아니고 너무 취해있었으므로, 시청 앞 플라자호텔까지 오면서 얼마 안 되는 거리였으나, 은교는 보통 고생을 한 게 아니었다.

프런트에서 방 두 개를 얻어 민우를 먼저 넣어주고 그녀도 따로 방을 얻어 들어갔다.

민우는 방에 들어서자마자 그대로 쓰러져버렸다가 새벽녘이 되어서야 심한 조살과 두통으로 깨어났다. 간밤에 은교와 함께 술을 마시다가 그녀를 먼저 보내고 나서 혼자서 더 마셨다는 것까지는 기억하겠으나, 그다음부터는 도통 생각이 나지 않았다. 식당을 어떻게 나왔으며, 더구나 어떻게 방에 들었는지 필름이 끊겨 전혀 생각나는 게 없었다.

방안 풍경으로 보아 상당히 고급호텔인 것 같았다. 다시 잠을 자기도 뭐해 욕실로 들어가 샤워와 양치를 하면서 간밤의 일을 다시 생각해보았다. 그러나 필름이 끊긴 듯 도대체 생각나는 것이 하나도 없었다.

탁자 위 팸플릿을 보고서야 플라자호텔이라는 것을 알았다. 지갑 속에 돈도 그대로 들어 있었다. 그렇다면 은교가 호텔로 데려왔을 것이었다. 그렇지만 그가 기억하는 한 은교가 먼저 일어선 것은 확실했다.

5시쯤 체크아웃을 하며 물어보니 함께 왔던 여자 분이 계산을 마쳤다는 프런트의 대답이었다. 은교가 틀림없었다.

바로 옆방에 은교가 들어 있다는 말을 들었지만 고맙다는 인사를 하려고 곤하게 잠든 사람을 꼭두새벽부터 깨울 수도 없었다.

무슨 일이 있었는지 걱정되기도 하고 미안하기도 해서 점심 전에 은교에게 전화를 했다. 그러나 그녀 편에서 오히려 더 걱정을 해주었다.

"정말 미안해요. 고맙기도 하고……. 지금도 뭘 어떻게 했는지 잘 생각도 나질 않는 거 있죠? 여하튼 미안해요. 큰 실수나 하지 않았으면 좋겠는데……."

"아뇨, 실수한 건 하나도 없었구요……. 이젠 진짜루 괜찮아요? 호호호! 그렇게 술 많이 마시는 건 또 처음 봤어요. 그래요. 결정 나는 대로 다시 연락해줄게요."

9. 갈림길

그러다가 2주일쯤 지난 연말 무렵, 다시 은교에게서 연락이 왔다.

"시골 묘소를 그대로 두어도 된대요. 보기 좋게 단장했다는데……. 한번 가보지 않을래요?"

"그래요? 정말 고맙습니다. 당연히 가봐야죠. 그럼요……. 함께 가주시겠다구요? 그럼 언제쯤 시간이 있으시죠?"

"민우 씨가 문제이지 난 항상 시간이 남아돌아간다는 걸 벌써 말하지 않았던가요?"

"그럼, 이번 주말쯤?"

"그래도 돼요. 열차요? 아니 뭐, 상관없어요. 그래요. 그럼 그날 1시 반쯤 서울역에서 만나요."

항상 은교에게 경제적으로 신세만 지는 것이 부담스러웠다. 이번에도 그녀는 틀림없이 비행기로 날아갈 것이라서 그편에서 먼저 열차 이야기를 꺼냈던 것이다. 다행히 그녀는 별다른 반대 없이 그렇게 하겠다고 말했다.

토요일 오후 서울역에서 2시 열차를 탔고, K시에는 저녁 7시쯤 도착 예정이었다. 둘은 식당 칸에서 늦은 점심을 하며 대화를 나누었다.

"엄마가 점을 쳤나 봐요. 그랬더니 진짜루 묘지 이야기가 나오더래요."

"어떻게 나왔는데요?"

"사람이 죽는 건 아니지만 집안에 문제가 생긴데요."

"무슨 문제가요?"

"글쎄요, 뭐…… 딸이 가난한 의사에게 시집갈 거라나 뭐라나. 호호호!"

"안 옮기면요?"

"당연히 가난한 의사에게 시집가지 않겠죠."

그녀는 까르르 웃음을 달았다. 그 역시 그녀를 따라 웃다가 근심스러운 얼굴이 되어 말했다.

"그럼 앞으로 공주님이 난쟁이를 불러주실 기회가 없겠는데요?"

"그렇게 생각돼요? 민우 씨는 아직도 자기가 난쟁이라는 생각에 변함없나요?"

차창 밖에는 추수를 끝내고 아무렇게나 방치해둔 겨울의 을씨년스러운 들판이 한동안 계속되고 있었다. 그녀는 눈을 빛내며 말했다.

"사실은요, 그런 것과 상관없이 공주가 난쟁이에게 시집갈 거래요."

그는 지난번에 레지던트 자리가 되었다고 연락받았던 때보다 더 묘한 기분이 되어 그녀를 똑바로 바라보며 말했다.

"은교 씨가 바보짓 할 사람은 아닐 거고……. 날 놀리고 싶은 모양이죠?"

"천만에요. 난 민우 씨가 너무 바보 같은 생각만 한다구 생각해요."

둘은 그만 서로 쳐다보며 웃고 말았다. 그러나 아무리 장난말이라 해도 무심코 내뱉는 말 한마디가 그에게는 얼마나 가슴 아픈 일이 되는가?

"그럼, 은교 씨는 날 얼마나 안다고 생각해요?"

"상당히 많이요. 민우 씨는 아직두 날 잘 모르고 있다구 생각하나요?"

"아뇨, 그런 건 아니지만……."

"그럼 민우 씨는 아직도 별이라는 여학생에게 마음을 두구 있는 거예요?"

"별이요? 그걸 어떻게 알았죠?"

"자기 입으루 지난번에 말했으면서……. 금세 잊었어요?"

"그래요? 하지만 뭐, 다 옛날이야기고……. 별스런 소릴 다 했나 보군요."

그런 말을 했다면 틀림없이 지난번 무교동에서 만났을 때 술이 진탕 취할 때였을 것이다. 술에 취하면 개가 된다더니 별소리를 다 한 모양이었다.

"참! 민우 씨! 그리구 한혜진 씨를 잘 아신다구 했죠?"

은교는 이 기회에 혜진과의 이야기를 혜진의 입이 아닌 민우의 입을 통해서 듣고 싶었다. 그러나 그는 능청부터 떨었다.

"글쎄요, 첨 듣는 이름인데……."

"자기 입으로 말해놓고서?"

"그게 무슨 말씀이죠? 혹시 착각하고 있는 건 아니에요?"

"착각요? 세상에!"

아무리 술에 취했기로서니 설마 은교에게 혜진 이야기까지 했을라고? 아마도 그녀는 누군가에게 흘려듣고서 적당히 넘겨짚고 하는 말이 분명했다. 나중 일은 그때 가서의 일이고 우선 당장은 확실하게 부정해야 할 것이다.

"글쎄요? 난 잘 모르겠는데……."

"진짜요? 진짜 모른다는 말이에요?"

그녀의 보석 같은 눈을 바라보며 고개만 끄덕여주었다. 그러자 그녀는 노여움이랄까, 실망감이랄까, 몹시 언짢고 섭섭한 눈초리로 그를 건너다보다가 갑자기 자리에서 박차고 일어서서 말없이 식당 칸을 휙 나가버렸다. 그녀가 그렇게 화내는 것은 또 처음이었다.

너무나 예상 밖의 일이었다. 우두커니 그대로 앉은 채로 차창 밖으로 흘러가는 경치에 눈길을 주고 있다가 담배를 꺼내 물었다. 담배 연기가 공중에서 흩어지며 사라졌다. 혜진을 사랑했던 일도 이제는 사라져가는 저 담배 연기 이상은 아닐 것이었다.

술이 아직 상당량 남아 있었으므로 이런저런 생각을 하며 자작으로 병을 죄다 비웠다. 덜컹거리는 차바퀴의 진동음이 사람의 마음을 여간 침잠시키는 게 아니었다.

은교와의 깊은 인연은 솔직히 현실성이 없는 공염불일 것이었다. 우선 신분도 다르고, 능력도 다르고, 무엇 하나 서로 공통적인 것이 없지 아니한가? 그리고 만에 하나 은교와 결혼한다 해도 한 가족으로서 혜진과 어떻게 다시 재회할 수 있다는 말인가?

그런데 은교는 지금 나와 결혼이라도 하고 싶다는 건가, 뭔가? 왜 여자들은 하나같이 이렇게 제멋대로 다가왔다가 제멋대로 떠나가는 것일까?

아무래도 그녀가 다시 되돌아올 것 같지 않아 계산을 마칠 요량으로 카운터로 갔다. 그러나 계산대에서는 돈을 받는 대신 아주 정중한 태도로 말했다.

"숙녀분께서 이미 다 끝내셨습니다."

좌석으로 곧장 돌아갈 수도 없었다. 마음이 아직 정리되지 않은데다 술기운도 있고, 그녀를 찾아가서 달랠 자신도 없기 때문이었다.

차가운 밤공기를 마시며 승강구에 기대서서 담배를 피워 물었다. 승강구의 좁은 틈 사이로 산과 집, 길들이 휙휙 지나쳐가고 있었다. 기차의 바퀴에서 나는 덜컹거리는 소리와 스쳐 지나가는 풍경을 의식하면서 세월 역시 그렇게 재빨리 흘러간다는 생각을 했다.

중학교 국어 시간이던가, 선생님께서 하시던 말씀이 생각났다. 칙칙폭폭, 덜컹덜컹하며 달리는 기차 소리에 대한 이야기였다. 노인 귀로 들으면 "어서 죽자, 어서 죽자" 하고 들리지만, 학생 귀로 들으면 "집에 가자, 빨리 가자" 하는 소리로 들리고, 아이가 들으면 "잠자라, 잠자라" 한다는 것이었다.

지금 자기 귀로는 무슨 말이 들리는지 귀를 기울여보았다. 놀랍게도 기차 바퀴에서 들리는 단속음은 "어서 가봐, 어서 가봐" 하며 은교에게 빨리

가보라며 재촉하고 있었다.

객실로 들어가 죄를 짓고 벌을 기다리며 주인에게 다가서는 강아지 기분으로 조심스럽게 그녀 곁에 다가가 앉았다. 그녀는 자리로 돌아온 그에게 눈길 한 번 주지 않은 채 차창 밖의 어두운 밤 풍경만 계속해서 바라보고 있었다.

그녀의 얼굴이 유리창에 비추어 보였다. 보석처럼 아름다운 눈이 슬픔으로 가려진 채 무척이나 우울해 보였다. 그녀의 옆얼굴을 쳐다보며 조심스럽게 사과했다.

"어쨌든 미안해요."

솔직히 화내는 이유부터 먼저 물었어야 했다. 그러나 입에서는 미안하다는 강아지 같은 소리가 먼저 나왔다.

도대체 혜진이 이야기는 누구에게 들은 것일까? 그녀는 그가 사과하는 것조차 깨닫지 못하고 있는 듯했다. 대꾸도 없이 창밖에 눈길을 준 채 돌처럼 앉아 있기만 했다. 그러다가 그가 거듭 미안하다는 말을 꺼내자, 눈길을 여전히 창밖으로 고정한 채 마지못한 듯이 말했다.

"아뇨, 사과할 건 없어요. 그리구 그건 사실 민우 씨의 진심두 아니잖아요? 잠시 나갈래요."

그녀의 얼굴을 살피면서 자리에서 일어서 주었다. 그러고는 그녀의 뒷모습에 눈길을 주다가 자리에 도로 앉아버렸다.

그러나 그녀는 30분이 지나도록 돌아오지 않았다. 하는 수 없이 다시 식당 칸으로 가보니, 그녀는 커피 한 잔을 앞에 놓고 우두커니 앉아 있었다.

그녀의 표정을 살피며 맞은편 의자를 끌어내어 엉덩이를 걸치고 앉자, 그녀가 그에게 눈길을 주었다. 언짢은 얼굴은 아니었으나, 그렇다고 해서 웃는 얼굴도 아니었다. 그러나 그녀의 보석 같은 눈동자의 아름다운 매력은 여전해서 그의 영혼을 완전히 뒤죽박죽으로 뒤흔들고 있었다.

"은교 씨가 화를 내니까 정말 무섭네."

아무래도 남자인 그가 먼저 살갑게 다가가야 할 것이라서 그녀의 손을 가만히 잡았다. 이성의 손으로서는 처음 잡아보는 은교의 손이었다. 그녀의 손은 다소 차가웠다. 그녀는 그런 그를 잠시 쳐다보더니, 체머리를 한번 흔들고는 곧바로 손을 빼내며 말했다.

"거의 다 온 거죠?"

둘은 열차에서 내려서 곧장 시내 관광호텔로 갔는데, 같은 층이었지만 조금 떨어진 방으로 안내해주었다.

"내일 아침에 전화할게요."

그녀는 턱없이 사무적인 어조로 말한 후 방으로 휙 들어가 버렸다. 예전에 없던 일이었다. 무안하고 섭섭했지만, 그보다도 불안감이 더 문제였다. 시골 묘소 때문에도 그녀의 협조가 반드시 필요할 터이지만, 사실 그보다 훨씬 더 원초적인 문제는 그녀와 너무 쉽고 허망하게 헤어지게 되었다는 안타까운 아쉬움 때문이었다.

침대에 벌렁 누워 이 생각 저 생각을 해보았으나, 답이 없었다. 샤워를 마치고 보니 술도 거지반 다 깬 상황이었다. 어떻게든 그녀와 화해를 해볼 요량으로 지하의 나이트클럽으로 내려가 방으로 전화했다. 그러나 그녀는 지하로 내려올 생각도, 그가 방으로 찾아가겠다는 것도 다 거절하고 내일 아침에 다시 보자고만 했다.

나이트에서 그녀의 방으로 올라가 문을 두드렸다.

"누구세요?"

"이민웁니다."

그녀는 마지못한 듯 한참 만에 문을 따주었는데, 예전처럼 사람이 드나

들 수 있게 문을 활짝 열어주는 대신에 모르는 사람에게 하듯이 손가락 하나 정도의 틈만 빠끔히 열고 말했다. 그녀 역시 곧 전에 샤워를 마친 모양인지 머리칼에 아직 물기를 달고 있었다. 그런 그녀의 얼굴이 백설공주처럼 유난히 곱고 희게 느껴졌다.

"30분 후쯤 1층 커피숍에서 만나요."

그녀는 말을 마치자마자 대답도 듣지 않고 문을 쾅 닫아버렸다.

다시 커피숍으로 내려왔다. 그러나 한참 시간이 흘렀는데도 그녀는 소식도 없었다. 방으로 다시 연락해보려던 참인데, 마침 그의 이름이 적힌 피켓이 돌아다니고 있었다. 그녀의 전화였다.

"갈려구 했는데……. 그냥 다시 일루 올라오세요."

그녀는 아직도 젖은 머리칼을 하고 있었다. 탁자를 마주하고 그녀 앞에 앉았다. 그녀의 얼굴은 뽀얀 복숭앗빛의 진짜 백설공주였다.

"백설공주께서 갑자기 화내시니까…… 너무 겁나는 거 있죠?"

능청을 떨어 보였으나, 그녀는 냉정한 눈초리로 말꼬리를 자르며 물었다.

"민우 씨는 내가 왜 화내는지 아직 그 이유두 모르구 있죠?"

그가 순순히 고개를 끄덕였다.

"민우 씨 마음속엔 오로지 한혜진 씨뿐이죠? 그죠? 강은교 따위에게는 적당히 천연덕스럽게 연극만 해 보이면 되는 거구요."

아아, 그녀는 이미 다 알고 있었다. 바짝 긴장된 얼굴로 그녀의 표정만 살폈다.

"사실은 나두 아주 최근에 알게 되었어요. 민우 씨와 혜진 씨가 아주 가깝게 지냈다는 것 말이에요……. 물론 그건 민우 씨에게서 들은 건 아니죠……. 그런 말을 해줄 만한 민우 씨두 아닐 테니까 말예요. 그럼 누구에게 들었는지 궁금하죠?"

생글거리며 반짝이던 매력적인 눈동자가 아직도 표정을 풀지 않고 꽤 준엄한 눈빛을 하고 있었다.

"그건 물론 당연히 혜진 씨였죠. 혜진 씨가 민우 씨와의 관계를 말해주었어요. 하지만 내가 민우 씨에게 화냈던 건 그 때문이 아니에요. 아시겠어요? 오히려 어떤 의미에서는 그 때문에 민우 씨를 높이 평가해 드리구 싶어요. 하지만 민우 씨 잘 생각해보세요."

지금 은교는 무슨 말을 하려는 것인가? 그는 좌불안석이 되어 은교의 표정만 조심스럽게 살폈다.

"그런데도 민우 씨는 한혜진 씨 이름조차 못 들어봤다고 시치미를 뗐죠? 그럼, 난 민우 씨에게 뭐가 되는 거죠? 솔직히 말해서 혜진 씨와의 세세한 내용이야 다 알 수도 없고, 그렇다고 그게 나로서 무슨 의미가 있는 것도 아니에요. 나와 상관도 없는 일이었고, 또 이미 다 지난 일이잖아요? 또 그걸로 민우 씨에게 왈가왈부 할 필요도 없고, 그럴 자격도 없다고 생각해요. 다만, 문제는 그게 아니죠. 민우 씨는 날 적당히 대충 대하고 있는데, 나는 내가 민우 씨에게 그랬듯이 민우 씨 역시 나에게 온 마음을 다해 진심으로 대해주고 있다고 생각했던 거죠. 그럼 난 뭐예요? 민우 씨에게 난 일회용 소모품 이상은 아닐 거잖아요? 너무 심한 말인가요? 하지만 솔직히 난 그게 너무 싫고 기분 나빴던 거예요. 민우 씨에게는 진짜 혜진 씨 말고는 어느 누구도 안중에 없나 봐요."

그녀는 잠시 말을 끊고 그의 얼굴을 빤히 쳐다보다가 다시 말했다.

"그렇게밖에 할 수 없을지는 몰라요. 하지만 어쨌든 배신당한 기분은 어쩔 수 없네요. 참! 지금 혜진 씨는 우리 집에 있어요. 아이를 가졌거든요. 다음 달 11일에 결혼식을 올리기로 돼 있죠. 물론 오빠하구요."

조심스럽게 경청하며 내내 응시하고 있던 시선을 그가 벽 쪽으로 돌리는 것을 보며 그녀가 다시 계속해서 말했다.

"이제 곧 새언니가 되는 거죠. 혜진 씨가 그랬어요. 민우 씨는 참 좋은 사람이라구요. 오빠와 민우 씨의 관계가 솔직히 무척 궁금했었는데, 이제 혜진 씨 덕분에 잘 알게 된 거죠."

두 여자는 상당히 자세한 이야기까지 주고받았을지도 몰랐다. 혜진이도 그렇지만 은교 또한 얼마나 철저한 사람인가? 그렇다면 이제 무엇을 숨길 것도, 말 것도 없었다.

"민우 씨가 사랑했던 사람은 혜진 씨 외에도 정주리 씨라는 간호사가 더 있었다더군요. 어때요? 내 말이 맞나요? 혜진 씨가 그러더군요. 민우 씨는 바보 같이 보여도 그게 아니고 착하고 괜찮은 남자라구요. 그러면서 묻더라구요. 민우 씨를 사랑하느냐구."

그녀는 거기에서 말을 끊고 그를 쳐다보며 다시 말했다.

"이제 민우 씨 이야기를 들어야겠어요."

"혜진 씨 이야기를 더 듣고 싶은 건가요?"

"아뇨, 민우 씨 이야기를요."

"나의 어떤 이야기를 듣고 싶은 거죠?"

"모두 다요. 하지만 먼저 내가 현재 민우 씨에게 어떻게 위치하는가 하는 것과 둘째론 현재 혜진 씨에 대해서 어떤 감정인지 자세히 알고 싶어요."

"이미 혜진 씨에게 다 들으셨다니까……. 그렇담…… 더 이상 숨길 이유도 없군요. 난 혜진 씨가 현명한 선택을 했다고 믿고 싶을 뿐, 원망하거나 미워하고 싶지는 않아요. 다만 어째서 은교 씨에게까지 내 이야기를 했는지 그게 퍽 의문스럽군요……. 난 혜진 씨와 헤어지리라고는 솔직히 꿈에도 생각하지 않았어요. 혜진 씨를 떠나서는 살 수 없다고까지 생각했으니까요. 하지만 그건 나의 욕심일 뿐, 그래서는 안 된다는 것을 혜진 씨가 떠난

다음에야 깨달았죠."

"왜 그래서는 안 되는 거죠?"

"음. 그거야 상대를 자기 생각대로만 독점하려는 것은 이미 사랑을 버린 거나 마찬가지잖아요?"

"그럼 정주리 씨는요? 이미 결혼했다던데 아세요?"

얼마 전 고향에서 올라올 때, 그리고 바로 엊그저께 은교를 만났던 밤까지도 불현듯 J대 병원을 들러 그녀를 한번 만나보고 싶었었다.

"정주리 씨가 결혼했다는 것은 어떻게 알았죠?"

"전화해보았더니 결혼해서 이젠 병원에 나오지 않는대요."

모든 일에 너무 철저한 그녀가 부담스럽기도, 조금은 두렵기도 했다.

"왜 그렇게 갑자기 나에 대해서 관심이 많아졌죠?"

"난 지금 민우 씨에게 정주리 씨와 어떤 관계였는지 듣구 싶어요."

그는 그녀를 일별한 후 쓸쓸한 미소를 보이며 말했다.

"이성으로서 사귀지는 않았어요. 더러 그러고 싶을 때도 있었지만."

"어째서죠?"

"그때는 잘 몰랐는데, 나중에 생각해보니 한혜진 씨 때문이었을 것 같아요. 하지만 주리 씨는 여러 가지로 퍽 고마웠던 사람이었어요. 참! 언제 결혼했다던가요? 올봄에?"

"그건 잘 모르겠어요. 하지만 한혜진 씨 말로는 정주리 씨와 무척 가까운 사이였다구 하던데……."

"혜진 씨가 정말 그렇게 말하던가요?"

물론 솔직히 주리를 안아보려 했던 일이 한두 번 있었다. 하지만 결혼하겠다거나 무슨 인연을 맺겠다는 생각으로 그랬던 것은 아니었다. 그럼에도 막상 그녀조차 결혼해버렸다는 말에 몹시 섭섭한 마음뿐이었다.

주리! 그녀 역시 혜진처럼 이제 그와는 별개의 세상을 살아갈 머나먼 타인일 뿐이었다. 강구 바다에서 '닥터 리' 말고 '민우 씨'라고 부르겠다던 일이나 인천 소래항에서 석양빛을 안고 바라보던 알 수 없는 눈빛이 새삼스럽게 떠올랐다. 이제 와 돌이켜 생각해보면 그녀 말대로, 그녀야말로 혜진보다 훨씬 더 그와 알맞고 현실적인 상대였다는 것을 깨달을 수 있었다.

혜진은 그와 절대로 어울리지 않으며, 인연을 맺을 수도 없을 거라고 주리는 몇 번이나 말했다. 그러나 그때는 이미 혜진에게 눈이 멀어 있었다. 그러나 지금 생각해보면 그녀의 통찰력이야말로 얼마나 정확했던 것인가? 죽었다 깨어나도 주리만큼 훌륭한 여자를 다시는 만날 수 없을 것이었다.

마침내 은교가 고개를 돌리고 하품을 계속하면서 말했다.

"더 묻고 싶은 것이 많지만…… 오늘은 너무 늦었네요."

다음 날 아침 일찍 시골에 가보기로 하고 마침내 은교의 방을 나왔다.

다음 날 아침에 만나본 그녀는 다행히 그리 화난 얼굴은 아니었다. 호텔 입구에 대기하고 있던 그녀의 회사 차로 둘은 곧바로 현장으로 갔다.

주위를 점진적으로 흙을 쌓고 조경이 되어 어떻게 보면 묘소는 작은 동산 같아 보였다. 현장소장의 말로는 묘소를 건드리지 않고 조경을 하다 보니 봉분을 최대한 낮추고 동산처럼 만들었다는 것이었지만, 어쨌든 그로서는 너없이 만족스러운 수준이었다.

김이대 씨와도 화해가 되었는지 전화하자마자 금방 공장으로 달려왔다. 소장의 말로는 그 역시 회사와 지역주민 간의 친목에 주도적 역할을 맡을 것이라는 설명이었고, 그래서 그런지 몹시 깐깐했던 예전의 성격과 많이 달라진 모습이었다.

묘지 일에 대해서만큼은 정말로 이제는 완벽하게 결말이 난 셈이었다.

"다행이야! 정말 다행이라구."

김이대 씨는 생각대로 잘 해결된 데다 회사에서도 인정받고 있었으므로 여간 기분이 좋은 것이 아닌 모양이었다. 소장이 그에게 짓궂게 물었다.

"꿈 도사로 해몽하면서 지내려면 여간 바쁘시지 않겠는데요? 개업은 어디에서 할 건가요?"

"에끼, 순!"

묘소에서 더 이상 할 일도 없을뿐더러 은교의 재촉 때문에 일찍 일어섰다. K 공항으로 온 두 사람은 비행기에 올라 사이좋게 나란히 앉았다.

모든 게 다 잘 풀려서 천만다행이었고, 사실 이렇게 된 데에는 하나에서 열까지 모든 것이 다 은교 덕분이었다. 그녀를 알지 못했다면 어땠을까? 어찌 보면 그녀를 좋은 인연으로 만났다는 것 자체가 수련 자리 얻은 것 이상으로 크나큰 행운이었다.

은교가 뭔가를 골똘히 생각해보다가 조심스럽게 입을 열었다.

"민우 씨! 뭐 하나 물어볼 게 있는데……."

"뭐죠?"

"오빠 결혼식 참석할 거예요? 나 같으면 참석해서 축하해줄 것 같은데……. 민우 씨는 아닌가요?"

말없이 고개만 흔들며 말도 안 되는 소리를 하는 그녀가 무슨 뜻으로 그러는지 몰라 곤혹스러운 얼굴로 쳐다보았다.

"하지만 만약 내가 민우 씨더러 꼭 그렇게 해달라고 부탁한다면 민우 씨는 그렇게 해줄 수 있나요? 민우 씨가 와서 축하해주면 아마 오빠, 혜진 씨 모두 기뻐할 텐데."

혜진이 기뻐할 거라고? 말도 안 되는 무슨 넋 빠진 소리인가? 묘소 일에 대해 큰 빚이 있었지만 이건 아니다 싶어 볼멘소리를 내며 물었다.

"나를 오빠의 결혼식에 굳이 참석시키려는 이유가 뭐죠?"

"여러 가지 있죠. 어쨌든 들어줄 거예요, 아니에요?"

"하지만 정말 이건 너무…… 여하튼 조금 더 생각해보고요."

"민우 씨는 여자들보다 더 복잡한 감정을 가지셨나 봐요? 나 같으면 이런 경우, 오히려 기를 쓰고 참석할 거예요. 왜냐하면……"

왜냐하면? 지금 이 여자는 무슨 말을 하려는 건가?

"혜진 씨 마음을 가볍게 해주기 위해서라도 당연히 참석해서 축하해주어야 하지 않을까요? 물론 절대적인 구원의 사랑은 시공을 초월하는 것이겠지만, 반대로 그렇지 못하다고 해서 일시적인 유희라고 단정 지을 수는 없잖아요? 그렇지 않나요?"

"또요?"

"우선 그게 가장 큰 이유가 되겠고요……. 또 다른 이유로는…… 졸업식이나 입학식처럼 어떤 확실한 분기점을 지났다는 것을 자기 자신에게 확실히 자각시킬 기회가 될 것 같거든요. 안 그래요?"

"하지만 아무래도 그건 너무 잔인한 생각 같군요."

혜진에 대한 감정과 기억을 찌꺼기까지 말끔하게 씻어버린다는 게 어디 말같이 쉬운 일인가? 혹시 은교는 혜진과의 사연이 통상적이고 일상적인 그만그만한 일이었다고 잘못 알고 있는 것은 아닐까?

"그건 민우 씨의 좋은 성격 때문일 거예요. 사실 이번 시골 묘소 일만 보더라도 그렇잖아요? 하지만 그건 너무 과거 지향적이고, 변화를 두려워하는 소극적 사고방식이 될 수 있다고 생각해요. 민우 씨! 이젠 그런 동화 속 같은 성격에서 벗어나 현실적이고, 진취적이고, 조금 더 적극적으로 세상을 보며 사는 게 어떨까요? 민우 씨는 그게 장점 같지만 사실 그게 또 제일 단점이 되는 것 같거든요."

은교는 예전 주리가 했던 충고를 그대로 똑같이 말했다. 고맙기도 했지만 그보다는 부끄러움이 앞섰다. 한동안 둘 사이에 침묵이 계속되다가, 마침내 곧 착륙한다는 기장의 안내방송이 나온 후 은교가 다시 말했다.

"내 말을 너무 민감하게 듣지는 마세요. 개인적이고 단편적인 생각일 수도 있으니까요. 난 민우 씨와 반대로 세상을 너무 약삭빠르게만 살려는 사람들을 솔직히 싫어해요. 그보다 사실 그렇지 않은 민우 씨를 더 좋아해요. 하지만 자기 성격대로만 세상을 살 수는 없잖아요? 오히려 그렇게 하려면 세상일을 더욱 적극적이고 긍정적으로 보면서 살아야 한다고 생각해요."

시골에서 일찍 출발했기 때문에 김포공항에 도착했어도 겨우 오후 3시였다. 시청, 광화문으로 가는 리무진 버스를 건너다보며 은교가 물었다.

"이제 시골 일은 이걸로 다 끝난 것 같죠? 그럼, 난 저 차를 타면 되는 거고…… 민우 씨는 인천으로 가야죠?"

은교는 다소 서먹해진 분위기 때문인지 평소 때와 달리 민우의 표정을 살피며 물었다.

"은교 씨와 더 있으면 안 돼요? 저녁 살 기회라도."

"저녁을 사구 싶어서 그런 거예요? 아님 다른 하구 싶은 말이 있어서 그런 거예요?"

"둘 다요. 왠지 은교 씨를 일찍 보내드리고 싶지 않군요."

"좋아요. 그럼 그렇게 해 드리죠. 대신 나도 민우 씨에게 한 가지 청이 있어요. 혜진 씨 결혼식 때 참석해줄 거죠?"

그가 마지못한 듯 작게 고개를 끄덕였다.

"됐어요. 그럼…… 오늘은 어디라도 다 따라갈게요."

"근데, 난 서울 지리를 잘 몰라서…… 은교 씨가 안내해주면 좋겠는데."

"알았어요. 남산 가봤어요?"

두 사람은 남산타워 꼭대기 층 식당으로 올라가 서울 도심을 내려다보며 피자도 먹고 커피도 마셨다. 오늘따라 은교의 눈빛이 고혹적이리만치 더욱 보석같이 빛났다. 별을 잃었을 때의 미칠 듯한 상실감과 슬픔을 또다시 경험하게 될지라도 은교만큼은 가능한 시간까지 가슴 속에 담아두고 싶었다.

"은교 씨! 묻고 싶은 게 한 가지 있는데……."

"뭔데 또 그렇게 거창하게 뜸을 들이는 거예요?"

"내 바보 같은 그 성격을 고치겠다고 은교 씨에게 약속한다면 당분간 날 계속해서 만나줄 건가요? 사실 난 은교 씨 도움 없이 나 혼자서는 그걸 영영 못 고칠 것만 같거든요."

"민우 씨가 전화할 때마다 즉시 즉시 나타났잖아요?"

"그건…… 일 때문이고, 아무 일 없이…… 그냥 보고 싶기만 해도 말이죠."

그녀는 고개를 뒤로 조금 젖히고 작게 웃었다. 언짢았던 기분은 이제 다 풀린 모양이었다. 그런 은교가 턱없이 가깝게 다가왔다. 갑자기 은교가 예전의 혜진만큼이나 운명적인 사람으로 느껴졌다. 하지만 은교가 누구인가……? 아아~ 은교를 어떻게 사랑할 수 있다는 말인가?

"은교 씨가 진심으로 충고해준 과거 지향적이고 소극적인 성격, 태도, 그런 것들을 은교 씨가 말한 이상으로 고쳐가도록 노력할게요. 물론 타고난 성벽을 완벽하게 고칠 수 없을지 모르지만, 어쨌든 반드시 고쳐가도록 노력할게요. 그리고……."

"말해보세요."

"은교 씨가 괜찮다면…… 은교 씨를 더 자주 만나고 싶군요."

전망대 식당 대형 유리벽 너머로 반달에서 조금 지난 환한 달이 희뿌옇게 물기를 잔뜩 머금고 구름 사이에서 나타났다. 민우는 은교의 얼굴을 바라보다 말고 달을 가리키며 다시 말했다.

"아, 잠깐만 저길 보세요. 저기 달, 정말로 멋진 달무리죠? 저렇게 달무리가 지면 그 가까이에 꼭 외로운 별 하나가 따라다니거든요. 저기 달 아래쪽을 보세요. 그렇죠?"

은교가 창쪽을 되돌아보고는 작게 고개를 끄덕였다.

"달무리가 졌으니 이제 곧 비가 오겠죠. 묘소 정비가 완전히 끝났으니 비가 오더라도 큰 상관은 없겠지만……."

"민우 씨는 그저 묘소 생각뿐인가 봐요?"

"아직은 세상에서 제일 가까운 사람은 은교 씨를 빼면 그뿐이니까요……."

"진짜? 진짜 그래요? 그럼, 혜진 씨는요? 혜진씨는 이제 오빠 몫인가요?"

입에서 나오는 대로 말했던 게 아니고, 확실한 진심을 말한 것이었는데, 은교가 하는 말을 듣고 나자 적이 헷갈렸다. 죽은 가족 다음으로는 진짜 은교가 맞을까? 어쨌든 이제부터는 은교가 말했던 것처럼 소극적이고 자기 방어적이며 과거 지향적이 아닌 적극적이고 미래지향적이며 자기 발전적으로 생각하고 행동해야 할 것이었다.

둘은 전망대 식당을 나와, 산 쪽으로 난 오솔길을 따라 손을 맞잡고 걷기 시작했다. 10월 말이었지만, 비가 오려는지 여간 포근한 게 아니었다. 구름을 벗어난 뿌연 달이 습기를 잔뜩 머금은 채 머리 위에 나타나서 두 사람을 인도해주었다.

"어머! 저길 봐요!"

은교가 손가락질하는 쪽의 하늘을 올려다보았다. 세상에! 그들처럼 두 사람이 손을 잡고 걷고 있는 모습과 똑같이 생긴 흑청색 구름이 마치 지상에 있는 두 사람의 그림자라도 되는 양 달 근처로 천천히 다가들고 있었다.

"멋있죠! 어쩜! 꼭 우리 모습이 비쳐 보이는 것 같죠?"

"정말! 어떻게 저런 모양이 될 수 있을까?"

"그러게요. 정말 희한하죠?"

혜진과 강철의 결혼식 날짜는 11월 11일, 토요일이었다. 민우는 은교와 약속했던 만큼, 결혼식 참석을 위해 서둘러 인천을 출발했다. 식은 예정대로 오후 1시부터 성황리에 진행되었다.

눈처럼 새하얀 웨딩드레스를 입은 혜진의 자태는 신비스러울 정도였고, 강철 역시 당당한 체구에 마치 소나무 둥치처럼 우람해 보였다.

"신랑 강철 군에게 묻겠습니다. 기쁠 때나 슬플 때나 건강할 때나 병들 때나…… 검은 머리가 파 뿌리 되도록…… 서로 사랑하며 한혜진 양을 지어미로 삼아 지아비로서의 본분을 다하겠습니까?"

"네! 그렇게 하겠습니다."

힘차고 우렁찬 목소리였다. 그는 "네"뿐만 아니고 그렇게 하겠다고 자신 있게 말했다.

"그럼, 다시 신부 한혜진 양에게 묻겠습니다. 기쁠 때나 슬플 때나…… 검은 머리가 파 뿌리 되도록 서로 사랑하며 강철을 지아비로 섬기며 지어미로서의 본분을 다하겠습니까?"

"네."

"두 사람 모두 확실하고 또렷하게 지아비와 지어미로서 평생을 해로하겠다고 약속했습니다. 이제 두 사람의 혼인이 적절한 절차에 의해서 완벽하게 성립되었음을 엄숙히 선포합니다. 그리고 그 서약의 표시로서 두 사람의 반지교환이 있겠습니다. 하객 여러분은 신랑 신부를 위해 힘껏 박수를 쳐주시기 바랍니다."

모두가 다 힘차게 박수를 쳤다. 민우 역시 예외가 될 수 없었다.

"이제 두 사람은 둘이 아닌 하나가 되었고, 부모님을 떠나 새로운 가정을 만들었습니다. 자! 신랑 신부는 뒤돌아서십시오. 그동안 키워주시고 가르쳐주신 부모님께 큰절을 올리겠습니다……. 자! 신랑, 신부! 부모님께 경례!"

두 사람은 선 채로 깊숙이 머리를 숙였다.

"또한 새 가정을 축하해주러 오신 친지, 친구, 이웃에 대해서도 감사의 뜻으로 경례하겠습니다. 두 사람의 경례를 받으시는 동안 하객 여러분은 아낌없는 격려의 박수를 쳐주십시오. 자! 신랑, 신부! 하객 모두를 향해 경례!"

두 사람이 하객 쪽을 바라보고 돌아서서 또다시 깊숙이 머리를 숙였다.

이제 혜진은 강철의 완전한 아내가 된 것이다. 민우는 눈을 감고 벼랑바위 위에서 혜진을 처음 만났을 때의 모습을 그려보았다. 바닷바람을 안고 서 있던 모습…… 얇고 애교스러운 입술, 덧니 그리고 미소를 짓는 눈동자…… 그때 그녀의 모습은 머릿속에 각인된 듯 이 순간에도 선연했다.

하지만 이제는 다 부질없는 일. 그럼에도 처음으로 혜진의 가슴과 입술을 가져보면서 맡았던 짙은 장미향의 고혹적인 내음과 경주 호텔에서의 일들이 자꾸만 눈앞에 어른거리면서 머릿속을 어지럽혔다.

강철과 혜진이 하객 사이의 중앙 통로를 따라 뒤쪽으로 걸어 나오자, 축포가 터지고 오색 테이프가 난무하며 두 사람을 에워쌌다. 그 와중에서도 혜진은 민우를 발견하고 그에게 짧은 눈길을 주는 것을 결코 잊지 않았다. 그녀를 황홀하게 바라보면서 마음속 깊이 기원해주며 아낌없이 박수를 쳐주었다. 잘살아야 해! 즐겁고 행복하게 말야…….

은교는 앞쪽 가족석 어딘가에 있을 터이지만, 번거롭기도 하고 그럴 기분도 아니라서, 식사도 하지 않고 곧바로 식장을 빠져나와 버렸다.

인천으로 돌아오는 버스에서는 공교롭게도 〈라노비아〉와 〈노노레타〉라는 노래만 계속해서 흘러나왔다. 자기 처지와 너무나 잘 맞아떨어지는 노래라서, 울고 싶자 뺨 맞더라고, 주책없는 눈물이 부끄러운 줄도 모르고 강을 이루며 흘러내렸다. 곁에 앉은 중년의 여자가 그를 흘끔거리며 쳐다보았으나, 그런 것은 아랑곳없이 마음껏 울면서, 그냥 기분에 몸을 내맡겨버렸다.

그러나 쉴 새 없이 흐르는 눈물의 양에 비해서는 이상하게도 극도의 절망감이라거나 간장이 녹는 그런 슬픈 감정은 아니었다. 혜진과 헤어진 지가 벌써 2년 이상 된 오래전 일이고, 운명적인 일로 받아들이려고 애써 체념하기 때문인지, 아니면 그녀 대신 최근 은교와 부쩍 가깝게 지내기 때문인지……. 여하간 그 이유는 잘 알 수 없었으나, 어쨌거나 혜진이 강철과 함께 차로 교문 앞을 나서던 것을 보고 돌아서던 때처럼 죽고 싶을 만큼 슬픈 것은 아니었다. 그런데도 눈물은 쉴 새 없이 흘러내렸다.

인천으로 되돌아온 것은 오후 4시 반쯤으로, 집에 가서 잠이나 잘까, 아니면 극장에서 시간을 때울까 고민하다가 결국 술집을 찾아가서 박뚱을 불러냈다. 박뚱새끼는 그렇지 않아도 무슨 건수가 없나 하고 노리던 참이었다면서 득달같이 달려왔다.

"새끼! 이런 데 올 요량이면 아침에 좀 알려줄 일이지! 시발놈! 오늘 촌지깨나 풀 모양이구나."

"사주는 술이나 마실 것이지 사설이 길다."

"어쭈구리이! 오늘은 이 시발놈! 주머니가 두둑한 모양이구나. 그런데 왜 주만 있고 색은 없냐?"

"불렀으니까 곧 올 거다."

"사이즈를 맞추어서 불렀어야 하는데……. 근데 이 시발놈 오늘 왜 이렇게 저기압이냐? 술맛 떨어지게……. 어라! 너 진짜 울었냐? 눈뎅이가 벌건 게 영락없이 염병 치르고 나온 토끼새끼 한 가진데, 그래?"

"내가, 뭐, 염병을 치르던 말던……. 내 병 내가 치르는 거구……. 넌 사주는 술이나 부지런히 퍼마셔라. 내가 씨팔, 언제 저기압 아닌 때 봤냐?"

20대 초반의 그만그만한 여자 두 사람이 자리로 들어왔다. 민우는 예전과 달리 여자들에게 눈길 한 번 주지 않은 채 술만 마셨다. 술에 진탕 취해보고 싶었지만, 생각처럼 술이 잘 들어가지 않았다.

생각해보면 모두 다 인연 때문일 것이었다. 혜진이가 그를 버리고 강철에게 가버린 것이나 그가 인천에서 수련 받는 것 등등 모든 것이 다…….

"오늘은 동생새끼가 입 다물고 무겔 잡으니깐 형님께서 영 기분이 안 난다. 야! 이 시발놈아! 무슨 일이냐? 10년 전에 뒈진 애인 귀신이 다시 찾아온 거냐? 아님 밥 퍼먹는 손이 오른손인지 왼손인지 헷갈려서 그런 거냐?"

"자! 실없는 사설은 관두고 술이나 마셔라. 연세가 드시니까 형님께서도 이제 세상이 다 시들해져서 그러는 거니까, 상관하지 말고."

"어쭈구리이! 이 시발놈 주댕이 까는 것 좀 봐? 젊은 땡초 하나 더 생겨나겠는 걸? 야! 이 멍청한 새꺄! 살림 차려줄 날라리 마누라가 모처럼 또 둘씩이나 대기 중인데, 뭐가 부족해서 우거지상이냐? 얼굴 좀 펴라, 얼굴!"

박뚱을 불러낸 것이나 술집에 들렀던 것이 어쩌면 처음부터 잘못된 일일지도 몰랐다. 눈처럼 흰 웨딩드레스를 입은 혜진의 모습만 자꾸 눈앞에서 어른거렸다. 평소에는 몇 잔이 들어가면 적당히 취해오면서 더 마시고 싶어지던 술이 오늘은 소태처럼 쓰기만 했다. 담배조차 맛이 없었다.

미스 송이라는 아가씨가 그런 민우를 보며 아는 척을 했다.

"아저씨 실연 당했죠? 그쵸?"

"그래! 맞아! 실연 당했어. 이럴 땐 어떻게 하면 좋아?"

"아저씨! 진짜죠? 진짜 실연 당했죠? 그럼 말이에요. 이렇게 하면 돼요."

"어떻게?"

박뚱새끼가 먼저 흥미를 보였다. 제법 진지한 얼굴로 여자의 얼굴 가까이 제 얼굴을 들이밀며 물었다.

"어? 아저씨 이야기가 아니잖아요?"

"저 새끼가 하나밖에 없는 내 동생이니깐 나도 알아두어야 하거든."

"피! 사돈네 팔촌도 안 되게 생겼구먼."

"8촌이든, 4촌이든 하여튼 말해봐."

"공짜는 안 돼요."

"알았어. 자! 그럼 우선 술이나 한 잔 따라줄게!"

"여자의 사진을 벽에 걸어놓고요, 자정과 새벽 3시 두 차례씩요. 정화수 한 컵 떠놓고 여자가 상사병에 걸리도록 해달라고 매일같이 빈대요. 하루라도 거르면 안 된대요. 그럼 석 달 안에 반응이 나온대요. 여자가 제 발로 다시 찾아오거나, 아님 죽거나. 그럴듯하죠? 믿거나 말거나~"

박뚱은 시답잖은 일에 죽을 맞추고 있다가, 대번에 흥미를 잃고 물러서며 말했다.

"어째서 이야기가 되게 썰렁하다. 그지?"

"실연 당한다는 게 뭐……, 원래 썰렁한 거잖아요?"

여자가 항의하듯 볼멘소리를 냈다.

"그건 그렇지."

10시쯤 술판이 끝나 여자를 데리고 잠자리를 찾아가는 박뚱과 헤어졌다.

"야! 넌 안 가냐?"

"젊은 너네들허구 같냐? 연세도 있으시구 이젠 여자두 졸업해야겠다."

"어쭈! 그 연세에 이 시발놈! 여자 졸업해서 여자들 자살소동 일으킬 일 있냐? 국가와 민족의 장래를 생각해서라도 열심히 노력해야 할 거 아냐?"

박뚱은 그를 미스 송이라는 아가씨와 묶어주려고 애쓰는 눈치였다. 그러나 세상만사 모든 일이 다 귀찮기만 하고, 들어가 잠이나 푹 자고 싶었으므로 계산이 끝나자마자 돌아서 버렸다. 미스 송이라는 아가씨도 처음에는 자기도 여자인데, 돈이 문제가 아니라 여자의 자존심 문제라면서 기어코 따라나서겠다며 고집을 부렸으나, 그가 완강하게 거절하는 바람에 마음이 상했던지 더 이상 조르지 않았다.

숙소로 가기도 뭐해서 개인 사무실처럼 사용하는 병원 심전도실로 돌아왔다. 술을 꽤 마셨을 텐데도 전혀 취하지 않고 맹숭맹숭했다.

어차피 이제 다 끝난 이야기였다. 주리도 혜진도 이제 다 제 갈 길로 가버렸고, 그 혼자서만 덩그러니 남아 있는 셈이었다.

항상 끼고 사는 내과 교과서의 표지를 벗겨 내고, 그 속에 들어 있던 사진을 꺼냈다. 경주 불국사에서 혜진과 함께 찍었던 사진인데, 생각날 때마다 꺼내보던 위안거리였다.

아마도 20여 장 넘게 찍었던 것 같은데, 모두 다 혜진이 가져가 버렸고, 그에게는 오직 그 한 장뿐이었다. 그의 곁에 바짝 붙어 서있는 혜진이 수줍은 미소를 짓고 있었다. 사진에서조차 그녀에게서는 장미향이 나는 듯했다.

혜진은 육감적인 입술을 조금 벌리고 살짝 웃고 있었는데, 풍만한 가슴이 꼭 조이는 반소매 블라우스 안에서 두드러지게 나타나 있었다.

아아! 혜진이! 사진 속의 혜진을 보며 그는 깊은 상념 속에 빠졌다. 그녀가 떠나간 가장 큰 동기는 무엇이었을까? 본인의 말로는 주리 때문이라고 했지만, 그건 절대로 아닐 것이었다. 그보다는 두 남자의 실체가 확연하고 실감 나게 대비되었기 때문은 아니었을까? 그리고 그 대비되는 것 중 가장 큰 이유로는 강철의 막강한 재력이라기보다 혹시 자신의 적극적이지 못하는 성격 때문은 아니었을까?

주리와 은교가 이구동성으로 지적했듯이 감성적이고, 과거 지향적이며, 적극적이지 못한 성격은 어떻게든 고쳐가야 할 것이었다.

아아! 혜진이! 그녀의 여성을 탐하려 했을 때, 찢어진 거들을 움켜쥐고 울던 모습이 새삼스럽게 떠올랐다. 일이 이렇게 된 이상, 그때 강제로 욕심을 채우지 않았던 것은 정말로 다행스러운 일이었다.

하지만 매미 날개만큼 얇고 앙증스러운 천 쪼가리 하나로 가려진 채, 훤히 다 내비치던 혜진의 여성을 보는 순간, 그는 얼마나 고통스러웠던가? 그리고 그 때문에 걷잡을 수 없이 터질 듯 부풀어 오르는 욕망으로 인하여 그는 또 얼마나 절망했던가?

10. 가는 봄, 오는 봄

혜진의 결혼식이 있던 11월도 순식간에 지나가고, 세상이 온통 연말의 들뜬 분위기로 가득 찬 토요일 오후 퇴근길이었다. 성탄카드와 연하엽서가 생각나는 계절이 된 것이다.

불현듯 병원 현관에 있는 편지함이 눈에 들어와서 내과병동의 함을 뒤져보았다. 특별히 엽서를 보내줄 만한 사람이 있을 것 같지도 않았지만, 혹시나 해서, 엽서와 연하장 더미를 살펴보자, 뜻밖에 그의 것도 있었다. 엽서 한 장과 두툼한 봉함편지 하나가 바로 그것이었다.

엽서는 옛날 성당병원에서 함께 근무했던 정 수녀에게서 온 성탄카드였으나, 다른 하나는 발신인의 신원도 적혀 있지 않은 몹시 두툼한 편지였다. 퇴근하려다 말고 편지를 들고 다시 심전도실로 되돌아갔다.

먼저 정 수녀에게서 온 엽서를 읽어보았다. 경기도 성남 무슨 양로원에 와 있다는 것과 얼마 전 H 면 성당병원 소식을 들었는데, 무의촌 파견 수련의들에 의해서 다시 문을 열었다는 것, 그리고 시간이 되면 자기에게 한 번 놀러 와도 좋다는 것, 등등이었다.

세월이란 참 얼마나 빠른 것인가? 돌이켜보니 H 면을 떠난 지도 어느새 3년째였다. 항상 잔잔한 미소를 띠며 말하던 정 수녀의 얼굴이 어제 일처럼 떠올랐다. 문득 내년에 있을 그의 무의촌 파견근무를 이왕이면 H 면 성당병원에서 했으면 좋겠다는 생각까지 들었다.

발신인도 없이 온 두툼한 편지를 손에 들고 잠시 눈을 감으며 생각해보왔다. 누굴까? 사실은 정 수녀에게서 온 엽서를 먼저 읽은 것도 그 편지가 예사롭지 않게 생각되었기 때문에 일부러 뜸을 들였던 것이다.

예감했던 대로 혜진에게서 온 편지였다. 편지를 뜯자마자 예전에 그녀와 토함산에서 찍었던 사진들이 쏟아져 나왔다. 짤막하게 한두 줄 써서 보내던 예전과 달리 이번에는 몹시 정성 들여 쓴 두 장의 편지지가 동봉되어 있었다. 편지를 읽을 생각도 못하고서 고통과 즐거움이 교차하는 이상야릇한 감정이 되어 그때의 사진들을 들여다보았다.

사진은 20여 장 정도였는데, 모두 다 하나같이 행복한 신혼부부의 모습이었다. 여름옷을 입은 풍만하고 토실토실한 혜진의 모습은 지금보다 훨씬 어려 보였으나, 실로 황홀할 만큼 아름다운 모습이었다.

"민우 씨에게!"

편지는 그렇게 단순한 호칭으로 시작되고 있었으나, 읽을수록 편지를 쓰고 있는 혜진의 마음이 그렇게 단순한 것만은 아니라는 것을 알려주기에 충분했다.

"이 편지가 민우 씨에게 보내는 마지막 편지이고…… 작은 지면에 하고 싶은 말을 다 전해야 할 텐데…… 무슨 말부터 어떻게 써야 할지 모르겠군요. 하지만 민우 씨는 내가 하고자 하는 말이 무엇인지, 나를 잘 아는 사람이라서 금방 깨달을 수 있을 거예요. 결혼식에 참석해준 민우 씨의 심정이나 나에 대한 민우 씨의 감정 같은 것에 대해서는 말하지 않겠어요. 그런 건 이치피 서로에게 고통만을 줄 테니까요. 하지만 한 가지만은 분명히 말해야겠지요. 즉, 민우 씨와 주리 씨의 관계를 내가 너무 확대해석했다는 것과 그 때문에 결국 우리 사이에 결정적인 금이 간 건 사실이지만, 그보다는 지금 생각해보면 나와 민우 씨와는 어차피 처음부터 인연이 되지 않기 때문에 그렇게 되지 않았을까 하는 것 말예요. 하지만 그때는 민우 씨가 나에게 가졌을 감정 이상을 나도 민우 씨에게 가졌었다고 자부해요. 하지만 이제는 사랑했다거나, 보고 싶었다거나, 그리웠다거나 그런 말은 하지 않겠어요. 지금 내가 하고 있는 말이 무슨 말인지 민우 씨는 너무도 잘 알 수 있을 거예요. 그래요, 이제 그런 공허한 껍데기만 남은 말은 우리가 죽어서 무덤에 들어간 이후라도 절대로 말하지 않기로 해요."

인연!…… 민우는 편지지에서 눈을 떼지 못한 채로 담배를 붙여 물고서 긴 한숨을 내쉬었다.

"민우 씨! 그런데 은교 아가씨로부터 우연히 민우 씨 이야기를 듣게 되었어요. 그리고 아가씨로부터 주리 씨가 결혼했다는 것도 알게 되었구요. 난 주리 씨가 민우 씨와 결혼하리라고 믿었는데……. 지금 생각해보니 그것도 아니었나 봐요. 여하튼 그건 잘 모르는 일이니까 관두구요……. 그리고 또 어떻게 해서 내가 철 씨와 결혼하게 되었는지 하는 얘기도 관둘 게요……. 그렇지만 은교 씨가 민우 씨를 무척 좋아하고 있다는 것을 알게 되었다는 것, 그래서 우리 지난 일들을 철저하게 정리하고 넘어가야겠다는 것을 깨닫게 되었다는 것을 말씀드려야겠죠."

은교와 가까워지고 있으므로 어쩔 수 없이 피차의 과거에 대해서 짚고 넘어가지 않을 수 없다는 뜻이었는데, 그러나 그건 너무 비약된 발상이었다.

"민우 씨! 지금 보내드리는 사진들은 우리의 가슴 아픈 과거일 거예요. 처음엔 나 혼자서 그냥 없애버리려고 했으나, 이 사진들은 마치 (표현의 차이가 있겠지만 용서하세요……) 민우 씨와 나의 공동 죄악이라는 생각이 들었어요. 그래서 민우 씨에게 보내드려서 민우 씨 손으로 없애는 게 좋겠다고 생각했어요. 지금 내가 무슨 말을 하는지 잘 알겠죠? 민우 씨와 나를 위해서, 그리고 은교 씨를 위해서, 모두 다 민우 씨의 손으로 깨끗이 태워주세요. 그리고 그런 일은 꿈속에서도 있을 수 없는 일이라고 믿기로 해요. 지금 내 몸속에는 꿈이 아닌 현실이 들어 있어요. 엄마로서 그리고 아내로서, 난 이제 더 이상 꿈속에서도 없던 일들을 현실에 우선해서 생각할 수는 없는 거예요. 지금 내가 무슨 말을 하는지 잘 아시겠죠? 이 편지 역시 나와 민우 씨 그리고 은교 씨, 또 앞으로 태어날 아이들을 위해서라도 완벽하게 태워 없애주세요. 그렇게 해서 민우 씨! 지난 일은 모두 다 태워버리고 새로운 미래를 갖도록 해요. 민우 씨의 건강과 행복, 그리고 변치 않는 따뜻한 마음씨를 빌며 이만 줄일게요. 안녕히 계세요. 〈추신〉 이제부터는 초면의 이민우 씨는 있을망정 예전의 이민우 씨는 이 세상에 결코 없을 거예요. 그럼, 안녕히 계세요."

혜진은 철저하게 감정을 죽이고, 이렇듯 간단명료한 편지로 두 사람 사이의 묵은 기억들을 소멸하려 하고 있었다.

완전한 망각 속의 과거! 과연 그런 것이 세상에 존재할 수 있을까? 피우던 담뱃재가 사진 위로 떨어져 혜진의 얼굴 부분을 가려버렸다. 그러자 마치 얼굴 없는 젊은 여자의 몸을 그가 부둥켜안고 찍은 사진처럼 보였다. 혜진이가 편지에 구구절절 썼던 말들이 현실이 되어 나타나는 것이라고 할까, 이제는 슬프도록 아름다운 기억 속에서 혜진이라는 특정인이 아닌 젊은 여성이라는 공통적인 존재로서만 남아 있어야 할 것이었다.

그러나 그것은 허황된 바람일 뿐, 혜진이라는 실체뿐만 아니라 흔적에 불과할 편지와 사진까지도 그에게는 가슴 저리도록 그립고 살가운 것이었다.

그녀는 처음 호칭부터 '그리운 민우 씨'도, '사랑했던 민우 씨'도, 그렇다고 해서 '잊어야 할 민우 씨'도 아니고…… 그냥 단순히 낯선 사람, 그래서 단 한 가지 형용사조차 필요치 않을 그냥 '민우 씨에게'였다.

그랬다. 편지를 읽고 또 읽어보았으나, 본문 내용 역시 처음 그런 호칭에서 하나도 달라질 것이 없는 완전한 타인 '민우 씨에게' 보내는 글이었다.

그러면서도 혜진은 자기 결심을 아주 절묘하게 말하고 있었다. 앞으로 설령 은교와 그가 어떤 인연이 되어 다시 만나게 된다 할지라도 그때는 생면부지의 초면이라는 것까지…….

맨 위의 사진 한 장을 집어 들고 불을 붙였다. 서로 마주 보고 서서 입술을 갖다 대고 있는 사진이었다. 불은 순식간에 사진 속의 두 철없는 연인들을 태워버렸다. 유행가 가사처럼 담배 연기에 눈이 따가운 그의 두 눈에서는 눈물이 계속해서 흘러내렸다. 긴 한숨을 내쉬며 담배 연기를 뿜어내었다.

두 번째 사진에 불을 옮겨 붙였다. 이번 것은 몸을 밀착한 채 나란히 서서 찍은 사진이었다. 뭉클하고 풍만한 유방을 팔로 느끼면서 장미향에 취해 우화등선이라도 하는 듯 행복에 도취된 표정이었다. 조금 웃는 듯, 난처해하는 듯싶은 혜진의 얼굴도, 부드러운 여체에 접한 채 야릇한 표정의 그도 불 속에서 표정 하나 변하지 않은 채 타서 없어졌다.

사진이 타서 생겨나는 재가 늘수록 눈물만 나는 것이 아니라 목에서부터 참을 수 없는 오열이 일어났다. 마침내 그는 책상에 얼굴을 묻은 채로 소리를 죽이고 꺼이꺼이 울기 시작했다.

불현듯 벼랑바위가 생각났다. 그녀를 만나기 이전의 마음 상태로 되돌리려면 아무래도 그녀를 처음 만났던 곳으로 가야 할 것 같았다. 시계를 보았다. 이제 겨우 오후 3시였다. 마음을 굳히고 자리에서 일어섰다.

청량리역에 도착해보자, 다행히 곧바로 출발하는 포항행 열차가 있었다.

짧은 겨울 해라서 벌써 어스레했다. 차창 밖으로 흘러가는 야경에 눈을 주면서 예전에 마지막으로 혜진을 학교로 찾아갔다가 만나지도 못하고 돌아 나오면서 눈물을 흘리며 서울 시내를 헤매고 다녔던 까마득한 일을 떠올려보고 있었다.

외제 스포츠카에 강철과 젊은 여자가 타고 있는 것을 일별했으나, 그 여자가 혜진일 것이라고는 꿈에도 생각하지 못했다. 하물며 그녀의 졸업파티에서 두 사람이 춤추는 것을 보며, 설마 그들이 결혼하리라고 상상이나 했겠는가? 그랬다. 그렇게 세상의 모든 일들은 모조리 다 예측 불허였고, 자기 좋을 대로 얽히고 설켜 잘도 돌아가는 것이다.

강제로라도 혜진의 여성을 가질 기회가 여러 번 있었으나, 그는 한 번도 그렇게 하지 않았다. 하지만 그것이야말로 혹시 일생일대의 실수는 아니었을까? 그러기를 잘했다는 생각과 달리, 엉뚱한 생각이 들기도 했다.

사실 욕심을 채우려만 했다면 어떻게든 혜진의 여성을 차지할 수 있었을 것이다. 그런데…… 그런데 왜 그렇게 하지 못했을까? 혜진이가 처음으로 눈물을 보이며 슬퍼했기 때문일까? 그때 만약 혜진을 차지해버렸다 해도 혜진은 강철과 가까워질 수 있었을까?

예정대로 차는 밤 11시 30분쯤 포항에 도착하였다. 눈에 보이는 대로 아무 여관이나 찾아 들어간 후, 새벽같이 일어나 울진행 시외버스를 다시 탔다.

축산리에서 내렸는데, 떠나온 후로도 동네나 길 모두 달라진 것은 하나도 없고 전과 여일했다. 다만 눈 때문에 바닷가로 가는 길이 몹시 미끄럽고, 벼랑바위조차 눈이 두껍게 덮여 있을 뿐.

예전에 늘 앉았던 곳을 가늠해서 눈 위에 궁둥이를 내려놓고서 담배를 붙여 물었다. 그리고는 혜진이 최초로 나타났던 건너편 바위를 건너다보았다. 혜진을 처음으로 만났던 시간 역시, 지금쯤인 8시 전후였다. 다만 그때는 여름철이라서 이미 해가 중천에 떠 있었던 것만 달랐을까…….

혜진이 보낸 편지를 꺼내어 다시 한 번 읽어보았다.

'이 편지가 민우 씨에게 보내는 마지막 편지이고…… 작은 지면에 하고 싶은 말을 다 전해야 할 텐데…… 무슨 말부터 어떻게 써야 할지 모르겠군요. 하지만 민우 씨는 내가 하고자 하는 말이 무엇인지, 나를 잘 아는 사람이라서 금방 깨달을 수 있을 거예요.'

새삼스럽게 두 눈에서는 다시 샘솟는 듯이 눈물이 흐르기 시작했다.

'그 때문에 결국 우리 사이에 결정적인 금이 간 건 사실이지만, 그보다는 지금 생각해보면 나와 민우 씨와는 어차피 처음부터 인연이 되지 않기 때문에 그렇게 되었지 않았을까 하는 것 말예요. 하지만 그때는 민우 씨가 나에게 가졌을 감정 이상을 나도 민우 씨에게 가졌었다고 자부해요. 하지만 이제는 사랑했다거나, 보고 싶었다거나, 그리웠다거나 그런 말은 하지 않겠어요. 지금 내가 하고 있는 말이 무슨 말인지 민우 씨는 너무도 잘 알 수 있을 거예요. 그래요, 이제 그런 공허한 껍데기만 남은 말은 우리가 죽어서 무덤에 들어간 이후라도 절대로 말하지 않기로 해요.'

주머니 속에 넣고 왔던 사진을 손에 잡히는 대로 한 장 꺼냈다. 석양을 배경으로 실루엣을 만들며 이마를 맞대고 서서 찍은 그림 같은 사진이었다. 사진에 불을 붙였다. 바닷바람이 센 편이라서 라이터가 말을 잘 듣지 않았으나, 일단 불이 사진에 옮겨 붙자 순식간에 사진은 재로 변했다.

사진이 타서 생긴 재를 망각의 늪으로 날려 보내면서 다시 또 한 장의 사진에 불을 옮겨 붙였다. 이번 사진은 서로 바짝 껴안은 채로 볼을 맞대고 있는 모습이었다. 역시 혜진은 난처하고 어색하다는 듯이 살짝 입술을 벌리며 웃고 있었고, 그는 눈을 반쯤 감은 채로 행복에 도취된 모습이었다. 난처하고 어색해하는 혜진의 얼굴과 황홀한 도취감에 빠진 그의 얼굴이 불꽃 속에서 한꺼번에 사라져갔다.

계속해서 사진에 불을 옮겨 붙였다. 처음부터 없었어야 할 허랑한 일들이라서 망각의 불꽃 속으로 당연히 사라져가야 하는 것들이라고 애써 자신에게 타이르며 잘못된 기억의 귀결들을 한 장 한 장 한 줌의 재로 날려 보냈다.

마치 경건한 의식을 행하는 사제나 제관처럼 그는 그렇게 사진과 편지까지도 혜진이 바랐던 대로 '당사자가 되는 모든 사람과 앞으로 태어날 아이들까지 모두를 위해서' 완벽하게 다 태워 없앤 후 마침내 자리에서 일어섰다.

건너편 바위를 애써 외면하며 마을 쪽으로 돌아섰다. 처음 만나던 때처럼 건너편 바위 위에서 혜진이가 환영으로 나타날까 두려워서였다. 그녀는 헐렁한 보라색 추리닝을 아무렇게나 입고 있었지만, 처녀다운 굴곡이 도드라지게 느껴지는 차림으로, "안녕하세요? 경치가 그만이네요." 하고 다소 상기된 목소리로 말하며 다가왔었다. 그때의 목소리를 환청으로 다시 듣게 될까 봐 두 귀를 손바닥으로 틀어막고 고개를 숙인 채 미끄러운 눈길을 걸어 나왔다.

마을 어귀로 나온 그는 자기도 모르게 예전 버릇 그대로 숲길로 들어섰다가 축산 앞 들판으로 나와 성당 뾰족탑을 보며 걸음을 옮겨갔다. 혜진의 외가가 있을 축신리 동네가 멀리 건너다보였다. 한동안 그곳을 바라다보고 서 있다가 이내 외면하고 돌아섰다.

성당 코앞까지 왔으나, 이제는 상관도 없는 곳이었다. 건물들을 일별하면서 지나친 후, 혜진과 자주 들렀던 해수욕장 쪽으로 발길을 옮겼다. 성당에서 해수욕장까지의 길이야말로 혜진과 함께 뻔질나게 걸었던 추억 서린 곳이 아니던가? 한사코 예전의 기억의 편린들이 어제 일인 듯 새삼스럽게 새록새록 떠올랐다. 그는 기쁨과 슬픔을 한꺼번에 맛보면서 마치 공중에

뜬 허상처럼 다리를 옮겨놓으며 걸었다.

늘 들리던 식당 주인은 여전히 그대로였다. 사정을 모르는 그녀는 무슨 일로 다시 왔느냐며 깜짝 반가워하는 것이었으나, 성가시기만 할 뿐이었다. 늘 하던 대로 로스구이에 맥주 한 병을 시켰다.

식사를 끝낸 그는 H 면에서 포항으로 되돌아 나와 서울행 고속버스를 탔는데, 인천에 되돌아온 것은 거의 밤 11시 반쯤으로 통금 직전이었다. 씻을 생각도 하지 못하고 세든 문간방으로 가서 힘든 영혼과 피곤한 육신을 눕혔다.

그 해의 세모 12월 31일은 월요일이었다. 피곤함에 지친 심신을 달래며 간신히 근무 중인데, 오전 11시쯤 은교에게서 전화가 왔다.

1년이 다 가는 날이 되었는데도 전화 한 통 없이 뭐가 그리 바쁘냐는 것이었다. 토요일인 그저께 오후 인천에 왔는데, 연락이 되지 않아 되돌아갔다며, 어쨌거나 오늘은 병원이 끝나는 대로 만나자는 이야기였다.

아닌 게 아니라, 지난번 시골에 함께 갔다 온 후로 전화 한번 해준 일도 없을뿐더러 그 흔하고 흔한 연하엽서 한 장 보내지 않았다는 것도 생각났다. 아쉬울 땐 줄달아 전화했던 것이라서 미안하기 그지없었다. 예전에 만났던 호텔 스카이라운지에서 5시쯤 만나기로 약속하고서 전화를 끊었다.

그녀는 만나자마자 보석같이 새카만 눈동자를 반짝이며 불쑥 그에게 물었다.

"지난번 결혼식 때 안 왔죠?"

"웬걸, 약속했었잖아요. 당연히 갔었죠."

"어머! 그래요? 그래두 왔으면 사람을 찾아보구 가야지. 그런 법이 어디 있어요?"

"사람들이 너무 많아서…… 난 촌놈이 돼놔서 사람 많은 델 가면 주눅부터 들거든요."

"주눅요? 호호호! 그럼, 병원에서 어떻게 환자 진료하구, 발표를 하세요?"

둘은 석양이 야경으로 바뀔 때까지 인천 시내를 내려다보면서 대화를 나누었다. 자연히 화제는 연말과 시골 묘소나 공장에 관한 것이 주였으나, 민우의 병원 일이나, 은교의 최근 행적이 거기에 다소 곁들여졌다.

그녀를 보면 이상하게 늘 혜진이 상기되었다. 혜진이 소원했던 대로 망각의 늪 속에 완벽하게 내버릴라치면 사진이나 편지를 태우는 것만으로는 역부족이었다. 은교는 말할 것도 없고, 시골 고향의 묘소까지도 공장부지에서 혜진과 전혀 상관없는 곳으로 옮겨야 할 것이었다.

"참! 시골 묘지 말예요. 봄쯤 다른 곳으로 옮겨 갔으면 해요. 아무래도 은교 씨 힘을 한 번 더 빌려야 할까 봐요."

"거 봐요. 내가 뭐랬어요? 결국 그게 좋겠죠?"

"마침 신정연휴기간이니까 낼이라도 시골에 한 번 가볼까 싶기도 한데."

"그럼, 민우 씨가 예전에 말했던 꿈 이야기는 어떻게 되는 거죠?"

"그야, 이제는 상관없죠……. 오빠나 회사가 아니고 내 스스로 하려는 거 아니에요? 벌이 떨어지면 결국 나에게 떨어질 터인데, 설마하니 하나 남은 자기 가족을 벌주기야 하겠어요? 그리고 며칠 상관은 아니지만 해가 바뀌는 거라서 예언의 시효가 지났을 것 같기도 하구요."

"그럼, 이렇게 해요. 오늘은 여기서 지내고 우리 내일 일찍 서울로 가서 비행기 편을 알아보든지 기차 편을 알아보기로 해요."

혜진을 망각의 늪 속으로 보내기 위해 옮기기 싫었던 묘소까지 옮기려 하는 것이니만치 이제부터는 은교와도 멀어져야 할 것이었지만, 아이러니컬하게도 막상 묘소문제를 해결하려면 그녀의 협력은 절대적이었다.

식사를 마치고 나자, 그녀가 말했다.

"오늘은 민우 씨네 집에 가보고 싶은데……. 그렇게 해주실 거죠?"

"갑자기 그건 또 왜요? 하하하!"

갑자기 무슨 뚱딴지같은 소리를 하느냐고 그녀에게 농담처럼 물었다. 그러나 그녀는 그렇게 하려고 이미 작정하고 온 모양이었다.

"평소에는 어떻게 사는지 궁금하잖아요? 허락해주실 거죠?"

"지저분하고…… 방 한 칸 세 들어 살고 있는데……. 집이랄 것도 없잖아요?"

"뭐, 어때요? 평생 살 곳도 아니고, 수련기간 동안 임시 거처잖아요?"

"그렇긴 해두…… 아무래두……."

"만약 안 데리고 가면 나 몹시 실망할 거예요. 그렇게 하지는 않으시겠죠?"

난데없는 주문을 하며 졸라대는 그녀를 난처한 얼굴로 쳐다보다가, 곧 생각을 바꾸고 고개를 끄덕여주며 말했다.

"그렇게 소원이라면…… 초대해 드리죠. 하지만 여간 지저분하지 않다는 건 미리 아셔야 합니다."

대궐 같은 호텔에서 값 비싼 고급 식사를 마치고 나온 두 사람은 골목 속에 든 허름하고 굴속 같은 셋방으로 옮아왔다. 단칸 셋방이여! 영광이 있을지어다. 훌륭하고 세련된 재벌 집 따님을 맞는 기적 같은 순간일지니…….

자물쇠를 따고 그녀를 방으로 안내했다. 다행히 주인집 아줌마가 잊지 않고 연탄불을 갈아놓은 모양으로 방안은 따뜻했다. 몇 달째 개지도 않고 깔아두기만 했던 이부자리를 조금 들추어 공간을 만들고는 상을 펴서 사들고 온 맥주와 과자 봉지를 풀었다.

다시 이런저런 이야기로 지나다 보니 어느새 밤 11시였다. 아무래도 통금이 문제일 것이었다.

"11신데…… 지금 일어서는 게?"

그러나 은교의 대답은 의외였다.

"난 여기서 지내려고 일부러 서울에서부터 왔는데……."

"?"

"민우 씨도 오늘 밤 여기에서 지낼 것 아니에요? 설마 오갈 데도 없는 손님을 밖으로 내쫓으려는 건 아니겠죠?"

어이가 없어서 실소하고 말았지만, 그녀는 정말 그렇게 할 눈치였다.

"오늘 밤엔 여기서 잘 거예요. 설마 내쫓지는 않겠죠? 남자인 민우 씨가 기사도를 발휘해서 내가 잠들면 밤새 불침번을 서야겠지만. 그렇게 할 거죠?"

"진짜예요? 진짜 여기에서 자겠단 말이에요?"

워낙 방이 따뜻해서 요를 깔 필요도 없었다. 그녀는 그에게 요를 밀어주고 이불은 자기 쪽으로 가져가며 말했다.

"그럼, 이 시간에 어딜 가겠어요? 곧 통금인데……. 대신 오늘 밤엔 민우 씨와 방을 절반씩 나누어 갖기루 해요. 민우 씨는 동독이에요! 난 서독이구……. 국경을 침범하면 어떻게 되는 줄 알죠?"

"난 여자와 한방에서 자면 버릇이 나빠지는데……."

그러나 그녀는 점입가경이었다.

"다 큰 남자가 엄마가 필요할 것두 아닐 거구……. 국경을 침범해서 전쟁을 일으킬 이유는 없지 않겠어요?"

"좋아요. 그럼 오늘 밤은 여기에서 재워 드리죠. 대신 다음에 지저분했다느니, 남자 냄새 때매 잠도 못 잤다느니 그런 말은 절대로 하지 않기에요."

썩 내키지는 않았으나, 하는 수 없었다. 그러자 그녀가 다시 물었다.

"참! 여기 청소는 누가 해요? 빨래는요?"

"주말이 간단한 빨래와 집 안 청소를 하는 토탈워싱데이죠. 복잡한 건 세탁소에 맡기면 되고, 밀리면 새 걸로 사서 입고…… 대충 그래요. 어쨌든 그동안 살아온 경험에 따라 그 방면으로는 나름 제법 노하우가 있어요."

은교가 싱긋거리며 고개를 끄덕였다. 그러고는 시계를 보며 말했다.

"라디오 있죠? 우리 제야의 종소리를 들어요. 난 진짜 민우 씨와 함께 제야의 종소리를 듣는 게 소원이었는데……"

"나랑 제야의 종소리를 듣는 게…… 소원? 왜죠?"

"알아맞혀 보세요."

"것두 숙제예요?"

"아뇨. 그건 곧바로 말해야 해요. 왜 그러게에~요?"

"글쎄? 알 수 없는데…… 소원을 단 자기나 알까?"

"에이…… 그것두 모르세요? 제야의 종소리를 함께 듣고 있으면 해가 바뀌니까 두 해를 함께 보내는 거잖아요? 안 그래요?"

"맞네! 그러네."

H 면으로 내려갈 때 사서 지금까지도 친구삼아 듣던 라디오였다. 다사다난했던 한 해가 가고, 대망의 새해가 시작된다며 아나운서가 숨넘어가는 소리로 읊어대고 있었는데, 허랑한 대포 소리에 불과함에도 어쩐지 귀가 솔깃해지고 숙연해지기까지 했다. 마침내 보신각의 종소리가 라디오의 작은 스피커를 타고 들려오기 시작했다.

이제 드디어 새해가 시작되는 것이다. 시골 H 면까지 찾아가서 혜진과 공유했던 작은 기억의 편린들을 모조리 태워 없애버리기는 했지만, 만약 혹시라도 아직 남아있는 것이 있다면 지금 울려 퍼지는 제야의 종소리와 함께 완벽하게 다 날려버려야 할 것이었다.

은교 때문에 방 밖으로 나가 담배를 피우려고 라디오의 볼륨을 조금 키우고는 일어섰다.

"어디 가는 거예요?"

"담배 피우고 올게요."

"에이! 조금만 더 참으면 안 돼요? 민우 씨와 함께 제야의 종소리를 듣는 게 소원이었다구 했잖아요?"

라디오에 귀를 잔뜩 기울인 채, 지긋이 그를 바라보는 그녀의 보석같이 반짝이는 매혹적인 눈동자 때문에 도저히 일어설 수 없었다. 순간 또다시 섬광처럼 떠오르는 것은 다름 아닌 혜진의 추억어린 눈빛이었다.

혜진과 함께 공유했던 기억들을 머릿속에서 하나하나 지워간다면서 오히려 그런 기억들을 다시금 떠올리고 있는 것이다. 이런 식으로는 혜진을 평생 죽을 때까지 잊을 수 없을 것이었다.

문득 한 가지 생각이 섬광처럼 떠올랐다. 이열치열! 이적제적! 열은 열로 고치고, 적은 적으로 섬멸하는 것이 가장 최상의 방법이라는 생각이었다. 그렇다면 결국 혜진을 철저하게 잊는 방법이란 혜진이가 차지하고 있는 마음의 자리를 다른 여자가 차지하도록 해야 할 것이었다.

혜진의 자리를 혹시 은교로 대치할 수는 없을까? 하지만 그것은 어쩌면 영원히 실현 불가능한 과욕에 불과할지 몰랐다. 고개만 설레설레 흔들었다. 은교가 그런 그를 보며 물었다.

"무얼 그리 곰곰이 생각하는 거죠? 고개까지 흔들어대면서……"

"어떻게 하면 국경을 넘을 수 있을까? 오로지 그것만을 연구하고 있었소."

"피! 거짓말! 얼굴에 아니라구 다 씌어 있는데, 뭐 하려구 그렇게 힘들게 거짓말을 해요? 그럴 바에야 실토하는 게 더 쉽지."

"진짠데……."

"좋아요! 그럼 이렇게 해요. 국경을 넘어서 이쪽으로 오세요. 대신 내가 그쪽으로 옮겨갈 테니까. 그렇게 하면 되겠죠?"

"그럼, 그게 그거지, 뭐."

"그럼, 하는 수 없고."

은교를 방에 둔 채, 마당으로 나와 담배를 붙여 물었다. 은교는 왜 여기까지 따라왔을까? 문득 예전에 인천까지 따라와 주었던 주리가 거리를 유지하려는 그에게 오히려 화를 내던 일이 생각나면서, 은교에게 남자로서 어느 정도 육체적인 사랑의 표시를 해주는 것이 좋지 않을까 하는 충동적인 생각이 자꾸 들었다. 박뚱 역시 적당할 때 남자 역할을 확실히 하라고 했었고…….

하지만 아무리 생각해보아도 당시 주리와는 판이한 상황이 분명했다. 은교는 전혀 그런 성격도, 생각도 아닌데, 그 혼자서만 마음보다 육체가 앞서 가려한다면, 아마도 은교는 몹시 화가 나서 다시는 만나주지도 않을지 몰랐다.

담배 연기를 하늘로 내뿜으며 또다시 고개를 좌우로 흔들었다. 그러자 언제 와 있었는지 은교가 등 뒤에서 작은 웃음을 터뜨리고 있었다.

"뭐 하시나 했더니, 고개를 흔들려구 밖으로 나오셨군. 호호호! 민우 씨는 의사래두 자기 고개 흔드는 병은 못 고치나 봐요? 호호호!"

달도 별도 보이지 않는 어두운 밤하늘이었다. 은교가 연달아 재채기를 했으므로 방안으로 다시 돌아왔다.

"옛날 어렸을 때는 어른들이 섣달 그믐날 잠자면 안 된다고 해서 잠들까 봐 무척 걱정했었는데……. 민우 씨도 그런 경험 있죠?"

"눈썹과 머리칼이 희어진다고 그랬죠?"

"민우 씨! 우리 잠자지 말고 카드나 해요."

"카드가 있어야죠?"

"그런 건 기본으로 가지고 다니죠."

그녀는 자기 가방에서 카드를 꺼냈는데, 대한항공 마크가 선명한 새 카드였다.

"혹시 비행기에서 슬쩍 한 거 아닌가?"

"살림에는 눈이 보배라잖아요? 하지만 이건 슬쩍 한 게 아니고, 어디까지나 합법적인 판촉물로 받은 거예요. 자! 우리 이렇게 해요. 훌라를 3전 2승으로 하기루……. 알겠죠? 지는 사람은 내일 시골 가는 경비를 다 대기루 해요. 아시겠죠?"

둘이서 하는 게임이라 다소 지루했으나, 손님이 원하는 것이라서 부지런히 패를 돌렸다. 그러나 결국 새벽 1시 반도 되기 전에 두 사람 모두 졸음 때문에 견딜 수 없게 되었다. 먼저 은교가 연거푸 하품을 하면서, 국경선 너머로 쓰러지듯 누우며 말했다.

"무병장수에 지장 없도록 기권 패 할래요. 졸려서 도저히 안 되겠어요. 그럼 동독 시민께서도 국경선 협정 준수하며 잘 지고, 내일 아침에 봐요."

아침에 깨어보니 은교는 벌써 일어나 간단한 화장 중이었다.

"어? 일찍 일어났네요? 불편했죠?"

굴속 같은 방에서 동물처럼 혼자서만 지내다가, 어제 밤에는 모처럼 누군가의 체온을 느끼며 하루 밤을 지냈다는 것이 그렇게 행복하고 뿌듯할 수 없었고, 이제야 비로소 방이 사람 사는 공간으로 느껴졌다. 그것도 언필칭 세모 마지막 날 밤이 아니겠는가? 그녀가 너무 고마웠다.

은교가 미소를 지으며 말했다.

"빨리 준비 하세요. 연휴 첫날이라 되도록 일찍 출발해야 할 거예요."

단지 하룻밤 함께 지내준 것임에도 그녀가 부쩍 가깝게 느껴졌다.

인천에서 조반도 하지 않고 서울역으로 나왔으나, 연휴라서 표가 없었다. 은교가 급히 몇 군데 전화를 해보더니 공항으로 가자고 했다. 둘은 택시로 공항까지 줄달음을 치고 난 후, 11시 30분 발 비행기를 얻어 탈 수 있었다.

공장은 이제 거의 제 모습을 다 드러내고 있었고, 부지정리가 완전히 끝났기 때문에 흙 한 발 묻히지 않고도 공장 안으로 들어설 수 있었다.

현장소장을 만나 간단한 인사를 나눈 후 은교를 남겨둔 채 마을로 내려가서 김이대 씨를 찾았다. 소장은 전화 한 통화면 그가 금방 달려올 거라고 했지만, 그렇게 하기가 어쩐지 미안해서였다.

묘소를 옮겨야 할 것 같다는 말에, 그는 잘 생각했다면서, 그렇게 하는 것이 좋을 것이라는 의외의 반응을 보였다. 그러면서 자기가 잘 아는 지관이 있으므로 좋은 자리를 알아보아 주겠다는 말까지 선선히 했다.

김이대 씨와 함께 공장으로 다시 와서 현장소장과 은교가 합석한 가운데 차를 마시면서 구체적인 것까지 거의 마무리를 지었다. 김이대 씨가 책임지고 이장할 자리를 알아본다는 것과 묘를 옮기는 날짜는 대체로 한식날이 탈이 없고 좋다고 알려져 있으니만큼 그날을 전후해서 하기로 했다.

"작년에는 죽기 살기로 묘를 옮기지 않으려 하더니 어째서 그렇게 갑자기 생각이 바뀐 겁니까?"

현장소장이 차마 민우에게는 말하지 못하고 다소 비아냥거리는 투로 김이대 씨를 겨냥해서 물었다.

"험, 해가 바뀌었잖소? 화장허는 것도 아니고."

하지만 소장은 작년 분풀이가 아직 덜 끝났는지 공격을 계속했다.

"주민 친선위원장 직책상의 업무 때문이 아니구요?"

"에끼, 순! 내가 무신…… 간에 붙었다, 쓸개에 붙었다 허는 사램인 줄 아씨오? 다 회사도 좋고 주민도 좋으라고 허는 것이제……. 아무리 쎄에서 그냥 나오넌 소리락 해도 그렇코롬 함부로 뱉넌 뱁은 아니요."

김이대 씨가 매우 섭섭해하자, 소장은 웃음으로 얼버무렸다.

"영감님은 하두 고진이시라서 농담도 못한다니까. 내 참! 하하하!"

그러나 김이대 씨가 여간 볼이 부어 있는 것이 아니었으므로 민우가 나섰다.

"소장님 농담이 다소 귀 설게 들릴 수두 있겠지만, 뭐 그렇다구 해서 악의가 있으신 말씀은 아니라질 않습니까? 처음 생각과 달리, 일이 양편 모두에게 흡족하게 잘 해결되어 좋다는 뜻이겠지요. 그렇지 않습니까? 소장님!"

"그렇지요. 하하하! 영감님 고정하세요. 제가 잘못했습니다."

마을로 내려간 길에 사왔던 술과 과자를 무덤 앞에 차리고 고했다. '공사장이 들어서서 시끄러우셨을 것입니다. 조금만 참으십시오. 올 한식 때는 좋은 자리로 옮겨 드리겠습니다. 불비한 자식이라서 고생을 얼른 덜어 드리지 못했습니다. 하지만 주위 좋은 분들을 많이 만나 잘 해결하게 되었습니다. 그분들께도 복을 주십시오.'

묘마다 따로따로 술을 붓고 고하는 것이므로 시간이 걸렸다. 추운 날씨임에도 대략 30분 동안 은교와 김이대 씨는 먼발치에 서서 끝날 때까지 기다려주었다.

서울로 되돌아와 저녁 식사를 함께 하는 자리에서 은교가 말했다.

"민우 씨가 아까 묘 앞에서 절하는 걸 보면서 생각했던 건데요."

"또 그 얘기예요? 전 항상…… 죽은 가족이라 해도 살아 있는 사람과 똑같다고 믿기 때문이죠. 딴 이유 없어요. 그게 뭐 그리 이상한 건 아니잖아요?"

"그렇죠. 그건 나도 이제 다 이해가 돼요. 그 때매 회사 막노동꾼들과 육탄전 직전까지 갔다는 말도 들었고요……. 그게 다 그 때문이었겠죠. 어쨌든 지금도 나로선 민우 씨 생각을 다 이해할 수는 없지만, 그 정도 선에서 이해는 해요. 근데 지금 그 말을 하려는 게 아네요."

"그럼?"

"민우 씨는 의사보담 스님이나 목사 같은 교직자가 되었더라면 정말 좋았을 거라는 생각을 해보았죠,"

"건 또 왜죠? 내가 하는 품이 그렇던가요?"

"아뇨. 그것보담…… 민우 씨가 얼마나 정성스럽게 죽은 이들과 대화를 시도하며 절을 하는지, 민우 씨의 성격으로는 성직자의 길을 걸었다면 정말 '왔다'였겠다 하는 생각이 번쩍 들더라구요! 그래서 혹시 자기도 그런 생각을 해보았을까 싶어서 몹시 궁금했어요. 어때요, 자기 생각은?"

"자기, 자기 하니까 갑자기 기분이 이상해지는데요?"

"한 방에서 2년 동안이나 함께 지냈잖아요? 호호호!"

꼭 그럴까? 은교의 말은 달리 들으면 구세대적이고, 과거 지향적이며, 변화를 두려워하는 소극적 성격이라는 뜻이었다. 하지만 그렇다고 은교가 일부러 나쁘게 말했을 리는 없고, 오히려 좋은 면을 칭찬하는 말일 것이다. 어쨌거나 앞으로는 보다 적극적이고 진취적으로 살 수 있도록 점차 습관과 생각을 고쳐가야 할 것이었다.

"절이나 교회로 들어가면 내 성격에 딱 맞겠다는 이야긴데…… 의사로 잘못 들어왔으니……."

"걱정 마요. 아직 우린 청춘이잖아요? 참! 난 어때요?"

"은교 씨는 성격분석가 겸 진로상담가로 이미 다 증명했잖아요?"

"내 말이 그렇게 싫었어요? 호호호!"

"아뇨. 너무 고마웠어요. 그것 말고도 죄다 고마운 거지만……. 자! 그런 의미에서 한 잔 더 줄게요."

"에게게! 그런 법이 어디 있어요? 고마운 게 아니라 벌주로 주려는 거죠?"

"천만에요! 잘 알면서 무슨 그런 섭섭한 말씀을 하실까?"

"그래요? 그게 아니라면 한 잔 주세요."

11. 해후 그리고 가족의 의미

세월은 잘 갔다. 새해가 시작되자, 눈 깜짝할 사이에 어느새 3월이었고, 민우도 이제 인천 생활이 3년째로 접어든 레지던트 3년 차가 되었다.

다행스럽게도 1년 차 레지던트인 주치의가 두 사람으로 늘어났고, 2년 차에는 강 선생이 있었으므로 응급실과 병실에서는 완전히 손을 떼도 되었다.

대신에 정기적으로 외래진료가 있고, 위내시경, 신설된 인공신장실, 학술집담회, 논문준비 등 여전히 바쁜 나날이기는 했으나, 그동안 바쁜 데에 이골이 난데다, 이제는 정해진 기간 안에 처리하면 되는 업무들이 대부분이라서 한결 편해졌다.

또한 민우 1년 위 레지던트가 원래부터 결원이었으므로 혼자서 3, 4년 차 두 몫을 해야 해서 몸은 더 바쁠 일이었으나, 쓸데없이 성가시게 할 만한 상급자가 없는 셈이라서 그게 오히려 더 편하고 여유로웠다.

4년 차가 없는 이상 비록 3년 차였지만, 당연히 내과에서는 그가 취프 레지던트였다. 그래서 매주 수요일과 금요일에 열리는 학술집담회와 증례토론회에서는 내과를 대표하는 단골 연자로 나섰고, 항상 책을 끼고 살다시피 하며 열심히 공부하고 있었으므로 다행히 좋은 평을 받고 있었다.

더러 내과와 정형외과 간에 의견 다툼이 있는 경우 민우와 박뚱은 사적으로야 형제처럼 친한 사이였음에도 한 치 양보도 없는 설전을 벌이곤 했는데, 공부하지 않고 그렇게 하기란 사실 불가능한 일이었다.

그러면 결국 나중에 양쪽 과 과장들이 두 사람의 토론을 중재하면서 역시 내과에는 이민우 선생이 있으므로 4년 차가 없다고 해서 만만하게 보아서는 안 된다는 농담까지 했을 정도였다.

신설된 투석실과 내시경실을 맡은 당사자로서 확실한 이론과 술기를 갖추어 나가는 것은 무엇보다 중요한 일이었다. 그래서 남들은 쉬느라고 바쁜 토요일 오후와 일요일조차 스스로 자원해서 김 과장의 친정에 해당하는 서울 T대 병원 내과 인공신장실과 내시경실에서 집중적인 연수를 받고 있었다.

시설 좋은 대학병원에서 수련 받는 레지던트들이 부러웠다. 그렇다면 어떻게든 그들보다 책이라도 더 열심히 보아야 할 것이었다. 그래서 자나 깨나 온통 책 속에 빠져 살며 세상을 완전히 잊고 인천과 서울 T대 병원만 시계추처럼 오가며 지냈다. 그 때문에 은교와도 신정 연휴에 시골에 다녀온 이후로 근 2~3개월 동안이나 아직 한 번도 만나지 못했다.

그러다가 T대 병원 투석실에서 실습에 여념이 없는 참인데, 어떻게 알아냈는지 토요일 오후 시간에 은교의 전화가 왔다.

"민우 씨? 잘 지냈어요? 시골 일은 어떻게 할 거죠? 이번 금요일이 한식이라면서 어떻게 할 거냐고 시골에서 연락이 왔는데……."

그녀의 전화를 받고서야 비로소 4월 초라는 것을 깨달았다. 모처럼 땡땡이를 치고 은교를 만나러 나갔다.

"몹시 바빴나 봐요?"

은교는 만나자마자 힐난하듯 첫마디가 그랬다.

"네! 아주 바빴어요. 미안해요. 전화도 못 드리고……. 제 위로 당연히 있어야 할 4년 차가 없어서 말이죠."

"민우 씨는 착해서 남의 일도 그렇게 솔선수범해서 잘 맡아주는가 봐요?"

"아니죠. 그게 아니고, 남의 일을 떠맡는다기보다 사실은 그게 저에게 큰 도움이 되는 거예요. 첨단 의료를 실제로 접하며 공부할 수 있거든요. K병원 내과 취프 레지던트로서 마땅히 해야 할 일을 하는 거죠."

"그래요? 의사 일은 항상 바쁘고 항상 공분가 봐요? 그렇게 살면서 언제 세상일을 하죠?"

"세상일이라뇨?"

"의사 일을 뺀 나머지 일 말이에요."

"아? 네…… 거야 뭐…… 전문의가 되고 정식으로 과를 맡으면 조금 나아지겠죠. 오늘 저녁은 내가 살게요. 참! 시골에서 연락이 왔다구요?"

"그럼요. 그래서 기다리다 못해 간신히 소재 파악까지 해서 전화한 거잖아요? 난 자기 일이라서 민우 씨가 먼저 전화할 줄 알았죠."

"어이구! 공주마마! 죽을죄를 지었습니다. 머리 하나에 손이 둘밖에 없는 소인입니다요. 부디 굽어 살피시고 너그럽게 용서해주세요."

과장된 너스레를 떨었지만, 실제로도 몹시 미안했다. 물론 영리한 은교라서 이해하지 못할 리는 없었다.

"그럼, 건강과 복지를 위하는 갸륵한 마음을 참작하여 특별히 내 한 번쯤 용서하노니 앞으로는 실수 없이 잘하렷다."

"건강과 복지가 아니고, 제대로 말하자면 인류 건강과 세계 평화라고 해야 하는 건뎁쇼, 마마!"

"그건 너무 거창한 건 아니에요?"

둘은 오랜만에 잔을 부딪치며 깔깔거렸다.

"묘소를 옮기는 문제는 어떻게 할래요?"

김이대 씨로부터 자리를 보아놓았으니까 한번 내려오라는 전갈이 벌써 한 달 전에 왔다는 것이다. 그래서 만약 한식인 다음 금요일에 예정대로 옮길 거라면 서둘러야 하지 않겠느냐는 것이 그녀의 지적이었다. 옳은 말이었다. 일을 순조롭게 마치려면 내일이라도 당장 시골로 내려가서 김이대 씨를 만나보아야 할 일이었다.

"이번에는 민우 씨 혼자 가두 되겠죠?"

"왜? 바쁘세요?"

"마침 일도 있고……. 사실 난 이제 필요 없잖아요?"

"무슨 섭섭할 말씀을……."

월요일 아침 출근하자마자 휴가를 신청했는데, 그의 고유 업무가 워낙 많은 만큼 현 과장은 난색을 표했다. 그러나 다행히 김 과장이 자진해서 업무 인수를 받아주었으므로 의외로 일이 쉽게 풀렸다. 늦어도 토요일 오후까지 복귀하는 것으로 하고 목요일 오후부터 휴가를 얻었다.

차 안에서 보는 바깥 경치지만, 이제 완연한 봄 세상이었다. 인천에서 나올 때에는 버스 안에서 잠만 잤기 때문에 잘 몰랐으나, 개나리, 진달래가 지천으로 피어있고, 동구 앞에는 살구꽃, 배꽃, 철 이른 복숭아꽃 등이 피어 동양화에서처럼 선경을 이루고 있었다. 봄이었다. 아니, 봄이라도 이제 절정에 달한 진짜 봄이었다.

정말이지 더욱 열심히 살아야 할 것이었다. 인공신장이나 위내시경 연수도 그렇지만, 논문도 일찍 끝마쳐야 할 것이고, 전문의사 자격시험에 한 치 소홀함이 없도록 정말 열심히 노력해야 할 것이었다. 당분간은 세상 일이고, 혜진이고, 은교고 간에, 다 잊어버리고, 오로지 공부에만 전념하자고 새삼스럽게 다짐했다.

술도 이젠 그만 마셔야 할 것이다. 그동안 너무 많이 마셨고, 그 때문에 머리가 더 멍청해지는 것 같기도 했다. 어쨌든 이번 일이 끝나면 전문의 시험 준비 외에는 아무 것도 생각하지 말기로 했다.

인천에서 오후에 출발했으므로 김이대 씨 댁에는 당연히 늦은 저녁 시간에 도착하였다. 그러나 지난 일요일 은교를 통해서 벌써부터 전화로 연락을 해두었기 때문에 모든 준비가 다 완료된 상황이었다. 관혼상제만큼은 역시 시골 노인네가 최고였다. 그는 이미 일꾼과 음식에서부터 기타 세세한 것까지 모든 준비를 완벽하게 끝내고 그를 기다리고 있었다.

조부모를 비롯하여 부모, 삼촌, 고모 등 묘지가 7기나 되었으므로, 다음 날 동도 채 트지 않은 이두운 새벽길을 걸어 심이대 씨와 함께 예정지를 가보았다. 그는 대략 세 군데 정도의 장소를 골라두고 있었는데, 고향동네와 들판이 잘 내려다보이는 큰 산 중턱을 한사코 권했다. 동네에서 제일 멀긴 하지만, 지관의 말로는 그곳이 제일 좋은 자리라고 했다는 것이다.

"여그가 동네서 쪼깨 멀제마는 젤 좋타니께……. 그라고 동네서 너머 가까워도 시상이 하두 급변해강께 또 우찌 될지 모리는 일이고오……. 또 이렇코롬 천지사방이 훤허게 다 내래다뱅이는 존디가(좋은 데) 흔치 않컸고……. 어떻소?"

눈에 보이는 온 천지가 다 봄이었다. 산, 들, 마을, 들판 할 것 없이 온통 다 봄꽃과 봄기운으로 가득했다. 그동안 세상이 아무리 변했다손 치더라도 할머니가 흥얼거리며 밭일하던 어릴 때와 봄 자체는 하나도 변함이 없었다.

이제 곧 가족들이 속속 이사 올 땅을 둘러보며 숨을 크게 들이마셨다. 자세히 보니 이미 묘가 들어설 곳마다 장소와 방향까지 죄다 표시가 되어 있었다.

"어르신 의견에 따르겠습니다. 그런데 이렇게 표시된 곳이 묘지가 들어설 자린가요?"

"모도 다 지관 이견대로 향배까지 그려둔 거싱께……. 그라면 이 선생 맘에도 여게가 젤 좋겠다는 말씀이지라우?"

"그러믄요. 그대로 따르겠습니다."

"자! 그러면 얼렁 내려가야 쓰겄소. 일꾼들도 발써 묘지에 나와 있을 틴디."

봄이라서 해가 빨리 떴다. 6시가 갓 지난 시간인데도 해는 벌써 동쪽 산허리에서 한 뼘이나 올라와 있었다. 두 사람은 잰걸음을 놓아 묘지가 있는 공장부지로 내려왔다. 아닌 게 아니라 묘지 주위에는 김이대 씨의 말대로 음식과 함께 그가 미리 동원해놓은 청장년 일꾼들이 7~8명 모여 있었다.

"자! 어이 모도덜 아침 다 했제? 그러면 말여……. 되도록이면 해 안에 일을 끝내게 거그 니(네) 사람은 가짓골로 올라가서 말여, 내가 표해둔 대로 천광을 허고 말이어……. 아, 참! 거 향배 잘 맞차야 허네! 나머지는 파묘를 허세……. 가만있어보소……. 우선 자손이 고부터 해야겄제……. 이 선생 이리 오쑈 잉. 원칙언 묘마다 따로따로 상얼 채리고 고를 해야겄지만 시간이 없으니께 그냥 한꺼번에 해부립시다. 그래도 괜찮은 것인께……. 어이 불칠이! 얼른 여그다가 상 좀 보소 잉."

일사불란한 김이대 씨의 지휘 아래 모든 것이 다 순식간에 이루어졌다. 먼저 간단한 상을 보아서 묘를 옮기겠다는 '고제'를 올렸다. 같은 자리에 선 채로 묘의 방향으로 고개만 돌리고 묘마다 두 번씩 두 번, 그러니까 꼬박 28번의 절과 14번의 제주를 올린 후 파묘를 시작했다. 인부들이 열심히 해주기도 했지만, 일찍부터 서둘렀기 때문에 10시쯤부터는 유골을 파낼 수 있었다.

오래된 분묘이긴 했지만, 뼈들이 깨끗했고, 누런 색깔을 한 채로 잔뼈조차 거의 고스란히 남아 있었다.

"시상에! 쯧쯧! 이 선생 여그를 잔 보시씨요, 잉."

마침내 유골이 드러나게 되자, 민우는 조심스럽게 뼈들을 하나하나 골라 내어 한지로 둘둘 말아 싼 후에 서로 섞이지 않도록 각각 다른 빈 라면 박 스에 넣고 있는데, 저쪽 다른 무덤에서 그를 부르는 김이대 씨의 목소리가 들려왔다.

"여게가 부친 묘라고 했지라우? 시상에! 이것 잔 보쑈잉. 30년이 다 될 것 이롱만, 요롱코롬 손가락뼈 하나도 안 상허고 누렇게 황금뎅이 겉이 되야 서 고스란히 다 있는디…… 암칙기래도 이장을 허지 말 것인디 그랬능가 모리겠소……. 조선 8도럴 다 찾아댕게도 이만헌 맹당자린 다시 없일 것 인디……. 참말로 우리가 머슬(뭘) 영판 잘못 생각했넌 거이 아닝가 모리겠 소……. 우쭈꾸룸(어떻게) 할께라우? 고인덜 바람이나 쐬디린 셈쳐뿔고, 묘 를 다시 원상복구를 해버릴께라우? 어쩔께라우? 그동안 차말로 맹당자리, 맹당자리 허고 말로만 들었제……. 요로코롬 직접 봉 것은 차말로 생젠 첨 이로구만……."

그러나 민우의 눈에는 그런 것보다 머리뼈와 골반뼈에 총알구멍이 선명 히 드러나 있는 것이 먼저 보였고, 그때의 참상이 얼마나 잔인무도했을까 싶어 갑자기 눈물이 났다. 눈물을 참으며 슬픔을 보이지 않으려고 고개를 처박고 있는데, 김이대 씨는 재삼 재촉이었다.

"우쭈꾸룸 헐 것이요? 생각얼 자알 허시오마넌, 내 생각으로넌 암칙기래 도 서울 거 처자분헌티 전화를 다시 해서 이번 일은 꼭 취소해뿌렀이먼 딱 조컸는디……."

하지만 이왕 벌인 일이 아닌가? 취소한다는 것도 어려울 일이었다.

"이미 다 결정한 일인데……. 그냥 예정대로 하죠, 뭐……. 새삼스럽게 다 시 어떻게 할 수도 없잖아요."

"그렇제만…… 그렇제만 이 선생! 전화나 한번 해보쑈, 잉."

묘 7기가 모두 파헤쳐져서 유골들이 고스란히 다 드러났는데도 김이대 씨는 묘를 옮기지 말자며 한사코 전화를 해보라는 것이다. 분위기를 눈치 챈 일꾼들이 일손을 놓고 민우와 김이대 씨를 건너다보고 있었다.

유골들은 하나같이 한두 발도 아니고, 3~4발의 총상을 머리와 등, 골반, 다리뼈 등에 입고 있었다. 더러 갈비뼈나 다리뼈가 부러져 있기도 했다. 그렇다면 총으로만 사람을 죽인 것이 아닌 모양이었다. 이제는 4반세기도 더 지난 옛일인데도 그때의 참상이 초점이 맞지 않는 흑백영화처럼 눈앞에 떠올라오면서 도저히 눈물을 참을 수 없었다. 마침내 반쯤 수습해둔 부친의 유골 상자를 부둥켜안고서 여러 사람이 보고 있음에도 엉엉 울기 시작했다. 그런 모습을 한참이나 바라보며 서 있던 김이대 씨가 민우를 달랬다.

"나 잔 보시씨오. 이 선생! 자, 인자 그만허쑈. 인자살 면 소양 있겠소? 오직이나 서러우면 그러겠소만 인자 30년도 더 되넌 옛날 일인다……. 자! 고것보다, 이 선생! 내 말 듣고 말이오, 서울 거 처자분헌티 속히 전화나 한번 허고 오씨오."

"알겠습니다. 어르신 말씀을 보아서 그렇게 한번 물어나 보겠습니다마는……. 명당에 묻히든, 어쩌든 한번 죽은 사람인데 다를 것이 뭐가 있겠습니까? 뼈가 안 썩는다고 죽은 사람이 다시 살아날 것도 아니질 않습니까?"

"물론 고거야 이 선생 말이 옳소만……. 암척기래도 난 여그다가 그냥 모셨씨면 딱 좋겄는디 누가 알겠소, 잉? 이 선생 후대에라도 맹당 덕을 톡톡허니 볼지……."

"사람이란 다 제 노력하기 나름 아닐까요? 비명횡사한 가족들을 두고 어찌 명당자리를 밝힐 수 있겠습니까?"

울음을 그치지 못하고 앵앵거리는 목소리로 그렇게 항변했으나, 김이대 씨의 생각은 여전히 다른 모양이었다.

"이 선생에게 어런딜(어른들)이 없었으니께 고런 생각얼 하게 된 것이요. 자! 고집부리지 말고 어서 내 말대로 이얘기나 한번 해보고 오시오, 잉."

마지못해서 시외전화를 쓰려고 현장사무실로 가려는데, 때마침 건너편 공장 사무실 쪽에서 소장이 바삐 이쪽으로 걸어오고 있는 것이 보였다.

"이 선생님! 서울 이사님이 지금 K시라면서 전화가 왔습니다. 아마 곧 도착하실 겝니다."

"이사님?"

"네, 강은교 이사님 말입니다."

"화따메! 누가 온다고라우? 그 처자분이 온다고라우?"

소장의 말을 먼저 알아들은 김이대 씨가 그렇게 확인하듯 묻더니만, 갑자기 얼굴에 미소가 번졌다.

"워매! 그러면 여가 틀림없는 맹당 자린갑네……. 지질로 일이 잘 풀릴랑갑는다……."

김이대 씨가 그런 엉거주춤한 태도를 보이고 있었으므로 일꾼들도 담배를 피우면서 한담이나 나누는 중이었는데, 그중 하나가 갑자기 생각났다는 듯 물었다.

"그러면 가짓골 일얼 중단시켜야 안 쓰겄소?"

"그라제, 잉? 가만있어보소 잉. 그라면…… 자네가 얼렁 뛰어가 볼랑가? 여그서 다시 연락헐 때꺼정 잠시 일을 쉬라고 말여……."

"그러께라우?"

파헤쳐져 백일하에 드러난 가족들의 유골을 돌아보며 민우는 깊은 상념에 빠졌다. 공장 쪽에서 간간이 들려오는 소음과 함께 산새들의 우짖는 소리가 가깝고 빈번할 뿐 이제 묘지는 완전 적막이었다. 벌써 햇볕이 여름날처럼 따가워져서 싱그럽게 피어오른 나무 이파리들을 한껏 살찌우고 있었고, 이제는 누가 뭐래도 완연한 진짜 봄날이었다.

은교를 태운 차가 오고 있는지 알아보려고 마을 쪽으로 이어진 길을 내려다보았다. 공장으로 올라오는 눈앞 아스팔트길만 없다면 저 멀리 아지랑이가 피어오르는 길 너머 복사꽃 핀 동네 모습은 그야말로 한 폭의 동양화였다.

"왜덜 이러쿠롬 보락꼬만 있당가? 시간도 없일 틴디 말여!"

언제 왔는지 김이대 씨 연배로 보이는 사람이 파헤쳐진 묘지를 건너다보며 소리를 질렀다.

"어매, 김 지관! 잘 왔소. 요것 잔 보쑈잉. 나넌 요런 맹당자리넌 평생 첨이요. 김 지관 보시기도 그렇제라우? 시상에! 금땡이맹키로 누렇고, 뼈 하나 상헌 디 없으니께 말요. 참! 이 선생! 이리 오씨요. 이 양반이 지관 어른이신다……."

"안녕하세요? 묘주 이민우라구 합니다. 말씀은 익히 들었습니다. 여러 가지로 정말 고맙습니다."

"내사, 뭐…… 우리 춘파 선생이 애를 썼제……."

김이대 씨의 별호가 춘파였다는 것을 그때 처음 알았다.

"그런디…… 워째서 묘럴 항꾼에 다 파묘해부럿일까, 잉? 한 번 파묘럴 해뿌리면 제 아모리 맹당이락 해도 기운이 나 날아가 버리넌 것인디……. 인자 아모 소용도 없을 것이로고만……. 아! 내가 미리 언질을 놓지 않던가베? 익그도 여긴 맹당지리가 아니께, 묘주허고 이논을 한 번 더 허라고 말이여……."

"그라먼 인자 아모 소양도 없다는 말씸이오?"

마침내 실망에 가득 찬 듯 김이대 씨가 그렇게 말꼬리를 흐리며 물었다.

"그럿체, 한 번 파묘럴 해불면 제 아모리 맹당이락 해도 아모 소양이 없는 것이란 말이여. 그라먼 어쩌쿠롬 허먼 조까잉?"

"아, 그래서 지끔이라도 서울 사람들허고 다시 이논을 해볼랑 것 아니요? 그란디 참말로 맹당바람이 다 나가 뿌렀을까? 아! 그래도 보통언 묘를 쓰고 육탈이 되먼 한 번씩 바람을 씌어주먼 더 좋다는 것 아니오? 그라먼 그럴 때넌 어터케 되는 것이라요?"

"고거야 갱우가 다른 것잉께, 요럴 때 헐 말은 아닝 거싱께……."

"어쩌서 갱우가 다르다는 말씸이씨오? 고게 고것일 것 같은디……."

"춘파도 참! 어쩌서 고게 고거란 말이여? 맹당이락 해도 김이 새 나가부러서 안 되는 것이라니께……. 땅을 파먼 첨부터 명당자리넌 쪼개 다르거던. 고런 자리넌 바람 쐬는 거이 아니란 말여."

"김 지관! 그라먼 우쭈고 허먼 좋겠소?"

"그라먼 말이어. 가만있어보소, 잉……. 쩌 우게(저 위에) 가잿골 자리럴 천광했겠제? 그라먼 거그를 내가 얼렁 가서 토질을 보고 와야 씨겠네. 여그보다 원체 못허먼 역다가 그냥 놔두기로 허고, 거그도 토질이 조먼 이왕지사 왱기기로(옮기기로) 했으니께 왱기고 말여……."

김이대 씨는 마음이 급했던 모양인지 몹시 서둘렀다.

"그라먼 서울 사람덜 오기 전에 후딱 한번 가봅시다. 잉."

지관과 함께 가잿골로 가려던 김이대 씨가 인부 중 한 사람에게 말했다.

"어이! 그라먼 불칠이! 쪼깨만 지달려보소, 잉. 내 후딱 갔다 올 팅께 말여."

"지달리나 마나 얼렁 댕게오시기나 허쑈. 젠장! 해가 질어졌다고는 허제만 오늘 다 마칠랑가나 모리겠소."

불칠이라는 중년의 사내는 담배를 피우고 있다가 해를 쳐다보며 그렇게 볼멘소리를 했고, 나머지 사람들도 맥이 끊긴 듯 선하품들만 하고 앉아 있었다.

사실은 그가 나서서 가부간 결정을 지어야 했음에도 민우 역시 멀거니 가족들의 유골만 바라보고 있었다. 그리고서 대략 30분쯤이 지났나? 마침내 인부 한 사람이 산 쪽에서 달려 내려오며 말을 전했다.

  "그대로 일을 하라는디요. 거가 여그보다 훨씬 더 좋답디다."

  모두의 시선이 민우에게 쏠리자 그는 단호하게 말했다.

  "그럽시다. 이왕 옮기기루 했으니까 옮기도록 하죠, 뭐."

  민우 말이 떨어지자, 불칠이라는 사람이 나머지 사람들을 돌아보며 말했다.

  "그러면 거그 둘은 얼렁 더 파디리고, 남치는 유골 간수허실 동안 가짓골 가서 봉분 맹글 일 해야겄네. 자! 모도덜(모두) 어서 일어서세."

  남의 조상 유골이라서 그런지 인부들은 뼈에는 손도 대려 하지 않았고, 봉분만 파헤쳐준 후, 모두 가지골이라는 큰 산 중턱으로 올라가 버렸다. 이제는 민우가 유골을 골라내어 상자에다 담는 일만 남은 셈이었다.

  관도 없이 묻었던 모양인지 관은 흔적도 없고, 뼈들만 흙 속에 흩어진 채 파묻혀 있었다. 하기야 그 시절에 관은 무슨 관이었겠는가? 어쨌든 뼈 하나라도 잃지 않으려고 보물 챙기듯 신경을 곤두세우며 세심하게 살폈다.

  눈물로 온통 시야가 뿌옇게 흐려진 두 눈을 몇 번이고 양 옷소매로 닦으면서 일에 몰두하다가 잠시 허리를 펴고 일어서는데, 은교가 저만큼 서서 쳐다보고 있는 것이 눈에 들어왔다.

  "일 때매 바쁘다더니……?"

  그러나 은교는 굳어진 표정으로 대답도 없이 멀거니 바라다보기만 했다. 일부러 내려와 준 성의를 봐서라도 은교에게 응당 시간을 할애해야 할 것이었으나, 마음의 여유가 없었다. 묘가 7기나 되고, 명당 운운하며 시간을 많이 소모해 버린데다 모처럼 죽은 가족들 생각에 전념하고 있었기 때문이다.

"은교 씨! 와주어서 고맙구요, 들어가세요. 이따 밤에 봐요."

다행히 그녀 역시 무덤들이 파헤쳐져 있어 가까이 오고 싶은 생각이 없는 모양인지 고개만 두어 번 끄덕거린 후 사무실 쪽으로 사라져버렸다.

"나도 잔 손얼 대디래야 되겠지라우? 쩌 우게 가짓골 자리가 더 존(좋은) 자리라니께…… 왱겨도 좋을 성싶소만……."

언제 왔는지 등 뒤에서 김이대 씨의 목소리가 들렸다. 그는 남의 유골인데도 기리낌 없이 민우와 함께 흙 속에 묻혀 있는 뼈들을 찾아내어 박스 안에 담기 시작했다.

"오늘 해 안에 봉분얼 다 못 짓드라도 너머 걱정허지 마씨오. 뙤(잔디)도 그러고, 묘가 여럿이다 보니께 며칠 더 갈 거싱께라우. 우선 오늘언 파묘를 했으니께 유골이나 잘 수습허도록 헙시다."

일하다 보니 예상과 달리 하루로는 턱도 없었다. 아직도 수습해야 할 나머지 봉분이 4기나 남아 있었다. 봉분은 짓지 못한다 하더라도 해 안에 유골을 다시 묻어 드리자면 어쨌거나 서두를 수밖에 없었다. 유골을 되도록 자기 손으로 재배치해서 묻고 싶었으나, 유골 상자와 함께 밤을 지새우기나 하려면 모를까 해 안에 일을 마치자면 그건 욕심이었다.

우선 어머니, 아버지, 할머니 세 무덤에서 수습한 유골을 김이대 씨의 손에 들려서 이장할 장소로 먼저 보내어 봉분을 짓게 하고, 나머지 묘에서 유골 수습을 시작했다. 다행히 점차 손이 익어 예상보다 훨씬 빠른 오후 3시까지 모든 유골을 완전히 수습할 수 있었는데, 물론 그것은 점심조차 굶은 채 쉬지 않고 일한 덕분이었다.

조부, 두 삼촌, 고모 등 나머지 4기에서 나온 유골들을 수습해 올라갔더니, 오전 중에 수습해 보냈던 부모와 조모의 묘는 거의 모양새를 갖추어가는 중이었다. 수습해간 뼈들을 구조대로 재배열해서 흙을 덮었는데, 지관의 말대로 아닌 게 아니라 토질은 예전의 자리와 별반 다르지 않아 보였다.

"여그도 대단헌 맹당자리라고 김 지관이 침을 튀겼으니께……."

김이대 씨는 자기 일이나 되는 듯이 흐뭇해하며, 봉분 짓는 일에 여념이 없었다. 민우 역시 비록 살 한 점 없는 뼈뿐이었으나, 자기 손으로 가족들의 유골을 하나하나 만져보았다는 생각에서 직접 붙안고 얼싸안아본 것만큼이나 흐뭇하고 기뻤다.

유골을 모두 다시 묻고 나서 일꾼들이 봉분을 짓는 동안 상념에 잠긴 채 어머니와 할머니의 얼굴을 애써 그려보았다.

할머니! 아아! 보고 싶은 할머니! 할머니가 만약 지금껏 살아계신다면 얼마나 좋을 것인가? 굶기를 밥 먹듯이 하며 살았던 고교 시절, 고구마 두 뿌리 훔쳐 먹었다고 죽도록 얻어맞고 병원 신세를 졌을 때, 할머니는 넝마 조각같이 다 헤진 치맛말기에 눈물을 찍어내며 얻어맞은 상처를 보여 달라며 졸랐었다. 그리고 별이를 버스 안에서 만났던 날, 남의 집 과수원에서 일해주고 할머니는 함께 집으로 돌아오면서, 앞으로 좋을 일만 있을 터인데, 왜 죽을까 보냐고 그렇게도 기뻐했었다. 그 자신은 마치 구름 위를 걷는 듯, 희망과 결심에 가득 차 있었고……. 그 때가 어제의 일인 듯 생생하게 떠올랐다.

눈물이 쉬지 않고 흘러내렸다. 아아! 그러던 할머니! 할머니와 지냈던 그 시기보다 더 행복했던 때는 결단코 아직 한 번도 없었다. 가난하고 힘들었지만, 정말이지 그때로 다시 돌아갈 수만 있다면 천번만번 돌아가고 싶었다. 결국 세상에서 가장 소중한 것은 가족일 것이었다. 그 외의 것이야 있으면 조금 더 좋고, 없으면 조금 더 불편할 정도의 그만그만한 것들일 뿐.

그에게 할머니가 하늘과 땅이었다면, 할머니에게 그는 해와 공기와 물이었을 것이다. 하늘과 땅, 해, 공기, 물…… 그는 할머니에게 세상의 전부였고, 할머니 또한 그에게는 우주 전체였던 셈이다.

사랑한다면, 그렇다! 사랑한다면, 서로는 서로에게 그렇게 세상의 전부가 되는 것이다. 그럼 혜진에게 나는? 아니, 나에게 은교나 혜진이는? 할머니와 은교나 혜진을 대비시켜본다는 것도 무리지만, 아무리 생각해보아도 그건 아니다 싶었다.

"민우 씨! 민우 씨!"

점심도 거르고 막걸리로만 배를 채워서인지 봉분 앞에서 잠시 무릎을 괴고 앉아 상념에 젖어 있었는데, 깜빡 잠이 든 모양이었다. 언제 왔는지 은교가 와서 그의 등을 두들기며 깨웠다. 벌써 사위는 어두워지기 시작하고, 일꾼들도 모두 내려갈 준비를 하고 있었다.

첫 세 봉분만 묘의 모습을 갖추고 있을 뿐, 오후 3시가 넘어 시작된 나머지 봉분 4기는 아직 무릎 높이도 못 되게 흙무더기를 간신히 올려놓았을 따름이었다.

"자! 모다덜 내려가세, 잉. 어차피 내알 떼도 입히고 물길도 내야 헐 팅게 말여. 그라고 요새 먼 산짐성덜 익건능가만, 야무지게 덮어는 놓소, 잉. "

산에서 내려온 민우는 김이대 씨를 따라가서 노고도 치하할 겸 경비를 대충 계산하려 했으나, 그는 한사코 걱정하지 말고 은교와 함께 그냥 가라는 것이었다.

"오늘 모두 애를 너무 많이 쓰셨는데…… . 제가 술이라도 대접해야 할 게 아닙니까?"

"내알 일이 한참이나 더 남었는디, 오늘부터 마셔부러라우? 고런 거슨 내가 다 알어서 헐 팅게, 걱정허덜 말고 이 선생이나 얼렁 들어가서 쉬쑈, 잉"

우선 20만 원을 쥐여 주며 부족한 것은 내일 다시 계산하기로 하고 그와 헤어졌다.

은교는 그를 공장 샤워실로 안내해주면서 생각지도 않았던 속내의와 추리닝까지 선물해주었다. 새 묘지에서 앉아 졸았던 데다 샤워까지 마쳤으므로 술도 거의 깬 상태였다. 다만 시장기가 들고 어깨가 천근만근같이 무거운 것이 탈이었다.

은교가 직접 운전하는 차로 K시를 가서 예전에 묵었던 호텔 식당에서 늦은 저녁을 하면서 맥주도 조금 마셨다. 그러고는 은교를 따라 객실로 올라갔는데, 뜻밖에도 이번에는 싱글 침대가 둘 있는 방 하나만 얻어두고 있었다.

"오늘은 일부러 방을 하나만 얻었어요. 오늘 밤은 우리 그냥 여기에서 함께 지내요. 참, 피곤하시죠? 먼저 샤워할래요? 속옷도 사다 놓았어요. 참, 이따 이 츄리닝으로 갈아입으세요. 그 옷은 세탁 맡기면 되는 거니까."

참으로 여자란 얼마나 자상한 인종들인가? 입고 있는 옷도 사실 조금 전 공장에서 샤워 후 갈아입은 새 옷이었음에도 상큼한 또 다른 새 옷을 다시 건네주는 것이다.

욕실로 들어가 정성스럽게 몇 번이고 다시 몸을 씻어내었다. 조금 전 공장에서도 샤워를 했으나, 하루 종일 유골을 만졌던 것이라서 은교가 어떤 생각을 할까 걱정스러웠기 때문이다.

은교가 욕실로 들어가는 것을 보고시는 담배를 피울 겸해서 시원한 맥주와 그녀가 좋아할 만한 과자를 사오려고 밖으로 나왔다. 도시의 삭막한 시멘트 세상이었지만, 흙먼지 기운만 있는 곳이면 시멘트 사이사이에서 어김없이 풀들이 자라서 봄꽃을 피우고 있는 것이 불빛에 환히 드러나 보였다.

방으로 돌아와 보니 은교도 샤워를 끝내고 화장대 앞에 앉아 있다가 웃으며 물었다.

"술이 부족했어요?"

"은교 씨가 이토록 친절을 베풀어주시는데 그냥 말 수 없잖아요?"

"피! 그런데 들고 온 게 겨우 그거란 말예요?"

"그럼?"

"괜찮아요. 한번 해본 소리예요. 됐어요. 잠시만 기다리세요. 금방 끝나요."

은교는 혜진과 달리 밤에는 대체로 간단한 화장만 하는 것 같았다. 탁자로 와서 앉자마자 은교도 젖은 머리 그대로 맞은편에 앉았다.

서로 상대방의 잔에 술을 따라준 후 둘은 '쨍' 하고 건배했다. 일이 있을 때마다 후견인처럼 매번 나타나 주는 그녀의 성의가 생각해볼수록 고마웠다. 그리고 가족들의 뼈를 모두 만져보았다는 격앙된 감정 때문인지 새삼스럽게 그녀가 몹시 가깝고 다정한 사람으로 느껴졌다.

이제는 정말이지, 다시 또 한 번의 실연의 슬픔이 예고되어 있다 하더라도 더 늦기 전에 사랑한다는 말을 해주고 싶었다. 슬픈 이별식이 두려웠던 나머지 생각해보면 그동안 은교에게 마음을 주지 않으려고 얼마나 애를 썼던가?

"정말 고마워요. 은교 씨! 그렇지만……"

"그렇지만이 뭐예요?"

"그렇지만…… 어쩐지 오늘은 '은교! 정말 고마워!'라고 말하고 싶군요."

"그렇게 하고 싶으면 그렇게 하세요."

"정말?"

"그럼 정말이지. 민우 씨는 매일 거짓말만 듣구 살았어요? 참! 은교 씨에서 은교가 되는 데 시간이 얼마나 걸린 줄 아세요?"

"글쎄?"

"자기가 한번 생각해보면 알걸!"

호칭이란 이렇듯 효력이 대단한 것이다. 둘은 술에 취해서가 아니라 말을 놓음으로써 한층 더 서로 가깝게 느껴졌다. 혜진이 말고는 아직 그렇게 말했던 여자가 없었지만, 그랬던 혜진은 가고 없고, 대신 은교가 다가오고 있는 것이다.

"못 온다더니?"

"응, 그래두 혹시 민우 씨가 엄마 찾을까 봐…… . 내가 민우 씨 엄마잖아? 혹혹혹!"

몹시 재미있다는 듯이 그렇게 말하며 웃었는데, 말투가 변한 만큼 웃음소리까지 변해 있었다.

그를 바라다보는 은교의 반짝이는 눈뿐만 아니라 얼굴 전체가 한눈에 들어왔다. 세상에! 이제 다시 보니 은교는 혜진보다, 아니 주리보다 훨씬 더 예쁘고 단아한 얼굴이었다. 그것뿐이 아니었다. 물기 젖은 머리칼과 복숭아처럼 뽀얀 피부는 백설공주 그대로였고…… .

그녀를 새삼스러운 눈으로 바라보며, 어째서 그동안 이처럼 아름다운 얼굴은 깨닫지 못하고 눈매만 보았던 것인지 그 자신조차 의아스러웠다.

인형 같은 그녀의 입술을 가져보고 싶다는 생각이 갑자기 불같이 일었다. 그녀의 두 손을 당겨 가져온 후 입을 맞출 듯이 그녀의 얼굴 가까이 자기 얼굴을 가져갔다. 그녀는 잡힌 두 손과 가까워진 얼굴을 뒤로 빼며 말했다.

"아이, 아직 싫어. 우리 조금 더 참자. 민우 씨, 충분히 그럴 수 있죠?"

무안하기도 하고 부끄럽기도 했다. 그러나 그녀는 그의 도발적인 행동을 순식간에 망각해버린 듯, 전혀 개의치 않고 부드러운 표정 그대로 민우의 두 손을 다시 잡으며 말했다.

"민우 씨는 오늘 이 두 손으로 돌아가신 가족들을 만진 거잖아? 정말 감개무량했겠어. 자! 우리 그런 의미에서 건배해요!"

조금 전 그녀에게 무참히 거절당했던 무안함에서 벗어나고 싶었던 나머지, 쨍그랑 소리가 날 정도로 과장스럽고 자신 있게 잔을 부딪치고는 단숨에 다 마셔버렸다. 그러나 그녀는 입만 조금 댄 후 잔을 내려놓으며 말했다.

"미안해. 민우 씨. 난 사실 민우 씨가 너무 좋구……. 아마도…… 사랑하고 있나봐 …… 그렇지만 우리 아직 참기로 해……. 현실보다 감정이 앞서 가면 진실을 볼 수 없잖아. 난 그런 건 정말 싫거든."

싫어서가 아니라, 감정이 앞서 가면 참 진실이 아닌 일시적 격정으로 치달을까 봐 그랬다는 설명이었다. 새삼 그녀가 절대로 돈 많은 집에 운 좋게 태어난 것만은 아니고, 사고방식이나 행동 역시 그에 걸맞게 훌륭하고 대단하다는 생각이 들었다. 사랑하고 있다는 그녀의 말에 다시금 힘이 솟았다.

"은교 말이 옳아. 나도 그렇게 생각해. 우리 꼭 그렇게 해야 해. 은교는 정말 너무나 훌륭한 사람 같아……. 생각도 깊고……. 난 진짜 은교에게 배울 게 너무 많아. 미안해……. 그렇지만 은교를 딱 한 번만 안아봤으면 소원이 없겠어. 그렇게 하지 않으면 은교가 날아가 버릴 것만 같은 거야. 그동안 난 정말이지 은교에게 너무 자신이 없었어……. 이별이 두려워 너무 겁만 냈고……. 난쟁이가 공주님을 사랑한다는 게 결코 쉬운 일이 아닌 거야……. 은교가 말했듯이 비록 뼈에 불과한 죽은 가족들이라 해도 오늘 무덤을 파헤치고 첫 상견을 했지. 그렇지만 은교가 곁에 있어주는 한, 죽은 가족들을 이제 더 이상 세상에 붙잡아 두구 싶지 않아. 걱정도 근심도 없다는 정토 세상으로 하루 빨리 보내드리구 싶어……."

은교는 그의 두 손을 잡고 장밋빛으로 얼굴을 물들인 채, 고개만 끄덕여 주었다.

다음 날 아침 둘은 간단한 조반 후에 은교가 직접 운전하는 차로 공장을 왔다. 그녀는 새로 조성한 묘지 터까지 민우를 따라왔다. 유골을 고르고 땅을 팠던 어제 일이 시간 걸리는 일이었지, 봉분을 쌓고 잔디를 입히는 일은 그보다 훨씬 더 쉽고 빨랐다. 금세 눈에 띄게 진척되었고, 대략 오후 3시쯤에는 완전히 마무리를 지을 수 있었다.

"회사에서 서류를 받지 않았지?"

일을 마치고 하산하는 길에, 은교는 난데없이 서류 이야기를 꺼냈다.

"땅을 맞바꾸었다고 해도 구두로만 해서는 안 되거든. 이 문제는 민우 씨가 소장에게 직접 확인받아야 해. 매매계약서 작성도 해야 하구 등기도 마쳐야 하는 거니까."

"은교가 대신해주면 안 돼?"

"아무리 의사라고 해도 세상일을 어느 정도는 알고 살아야 하잖아? 그럼 이번 일은 내가 소장에게 말해 처리해줄 거지만, 앞으로는 직접 해결할 생각을 해야 해. 세상일은 모든 게 다 협상이고, 흥정이고, 확인이잖아. 왜, 법 위에 누워 잠자는 사람까지 법이 보호해주지는 않는다는 격언도 있잖아. 그리고 아무리 의사라 해도 세상과 결별해서 자기 혼자 살 수는 없을 게 아니야? 부딪치는 대로 하나하나 세상일을 열심히 배워가도록 해야 해."

누가 누구 편인지 알 수 없을 정도로, 은교는 그를 위하여 자세하게 가르쳐주었다. 서류상 미비점이 남아 있으면 아닌 게 아니라 나중에 여러 가지로 문제가 될 것이었다. 은교가 곁에 있다는 것이 더없이 든든했다.

그동안 고생했던 일꾼들에게 술을 푸짐하게 내주고, 마을회관에서 김이대 씨와 결산을 맞추었는데, 거기에서도 은교는 유감없는 실력을 발휘해주었다. 경비는 대략 25만 원 정도 나왔으나, 김이대 씨의 노고도 생각해주어야 할 것이었다. 자기 좋아서 했던 일이라 더 이상은 필요 없다며 한사코 우기는 것을 억지로 5만 원을 더 얹어서 어제 주었던 20만 원을 제한 10만 원을 김이대 씨에게 안겨주었다.

한 달 봉급이라고 해보아야 기껏 20만 원도 채 안 되는 것이라서, 30만 원은 솔직히 큰돈이었다. 그러나 죽은 가족들의 안식을 위해서 쓴 돈이니 만치 하나도 아까울 것이 없었다. 아니, 오히려 기쁘기만 했다. 지금쯤 먼 산자락의 양지쪽에서 동네에 있는 그를 내려다보고 있을 가족들을 생각하면 그 정도는 정말 아무것도 아니었다.

김이대 씨에게 치하에 치하를 해주고 나서 은교와 함께 공장으로 돌아왔다. 처음에 소장은 민우의 대리인이 되어 말하는 은교의 뜻을 얼른 알아듣지 못하고 복잡하게 등기까지 꾸밀 필요가 있겠느냐고 하다가, 은교의 채근에 결국 서류를 꾸몄다.

"그럼 이 선생님 땅은 평당 얼마로 할까요? 회사에서 드린 땅은 신고가가 평당 800원 정도에 불과하지만, 현 시가로는 5천 원 이상인데……."

"아무려면 산자락보다 여기가 훨씬 더 비싸겠지요. 민우 씨! 평당 2만 원 정도로 회사에 파신 것으로 할래요?"

은교는 회사 편이 아닌 철저한 민우의 편이었다. 그런 은교를 보며 소장은 볼멘소리를 내었다.

"그렇게 고가로 매입했다는 서류를 꾸미면 전 당장 모가지가 날아갈 텐데요……. 아무리 잘 쳐 드린다고 해도 평당 5천 원 이상은 곤란하거든요. 주위의 다른 땅값과의 형평도 있고……."

"그렇더라도 어떻게 산꼭대기에 있는 땅과 공장부지에 있는 땅값이 같을 수 있겠어요?"

"아! 그건 이사님도 잘 아시다시피 현재는 길이 나서 그렇지……. 원래는 그런 게 아니지 않습니까? 아무리 회사 내 장부라 할지라도 턱없이 계산해 드리는 건 어렵습니다."

"그럼, 평당 만 원씩으로 하죠. 민우 씨! 원래 밭과 묘지가 등기로 몇 평이었죠?"

"글쎄요?"

"아니, 여태껏 자기 땅이 몇 평인 줄도 모르고 있었단 말예요?"

은교는 어이가 없다는 듯이 그런 민우를 한참이나 쳐다보고 있다가 소장에게 말했다.

"돈하고 아예 담을 쌓고 사시는 의사선생님이라 그러시나 봐요. 그럼 소장님, 우리 서류를 한번 봐 주세요."

소장은 서류를 꺼내 와서 한참이나 뒤적이다가 말했다.

"아! 여기 있습니다. 산으로 800평이네요."

"그럼 우리 회사에서 교환해 드린 곳은 몇 평이죠?"

다시 또 한참 동안 서류를 뒤적이던 소장이 말했다.

"그곳이 산 54번지에 7호인데……. 그게 전부해서 3필지 2,400평이군요."

"그럼 지가에 상관없이 그 3필지와 맞교환한 결루 서류를 꾸미면 어때요?"

"그래두 되죠. 그렇지만 회사로서는 이만저만 손해가 아니겠는데요? 이선생님! 그 땅이 다 필요 없으시잖아요? 묘지로만 쓰시는 건데……. 어떻게 2 필지만으로는 안 될까요?"

"글쎄요오."

막연한 대답을 하며 은교를 쳐다보자, 은교가 그렇게 해서는 안 된다는 뜻으로 눈을 꿈쩍거렸다. 분위기를 눈치 챈 소장이 은교에게 시선을 돌리자 그녀는 단호하게 잘라 말했다.

"안 돼요. 내 말 그대로 해주세요. 소장님께 정 복잡한 일이 생기면 나에게 다시 알려 주시구요. 절대로 소장님께 책임가지 않도록 제가 조처할게요."

"그럼 꼭 그렇게 해주셔야 합니다. 그런데…… 두 분이 어떻게 되는 사이신데……."

소위 회사 이사라는 사람이 회사 편이 아니고 오히려 반대편에 서서 너무나 파격적인 거래조건을 원했으므로, 소장은 관계가 여간 궁금한 게 아닌 모양이었다.

"무슨 특별한 관계는 아니에요. 그렇지만 이번 일을 그대로 오빠한테 말씀히시면 혼날 줄 이세요. 이시겠어요?"

"무슨 비밀이 있으신가 보죠? 헤헤헤."

"가족끼리 비밀은 무슨 비밀이겠어요. 하지만 여하튼 이번 일은 당분간 그대로 덮어 놓으세요. 아셨죠?"

"네, 네! 잘 알겠습니다."

소장은 청춘남녀 간의 일이니까 그렇고 그런 것이라고 짐작하는 눈치였으나, 나이는 어리지만 은교가 이사의 위치에 있는 만큼 농담으로 흘릴 수는 없는 모양이었다. 여하튼 민우의 원래 땅 800평과 현재의 산 3필지 2,400평을 서로 맞교환하는 것으로 서류가 꾸며져서 모든 것이 확실하게 다 끝났다.

일을 다 마치고 나자 어느새 오후 6시였다. 토요일인 오늘 밤까지 병원에 복귀하겠다고 했지만, 내일 오후라면 모를까 지금 당장은 설사 날아간대도 약속을 지킬 수는 없을 일이었다.

만약 강 선생에게 주말을 맡길 수만 있다면…… 마치 집이라도 새로 지어놓은 기분이라서 내일 새 묘소에 한 번 더 가본 후 인천으로 가고 싶었다.

"인천 전환데 써도 될까요?"

"그러세요. 왜 무슨 일이 있어요?"

소장이 아닌 은교가 먼저 허락을 해주었다. 다행히 강 선생이 직접 전화를 받았다. 시골 형편상 내일 오후 늦게나 들어가겠다면서 자기 대신 혈액 투석실을 보아달라고 부탁했다. 그러자 은교가 놀란 표정으로 물었다.

"지금도 주말에 병원에 있어야 하는 거예요?"

"그럼, 의사가 병원 떠나면 뭐 할 게 있나요? 병원이나 지키고 있어야 하는 거지. 사실은 뭐, 그런 것보다 이번에 인공신장실이 새로 생겼는데, 제가 그 책임을 맡고 있거든요. 그래서 주말에도 비울 수 없는 건데……. 1년쯤 후엔 강 선생을 가르쳐서 물려줘야죠."

곁에 소장이 함께 있었으므로 은교에게 함부로 반말처럼 할 수도 없었다.

둘은 어제 묵었던 호텔에 다시 들었다.

저녁 식사를 하면서 은교가 물었다.

"민우 씨! 조금 이상한 말 같지만, 이번 일로 민우 씨에게 진 빚을 거의 다 갚아 드렸다고 생각하는데……, 맞나요?"

"무슨 빚?"

"응급실에서 용감무쌍하게 수술해준 빚…… 내가 만나자고 할 때마다 싫었으면서도 만나준 빚…… 그리고 또 어제는 사랑하게 해놓고 손만 만지게 한 빚, 대충 뭐 그런 거……"

그녀는 자기 말에 자신도 우습다는 듯 까르르 웃음을 달았다.

"그런 게 어떻게 빚이 될까? 그런데 이제서 내가 싫이힌다고 생각했지?"

"민우 씨를 만나려고 부러 생일파티까지 마련해서 초청했는데도 안 왔잖아?"

"그건…… 그래서가 아니고…… 설명하자면…… 에이! 여하튼 죄송하게 되었습니다요. 여왕 폐하!"

"공주마마라면서?"

그러다가 그녀가 갑자기 정색하며 물었다.

"참! 언제까지 T대 병원 근무를 하게 돼?"

"근무는 아니구……. 어쨌든 당분간 주말마다 가야 하는데……. 그러니까 이제 더욱 서로 만나기 쉽겠는걸. 이렇게 하면 어때? 우리 매주 토요일 저녁마다 총무로 그 집에서 만나면. T대 병원에서도 가깝고."

"전문의 시험이 어려운 건가?"

"뭐, 꼭 그런 건 아니지만…… 고시는 고시니까. 대개 병원마다 4년 차 때는 일 대신 공부하는 데 시간을 많이 주거든. 그러니까 오히려 만날 시간은 더 많아질 수 있을 거야. 물론 시험 직전인 12월부터는 합숙해야 하지만."

"그렇게 고생만 많이 해서 뭘 할 건데?"

"안 그러면 돌팔이 되는 거지, 뭐. 그리고 투석실 일도 제대로 공부해보고 싶어. 대학병원에도 몇 군데 없는 건데 이번에 운 좋게 우리 병원에 들어온 거래. 수련 마친 다음에 들어왔으면 어쩔 뻔했어? 그랬으면 난 인공신장에 대해서는 아무것도 모르고 구석기 시대 전문의가 될 뻔했잖아? 내년엔 초음파도 들어오고, 내후년부터는 병원도 대학병원으로 바뀐대. 그러면 근무할 만할 거야. 어쨌거나 할 수 있는 껏 열심히 노력해보고 싶어."

식당을 나온 두 사람은 나이트클럽으로 내려갔다. 은교가 나긋나긋하게 대해주어서 그런 것인지, 아니면 모든 일이 다 잘 풀려서 기분이 좋아 그런 것인지, 그동안 춤이라면 젬병이라고 여겼던 민우였지만, 아주 즐겁게 시간을 보냈고, 춤이 이토록 재미있고 즐거운 것인 줄을 처음 알았을 정도였다.

묘지 일로 힘들었던 데다 나이트클럽에 늦게까지 있었으므로, 다음 날 아침에는 눈을 떠보니, 세상에! 어느새 8시 반이었다. 은교는 진즉 일어났던 모양으로 탁자에 앉아 신문을 보고 있었다.

"배 안 고파? 절대로 식사를 거르고는 못 산다더니?"

식당에서 은교가 빵 한 쪽에 우유 한 잔 마시는 것을 보고서 그도 대충 그렇게 간단히 먹고 함께 다시 시골로 내려갔다.

산, 동네 어귀, 밭둑길 할 것 없이 눈에 보이는 세상 전체가 온통 다 봄 세상이었다. 진달래, 늦은 개나리, 복사꽃, 살구꽃, 과꽃, 배꽃, 벚꽃…… 또한 마을을 벗어나 산으로 오르는 길목에는 땅으로부터 아지랑이가 피워 올라 눈이 절로 감기는 것이 마치 봄이라는 미지의 환상 속 세상으로 들어선 것만 같았다.

활엽수들도 어느새 큼지막한 이파리로 치장한 채, 눈이 시리도록 파란 하늘을 향해 쑥쑥 자라고 있었고, 새들 또한 웃자란 녹음 위의 창공에서 힘찬 날갯짓을 하며 제 짝을 부르느라 여념이 없었다.

산자락 밑 보리밭둑을 지나는데, 두 사람의 발걸음 소리에 놀란 까투리 한 마리가 푸드덕거리며 순간적으로 날아올랐다. 그 바람에 뒤따라오던 은교가 깜짝 놀라서 등 뒤로 그를 감싸 안았는데, 깍쟁이 같은 그녀는 그 순간에도 몸을 둥그렇게 말며 두 팔로 유방부위를 한껏 가리고 있었다.

그런 식으로라도 은교에게 안겨보는 것은 예상 밖의 행운이고 대단한 기쁨이었다. 뒤돌아서서 가슴을 둥글게 말고 있는 은교를 가볍게 안아보며 등을 다독거려주었다.

"놀랄 것 없어! 꿩이 보리밭에다가 알 낳을 자리를 보는 거야."

"깜짝 놀랐네! 뱀은 없을까?"

"왜 없어? 벌써 나왔을 텐데……. 하지만 내가 앞서 걷는 거니깐 자기는 괜찮을 거야. 걱정하지 마!"

묘지에 도착해보니 미처 덜 마른 벌건 황토를 두르고 새로 지은 7개의 봉분이 평화스럽게 들어앉아 있었다. 묘지 정면으로는 복사꽃이 만발한 평화로운 고향 마을이 그대로 훤히 다 내려다보이고…….

봄이었다. 새삼스럽게 느껴볼 필요도 없이 새들, 꽃들, 활엽수, 침엽수, 과수나무……. 어느 것이라 할 것 없이 세상의 모든 만물이 온통 봄 세상이었다. 민우가 곁에 나란히 앉아 마을로 눈길을 주고 있는 은교의 손을 잡으며 말했다.

"봄이 왔어, 이제 온통 다 봄 세상이야. 진달래, 복사꽃, 살구꽃, 지저귀는 새소리, 아지랑이까지……. 세상뿐만 아니라 이제 이렇게 은교가 곁에 있어주니까 나에게도 정말 봄이 온 것 같아. 정말이야! 이 순간의 은교는 나에게 꽃이고, 공주님이고, 여왕이고, 구원이야. 이제 세상에서 아쉬울 것이 없네……."

짝짓기를 하려는지 가까운 데서 꿩 우는 소리가 다시 들려왔다. 멧새들도 쌍을 지어 하늘을 부산하게 날았다. 눈이 시리도록 파란 하늘에 솜털처럼 흰 뭉게구름이 천천히 흘러가고 있었다.